金戈铁马 诗里乾坤

——汉魏晋南北朝军事战争诗研究

胡大雷◎著

中国社会科学出版社

图书在版编目（CIP）数据

金戈铁马　诗里乾坤:汉魏晋南北朝军事战争诗研究/胡大雷著.
—北京:中国社会科学出版社，2010.9
ISBN 978-7-5004-8840-8

Ⅰ.①金…　Ⅱ.①胡…Ⅲ.①军事题材-古典诗歌-文学研究-中国-汉代②军事题材-古典诗歌-文学研究-中国-魏晋南北朝时期
Ⅳ.①I207.22

中国版本图书馆CIP数据核字(2010)第109077号

责任编辑　郭晓鸿(guoxiaohong149@163.com)
特邀编辑　张　剑
责任校对　王雪梅
封面设计　李尘工作室
技术编辑　戴　宽

出版发行　中国社会科学出版社
社　　址　北京鼓楼西大街甲158号　　邮　编　100720
电　　话　010—84029453　　传　真　010—84017153
网　　址　http://www.csspw.cn
经　　销　新华书店
印　　刷　北京君升印刷有限公司　　装　订　广增装订厂
版　　次　2010年9月第1版　　印　次　2010年9月第1次印刷
开　　本　710×1000　1/16
印　　张　21.25　　插　页　2
字　　数　315千字
定　　价　38.00元

凡购买中国社会科学出版社图书，如有质量问题请与本社发行部联系调换

目　　录

上卷　战争实录编

中卷　尚武精神编

下卷 人文情怀编

上　　卷

战争实录编

第一章

统一篇

“统一”，指征战围绕政权争夺而展开战争，或以朝廷身份征战某一势力，或以某种势力向朝廷开战。战争的目标是为了统一。此处“统一篇”，或可称为“境内篇”，其所录是以此区别于“四境篇”叙写与境外敌人作战的诗歌。“统一篇”所录，一些是直接叙写了“征战”，一些是与“征战”有关，涉及面较广；这些作品，都有现实生活发生过的事情作为依据，是带有纪实意味的叙写战争的诗作。

一　春秋战国时期零星的吟咏战事之作

春秋战国时期，诗歌作为艺术形态来说是成熟了，但诗歌还未取得独立地位，诗歌在自身的地位方面还未成熟，其标志就是其反映社会生活还是不自觉的，还不能完整反映社会生活的各个方面，比如没有留存有商推翻夏、周推翻商的军事战争的吟咏；其对自身境内诸侯冲突、兼并的军事战争的吟咏，从今日留存的作品来看，也是断断续续的[①]；而且我们可以感到，这些作品并不是一种独立的存在，而多是依附于史书的记载，是历

① 《诗经》的作品多有对境外民族战争的吟咏，这将在下一章“四境篇”中阐述。

史史实中的一个片断，是为历史记载服务的。尽管如此，春秋战国时期这些零星的军事战争诗歌，也表现了多方面的社会生活，不过，其吟咏多从离乡、失败、战死方面来写。

其一，吟咏直指战争胜败。

《左传》宣公二年（前607年）记载了这样一位败仗将军宋人华元，他战败被俘，宋国以兵车百乘、文马百驷赎回他。后来，当他视察宋国的筑城工地时，筑城的役人唱歌讽刺他：

> 睅其目，皤其腹，弃甲而复。于思于思，弃甲复来。

意谓：瞪着大眼睛（睅），挺着大肚皮（皤），丢盔弃甲跑回来。大胡子（思）啊大胡子，丢盔弃甲跑回来。华元指派其同车随从人员回唱道：

> 牛则有皮，犀兕尚多，弃甲则那？

意谓：牛身上还有皮，犀、兕也还好多，丢弃甲仗又有什么！役人又唱道：

> 从其有皮，丹漆若何？

意谓：纵然有皮，涂饰的丹漆哪里来？华元没有办法，只好说："去之，夫其口众我寡。"他不敢再回复下去，以彼众我寡躲开了事。这是《宋城者讴》[①]，或称《华元歌》。虽说胜败乃兵家之常事，但打了败仗还恬不知耻，这就是一个特殊的事例了，读到这败仗将军华元与役人的对歌，不觉令人莞然而笑。

《战国策·齐六》"田单将攻狄"载两首关注战争胜败的歌谣。齐国田

---

① 此处诗歌题目，未作特别说明者，均录自逯钦立《先秦汉魏晋南北朝诗》，中华书局1983年版。

单攻狄，三月不下，齐国有童谣曰：

> 大冠若箕，修剑拄颐，攻狄不能下，垒枯骨成丘。[1]

此为《攻狄谣》，诗中说，将军们大冠长剑却打不下城池，使战士死伤累累、枯骨成丘。于是田单非常恐惧，连忙去请教鲁仲连。鲁仲连解释说：当年燕国打来，你守卫在即墨，坐下来就编织草席，立起来就挖土种地，与民同甘共苦，你高唱战斗歌谣：

> 可往矣！宗庙亡矣！云曰尚矣！归于何党矣！

此为《为士卒倡》，让每个战士们都知道，战胜不了敌人就无家可归，以此来激励战士们。“当此之时，将军有死之心，而士卒无生之气，闻若言，莫不挥泣奋臂而欲战，此所以破燕也。当今将军东有夜邑之奉，西有菑上之虞，黄金横带，而驰乎淄、渑之间，有生之乐，无死之心，所以不胜者也”。于是田单“乃厉气循城，立于矢石之所，乃援枹鼓之，狄人乃下”。

又有《朱儒诵》也是对战败的吟咏。《左传》襄公四年（前569年）载，邾人、莒人伐鄫，臧纥救鄫侵邾，败于狐骀，于是国人诵之曰：

> 臧之狐裘，败我于狐骀。我君小子，朱儒是使。朱儒朱儒，使我败于邾。

朱儒，即侏儒。这是对战败的吟咏，嘲讽君王重任无能小儿，使得国家战败。

又有鼓舞激励士气之作，《吴越春秋》载，“越王伐吴，国人各送其子弟于郊境之上，作《离别相去之辞》”，辞曰：

---

[1] 一本“下垒枯丘”。

> 跞躁摧长恶兮擢戟驭殳，所离不降兮以泻我王气苏。三军一飞降兮所向皆殂，一士判死兮而当百夫。道祐有德兮吴卒自屠，雪我王宿耻兮威振八都。军伍难更兮势如貔貙，行行各努力兮于乎于乎。

越王勾践卧薪尝胆二十年，终于到了出征杀敌复仇的一天，举国上下齐心协力，同仇敌忾，这支送军出征之歌就表达了正义出师的信心与克敌制胜的决心。诗的大意说：群情激越，破除受敌侮辱的羞愧，同胞们拿起武器！气焰高涨以泄除我王心中的郁闷。英武之师所向披靡，战士死战以一当十。天道佑我吴国自戕，雪我宿耻威震八方。队伍进发势如猛兽，同胞们各自努力吧，前进！全诗吟咏送军出征杀敌复仇。

其二，把战争与自己的生存联系在一起。

《吴越春秋》接着又载，勾践灭吴后，北渡江、淮，与齐晋诸侯会于徐州，致贡于周，号令齐、楚、秦、晋皆辅周室，血盟而去。秦桓公不如越王之命，勾践乃选吴、越将士西渡河以攻秦，将士们很不情愿，恰好秦也感到惧怕，引咎自责，勾践乃还军，将士们非常高兴，遂作《河梁之诗》，诗曰：

> 渡河梁兮渡河梁，举兵所伐攻秦王。孟冬十月多雪霜，隆寒道路诚难当。阵兵未济秦师降，诸侯怖惧皆恐惶。声传海内威远邦，称霸穆桓齐楚庄。天下安宁寿考长，悲去归兮河无梁。

此诗与《离别相去之辞》相反，写出战争将在艰苦的环境中展开，对手未战而降，将士们很高兴，他们本来向往和平生活，这时候只盼望河上有桥赶快回家。

其三，有意识地、自觉地对战争的吟咏。

屈原《国殇》，是对阵亡将士的悼念，诗作成为有意识地、自觉地对战争的吟咏的先声。据《史记·楚世家》载，楚文王年间，楚国强大起来，先是称霸江汉之间，“楚彊，陵江汉间小国，小国皆畏之。十一年，齐桓公始霸，楚亦始大”。于是开始向中原发展，多有征战，胜多负少，但在怀王、顷襄王时，楚国几次败于秦国，怀王“十七年春，与秦战丹阳，秦大败我军，斩甲士八万，虏我大将军屈匄、裨将军逢侯丑等七十余人，遂取汉中之郡。楚怀王大怒，乃悉国兵复袭秦，战于蓝田，大败楚军”；顷襄王元年（前298年），秦“发兵出武关攻楚，大败楚军，斩首五万，取析十五城而去”等。就是在这样的背景下，屈原写下吟咏战争、吟咏阵亡将士的《国殇》。诗云：

> 操吴戈兮被犀甲，车错毂兮短兵接。旌蔽日兮敌若云，矢交坠兮士争先。凌余阵兮躐余行，左骖殪兮右刃伤。霾两轮兮絷四马，援玉枹兮击鸣鼓。天时怼兮威灵怒，严杀尽兮弃原野。出不入兮往不反，平原忽兮路超远。带长剑兮挟秦弓，首身离兮心不惩。诚既勇兮又以武，终刚强兮不可凌。身既死兮神以灵，魂魄毅兮为鬼雄。

诗前一部分写战斗实况，将士们与敌军作殊死的搏斗，旌旗蔽日敌军蜂拥，箭矢若云短兵相接，战车交错战马血刃，将士受伤击鼓不已，牺牲疆场弃尸原野。诗人描摹了惨烈的战争画面，以表达对阵亡将士的歌颂。对战争场面的如此描摹，古往今来作品无出其右。诗作的后一部分抒发了哀悼之情，“国殇”，王逸《楚辞章句》注云：“谓死于国事者。”将士们战死倒下仍紧握兵器，首身相离却绝不认输，精气永存，英雄屹立天地，对英雄的歌颂成为壮怀激烈人士的一种向往。

虽说屈原《国殇》的主旨是悼念阵亡将士，但诗中对战争场面细致的描绘具体生动，开启日后对战争场面的刻画。而诗作以壮烈悲怆的抒情，构成一曲英雄主义的赞歌。据近年来出土的楚墓竹简所记载的楚人祭祀情况，楚国人“祭祀的人鬼除祖先、亲友神灵外，还祭祀非正常死亡的无主的厉鬼”，其中就有战争中死去的将士；楚国有祭祀兵死者的习俗，楚人信仰的管理“兵死者”亡灵的神为“武夷君”。[①] 屈原《国殇》所吟诵的，就是这种情况。

二 秦汉时的征战吟咏

秦始皇以武力统一天下，他不曾料想到，仅仅几十年后，秦皇朝就分崩离析、一朝覆亡。战争，还是战争，结束了秦皇朝的寿命。扬雄《长杨赋》叙写高祖平定天下之事：

> 于是上帝眷顾高祖。高祖奉命，顺斗极，运天关，横钜海，漂昆仑。提剑而叱之，所过麾城搟邑，下将降旗，一日之战，不可殚记。当此之勤，头蓬不暇梳，饥不及餐。鞮鍪生虮虱，介胄被沾汗，以为万姓请命乎皇天。

这里是汉时对亡秦战争以及楚汉之争的文学叙写，但秦朝末年大起义、大战争以及楚汉之争，在现存的诗歌里面却没有表现，只有在楚汉相争的尾声，有项羽《垓下歌》英雄末路的悲歌慷慨，诗云：

> 力拔山兮气盖世，时不利兮骓不逝。骓不逝兮可奈何，虞兮虞兮奈若何！

《史记·项羽本纪》载诗作的背景：“项王军壁垓下，兵少食尽，汉军及诸侯兵围之数重。夜闻汉军四面皆楚歌，项王乃大惊曰：‘汉皆已得楚乎？是何楚人之多也！’项王则夜起，饮帐中。有美人名虞，常幸从；骏马名骓，常骑之。于是项王乃悲歌慷慨，自为诗曰……歌数阕，美人和之。项王泣数行下，左右皆泣，莫能仰视。”项羽高唱“力拔山兮气盖世”，他仍

---

① 王泽强：《楚墓竹简所记神祇与〈九歌〉神祇之异同及其在楚辞学上的意义》，《天水师范学院学报》2006 年第 4 期。

自诩是个英雄；他低吟“时不利兮骓不逝”，他认为其失败只是天时不利；他在死亡面前无所叹息、无所遗憾，他只忧虑追随左右南北征战的美人——“虞兮虞兮奈若何”。战争是残酷的，但英雄就是英雄，胜利时项羽是个英雄，打了败仗他还是个英雄。

《楚汉春秋》载美人之和，即虞姬《和项王歌》，歌曰：

> 汉兵已略地，四方楚歌声。大王意气尽，贱妾何乐生。

人们怀疑这首作品是后人妄续的，把这首诗与项羽之作对比来看，也是很有意味的，既是当日战场真实景象的再现，又有誓不相负的爱情表达。

三 民歌、古诗中将士的生与死

汉代时，乐府民歌已很发达，其中的军事战争诗作，反映社会生活问题是很深刻的，亦有十分强烈的个人情感抒发。汉乐府《鼓吹曲辞·战城南》叙写的对象是战死将士，其云：

> 战城南，死郭北，野死不葬乌可食。为我谓乌：“且为客豪。野死谅不葬，腐肉安能去子逃？”水深激激，蒲苇冥冥，枭骑战斗死，驽马徘徊鸣。梁筑室，何以南？何以北？禾黍不获君何食？愿为忠臣安可得？思子良臣，良臣诚可思，朝行出攻，莫不夜归。

诗作先是写死尸遍地，于是“野死不葬”的将士请求飞鸟为自己哀悼哀嚎；诗作又以战死的枭骑与幸存驽马衬托“战城南，死郭北”的战场的凄凉、荒寂。“梁筑室”以下是诗作的第二部分，是对战争的反思，就是对战死将士的定位，是对“朝行出攻，莫不夜归”的忠臣的歌颂。

汉代古诗《十五从军征》叙写一位从军老战士的遭遇：

> 十五从军征，八十始得归。道逢乡里人："家中有阿谁？""遥望是君家，松柏冢累累。"兔从狗窦入，雉从梁上飞，中庭生旅谷，井上生旅葵。烹谷持作饭，采葵持作羹。羹饭一时熟，不知贻阿谁。出门东向望，泪落沾我衣。

战士15岁从军，年已八旬方得还家，家已成野兔野鸡的窝；老人采来野谷野葵煮成饭菜，但更惨的是，"羹饭一时熟，不知贻阿谁"，家中早已没有亲人；老人只有"出门东向望，泪落沾我衣"而已。

上述两首诗，一写战死，一写生还，但无论战死还是生还，这些将士的结局都是一样的悲惨，都是没有安身之处，或是死无葬身之地，或是生而无家可归。诗作的指向就是人生的根本问题——归宿，将士的悲惨就在于不管怎样都无归宿，愤激之极于此显现。普通将士的命运引起诗歌的关注。

四　建安时期全方位地表现军事战争

建安时期的诗人感怀社会动乱与民生疾苦，把自己的命运与社会、民生结合起来，渴望在统一天下的战争中能够建功立业。正因为如此，建安时期有关军事战争的诗作，反映的社会面很广，诗歌中对社会动乱与民生疾苦的全力描摹，成为其诗歌叙写军事活动的一种基础，因此可以说，其军事战争的诗作是全方位地表现了军事战争。

其一，叙写军事战争带来动乱与百姓遭遇。

汉代末期，多灾多难，军阀混战，民不聊生，生民百不遗一，皇甫谧《帝王经界纪》记载这种情况曰：

> 及灵帝遭黄巾，献帝即位而董卓兴乱，大焚宫庙，劫御西迁，

京师萧条，豪杰并争，郭汜、李傕之属，残害又甚。是以兴平、建安之际，海内凶荒，天子奔流，白骨盈野。故陕津之难，以箕撮指，安邑之东，后裳不完，遂有寇戎，雄雌未定，割剥庶民，三十余年。及魏武皇帝克平天下，文帝受禅，人众之损，万有一存……[①]

建安作家用自己的笔，记载下现实动乱的场面，对人民的苦难深深同情，建安诗人亦用诗歌记载了这段历史的某些片断。

如蔡琰的诗作。蔡琰，字文姬，汉末著名文学家蔡邕之女，《后汉书·董祀妻传》载，蔡文姬“博学有才辩，又妙于音律。适河东卫仲道。夫亡无子，归宁于家。兴平[②]中，天下丧乱，文姬为胡骑所获，没于南匈奴左贤王，在胡中十二年，生二子”。曹操“乃遣使者以金璧赎之，而重嫁于（董）祀”，“后感伤乱离，追怀悲愤，作诗二章”。这就是五言、骚体两首《悲愤诗》。五言《悲愤诗》是我国诗史上文人创作的第一首自传体五言长篇叙事诗，诗作分为三大部分，第一部分写董卓之乱给人民带来的苦难，诗云：

汉季失权柄，董卓乱天常。志欲图篡弑，先害诸贤良。逼迫迁旧邦，拥主以自强。海内兴义师，欲共讨不祥。卓众来东下，金甲耀日光。平土人脆弱，来兵皆胡羌。猎野围城邑，所向悉破亡。斩截无孑遗，尸骸相撑拒。马边悬男头，马后载妇女。长驱西入关，迥路险且阻。还顾邈冥冥，肝脾为烂腐，所略有万计，不得令屯聚。或有骨肉俱，欲言不敢语。失意几微间，辄言毙降虏。要当以亭刃，我曹不活汝。岂复惜性命，不堪其詈骂。或便加棰杖，毒痛参并下。旦则号泣行，夜则悲吟坐。欲死不能得，欲生无一可。彼苍者何辜，乃遭此厄祸。

---

① 《汉唐地理书钞》，中华书局影印本1961年版，第123页。

② 当为初平，参见王先谦《后汉书集解》引沈钦韩说。

这是身处战争中的百姓对战争的叙写，诗中所写董卓人马对百姓的野蛮屠杀与疯狂掠夺，均有史可证，据《三国志·董卓传》："（董卓）尝遣军到阳城，时适二月社，民各在其社下，悉就断其男子头，驾其牛车，载其妇女财物，以所断头系车辕轴，连轸而还洛，云攻城大获，称万岁。入开阳城门，焚烧其头，以妇女与甲兵为婢妾。"诗的第二部分写流落匈奴后的情况，在"四境篇"叙述；诗的第三部分写归途与归后的遭遇，战后的情形令人印象尤为深刻：

> 既至家人尽，又复无中外。城郭为山林，庭宇生荆艾。白骨不知谁，从横莫覆盖。出门无人声，豺狼号且吠。茕茕对孤景，怛咤糜肝肺……

又有王粲叙写战乱景象的《从军行》、《七哀诗》。《从军行》其五前半部分写道：

> 悠悠涉荒路，靡靡我心愁。四望无烟火，但见林与丘。城郭生榛棘，蹊径无所由。雚蒲竟广泽，葭苇夹长流。日夕凉风发，翩翩漂吾舟。寒蝉在树鸣，鹳鹄摩天游。客子多悲伤，泪下不可收。

但这样战乱破败景象的叙写是要与下文曹操统治地界的和平安宁繁荣作为对比，即诗的后半部分：

> 朝入谯郡界，旷然消人忧。鸡鸣达四境，黍稷盈原畴。馆宅充廛里，士女满庄馗。自非贤圣国，谁能享斯休。诗人美乐土，虽客犹愿留。

这就表现出人民对和平生活的向往。和平生活的标志，一是"黍稷盈原畴"的农村景物；一是繁荣的都市，"馆宅充廛里，士女满庄馗"，云云。

王粲《七哀诗》其一也是叙写身处战争中的百姓的苦难的名作，诗云：

> 西京乱无象，豺虎方遘患。复弃中国去，远身适荆蛮。亲戚对我悲，朋友相追攀。出门无所见，白骨蔽平原。路有饥妇人，抱子弃草间。顾闻号泣声，挥涕独不还。未知身死处，何能两相完。驱马弃之去，不忍听此言。南登霸陵岸，回首望长安。悟彼下泉人。喟然伤心肝。

诗作既有大场面的动乱惨境叙述，又有"饥妇弃子"这样的典型图景；诗作把个人的遭遇与全社会的景象联系在一起，更增强了诗歌的情感力量。

建安时期诗歌写到战乱给人民带来的苦难，读者最感触目惊心的就是"白骨"意象，前如蔡文姬五言《悲愤诗》"白骨不知谁，从横莫覆盖"，又如曹操《蒿里行》称：

> ……铠甲生虮虱，万姓以死亡。白骨露于野，千里无鸡鸣。生民百遗一，念之断人肠。

又如王粲《七哀诗》其一所云"出门无所见，白骨蔽平原"等。叙写战乱，还往往写到城郭的被破坏，如王粲《从军行》其五写"四望无烟火，但见林与丘；城郭生榛棘，蹊径无所由"，云云。又如蔡文姬写"城郭为山林"，云云。而和平祥和则城市、农村都要写到，王粲《从军行》其五就是例子。正是由于对社会动乱与民生疾苦的叙写，使建安时期的军事战争诗作有了坚实的基础与明确的指向。

其二，视军事活动为政治的组成部分。

战争是政治的继续，是政治的极端表现。建安时期，军阀混战，军事活动频繁，人民遭受深重苦难，曹操以武力及韬略平定北方，邺下文学集团的文人也大都跟随曹操征战南北，他们也创作有大量军事题材的诗作，是建安文学一道亮丽的风景线。建安诗歌中，军事活动往往是作为政治的组成部分来歌咏的，比如曹操《薤露行》：

> 惟汉二十世，所任诚不良。沐猴而冠带，知小而谋强。犹豫不敢断，因狩执君王。白虹为贯日，己亦先受殃。贼臣持国柄，杀主灭宇京。荡覆帝基业，宗庙以燔丧。播越西迁移，号泣而且行。瞻彼洛城郭，微子为哀伤。

中平六年（189 年），大将军何进谋诛宦官，密诏董卓进京，事泄，何进被宦官所杀，宦官又劫持少帝和陈留王奔小平津，后被董卓劫还，废少帝为弘农王，不久又将其杀死，立陈留王刘协为帝，即汉献帝，董卓遂窃取朝廷大权。于是关东兵马讨伐董卓，董卓焚烧洛阳，劫持献帝迁都长安。诗作叙写的就是这个历史过程。曹操又有《蒿里行》：

> 关东有义士，兴兵讨群凶。初期会盟津，乃心在咸阳。军合力不齐，踌躇而雁行。势利使人争，嗣还自相戕。淮南弟称号，刻玺于北方……

作品的叙写继续《薤露行》而来，初平元年（190 年）春，函谷关以东诸军起兵讨伐董卓，推袁绍为盟主，在孟津会师，但诸路大军不能齐心协力，各怀私心，只有曹操出战失利，随后诸军争权夺利，互相残杀，把人民陷入战火之中。上述曹操两首诗作，把军事活动放在政治活动的大背景下来叙述，因此，其意义就不仅仅是揭示战争带给社会什么，而是让人们思索战争祸害的原因。于是，历代读者、批评家也不仅仅把此作品视作战争诗，锺惺《古诗归》称此二诗："汉末实录，真诗史也。"方东树《昭昧詹言》称："此用乐府题，叙汉末时事。所以然者，以所咏丧亡之哀，足当挽歌也。《薤露》哀君，《蒿里》哀臣，亦有次第。"《薤露行》、《蒿里行》属《相和歌》的《相和曲》，崔豹《古今注》说："《薤露》送王公贵人，《蒿里》送士大夫庶人，使挽柩者歌之，世亦呼为挽歌。”曹操这两首诗，前者写汉王朝颠覆，后者写军阀争权夺利，酿成战乱。

曹操诗作给其子孙的军事战争叙写定下基调，所谓“魏之三祖”的作品都在其叙写中强调战争的意义。如曹丕五言《黎阳作诗》两首，写为什么要忍受征途的艰难而从事军事活动，叙写出战争的目的：

> 朝发邺城，夕宿韩陵。霖雨载涂，舆人困穷。载驰载驱，沐雨栉风。舍我高殿，何为泥中？在昔周武，爰暨公旦。载主而征，救民涂炭。彼此一时，唯天所赞。我独何人，能不靖乱。
>
> 殷殷其雷，濛濛其雨。我徒我车，涉此艰阻。遵彼洹湄，言刈其楚。班之中路，涂潦是御。辚辚大车，载低载昂。嗷嗷仆夫，载仆载僵。蒙途冒雨，沾衣濡裳。

黎阳，古津渡名，在今河南浚县东南；邺城，曹操的根据地，在今河北；韩陵，韩陵山，在今河南安阳一带；洹，河名，在河南安阳。这是在汉延康元年（220年）出征东吴时所作。又有曹叡《苦寒行》，写征途中看到祖父曹操的故垒军营，于是怀想其功德，颂扬其功德，并增强了对“吴蜀寇”的必胜信心。诗云：

> 悠悠发洛都，茾我征东行。征行弥二旬，屯吹龙陂城。顾观故垒处，皇祖之所营。屋室若平昔，栋宇无邪倾。奈何我皇祖，潜德隐圣行。虽没而不朽，书贵垂伐名。光光我皇祖，轩耀同其荣。遗化布四海，八表以肃清。虽有吴蜀寇，春秋足耀兵。徒悲我皇祖，不永享百龄。赋诗以写怀，伏轼泪沾缨。

诗作有的地方描摹得很具体，如“征行弥二旬”、“屋室若平昔，栋宇无邪倾”等，诗作是以抒怀见长，所谓“赋诗以写怀”。

与此相关的还有叙写对战争之事的恭敬职守，如繁钦《远戍劝戒诗》：

肃将王事，集此扬土。凡我同盟，既文既武。郁郁桓桓，有规有矩。务在和光。同尘共垢，各竟其心。为国蕃辅，訚訚行行，非法不语。可否相济，阙则云补。

又如司马懿有《歌》，《晋书·宣帝本纪》载，景初二年（238年），司马懿征讨辽东时过家乡河内温县，“见父老故旧，宴饮累日，帝叹息，怅然有感，为歌曰”：

天地开辟，日月重光。遭遇际会，毕力遐方。将扫群秽，还过故乡。肃清万里，总齐八荒。告成归老，待罪舞阳。

诗作前六句表达夺取战争胜利的政治意义，又有自谦，即“遭遇际会”之意。后二句称“待罪”，意谓不胜其职而将获罪；“舞阳”，即司马懿的封邑。从这首诗的创作背景，我们不禁想起刘邦创作《大风歌》的情形，但司马懿之作哪里有汉高祖的气魄。

又如毌丘俭《之辽东诗》：

忧责重山岳，谁能为我檐。

《三国志·魏书·毌丘俭传》载，“青龙中，（魏明）帝图讨辽东，以俭有干策，徙为幽州刺史，加度辽将军，使持节，护乌丸校尉”，战不利，后，“帝遣太尉司马宣王统中军及俭等众数万讨渊，定辽东。俭以功进封安邑侯，食邑三千九百户”。此诗即为毌丘俭担当讨公孙渊重任时的感怀。

又如阮籍《咏怀》八十二首，其三十一：

驾言发魏都，南向望吹台。箫管有遗音，梁王安在哉？战士食糟糠，贤者处蒿莱。歌舞曲未终，秦兵已复来。夹林非我有，朱宫生尘埃。军败华阳下，身竟为土灰。

诗中的“战士”、“秦兵”、“军败”都是有关战争的，但诗作是以战国时魏王荒淫、失政而导致军败、失地的史实来讽喻时政的，战争并非诗作描摹的真正对象。但诗作表达出，战争是国家是否败亡的关键，战士是国家是否强大的支撑。这是以战国魏亡之战为讽谏，是另一种对战争意义的思索。

其三，英雄主义的大力张扬。

建安军事战争诗歌留给文学史的辉煌，一是把军事战争与社会动乱、民生疾苦联系起来，歌吟军事战争活动是为了解除苦难、统一天下；另一就是以军事战争诗歌高扬英雄主义，曹植军事战争诗歌最大程度地显示了对英雄主义的大力张扬，如《杂诗七首》其五写战争中的英雄主义壮志：

> 仆夫早严驾，吾将远行游。远游欲何之？吴国为我仇。将骋万里途，东路安足由。江介多悲风，淮泗驰急流。愿欲一轻济，惜哉无方舟。闲居非吾志，甘心赴国忧。

应该注意到，这些对英雄主义的颂赞，实际上是理想主义的，诗人只是在叙说一种理想，这个理想要成为现实还须一定的条件。这是抒发征讨东吴的雄心壮志，可惜未能实现。

曹植又有《失题》，诗云：

> 皇考建世业，余从征四方。栉风而沐雨，万里蒙露霜。剑戟不离手，铠甲为衣裳。

所谓“皇考建世业，余从征四方”，即曹植《求自试表》云：“臣昔从先武皇帝，南极赤岸，东临沧海，西望玉门，北出玄塞。”全诗是曹植自述其战斗经历。曹植又有《白马篇》等英雄主义歌吟，将在“游侠篇”中叙说。

其四，谣谚对将领的歌颂与讥讽。

对将领的讥讽，是春秋战国传袭下来的一个传统主题，在建安时期战火连绵中，这个主题在吟咏军事战争诗歌亦有所表现。如《太平御览》七百五十七引《魏略》曰："徐晃性严，驱使将士不得闲息。于时军中为之语曰"：

> 不得饷，属徐晃。

又有《太平御览》二百四十一引《魏略》曰："太祖欲广耳目，使卢洪、赵达主刺举，洪、达多所陷入，故于时军中为之语曰"：

> 不畏曹公，但畏卢洪，卢洪尚可，赵达杀我。

这是讲军队中监察官员的厉害。

也有对将领的歌颂，如《太平御览》卷四百六十五引《吴录》："彭循，字子阳，毗陵人。建国（当为建兴之误）二年，海贼丁仪等万人据吴，太守秋君闻循勇，谋以守令。循与仪相见，陈说利害，应时散降。民歌之曰"：

> 时岁仓卒贼纵横，大戟强弩不可当，赖遇贤令彭子阳。

这是讲不战而屈人之兵，歌颂彭循保持了地方的安宁。

建安时期的军事战争诗作的特点，从一方面讲，在于不仅仅描摹叙写实际进行的军事战争，而且多强调军事战争是政治的继续，多强调军事战争在更大范围内的意义，这是中古时期军事战争诗作的一个好传统；从另一方面讲，诗人们又多有平定战乱、统一天下以建功立业的雄心壮志，高亢的英雄主义呐喊也成为建安时期军事战争诗作的主旋律。

五 三国归晋的军事战争诗歌突出"天命"

三国归晋的最重要的军事活动就是平吴之役，晋初多有诗作吟咏此事。如枣据《杂诗》：

> 吴寇未殄灭，乱象侵边疆。天子命上宰，作蕃于汉阳。开国建元士，玉帛聘贤良。予非荆山璞，谬登和氏场。羊质服虎文，燕翼假凤翔。既惧非所任，怨彼南路长。千里既悠邈，路次限关梁。仆夫罢远涉，车马困山冈。深谷下无底，高岩暨穹苍。丰草停滋润，雾露沾衣裳。玄林结阴气，不风自寒凉。顾瞻情感切，恻怆心哀伤。士生则悬弧，有事在四方。安得恒逍遥，端坐守闺房。引义割外情，内感实难忘。

此诗《文选》载录，李善注引《今书七志》曰："枣据，字道彦，颍川人。弱冠辟大将军府，迁尚书郎。太尉贾充为伐吴都督，请为从事中郎。迁中庶子，卒。""天子命上宰，作蕃于汉阳"二句，指伐吴战役时，天子任贾充为大都督，总统六师。据《晋书·贾充传》载，贾充对伐吴没有信心，屡次上表反对，此次又"虑大功不捷"，推辞不去，晋武帝说："君不行，吾便自出。"贾充不得已，这才成行。"开国建元士，玉帛聘贤良"二句，指枣据被征召，他积极性很高，诗作以下便叙写从军的感怀，先是自谦，"予非荆山璞，谬登和氏场"，说自己没有才能，是"羊质服虎文，燕翼假凤翔"。自"既惧非所任，怨彼南路长"以下，引出行军途中的辛苦，最后说男儿战场上建功立业，怎能贪图逍遥享受生活，诗人的行动积极正好与贾充的内心消极恰恰相反。"士生则悬弧，有事在四方"，就是表现好男儿志在四方，而且是以战事志在四方。《礼记·内则》："子生，男子设弧于门左，女子设帨于门右。"《孔子家语·观乡射》："是故士使之射而弗能，则辞以病，悬弧之义。"王肃注："男子生则悬弧于其门，明必有射事也，而今不能射，唯病可以为辞也。"末二句"引义割外情，内感实难忘"，只是强调离别的难忘，又一次表明对路途艰辛的叙写及哀伤，并非叙说对上前线的畏惧。

有歌谣吟唱平吴战役的勇士猛将。《太平御览》卷四百六十五引臧荣

绪《晋书》:“羊祜以伐吴必藉上流之势。又时吴有童谣曰”:

阿童复阿童,衔刀浮渡江。不畏岸上兽,但畏水中龙。

“祜闻之曰:‘此必水军有功,但当思应其名者耳。’”王濬小字阿童,后为楼船将军平吴。这里的童谣讲出了平吴须水战。

又有王济《平吴后三月三日华林园诗》:

蠢尔长蛇,荐食江汜。我皇神武,泛舟万里。迅雷电迈,弗及掩耳。思乐华林,薄采其兰。皇居伟则,芳园巨观。仁以山悦,水为智欢。清池流爵,秘乐通玄。修罾洒鳞,大庖妙馔。物以时序,情以化宣。终温且克,有肃初筵。嘉宾在兹,千禄永年。

前六句述及平吴战事,称“神武”,称用兵的“迅雷电迈”。以下部分是华林园聚会欢呼胜利,而欢宴以“嘉宾在兹,千禄永年”作结,也是歌颂朝廷天长地久。

三国归晋,结束了自汉末一百年的战乱分裂,统一是由军事战争活动实现的,但诗人往往把三国归晋的天下统一大势,看作为天命所集。所谓“天命”,即上天的旨意,由天主宰的命运。《尚书》之《虞书·大禹谟》载禹以“天命”讨有苗。晋人诗作突出“天命”的意味,这是把天下对历久战乱而渴望统一称之为“天命”,把天下统一的大势所趋称之为“天命”。

如王濬《平吴诗》,王濬,字士治,恢廓有大志,任益州刺史时,奉诏修舟舰,时朝议咸谏伐吴,王濬力主宜速征伐,太康元年(280 年),王濬自成都发兵。据《晋书·王濬传》载,“濬自发蜀,兵不血刃,攻无坚城,夏口、武昌,无相支抗。于是顺流鼓棹,径造三山”,直达吴都,吴主孙皓送上降书。此处二首为平吴时所作,均为断篇:

> 茫茫禹迹，九域乃宾。庶士交正，无思不顺。
>
> 马怠其衡，车曳其轮。飞龙造造，天命有晋。

前一首说大禹治水，九域漂流，四海为家；庶士一切正直，所思所想皆为顺利。“庶士”，当指朝廷内外主张伐吴的人士，所“思”即为伐灭吴国统一天下。《尚书·禹贡》载：“四海会同，六府孔修，庶士交正，底慎财赋。”诗作用其成句“庶士交正”，取其“四海会同”的意味。后一首的前二句写战事的艰苦，用“马”、“车”的行为来表达。后二句晋承天命，成功实现天下统一。“飞龙造造”，用《易·乾卦》“九五，飞龙在天，利见大人”之义，称上天命晋伐灭吴国统一天下，真正实现了帝王在位，统治天下。

又有夏侯湛《江上泛歌》，其前四句云：

> 悠悠兮远征，倏倏兮暨南荆。南荆兮临长江，临长江兮讨不庭。

“不庭”，不朝于王庭者。晋时面临长江的不庭之国就是吴，称对方为“不庭”就是自以“王命”在我。诗作以下写长江的险要难渡，而回首北方又是“归轸之难寻”。

《太平御览》卷四百六十五引臧荣绪《晋书》：“杜预遣周旨、伍巢等伏兵乐乡城外，孙歆遣军出拒王濬，大败而还，旨等发伏兵，随歆军而入，直至帐下，虏歆而还。故军中为之谣曰”：

> 以讨伐战，一当万。

此歌谣《晋书·杜预传》亦载。“讨伐”者，表示正义一方，《书·皋陶谟》：“天讨有罪，五刑五用哉。”《礼·王制》：“革制度衣服者为畔，畔者君讨。”只有“天”、“君”才能讨伐。这里是说以讨伐来进行战争，那就可以以一当万。

六 西晋末的战乱诗歌

三国归晋，但没有保持多长时间的安定与繁荣，天下先是陷于“八王之乱”，又有“五胡乱华”，这些在诗歌中都有表现，尤其是后者。

潘尼《迎大驾》为纪乱之作，入《文选》诗“行旅类”，诗云：

> 南山郁岑鉴，洛川迅且急。青松荫修岭，绿蘩被广隰。朝日顺长涂，夕暮无所集。归云乘幰浮，凄风寻帷入。道逢深识士，举手对吾揖。世故尚未夷，崤函方崄涩。狐狸夹两辕，豺狼当路立。翔凤婴笼槛，骐骥见维絷。俎豆昔尝闻，军旅素未习。且少停君驾，徐待干戈戢。

诗作写“八王之乱”时为争夺王位的战争及造成的天下大乱。诗作作于晋惠帝光熙元年（306 年）春夏间，此前司马颙的部将将惠帝劫往长安，司马越打败司马颙，派兵劫还惠帝，又派潘尼在途中迎接惠帝大驾，诗即作于此时。首八句写景，凄风暮云的景物为诗人叙写混乱时局奠定基调。次八句借“深识士”之口写出时局混乱，“狐狸”、“豺狼”、“翔凤”、“骐骥”都非得其所，这是用咏物式的比兴写出诗人所认识到的时局混乱的根由。末四句写自己，此时天下用武，而自己一介书生，真是“俎豆昔尝闻，军旅素未习”，怎么办呢？“且少停君驾，徐待干戈戢”，末二句真正是无可奈何之言，战事是会自动平息下来的吗？但作为“未习”“军旅”的诗人，又能怎么办！诗中真正写战争之处几乎没有，重在对战争时局的关切。

汉魏以来，西境与北境的少数民族不断内迁，西晋江统《徙戎论》称，“西北诸郡，皆为戎居”，“关中之人，百余万口，率其少多，戎狄居半”。西晋又经历“八王之乱”，中央皇权势力衰弱，西晋王朝岌岌可危。西晋末年，叙写这样战争的诗作有一些。如周处之作。晋惠帝时，北地卢水胡马兰羌作乱，推齐万年为盟主，周处出战。据《晋书·周处传》载，周处，东吴名将之子，忠勇果劲，“及居近侍，多所规讽。迁御史中丞，凡所纠劾，不避宠戚。梁王肜违法，处深文案之。及氐人齐万年反，朝臣恶处强直”，便派他出战，后梁王肜为征西大将军，都督关中诸军事，周处又隶属于他。“时贼屯梁山，有众七万。而（夏侯）骏逼（周）处以五千兵击之。（周）处曰：‘军无后继，必至覆败，虽在亡身，为国取耻。’肜复命处进讨”，周处乃与诸将“攻万年于六陌。将战，处军人未食，（梁王）肜促令速战，而绝其后继。处知必败，赋诗曰”。诗如下：

去去世事已，策马观西戎。藜藿甘梁黍，期之克令终。

然后出战，“自旦及暮，斩首万计。弦绝矢尽，（卢）播、（解）系不救。左右劝退，处按剑曰：‘此是吾效节授命之日，何退之为。且古者良将受命，凿凶门以出，盖有进无退也。今诸军负信，势必不振。我为大臣，以身徇国，不亦可乎。’遂力战而没。”他也是一位英雄，知战之将死，无奈之余亦慷慨激昂。诗作为战场实录。

又有潘岳《关中诗》，对战争过程的叙述与对失败的感叹。在西晋，有的诗作在战争之后对具体战争行动有所评价，这种评价是朝廷君臣对具体战争行动评价的继续，是形象思维的政治性意见。此类诗作以潘岳《关中诗》十六章为代表。《关中诗》，《文选》入其于献诗类。晋惠帝时，北地卢水胡马兰羌作乱，推齐万年为盟主，平叛后，或称齐万年枭首，或称齐万年投降，朝廷上争论不休。《诗纪》云：“惠帝元康六年，氐贼齐万年与杨茂于关中反乱，既平，帝命诸臣作《关中诗》。”潘岳《上诗表》曰：“诏臣作《关中诗》，辄奉诏竭愚作诗一篇。”李善注曰：“齐万年编户隶属，为日久矣，而死生异辞，必有诡谬，故引证喻，以惩不恪。”诗的首章颂晋德，又点出灾祸之象。第二章述叛乱兴起，而州牧长官战守不定。第三章述赵王欲征，朝廷不许，而梁王出征，有“偏师作援”。第四章述夏侯骏、解系、周处相继出征。第五章述解系、周处兵败。第六章述周处战死，卢播违命亡奔。第七章哀叹失败，“俾我晋民，化为狄俘”。第八章述“乱离斯瘼”、“主忧臣劳”。第九章述出阵，首战胜利。第十章述孟观用兵“诡道”并虚报战功。第十一章夸赞孟观功劳。第十二章述孟观称纳降齐万年，夏侯骏称枭首，二人争功。第十三章以汉时史事告诫。第十四章述国威已曜，但民受荼毒。第十五章述关中饥馑疫疠与朝廷赈济。第十六章述朝廷“视民如伤”，而百姓“如熙纯阳”。全诗叙写了战争的整个过程，如第三章至第六章写出征与失利：

翘翘赵王，请徒三万。朝议惟疑，未逞斯愿。桓桓梁征，高牙乃建。旗盖相望，偏师作援。

虎视眈眈，威彼好畤。素甲日耀，玄幕云起。谁其继之，夏侯卿士。惟系惟处，别营棋跱。

夫岂无谋，戎士承平。守有完郛，战无全兵。锋交卒奔，孰免孟明。飞檄秦郊，告败上京。

周殉师令，身膏氐斧。人之云亡，贞节克举。卢播违命，投畀朔土。为法受恶，谁谓荼苦。

虽说是概括化的叙事，亦不乏具体场景的描摹。又如第九章写胜利的获得：

皇赫斯怒，爰整精锐。命彼上谷，指日遄逝。亲奉成规，稜威遐厉。首陷中亭，扬声万计。

又如第十一章写第二次胜利：

雍门不启，陈汧威逼。观遂虎奋，感恩输力。重围克解，危城载色……

诗作对人民在战争中所遭受的苦难非常同情，第七章写“哀此黎元，无罪无辜”遭受到“肝脑涂地，白骨交衢；夫行妻寡，父出子孤”的境地。又如第十五章写“斯民如何，荼毒于秦；师旅既加，饥馑是因；疫疠淫行，荆棘成榛”，这是实实在在的情况，战争中最受苦、最遭殃的是人民。但诗作的重点既不是叙写战争进程，也不是由战争而抒发情感，而是议论，这当然与此诗是应诏而作有关，诗作的目的是解决一个实际问题。何焯《义门读书记》卷四十六盛赞此诗“议论奇伟”，他说：

> 寻绎此诗，当日廷议，于（孟）观太苛，于（夏侯）骏太徇，故作者特为平两人之功罪也。

这表明，战争题材尚不以战争进程的叙写为主，比较之下，潘岳还有名文《马汧督诔》其序多写当时战斗的具体情况，但诗中太缺乏这样细致的战场实况叙写了。

又有刘琨《扶风歌》叙写赶赴战争前线的征途情形。西晋末年，黄河以北已为匈奴、羯等所占领，晋怀帝永嘉元年（307 年），刘琨出任并州（今山西一带）刺史，任务是招募流亡与匈奴刘渊、刘聪对抗，收复失地，恢复晋朝对北方的统治。九月末，刘琨自京城洛阳前往并州治所晋阳，一路招募人马，转战而进。路途中，刘琨写下了《扶风歌》。全诗共三十六句，《文选》李善注此诗说：“《集》云：《扶风歌》九首。”以两韵为一首。郭茂倩《乐府诗集》收录此篇，也题作“《扶风歌》九首”。其实，此乐府诗作以四句为一解，合九解为一篇。诗云：

> 朝发广莫门，暮宿丹水山。左手弯繁弱，右手挥龙渊。顾瞻望宫阙，俯仰御飞轩。据鞍长叹息，泪下如流泉。系马长松下，发鞍高岳头。烈烈悲风起，泠泠涧水流。挥手长相谢，哽咽不能言。浮云为我结，归鸟为我旋。去家日已远，安知存与亡？慷慨穷林中，抱膝独摧藏。麋鹿游我前，猿猴戏我侧。资粮既乏尽，薇蕨安可食？揽辔命徒

侣，吟啸绝岩中。君子道微矣，夫子故有穷。惟昔李骞期，寄在匈奴庭。忠信反获罪，汉武不见明。我欲竟此曲，此曲悲且长。弃置勿重陈，重陈令心伤。

首解写行程“朝发”、“暮宿”是夸张化的纪实，早晨从京都洛阳北门广莫门出发，日暮已经到了丹水山，进入并州境内，此二句总括全篇的叙写范围，表明全诗叙写的事情都是发生在此段路程中的。“繁弱”，古代良弓名；“龙渊”，古代宝剑名。挥舞兵器的动作，总括全诗叙写事情的性质，表明行程是伴随着战斗的，行程的目的是战争。次解写对京城的眷恋。第三解写征途景物与小憩。第四、五解是征途中情感抒发，落笔于“慷慨穷林中，抱膝独摧藏”。第六解写身处穷林与麋鹿、猿猴为伍，资粮乏绝，这该是战场上满目疮痍的实录。第七解写困境中的自慰、自奋。第八解写对前程的忧虑。末解是乐府诗结束时的套话，又是诗人心境的真实表达。刘琨在到达壶关时曾上表朝廷，对此次赴任并州的情形作了具体叙述，而诗作是以情感抒发为主的。时至东晋，仍有人们回想起那段战乱的烽火。这在散文中叙写比较多，如郭璞《流寓赋》、殷仲堪《致谢玄》述北方边防情形等。

亦有晋王朝以外政权的诗人叙写当时的战争情况，如张骏《薤露行》，《晋书·张轨附张骏传》载：“时骏尽有陇西之地，士马强盛，虽称臣于晋，而不行中兴正朔。舞六佾，建豹尾，所置官僚府寺拟于王者，而微异其名。”张骏作有《薤露行》，诗云：

在晋之二世，皇道昧不明。主暗无良臣，艰乱起朝廷。七柄失其所，权纲丧典刑。愚猾窥神器，牝鸡又晨鸣。哲妇逞幽虐，宗祀一朝倾。储君缢新昌，帝执金墉城。祸衅萌宫掖，胡马动北垧。三方风尘起，猃狁窃上京。义士扼素腕，感慨怀愤盈。誓心荡众狄，积诚彻昊灵。

哀悼晋王朝的被颠覆，写到当时战乱的情况，表面上仍以效忠晋王朝自命。

七　昂扬北伐的南朝前期

南朝纪实性的叙写征战的诗歌比较多，这是一种新的气象，有帝王之作，也有将帅、文人之作；或应诏而作，这是帝王让他们以朝廷的名义咏出的，或自我吟咏。在这些吟咏中，先是可以感到南朝前期那昂扬的斗志与胜利的自信，即便在其战场失利之时，其诗作仍不失豪气，虽然随着其实力越来越不济，又可以明显感到整个朝廷的底气越来越不足，但作为将士来说，慷慨激昂地去争取战争胜利，仍是诗歌的主旋律。

其一，刘宋时期的征战诗歌。

傅亮有《从武帝平闽中诗》，似乎亦是残篇，诗云：

> 鞠旅扬城，大蒐徐方。旅旌首路，元戎启行。弭楫洪河，总辔崇芒。

写大军出行。逯钦立《先秦汉魏晋南北朝诗》称“宋武帝有平关中姚秦事，无平闽中事。闽，关之讹”。这倒不见得，宋武帝刘裕确有平闽中之事，《资治通鉴》卷一百一十三载晋安帝元兴三年（403 年）“刘裕破卢循于永嘉，追至晋安。”晋安，即今福建泉州一带。

谢晦《彭城会诗》，《南史·谢晦传》曰：谢晦“从征关、洛，内外要任悉委之。帝于彭城大会，命纸笔赋诗，晦恐帝有失，起谏帝，即代作曰”：

> 先荡临淄秽，却清河洛尘。华阳有逸骥，桃林无伏轮。

这件事发生在东晋，因为叙说的是后来做了皇帝的刘裕的事，习惯上视之为刘宋作品。诗作的前二句写北伐的决心与目的，“华阳”二句用典，《书·武成》：“偃武修文，归马于华山之阳，放牛于桃林之野，示天下弗服。”孔传：“山南曰阳，桃林在华山东，皆非长养牛马之地，欲使自生自死，示天下不复乘用。”桃林在今河南灵宝以西、陕西潼关以东一带，华阳、桃林为刘裕北伐进军所向，此说刘裕一战，该地平息战争。

刘宋时期的征战诗歌多为最高统治者、战争决策者所作，后如宋文帝刘义隆的《元嘉七年以滑台战守弥时遂至陷没乃作诗》，诗云：

> 逆虏乱疆场，边将婴寇仇。坚城效贞节，攻战无暂休。覆沈不可食，离机难复收。势谢归途单，于焉见幽囚。烈烈制邑守，舍命蹈前修。忠臣表年暮，贞柯见严秋。楚庄投袂起，终然报强仇。去病辞高馆，卒获舒国忧。戎事谅未殄，民患焉得瘳。抚剑怀感激，志气若云浮。愿想凌扶摇，弭旆拂中州。爪牙申威灵，帷幄骋良筹。华裔混殊风，率土泱王猷。惆怅惧迁逝，北顾涕交流。

此事在元嘉七年（430年）三月，据《宋书·索虏传》载，宋文帝下诏北伐收复失地，北魏暂时退兵避锋。十一月，北魏“大众南渡河，（到）彦之败退，洛阳、滑台、虎牢诸城并为虏所没”，宋文帝“以滑台战守弥时，遂至陷没”，乃作此诗。诗的前半部分写战争过程；诗中写“戎事谅未殄，民患焉得瘳”，对战争中受苦受难的己方民众表示关切，又写“抚剑怀感激，志气若云浮”，写当时的壮志与愿望。诗末落至“惆怅惧迁逝，北顾涕交流”，这是战争失败时的现实情感，又怀有对北方人民的同情。

宋文帝又有《北伐诗》，诗附在元嘉二十三年（446年）北伐前的诏书后，诗云：

> 季父鉴祸先，辛生识机始。崇替非无徵，兴废要有以。自昔沦中畿，倏焉盈百祀。不睹南云阴，但见胡尘起。乱极治方形，途泰由积否。方欲涤遗氛，矧乃秽边鄙。眷言悼斯民，纳隍良在己。逝将振宏

罗，一麾同文轨。时乎岂再来，河清难久俟。骀驷安局步，骐骥志千里。梁傅畜义心，伊相抱深耻。赏契将谁寄？要之二三子。无令齐晋朝，取愧邹鲁士。

是战前动员性质，只是表达一种战争愿望，还无实际行动，诗也是如此写的。虽然说宋文帝的这两首诗对具体的战争活动叙写较少，只是典故的运用、壮志的抒发等，但这两首诗，又是实实在在地写当前正在发生的战争，写战争的发生，战争的进程与结果，皇帝及将士们的心愿与行动，这是很难得的。我们说，南北朝时期大大小小有多少战争，但对具体战争的叙写，却没有几首诗，宋文帝的作品是纪实，又是文学，难能可贵。

宋孝武帝刘骏也有《北伐诗》，写大军出发时的情况：

表里跨原隰，左右御川梁。月羽皎素魄，星旗艳赤光。

其二，南齐时期的征战诗作。

齐高帝萧道成有《塞客吟》，《南齐书·苏侃传》载："（苏侃）遇太祖在淮上，便自委结。上镇淮阴，以侃详密，取为冠军录事参军。是时张永、沈攸之败后，新失淮北，始遣上北戍，不满千人，每岁秋冬间，边淮骚动，恒恐虏至。上广遣侦候，安集荒余，又营缮城府。上在兵中久，见疑于时，乃作《塞客吟》以喻其志。"诗云：

宝纬紊宗，神经越序。德晦河、晋，力宣江、楚。云雷兆壮，天山繇武。直发指秦关，凝精越汉渚。秋风起，塞草衰，雕鸿思，边马悲。平原千里顾，但见转蓬飞。星严海静，月澈河明。清辉映幕，素液凝庭。金笳夜厉，羽辔晨征。斡晴潭而怅泗，枻松洲而悼情。兰涵风而泻艳，菊笼泉而散英。曲绕首燕之叹，吹轸绝越之声。欷圆琴之孤弄，想庭藿之余馨。青关望断，白日西斜。恬源靓雾，垄首晖霞。戒旋鹢，跃还波，情绵绵而方远，思裊裊而遂多。粤击秦中之筑，因为塞上之歌。歌曰：朝发兮江泉，日夕兮陵山。惊飙兮瀄汩，淮流兮潺湲。胡埃兮云聚，楚旆兮星悬。愁墉兮思宇，恻怆兮何言。定寰中之逸鉴，审雕陵之迷泉。悟樊笼之或累，怅遐心以栖玄。

诗作中多有镇守要塞的叙写。此作有以赋为诗的意味，前是赋的格调，后有歌。

齐时江孝嗣有《北戍琅邪城》，诗云：

驱马一连翩，日下情不息。芳树似佳人，惆怅余何及。薄暮苦羁愁，终朝伤旅食。丈夫许人世，安得顾心臆。按剑勿复言，谁能耕与织。

琅邪城在当时南齐与北魏交界之处，是作战前线。江孝嗣此作，先叙写奔赴琅邪城的征途以及心绪，接着叙写了戍守生活艰苦以及自己的满怀愁苦，此即“薄暮苦羁愁，终朝伤旅食”，《仪礼·燕礼》：“尊士旅食于门西。”郑注：“旅，众也。士众食，谓未得正禄，所谓庶人在官者也。”此中又有不得晋升之苦。但“丈夫”以下四句又勉励自己，颇有曹植《白马篇》“弃身锋刃端，性命安可怀。父母且不顾，何言子与妻。名在壮士籍，不得中顾私。捐躯赴国难，视死忽如归”之义；所谓“按剑勿复言”，就是说安心北戍琅邪城，不再说什么了。张玉谷《古诗赏析》称结尾四句道：“转到以义割情，吐出英雄本色，亦有劲气。”

谢朓有《和江丞北戍琅邪城》，诗云：

春城丽白日，阿阁跨层楼。沧江忽渺渺，驱马复悠悠。京洛多尘雾，淮济未安流。岂不思抚剑，惜哉无轻舟。夫君良自勉，岁暮勿淹留。

前四句写景物，“京洛”二句称，在朝中做官虽好却多有是非，还不如在边境未安的“淮济”，意谓尚有立功机会，这是劝慰、勉励江孝嗣之语。“岂不”二句表达自己杀敌立功、报国安边的心愿，慨叹没有机会。曹植《杂诗》其五：“江介多悲风，淮泗驰急流。愿欲一轻济，惜哉无方舟。”谢朓借以表达离开京城奔赴前线戍守边境、立功边境的意愿。诗作叙写的是现实存在的、正发生在诗人生活中的事件。

沈约《正阳堂宴劳凯旋诗》，诗云：

> 凯入同高宴，饮至均多祜。昔往歌《采薇》，今来欢《杕杜》。善战惟我皇，胜之不窥户。推毂授神谟，余壮终能贾。浩荡金罍溢，周流玉觞傅。

《采薇》、《杕杜》，均《诗经·小雅》篇名，《采薇序》曰：“《采薇》，遣戍役也。文王之时，西有昆夷之患，北有猃狁之难，以天子之命命将率遣戍役以守卫中国，故歌《采薇》以遣之、《出车》以劳还、《杕杜》以勤归也。”《杕杜序》曰：“《杕杜》，劳还役也。”此用以欢庆凯旋。正阳堂，乐游苑内有正阳林光殿，是朝廷举办庆宴聚会的地方，沈约此作，当是因侍宴而作，故系于此。一般认为“所宴劳者似当为萧顺之”，齐武帝永明八年（490年），萧子响不堪典签驾御，举兵反抗，齐武帝遣萧顺之率兵征讨。永明九年（491年）五月，正阳堂火灾被毁，所以此诗必作于正阳堂被毁之前。[①]

其三，梁朝与北朝对峙时期的战争军事诗作。

王筠《侍宴饯临川王北伐应诏》，诗云：

> 金版韬英，玉牒蕴精。帝德乃武，王威有征。轩习弧矢，夏陈干戚。周鸷戎车，汉驰羽檄。我皇俊圣，千年踵武。德洞十门，威加八柱。金正圮德，水行失道。胡马南牧，戎徒西保。荐食伊瀍，整居丰镐。金关扬尘，铜台茂草。命彼膳夫，爰诏协律。乐赋《出车》，弦

① 参见曹道衡、刘跃进《南北朝文学编年史》，人民文学出版社2000年版，第281页。

> 操《吉日》。玉馔骈罗，琼浆泛滥。圣德温温，宾仪秩秩。

这完全是台阁体，雍容尔雅，富贵华丽，有义正词严之意，无威胁辱骂之词。《梁书·武帝本纪》载：天监四年（505年）“冬十月丙午，北伐，以中军将军、扬州刺史临川王（萧）宏都督北讨诸军事”。《梁书·临川王宏传》载：“（天监）四年，高祖诏北伐，以宏为都督南、北兖、北徐、青、冀、豫、司、霍八州北讨诸军事。宏以帝之介弟，所领皆器械精新，军容甚盛，北人以为百数十年所未之有。”但此次北伐以失败告终。《南史·临川王宏传》中载，但“宏闻魏援近，畏懦不敢进”，吕僧珍评价萧宏说：“王非止全无经略，庸怯过甚。吾与言军事，都不相入。观此形势，岂能成功。”临川王宏停军不前，北军以“知其不武，遗以巾帼”讽刺他，并歌曰：

> 不畏萧娘与吕姥，但畏合肥有韦武。

“吕”谓吕僧珍，与萧宏均为“知难而退”，北军以女性称之为“姥”、“娘”；“韦”指韦叡，是一员勇将，在此次北伐中曾攻破魏的合肥城，后临川王宏军败溃退。

裴子野《答张贞成皋》，诗云：

> 匈奴时未灭，连年被甲兵。明君思将帅，方听鼓鼙声。吾生忝逸翮，抚剑起徂征。非徒慕辛季，聊欲逞良平。出车即方轨，绝幕且横行。岂伊长缨系，行见黄河清。虽令懦夫勇，念别犹有情。感子盈编赠，握玩以为荣。跂子振旅凯，含毫备勒铭。

张贞成，生平不详，有“盈编赠”，故裴子野有“答”。裴子野，字几原，以文章名世，尤擅长檄告之文，对魏文字他多有起草，《梁书》本传载：“普通七年（526年），王师北伐，敕子野为喻魏文，受诏立成”；“俄又敕为书喻魏相元乂”。此诗当是送王师出征时所作。首四句写誓师出征，以匈奴比北魏。“吾生”二句写友人身手。“非徒”二句写友人效慕、追迹古时贤人。“辛”，剧辛，战国时赵人，燕昭王筑黄金台延请天下贤人，他与乐毅、邹衍等入燕，曾参与伐齐、击赵之战。“季”，柳下季，春秋时贤人。“良平”，辅佐刘邦夺取天下的张良与陈平。“出车”二句遥想友人沙漠作战的情形。“岂伊”二句企盼友人建立功业。“虽令”四句感别。末二句遥祝友人凯旋归来，并称要为他勒铭山石记述功劳。

徐悱《古意酬到长史溉登琅邪城》：

> 甘泉警烽候，上谷抵楼兰。此江称豁险，兹山复郁盘。表里穷形胜，襟带尽岩峦。修篁壮下属，危楼峻上干。登陴起遐望，回首见长安。金沟朝灞浐，甬道入鸳鸾。鲜车骛华毂，汗马跃银鞍。少年负壮气，耿介立冲冠。怀纪燕山石，思开函谷丸。岂如霸上戏，羞取路傍观。寄言封侯者，数奇良可叹。

琅邪城，齐梁时在今南京城北，为首都建康北面的咽喉要冲，在军事上的地位很重要，齐武帝曾多次亲临讲武，江孝嗣、谢朓、王融、沈约都有描述琅邪城的诗作。此诗前半部分，首二句以汉代边防要塞喻琅邪城在军事上的重要，梁朝正不时受到北魏的威胁。“此江”以下六句写琅邪城形胜设防。诗的后半部分以“回首见长安”领起，以长安比拟建康，引出戍守琅邪城的责任，于是表达“少年负壮气，耿介立冲冠”的建功立业的雄心。末二句又感慨“数奇”，当是述说实现愿望的不容易。诗作的“古意”，就是以长安比拟建康，以汉代边防要塞喻琅邪城。

《梁书·陈庆之传》载，梁时陈庆之善战，在与北朝对峙中屡立战功，“庆之麾下悉著白袍，所向披靡”，于是洛阳童谣曰：

> 名军大将莫自牢，千兵万马避白袍。

梁时又有为战争胜利举行宴会之作，如梁武帝萧衍《宴诗》，诗云：

> 止杀心自详，胜残道未遍。四主渐怀音，九夷稍革面。世治非去兵，国安岂忘战。钓台闻史籍，歧阳书记传。

诗作的重心落在对战争必要性的论证上。“止杀”句，《商君书·画策》：“以杀去杀，虽杀可也。”“胜残”句，《论语·子路》：“善人为邦百年，亦可以胜残去杀矣。”何晏集解：“王曰：‘胜残，胜残暴之人使不为恶也；去杀，不用刑杀也。’”此句说“胜残去杀”之道未能做到，应上句所以要打仗。“四主”，即四凶，古代不服从舜控制的四个凶人。“九夷”，指四境外的少数民族。以上二句是说通过战争使“四主”、“九夷”服从控制、改变品行。“世治”二句是说，天下太平不是靠去掉战争，国家安宁怎能忘掉备战。末二句似指要以古人为榜样讲武、备战。“钓台”句，指周西伯出猎遇垂钓者吕尚，后吕尚辅佐文王、武王以武力灭商。“歧阳”句，周成王有“歧阳之蒐”，指周成王在歧山南面举行的大规模狩猎活动，古时以狩猎为讲武、备战、盟诸侯。

沈约《应诏乐游苑饯吕僧珍》，诗云：

> 丹浦非乐战，负重切君临。我皇秉至德，忘己用尧心。憨兹区域内，鱼鸟失飞沈。推毂二崤道，扬旆九河阴。超乘尽三属，选士皆百金。戎车出细柳，饯席遵上林。命师诛后服，授律缓前禽。函轘方解带，峣武稍披襟。伐罪芒山曲，吊民伊水浔。将陪告成礼，待此未抽簪。

吕僧珍，字元瑜，曾任左卫将军，加散骑常侍，入直秘书省，总知宿卫。《梁书·吕僧珍传》曰：“天监四年（505年）冬，大举北伐，自是军机多事，僧珍昼直中书省，夜还秘书。五年夏，又命僧珍率羽林劲勇出梁城。其年冬旋军。”此诗即作于天监五年（506年）夏为吕僧珍率兵伐魏而举行的饯别宴会时。首二句说，尧征丹水国而克之，并非乐于战争，而是切合君临天下的重任，这是以古喻今，引出下四句的梁朝出征是为了解救万物失所。“推毂”，古时将士出征，皇帝推车毂送之；“二崤”，崤山在今河南洛宁县西北，分东崤、西崤，故称二崤；“九河”与“二崤”同为前线险要。“超乘”二句，说跳跃上车者都身披三属铠甲，选拔的将士皆是百金招募。“戎车”二句写出师时设宴。“命师”二句写威杀与饶恕并施；“函轘”二句写所向披靡，这都是对战争结果的期望。“伐罪”、“吊民”是写战争的政治意义 。末二句写自己等待庆贺战争胜利的仪式，故暂未弃官引退。

上述诗作叙写战争，无论战争进程与结果怎样，一律是堂堂皇皇的颂扬；涉及个人，一律是堂堂正正的立功。

八　侯景之乱与南朝覆亡

对南朝来说影响最大的事件就是侯景之乱了，侯景之乱是梁朝昏庸政治后果的总爆发。侯景本是东魏高欢的得力干将，高欢死，高欢子高澄欲夺其兵权，侯景降西魏，西魏并不信任侯景，在东、西魏的夹击下，侯景投降梁朝。梁武帝以为统一中原的机会到了，派萧渊明接应侯景，并攻打东魏，东魏击破梁军主力，侯景又转头攻打梁朝，攻下台城，困死梁武帝，杀死梁简文帝，自立为帝。战乱既起，梁武帝的几个儿子不救父兄，反而拥兵观变，各方军队烧杀抢掠，争夺王位，江南人民陷于极大的灾祸之中。最后是西魏陷江陵，梁元帝萧绎被杀，梁朝基本灭亡，陈朝建立。这个时期的作品，有下列几项：

其一，叙写战争场面。太清二年（548年），侯景乱起，围攻京城，皇太子萧纲有《围城赋》，赋云：

彼高冠及厚履，并鼎食而乘肥。升紫霄之丹地，排玉殿之金扉。陈谋谟之启沃，宣政刑之福威。四郊以之多垒，万邦以之未绥。问豺狼其何者，访虺蜴之为谁。

反思乱之所起，矛头直指宦臣朱异。萧纲又作四言《愍乱诗》，诗云：

瞻彼阪田，嗟斯氛雾。谋之不臧，褰我王度。

那时梁武帝宠幸朱异，大臣及皇太子萧纲认为朱异酿成侯景之乱。朱超有《赠王僧辩》，诗云：

故人总连率，方舟下汉地。玉节交横映，金铙前后吹。聚图匡汉业，倾产救韩危。昔时明月夜，荫羽切高枝。冲天势已远，控地力先疲。各言献捷后，几处泣生离。

王僧辩，字君才，侯景之乱，他从萧绎讨景，太清六年（552年），率军与陈霸先收复建康。后西魏攻破江陵，元帝死，敬帝立，王僧辩又纳北齐扶植的萧渊明为帝，被陈霸先所杀。此诗的前半部分写王僧辩的军威军势与功劳，后半部分意义不很明确。

又梁元帝萧绎有《藩难未静述怀》，写梁末元帝登基前后战事纷乱。诗云：

玉节威云梦，金钲韵渚宫。霜戈临堑白，日羽映流红。单醪结猛将，芳饵引群雄。箭拥淇园竹，剑聚若溪铜。亟观周王骏，多逢鲍氏骢。谋出河南贾，威寄陇西冯。溪云连阵合，却月半山空。楼前飘密柳，井上落疏桐。差营逢霔雨，立垒挂长虹。

整首诗是说要征召四处精兵猛将，调集各地兵器战马，运用天下策士计谋，摆开战阵，让厄运笼罩敌阵，以取得最后胜利。侯景之乱起，萧衍诸子中，就是镇守荆州的萧绎拥有部队最多，占有的地盘最大，也就是他最不出力支援父兄，在这样的背景下看此诗，显示出他的险恶用心就是自己想当皇帝。

又有沙门慧标的《赠陈宝应》，《南史·虞寄传》载，陈朝建，陈宝应起兵反，慧标赠诗曰：

> 送马犹临水，离旗稍引风。好看今夜月，当照紫微宫。

所谓送军出征。

又有吟咏与西魏对立下的军事活动。《资治通鉴》卷一六五载：魏军围城，帝登城观战，“是夜，帝巡城，犹口占为诗，群臣亦有和者。”《五代新说》载：“景立豫章王栋为天子，俄而篡位。湘东王命太尉王僧辩、司空陈霸先击景，破之；诛景，即位为元皇帝，都荆州。魏军围城，帝登城观战，为诗曰”①：

> 落星依远戍，斜日半平林。征兵资琰玉，叠鼓乱摐金。单醪投百米，芳茸下千寻。从军所以乐，梁王有赤心。

不知是否为梁元帝的真实心情。

其二，展示梁武帝在诸子争夺皇位、相互开战下的真实心境。

《南史·武陵王纪传》载，侯景之乱起，武帝萧衍、简文帝萧纲先后死难，萧衍诸子中，湘东王萧绎镇守荆州，武陵王萧纪镇守巴蜀，各怀异心。萧绎发兵靖难，擒杀侯景，而萧纪抢先称帝，年号“天正”，并率军沿江而下。萧绎派兵与萧纪对抗，时萧绎兵弱，便许萧纪专制蜀地，萧纪不肯息兵。后萧绎援军来到，连败萧纪，萧纪畏惧而求和，此时萧绎又不许，作书拒绝，随书附有一诗，诗云：

---

① 明陶宗仪《说郛》卷六十（中国书店1986年版，依据涵芬楼1927年11月版影印，第九册，第116页）收录的《五代新说》帝王门条，此书收录的《五代新说》未提作者。

回首望荆门，惊浪且雷奔。四鸟嗟长别，三声悲夜猿。

首二句写自己根据地的形势，“四鸟”句用典，《孔子家语·颜回》载，孔子闻哭者甚哀，问颜回，颜回答曰：“回闻桓山之鸟，生四子焉。羽翼既成，将分于四海，其母悲鸣而送之，哀声有似于此，谓其往而不返也。”此以兄弟诀别喻拒绝萧纪求和。“三声”句，古以猿啼述悲，诗以此称兄弟断绝关系虽悲但无可奈何。萧纪之子萧圆正已下狱，连句云：

水长二江急，云生三峡昏。愿贯淮南罪，思报阜陵恩。

但无济于事。萧纪败，圆正号哭绝食而死。

其三，叙写战乱中的政治感慨与沧桑情怀。侯景之乱，庾肩吾有被执经历，《太平御览》卷六百引《三国典略》：“宋子仙破会稽，购得肩吾，谓之曰：‘吾昔闻汝能作诗，今可作。若能，当贯汝命。’肩吾便操笔立成，子仙乃释之。”此即《被执作诗》，诗云：

发与年俱暮，愁将罪共深。聊持转风烛，暂映广陵琴。

“转风烛”，“转风”是说权力易手、风向转变，“风烛”是说转瞬即灭、生命危险。“广陵琴”是指嵇康临刑时所琴而弹《广陵散》之曲，亦指自己面临死亡。庾肩吾有《乱后行经吴邮亭诗》①，诗云：

邮亭一回望，风尘千里昏。青袍异春草，白马即吴门。獯戎鲠伊洛，杂种乱轘辕。辇道同关塞，王城似太原。休明鼎尚重，秉礼国犹存。殷牖爻虽赜，尧城吏转尊。泣血悲东走，横戈念北奔。方凭七庙略，誓雪五陵冤。人事今如此，天道共谁论？

---

① 《诗纪》云：“御亭，吴大帝所建，在晋陵。今作邮，误也。”

所谓“乱”是指侯景之乱，梁武帝太清三年（549 年）三月，侯景叛军攻陷建康，六月侯景立萧纲为帝，是为梁简文帝。次年七月侯景矫诏庾肩吾使江州，庾肩吾得以脱离侯景的控制，所谓写“乱后行经”应指写这一时期的事情，诗作叙写了侯景叛军肆虐江南的情形以及恢复旧业的愿望。首八句为前一部分，写江南乱后景象。“邮亭”二句总括，“青袍”、“白马”指侯景叛军乘白马，兵皆青衣，当日童谣：“青丝白马寿阳来。”“伊洛”、“轘辕”、“辇道”、“王城”都是指江南京畿地区，如今被“獯戎”、“杂种”的侯景叛军所占，地同关塞，城似太原，《诗经·小雅·六月》：“薄伐猃狁（匈奴），至于大原。”这是概括性、典故性写战乱，诗人无意再现战乱景象，而只是要表现自己的亡国情怀。后一部分写梁朝尚有可恢复之处，“休明”二句称国鼎尚重、国礼犹存。“殷牖”二句写梁武帝在台城被侯景所逼。“泣血”、“横戈”二句指萧纶、萧绎等奔走赴援。“方凭”、“誓雪”写策划复仇。末二句是对整个事变的思考，总结自己的感慨。

庾肩吾又有《乱后经夏禹庙诗》，为同一时期的作品。诗云：

金简泥初发，龙门凿始通。配天不失旧，为鱼徽此功。林堂上偃蹇，山殿下穹隆。侵云似天阙，照水类河宫。神来导赤豹，仙女拥飞鸿。松龛撤暮俎，枣迳落寒丛。仙舟还入镜，玉轴更乘空。去国嗟行迈，离居泣转蓬。月起吾山北，星临天汉中。申胥犹有志，荀息本怀忠。待见搀枪灭，归来松柏桐。

诗的前部分写夏禹及夏禹庙，后半部分写到自己，最后以典故抒发搬兵复仇之意。申胥，申包胥，为请救兵哭于秦廷七日七夜；荀息，晋荀崧幼女荀灌，她为救父，率勇士数十人突围请援。搀枪，彗星名，古人以为妖星，主兵祸。这些都是以典故述说自己的职责与愿望。

贺力牧，陈时人，生平不详。其《乱后别苏州人》，当是写侯景之乱后的情形。诗云：

徘徊睇阊阖，怅望极故苏。慨矣嗟荒运，悲哉惜霸图。子常终覆郢，宰嚭遂亡吴。石陨星方暗，山崩川自枯。周京摧棫樸，汉社落枌榆。宫毁无巢燕，城空余堞乌。兹邦号端委，多士自相趋。照庑同燕石，光车等魏珠。言离已惆怅，念别更踟蹰。若访任公子，求余东海隅。

诗中写战乱后的荒凉，或“石陨星方暗，山崩川自枯”的比拟式，或“子常终覆郢，宰嚭遂亡吴”的典故式，“宫毁无巢燕，城空余堞乌”之类的具体描摹很少。而上述的几种方式，又都蕴涵着强烈的对比，以兴旺霸业对比战败荒芜，深深的历史感慨就由此而显现。最后落实到自己的灰心而隐居躲避。这些诗作叙写战乱既多用典而又具历史感慨。

沈炯，仕梁为给事黄门侍郎，领尚书左丞，梁末江陵陷落时被掳至西魏，梁敬帝绍泰二年（556 年）放还，在由西魏都城长安回来途经方山时写下《长安还至方山怆然自伤》，诗云：

秦军坑赵卒，遂有一人生。虽还旧乡里，危心曾未平。淮源比桐柏，方山似削成。犹疑屯虏骑，尚畏值胡兵。空村余拱木，废邑有颓城。旧识既已尽，新知皆异名。百年三万日，处处此伤情。

首四句对战俘百死一生而自己被放还犹惊恐未定；次四句从另一个侧面具体述说为何惊恐未定，此即“淮源比桐柏”所述敌我双方相比而连，虽见到都城附近的方山，看到其御敌的险峻地势，于是觉得仍在战斗之中。末六句面对战争过后城乡破败、人员死亡的情况，诗人发出感伤的悲叹。

其四，亡国之悲——陈朝江总被俘及放还后的作品。

梁亡后陈霸先建立陈朝，也有短暂的繁荣，但天下统一的主动权、主导权已经到了北朝方面。终于陈后主祯明三月、隋文帝开皇九年（589 年），陈朝灭亡，陈后主与王公百僚被掳北方，先至建邺，入于长安。《陈书·鲁广达传》载：隋军“贺若弼进军钟山，广达率众于白土岗南置阵，与弼旗鼓相对。广达躬擐甲胄，手执桴鼓，率励敢死，冒刃而前”，后战败被俘，“怆本朝沦覆，遘疾不治，寻以愤慨卒”。陈朝的尚书令江总也被俘入隋，见此情景，“抚柩恸哭，乃命笔题其棺头。”就是此《哭鲁广达》，诗云：

> 黄泉虽抱恨，白日自留名。悲君感义死，不作负恩生。

江总又作《鲁广达墓志铭》。

江总有《遇长安使寄裴尚书诗》，诗云：

> 传闻合浦叶，远向洛阳飞。北风尚嘶马，南冠独不归。去云目徒送，离琴手自挥。秋蓬失处所，春草屡芳菲。太息关山月，风尘客子衣。

此当是叙说被俘入北的思乡之情，有请求放还之意。

隋文帝开皇十三年（593 年），江总得许南还，归途中作《下山楚庙诗》。诗云：

> 蘋藻祈明德，倚棹息岩阿。忽听晨鸡曙，非复楚宫歌。闲阶薙宿莽，古木断悬萝。帷堂寂易晚，桴鼓自相和。盛祀流百世，英威定几何。

大有借下山楚庙的破落抒发陈朝灭亡的感慨，“盛祀流百世，英威定几何”，今日何在哉？

江总又有《于长安归还扬州九月九日行薇山亭赋韵诗》，诗云：

> 心逐南云逝，形随北雁来。故乡篱下菊，今日几花开。

自己的心仍属南方，自己的身却是从北方而来；如今的故乡是什么样子呢？

江总又有《南还寻草市宅诗》，诗云：

> 红颜辞巩洛，白首入轘辕。乘春行故里，徐步采芳荪。径毁悲求仲，林残忆巨源。见桐犹识井，看柳尚知门。花落空难遍，莺啼静易喧。无人访语默，何处叙寒温。百年独如此，伤心岂复论。

这是放归南还寻至故里的情形，很有“十五从军征，八十始得归”时到家的境遇与心情。

江总的这些作品，强调一种情感的抒发，并不注重战乱后城市、农村实景的描绘。

九 在对抗中取得优势的北朝

南北朝时，文化优势一度在南方，但北朝也时时有统一的渴望。北魏孝文帝元宏有雄才大略，他顺应潮流，推行汉化，实施改革，使北朝国力有极大的增长。此时，孝文帝元宏也有统一天下的愿望。《魏书·郑羲附郑道昭传》载，孝文帝太和十九年（495 年），孝文帝“征沔汉”，飨侍臣于悬瓠方丈竹堂，有联句诗，诗云：

> 白日光天兮无不曜，江左一隅独未照。（帝）愿从圣明兮登衡会，万国驰诚混内外。（彭城王勰）云雷大振兮天门辟，率土来宾一正历。（郑懿）舜舞干戚兮天下归，文德远被莫不思。（郑道昭）皇风一鼓兮九地匝，戴日依天清六合。（邢峦）遵彼汝坟兮昔化贞，未若今日道风明。（帝）文王政教兮晖江沼，宁如大化光四表。（宋弁）

其中歌咏帝德自不待言，但却是通过对统一天下大业的渴望来歌颂的。

在我们的粗粗印象中，历来诗作中的边塞都是指北境或西北境，但北朝是确确实实把江南作边塞的，最有意思的是隋孙万寿《远戍江南寄京邑亲友》，他因衣冠不整而被发配江南从军，宇文述召其典军书，“万寿本自书生，从容文雅，一旦从军，郁郁不得志，为五言诗赠京邑亲友”。京邑，隋京师长安。本来历来边塞诗所注目的是北方景物，而此诗中把江南当做边塞来看，当做边塞来描摹。诗云：

> 贾谊长沙国，屈平湘水滨。江南瘴疠地，从来多逐臣。粤余非巧宦，少小拙谋身。欲飞无假翼，思鸣不值晨。如何载笔士，翻作负戈人。飘摇如木偶，弃置同刍狗。失路乃西浮，非狂亦东走。晚岁出函关，方春度京口。石城临虎据，天津望牛斗。牛斗盛妖氛，枭獍已成群。郗超初入幕，王粲始从军。裹粮楚山际，披甲吴江濆。吴江一浩荡，楚山何纠纷。惊波上溅日，乔木下临云。击越恒资辩，喻蜀几飞文。鲁连唯救患，吾彦不争勋。羁游岁月久，归思常搔首。非关不树萱，岂为无杯酒。数载辞乡县，三秋别亲友。壮志后风云，衰鬓先蒲柳。心绪乱如丝，空怀畴昔时。昔时游帝里，弱岁逢知己。旅食南馆中，飞盖西园里。河间本好书，东平唯爱士。英辩接天人，清言洞名理。凤池时寓直，麟阁常游止。胜地盛宾僚，丽景相携招。舟泛昆明水，骑指渭津桥。祓除临灞岸，供帐出东郊。宜城酝始熟，阳翟曲新调。绕树乌啼夜，雊麦雉飞朝。细尘梁下落，长袖掌中娇。欢愉三乐至，怀抱百忧销。梦想犹如昨，寻思久寂寥。一朝牵世网，万里逐波潮。回轮常自转，悬旆不堪摇。登高视衿带，乡关白云外。回首望孤城，愁人益不平。华亭宵鹤唳，幽谷早莺鸣。断绝心难续，惝恍魂屡惊。群纪通家好，邹鲁故乡情。若值南飞雁，时能访死生。

诗分三部分，第一部分一开始把自己的远戍与贾谊、屈原相比，写自己遭人摆布，写从军来到京口，“石城临虎据，天津望牛斗。牛斗盛妖氛，枭獍已成群。”四句写南朝。第二部分回忆京邑生活，第三部分自“登高视衿带，乡关白云外”，这是诗人当前的处境。《隋书·文学列传》载，“此诗至京，盛为当时之所吟诵，天下好事者多书壁而玩之”。

北朝诗作悲哀与豪气共存，诸多诗作有渲染、有夸张却不是虚构，写的是当前之战事而不是沙漠边陲虚拟的战事，因此也没有奇异的边塞风光。如北齐高昂《从军与相州刺史孙腾作行路难》，写戍边战事，完全是纪实的口吻，只不过不知所写究竟为何事，只是大致写出征从军及战事。诗云：

卷甲长驱不可息，六日六夜三度食。初时言作虎牢停，更被处置河桥北。回首绝望便萧条，悲来雪涕还自抑。

全无慷慨激昂之气，而是悲哀绝望之抑。诗中写“六日六夜”只吃了三顿饭，路则是越走越远，说是停在虎牢，现安置在河桥北；于是处于绝望之中，只有擦干眼泪控制自己而已。

又有战斗豪气高昂的作品。隋贺若弼《遗源雄》，当时隋文帝拜贺若弼为吴州总管，委以平陈之事，吴州与寿州并为重镇，贺若弼赠寿州总管源雄诗称：

交河骠骑幕，合浦伏波营。勿使麒麟上，无我二人名。

这些都是武将之诗。

《北史·齐宗室诸王传文襄诸子传》：“兰陵武王长恭，一名孝瓘，文襄第四子也。累迁并州刺史。突厥入晋阳，长恭尽力击之。芒山之败，长恭为中军，率五百骑再入周军，遂至金墉之下，被围甚急。城上人弗识，长恭免胄示之面，乃下弩手救之，于是大捷。武士共歌谣之，为《兰陵王入阵曲》是也。”此《兰陵王入阵曲》今已不存。

《北史·唐永传》载，正光（520—525年）中，唐永为北地太守，他“临阵常著帛裙襦，把角如意以指麾处分，辞色自若。在北地四年，与贼数十战，未尝败北。时人语曰”：

莫陆梁，恐尔逢唐将。

《北史·高车传》载，高车斛律部帅倍侯利，“质直，勇健过人，奋戈陷阵，有异于众。北方人畏之，婴儿啼者，语曰：‘倍侯利来！’便止。处女歌谣云：‘求良夫，当如倍侯。’其服众如此。”

北魏时祖莹有《悲彭城诗》，诗云：

悲彭城，楚歌四面起，尸积石梁亭，血流睢水里。

关于此诗还有一个故事。《北史·祖莹传》曰：“尚书令王肃曾于省中咏《悲平城诗》云：‘悲平城，驱马入云中。阴山常晦雪，荒松无罢风。’彭城王勰甚嗟其美，欲使更咏，乃失语云：‘公可更为诵《悲彭城诗》。’肃戏勰云：‘何意呼“悲平城”为“彭城”也？’勰有惭色。莹在座，即云：‘《悲彭城》，王公自未见。’肃云：‘可为诵之。’莹应声云：‘悲彭城，楚歌四面起。尸积石梁亭，血流睢水里。’萧甚嗟赏之。勰亦大悦，退谓莹曰：‘卿定是神口，今日若不得卿，几为吴子所屈。’”一来祖莹才思敏捷，应对出色，二来也是项羽事迹深入人心。

北朝也多有写战乱与写胜利的诗作。如鲜卑族文人元行恭，北齐时曾为省右户郎，待诏文林馆，入隋。其《过故宅》写战乱之后的荒凉景色，诗云：

颓城百战后，荒宅四邻通。将军树已折，步兵途转穷。吹台有山鸟，歌庭聒野虫。草深斜径没，水尽曲池空。林中满明月，是处来春风。唯余一废井，尚夹两株桐。

诗的用典与对仗，已有相当水平，不差南朝。首句点出“颓城百战后”，而次句用“荒宅四邻通”写断壁颓墙，新奇而意惬。“将军”二句，用典巧妙。“吹台”六句写景，切诗题“过故宅”。末二句强调“物是”，意在表现“人非”。

战争胜利的欢宴，也是北朝军事战争之作的一大主题。庾信《奉和平邺应诏诗》，诗云：

天策引神兵，风飞扫邺城。阵云千里散，黄河一代清。

此诗记载北周灭北齐之战。《周书·周武帝本纪》载：建德六年（577年），“帝至邺，齐主先于城外掘堑竖栅。癸巳，帝率诸军围之，齐人拒守，诸军奋击，大破之，遂平邺”。古时以为黄河千年一清，圣君以为大瑞；庾信以之比平邺之战。

庆功宴上咏古人抒己情，北周高琳有《宴诗》，此为庆功宴会上而作，《北史·高琳传》记载此事：“武成二年（560年），讨平文州氐。师还，（周孝闵）帝宴群公卿士，仍赋诗言志。”高琳的诗至今只存留诗的末章：

寄言窦车骑，为谢霍将军。何以报天子，沙漠静妖氛。

自己是建立了功勋而返，此时以吟咏古代名将的形式表达了自己平定边塞的信心与壮志。周孝闵帝大悦曰：“獯、狁陆梁，未时款塞，卿言有验，国之福也。”此诗“寄言窦车骑，为谢霍将军”，但事件则是当前的“武成二年（560年），讨平文州氐”。

隋炀帝曾诗赐有功的武将，炀帝即位后，汉王作乱，史祥奉命出战，击退叛军，史祥晋位上大将军，转太仆卿，炀帝赐诗，此即《赐史祥诗》，诗云：

伯叟朝继重，夏侯亲遇深。贵耳唯闻古，贱目讵知今。早擳劲草质，久有背淮心。扫逆黎山外，振旅河之阴。功已书王府，留情《太仆箴》。

诗作先叙写当今也有忠心耿耿与朝廷一心一意的人，也有朝廷所倚重之人，这就是夸赞史祥，以下既叙述战事，又勉励将领。

南北朝时期，南北对立，战争不断，有的作品纪实性叙写、直面叙写战争情况；有的诗作是对有关战争事件的叙写，表达对战争的看法，诗人叙写的视野较为开阔。与魏晋诗作的叙写战争军事相比，南北朝战争军事诗作的新气象即在于突出诗歌主人公的参与战事，突出诗人自身的形象，使战争军事诗作有了强烈的社会化与个体化的融合。

第二章

四境篇

所谓“四境”是指对“四境”的战争，指对四境少数民族的战争。对这种战争的歌咏，在《诗经》作品中就有表现；至汉代时，朝廷与北方匈奴对峙，与西域诸国或交通或联合，与西南夷交好，这些，在诗作中都有表现。两晋南北朝是一个民族大融合的时期，晋王朝迁向南方，南方有一个汉族内部的南北交融；而少数民族进入中原，北方也有一个各少数民族之间及各少数民族与汉族的交融。至隋朝统一南北方，这时则有与北方突厥的交战与和平，与东方朝鲜的交战与和平。

一　《诗经》的吟咏四境战争

《诗经》就多有对四境战争的吟咏，此处列出《诗序》说明之。

《诗经·小雅》中有一组描写戍边士卒生活的诗，《诗序》曰：“《采薇》，遣戍役也。文王之时，西有昆夷之患，北有猃狁之难，以天子之命，命将帅，遣戍役，以守卫中国，故歌《采薇》以遣之，《出车》以劳还，《杕杜》以勤归也。”此为吟咏南仲对昆夷、猃狁之战。

《小雅·六月》，《诗序》曰：“《六月》，宣王北伐也。”又曰：“小雅尽废，则四夷交侵，中国微矣。”朱熹《诗集传》曰：“成康既没，周室寝衰，八世而厉王胡暴虐，周人逐之，出居于彘。猃狁内侵，逼近京邑。王崩，子宣王靖即位，命尹吉甫率师伐之，有功而归。诗人作歌以叙其事如此。”此为吟咏尹吉甫北伐猃狁中兴王室。

《小雅·采芑》，《诗序》曰：“《采芑》，宣王南征也。”此为吟咏方叔出征蛮荆。

《大雅·江汉》，《诗序》曰：“《江汉》，尹吉甫美宣王也，能兴衰拨乱，命召公平淮夷。”方玉润《诗经原始》说：“此似一篇召伯家庙纪勋铭。盖穆公平淮夷，归受上赏，因作成于祖庙，归美康公，以祀其先也。”此为吟咏召穆公平定淮夷。

《大雅·常武》，《诗序》曰：“《常武》，召穆公美宣王也，有常德以立武事，因以为戒然。”王质《诗总闻》：“自南仲以来，累世著武，故曰《常武》。”所谓“常武”，即时“著武”，“武事”常备。此为吟咏周宣王亲征淮北之夷。钱钟书《管锥编》以兵法释《常武》“王旅啴啴”章，称：

> 《传》：“啴啴然、盛也；疾如飞；挚如翰；苞、本也；绵绵、靓也；翼翼，敬也”；《笺》：“啴啴、闲暇有余力之貌；其行疾自发举，如鸟之飞也，翰，其中豪俊也；苞，本也，山本以喻不可惊动也；川流以喻不可御也；王兵安靓且皆敬”；《正义》：“兵法有动有静：静则不可惊动，故以山喻；动则不可御止，故以川喻。兵法应敌出奇，故美其不可测度。”按《笺》胜《传》，《正义》又胜《笺》，以兵法释之，尤为具眼。①

《诗经》吟咏四境战争的作品，可谓给中古时期吟咏四境战争的诗歌做出了榜样。

---

① 钱钟书：《管锥编》第1册，中华书局1986年版，第159页。

二 汉、晋作品叙写对匈奴的战争

在汉代来说，对外战争主要是对匈奴的战争。匈奴从殷周以来就是北方边境的强敌，秦末至汉初三四十年间，匈奴在冒顿单于的统治下，武力空前强盛，它东灭东胡，占有内兴安岭辽河上游地区；北败浑庾、屈射、丁零诸部，拓地缘至贝加尔湖；西方驱走大月氏，并征服楼兰、乌孙等二十多个国家；南边与西汉北部郡县接壤。《史记·匈奴列传》载，单于自称“诸引弓之民，并为一家”，又载，“是时汉兵与项羽相距，中国罢于兵革，以故冒顿得自强，控弦之士三十余万。”汉代的边境战争，还有对西域的，对南越的。与匈奴、南越的关系，也成为文人才华展示与建功立业之所在，孔融《荐祢衡表》云：“昔贾谊求试属国，诡系单于；终军欲以长缨，牵致劲越。”曹植《求自试表》云：“昔贾谊弱冠，求试属国，请系单于之颈而制其命；终军以妙年使越，欲得长缨占其王，羁致北阙。”都谈到汉代的边境战争。汉赋中多叙写对外战争，诗歌不多。

其一，歌咏朝廷的四境之战。

《汉书·匈奴传》载，汉高祖刘邦率兵三十二万击韩王信，刘邦先到平城，步兵未尽到，匈奴冒顿率精兵三十余万围刘邦于白登七天七夜，断绝救兵、断绝粮饷；樊哙时为上将军，不能解围，天下皆歌之曰：

> 平城之下亦诚苦，七日不食，不能彀弩。

虽然刘邦后来用陈平之计脱身，但当日的窘境与上将军的无奈却被歌谣记载下来了。

与歌谣吟咏的实话实说不同，朝廷主持下的创作自然要扬大汉之威，这就是《汉鼓吹曲辞》之《上之回》，称“游石关，望诸国。月支臣，匈奴服”。回，即回中宫，在今陕西汧县，此次武帝回中之幸，是欲耀武以助汉军之威。

又有《汉鼓吹曲辞》之《远如期》：

远如期，益如寿。处天左侧。大乐万岁，与天无极。雅乐陈，佳哉纷。单于自归，动如惊心。虞心大佳，万人还来。谒者引，乡殿陈。累世未尝闻之，增寿万年亦诚哉。

《汉书·匈奴传》云：

单于正月朝天子于甘泉宫……礼毕，使使者道单于先行，宿长平。上自甘泉宿池阳宫。上登长平，诏单于毋谒，其左右当户之群臣皆得列观，及诸蛮夷君长侯王数万，咸迎于渭桥下，夹道陈。上登渭桥，咸称万岁。

此曲所写就与这一史实相同。而“累世未尝闻之”即《汉书·宣帝纪》有司议曰所谓“匈奴单于乡风慕义，举国同心，奉珍朝贺。自古未之有也”云云，意同。

《乐府诗集·相和歌辞》载《东光》，乃是汉武帝时出征南越所作，其曰：

东光乎？苍梧何不乎？苍梧多腐粟，无益诸军粮。诸军游荡子，早行多悲伤。

《汉书·武帝纪》载：元鼎五年（前 112 年）“夏四月，南越王相吕嘉反，杀汉使者及其王、王太后……遣伏波将军路博德出桂阳，下湟水；楼船将军杨仆出豫章，下浈水；归义越侯严为戈船将军，出零陵，下离水；甲为下濑将军，下苍梧。皆将罪人，江、淮以南楼船十万人。越驰义侯遗别将巴、蜀罪人，发夜郎兵，下牂柯江，咸会番禺。”苍梧，今广西梧州地，首二句双关语，以“东方亮了吗？苍梧为什么还不亮”发问，既指早起行军时瘴雾笼罩，又点出苍梧这个地方的特别，意谓集中在苍梧的出征南越的兵士偏独受苦。后四句是具体述说兵士为何悲伤，是因为仓库中粮食腐烂，而军中却没有军粮，这是攻其一点以显示现实生活中的荒谬，民歌是实话实说地反映生活的本来面目。

此后北境、西北境少数民族渐显弱势，东汉至魏也少有流传对四境的军事战争诗作，只是西晋时张华有《劳还师作》：

> 玁狁背天德，构乱扰邦畿。戎车震朔野，群帅赞皇威。将士齐心膂，感义忘私仇。积势如鞲弩，赴节如发机。嚣声动山谷，金光曜素晖。挥戟陵劲敌，武步蹈横尸。鲸鲵皆授首，北土永清夷。昔往冒隆暑，今来白雪霏。征夫信勤瘁，自古咏《采薇》。收荣于舍爵，燕喜在凯归。

玁狁，一般来说即匈奴，《晋书·四夷传》曰：“匈奴之类，总谓之北狄……夏曰薰鬻，殷曰鬼方，周曰玁狁，汉曰匈奴。”张华此诗，为慰劳出征匈奴胜利而返的将士。据《晋书·四夷传》，张华时代，匈奴有一次规模较大的反叛，其云：“泰始七年（271 年），单于猛叛，屯孔邪城。武帝遣娄侯何桢持节讨之。桢素有志略，以猛众凶悍，非少兵所制，乃潜诱猛左部督李恪杀猛，于是匈奴震服，积年不敢复反。”张华此诗，或许是写这次战争。诗的前六句写征讨玁狁，上下齐心协力。“积势”以下八句写战争过程，所谓“挥戟陵劲敌，武步蹈横尸”是具体叙写。“昔往”以下写将士辛苦与凯旋而归立功受奖。

其二，获得战利品的吟咏。

汉武帝时，对四境之战渐渐取得主动与胜利，这就有了对战争胜利获得战利品的吟咏。《史记·乐书》载，“伐大宛得千里马，马名蒲梢，次作以为歌”。歌诗曰：

> 天马来兮从西极，经万里兮归有德。承灵威兮降外国，涉流沙兮四夷服。

《集解》引应劭曰：“大宛旧有天马种，蹋石汗血，汗从前肩膊出如血，号一日千里。”《汉书·武帝纪》载，太初元年（前104年），“遣贰师将军李广利发天下谪民西征大宛”，太初四年（前101年）春，“贰师将军广利斩大宛王首，获汗血马来。作《西极天马之歌》”。诗歌以收归千里马为由，歌颂了王朝对外战争的胜利。又据《史记·乐书》载，《西极天马之歌》之前有《太一之歌》，为“尝得神马渥洼水中”而作，歌曲曰：

太一贡兮天马下，霑赤汗兮沫流赭。骋容与兮跇万里，今安匹兮龙为友。

所以《史记·乐书》称《西极天马之歌》为“次作以为歌”。《太一之歌》中的“神马”，《集解》引李斐曰：“南阳新野有暴利长，当武帝时遭刑，屯田燉煌界。人数于此水旁见群野马中有奇异者，与凡马异，来饮此水旁。利长先为土人持勒靽于水旁，后马玩习久之，代土人持勒靽，收得其马，献之。欲神异此马，云从水中出。”此马“霑赤汗兮沫流赭”，又是从接近大宛的燉煌所得，给人们留下深刻的印象，故征大宛得好马，作歌诵之。马是当时最重要的战争工具，马作为战利品的获得，更增添了日后战争胜利的自信，故吟咏“马”是理所当然的。又据《史记·乐书》载，《西极天马之歌》出，中尉汲黯提出意见：“凡王者作乐，上以承祖宗，下以化兆民。今陛下得马，诗以为歌，协于宗庙，先帝百姓岂能知其音邪？”武帝“默然不说”。

其三，对将领的吟咏。

对率部出征四境的将领的吟咏，有英雄道穷的自我哀歌。汉武帝天汉二年（前99年），一代名将李广之孙李陵，豪迈请战：“愿以少击众，步兵五千人涉单于庭。”九月，李陵与匈奴主力八万余骑周旋激战，司马迁《报任安书》描述说：“李陵提步卒不满五千，深践戎马之地，足历王庭，垂饵虎口，横挑强胡。卬亿万之师，与单于连战十余日。所杀过当，虏救死扶伤不给。旃裘之君长咸震怖，乃悉征左右贤王，举引弓之民，一国共攻而围之……（李陵）转斗千里，矢尽道穷，救兵不至，士卒死伤如积。

然陵一呼劳军，士无不起躬流涕，沫血饮泣，张空弓，冒白刃，北首争死敌。”但李陵最终被俘，汉昭帝始元五年（前82年），被匈奴扣留十九年而不改其节的苏武即将返归汉庭，李陵置酒相贺，他遥想当年，再看眼前，于是悲歌哭泣道：

> 径万里兮度沙漠，为君将兮奋匈奴，路穷绝兮矢刃摧。士众灭兮名已隤，老母已死虽欲报恩将安归。

诗的前三句回顾当年奋勇战斗的经历，质直粗放、慷慨激昂，李陵也是一位英雄；诗的后两句凄楚哀绝，面对坚持气节将返归祖国的苏武，他已没有祖国而无处可归。

也有对抗击匈奴名将的歌咏，如《霍将军歌》：

> 四夷既获诸夏康兮。国家安宁乐无央兮。载戢干戈弓矢藏兮。麒麟来臻凤皇翔兮。与天相保永无疆兮。亲亲百年各延长兮。

《琴操》录此歌时曰：“霍将军歌者，霍去病之所作也。去病为讨寇校尉，为人少言，勇而有气。使击匈奴，斩首两千。后六出，斩首十余万级，益封万五千户，秩禄与大将军等。于是志得意欢，乃援琴而鼓之曰。”《琴操》，后汉蔡邕所撰集，皆两汉琴家所代作，拟主人公口吻而作。这就是《霍将军歌》，把四夷的平定与国家安宁康乐联系起来，把和平永存与吉祥无疆联系起来。

其四，向往和平的童谣。

《水经注》卷十四沽郦道元注：“沽水西南流，迳狐奴山西，又南迳狐奴县故城西。渔阳太守张堪，于县开稻田，教民种植，百姓得以殷富……视事八年，匈奴不敢犯塞。”有童谣歌曰：

> 桑无附枝，麦秀两歧。张君为政，乐不可支。

张堪，光武帝时为渔阳太守，他捕击奸猾、发展农业，为抗击匈奴奠定了良好的社会基础与经济基础。

三　四夷之歌

四夷少数民族也有吟唱与中原王朝的关系的作品，现存的或为失地哀歌，或为慕化归义，或为百战自信，以下叙之。

其一，匈奴对战事的吟咏，如《匈奴歌》：

> 失我焉支山，令我妇女无颜色。失我祁连山，使我六畜不蕃息。

《西河旧事》曰："焉支山，东西百余里，南北二十里，亦有松柏五木，其水草美茂宜畜牧，与祁连山同。匈奴失祁连、焉支二山，歌曰。"《乐府诗集》八十四引《十道志》曰："焉支、祁连二山，皆美水草。匈奴失之，乃作此歌。"又引《汉书》曰："元狩二年（前121年）春，霍去病将万骑出陇西，讨匈奴，过焉支山千有余里。其夏，又攻祁连山，捕首虏甚多。""祁连山即天山，匈奴呼天为祁连，故曰祁连山。焉支山即燕支山也。""天"之山被汉朝控制，难怪匈奴如此哀歌。

北魏时亦有匈奴歌，《乐府诗集·杂曲歌辞》载《阿那瓌》，其前解题曰："《北史》曰：'阿那瓌，蠕蠕国主也。蠕蠕之为国，冬则徙渡漠南，夏则还居漠北。'《通典》曰：'蠕蠕自拓拔初徙云中，即有种落。后魏太武神麚中强盛，尽有匈奴故地。阿那瓌，孝明帝时蠕蠕国主。'辞云匈奴主也。"诗云：

> 闻有匈奴主，杂骑起尘埃。列观长平坂，驱马渭桥来。

末二句是说蠕蠕国主阿那瓌的强大，随意便深入内地。

其二，西南莋都夷慕化归义歌。《后汉书·南蛮西南夷列传》载，永平（58—75年）中，益州刺史朱辅，“在州数岁，宣示汉德，威怀远夷，自汶山以西，前世所不至，正朔所未加。白狼、槃木、唐菆等百余国，户百三十余万，口六百万以上，举种奉贡，称为臣仆”。其慕化归义时，作歌诗三章以颂汉德。朱辅就将其上呈朝廷，说：“昔在圣帝，舞四夷之乐，今之所上，庶备其一。”汉明帝很嘉赏这件事，“事下史官，录其歌焉”。歌诗是用其民族语言所作，朱辅呈献时请人翻译成汉语。

一为《远夷乐德歌诗》，诗云：

> 大汉是治，与天合意。吏译平端，不从我来。闻风向化，所见奇异。多赐缯布，甘美酒食。昌乐肉飞，屈申悉备。蛮夷贫薄，无所报嗣。愿主长寿，子孙昌炽。

此诗写归化后得到赏赐，以美好的祝愿来报答。

二为《远夷慕德歌诗》，诗云：

> 蛮夷所处，日入之部。慕义向化，归日出主。圣德深恩，与人富厚。冬多霜雪，夏多和雨。寒温时适，部人多有。涉危历险，不远万里。去俗归德，心归慈母。

此诗写不远万里，历涉危险来归化，就好像回到母亲的怀抱。

三为《远夷怀德歌》，诗云：

> 荒服之外，土地墝埆。食肉衣皮，不见盐谷。吏译传风，大汉安乐。携负归仁，触冒险陕。高山岐峻，缘崖磻石。木薄发家，百宿到洛。父子同赐，怀报匹帛。传告种人，长愿臣仆。

此诗写原居住地荒凉落后，现经历千辛万苦来归化，愿永为臣仆。

四　蔡琰的流落匈奴之歌

蔡琰五言诗《悲愤诗》的第二部分写在边地思念骨肉之亲及迎归别子时的情形，这是写流落匈奴后的情况，尽诉悲愤。诗中云：

边荒与华异，人俗少义理。处所多霜雪，胡风春夏起。翩翩吹我衣，肃肃入我耳。感时念父母，哀叹无穷已。有客从外来，闻之常欢喜。迎问其消息，辄复非乡里。邂逅徼时愿，骨肉来迎己。己得自解免，当复弃儿子。天属缀人心，念别无会期。存亡永乖隔，不忍与之辞。儿前抱我颈，问母欲何之。人言母当去，岂复有还时。阿母常仁恻，念何更不慈。我尚未成人，奈何不顾思。见此崩五内，恍惚生狂痴。号泣手抚摩，当发复回疑。兼有同时辈，相送告离别。慕我独得归，哀叫声摧裂。马为立踟蹰，车为不转辙。观者皆歔欷，行路亦呜咽。去去割情恋，遄征日遐迈。悠悠三千里，何时复交会。念我出腹子，胸臆为摧败。

一是称“边荒与华异，人俗少义理”，这是文化习俗方面的。二是称“处所多霜雪，胡风春夏起。翩翩吹我衣，肃肃入我耳”，这是自然景物方面的。三是称当自己被赎“骨肉来迎己”时，又面临“当复弃儿子”的难题，于是“见此崩五内，恍惚生狂痴”，“念我出腹子，胸臆为摧败”。四称自己回归，而“同时辈”却不得归，于是“哀叫声摧裂”。其中既有汉人在匈奴的一般情况，又有个别人返归的特殊情况，但都离不开一个“哀”字。这是诗人塑造人物形象的情感抒发指向。

其骚体《悲愤诗》者，则多叙写主人公在匈奴的情形，这是汉族与匈奴的战争造成的胡汉隔绝给人民带来的痛苦，其情感抒发具有典型意义。诗云：

嗟薄祜兮遭世患，宗族殄兮门户单。身执略兮入西关，历险阻兮之

> 羌蛮。山谷眇兮路曼曼，眷东顾兮悲叹。冥当寝兮不能安，饥当食兮不能餐。常流涕兮眦不干，薄志节兮念死难，虽苟活兮无形颜。惟彼方兮远阳精，阴气凝兮雪夏零。沙漠壅兮尘冥冥，有草木兮春不荣。人似禽兮食臭腥，言兜离兮状窈停。岁聿暮兮时迈征，夜悠长兮禁门扃。不能寐兮起屏营，登胡殿兮临广庭。玄云合兮翳月星，北风厉兮肃泠泠。胡笳动兮边马嘶，孤雁归兮声嘤嘤。乐人兴兮弹琴筝，音相和兮悲且清。心吐思兮匈愤盈，欲舒气兮恐彼惊，含哀咽兮涕沾颈。家既迎兮当归宁，临长路兮捐所生。儿呼母兮号失声，我掩耳兮不忍听。追持我兮走茕茕，顿复起兮毁颜形。还顾之兮破人情，心怛绝兮死复生。

全诗以抒发因战争而身陷匈奴的悲苦情感为主，间或有匈奴文化习俗与自然景物的叙写。如叙说匈奴“人似禽兮食臭腥，言兜离兮状窈停”，叙说自己“薄志节兮念死难，虽苟活兮无形颜”，这是对自身遭遇匈奴文化习俗的反映与感想。写自然景物如说：“惟彼方兮远阳精，阴气凝兮雪夏零。沙漠壅兮尘冥冥，有草木兮春不荣。”这些叙写都带有明显的歧视与敌意。文姬流落匈奴十余年，在匈奴嫁了人，生子育女，她回汉地，子女还是留在匈奴，因此，她对匈奴当不至于如此歧视与敌意，在五言《悲愤诗》中，也只是以“边荒与华异，人俗少义理”隐隐约约地写出。如此看来，如果五言《悲愤诗》确确实实是文姬所作，那么，骚体《悲愤诗》有后人假托的可能。[①]

---

① 相传蔡琰所作又有《胡笳十八拍》，诗作更有值得我们注意之处。一是诗中表达出对汉族与匈奴和好的渴望，并对两国和好的情形做了叙写，此即第十二拍“羌胡蹈舞兮共讴歌，两国交欢兮罢兵戈”云云，通过战争最终达到了两国的和好甚或民族的融合统一，这应该是古代中国四境战争的某种必然结果，战争最终转换或者实现了友好乃至统一。还有更重要的一条，就是汉人对胡文化的接受。乍一看，全诗都是对胡文化的反面体验与感受，但整个诗作又有对胡文化的接受。为什么会有这样的接受？即第十八拍所云“是知丝竹微妙兮均造化之功，哀乐各随人心兮有变则通”。其一，这是说对“造化之功”都有可接受之处，胡文化的“胡笳”是“造化之功”，当然也是可以接受的，况且“胡笳”还可称得上“丝竹微妙”；其二，所谓“哀乐各随人心兮有变则通”，对异地文化采取“有变则通”的接受方法，那么就可以用来抒发“哀乐”之情。但《胡笳十八拍》后世伪托的可能性更大。《胡笳十八拍》在倾诉“悲愤”的同时又有一种美好的愿望，汉族与匈奴是可以友好甚或统一的，胡文化有的东西是可以接受，这是经历了一段时间后的冷静反思，认为事情应该是怎样发展的，这样的发展或许已经实现过，人们把已经实现了的东西写进了诗歌。

五 《出塞》、《入塞》的叙写模式

北朝与北境、西北境少数民族政权亦多有关系，如晋孝武帝太元三年（378 年），前秦梁熙遣使贡西域汗血马于苻坚，苻坚命却之，令群臣作《止马歌》，作者有四百余人，见《晋书·苻坚载记》，诗今已不存。晋孝武帝太元九年（384 年），前秦将领吕光破龟兹，西域三十余国降，吕光"入其城，大飨将士，赋诗言志"，见《晋书·吕光载记》，诗今已不存。北朝与匈奴的战争中，也有诗歌的吟咏，如《魏书·常景传》载："阿那瓌之还国也，境上迁延，仍陈窘乏。遣尚书左丞元孚奉诏振恤，阿那瓌执孚过柔玄，奔于漠北。遣尚书令李崇、御史中尉兼右仆射元纂追讨，不及。乃令（常）景出塞，经瓫山，临瀚海，宣敕勒众而返。景经涉山水，怅然怀古，乃拟刘琨《扶风歌》十二首。"诗今已不存。

其一，征伐突厥的《出塞》及其创作模式。

北朝后期，北境突厥崛起。突厥在木杆可汗时最为强大，《隋书·北狄传》载"北方戎狄悉归之，抗衡中夏"，是隋初北方最强大的少数民族政权。北齐、北周皆重赂突厥，隋文帝用长孙晟建议，对突厥各部分化离间，隋开皇四年（584 年）突厥便分裂为东、西两部，后隋文帝命高颎、杨素率兵出塞，大破之，隋开皇十八年（648 年），凯旋而归。对突厥的战争，杨素功不可没。薛道衡有《重酬杨仆射山亭诗》，诗中多有对杨素出塞战功的吟咏。诗云：

> 寂寂无与晤，朝端去总戎。空庭聊步月，闲坐独临风。临风时太息，步月山泉侧。朝朝散霞彩，暮暮澄秋色。秋色遍皋兰，霞彩落云端。吹旌朔气冷，照剑日光寒。光寒塞草平，气冷咽笳声。将军献凯入，蔼蔼风云生。

诗作的写法显然与《出塞》不同，首二句说总不能见面，就是因为杨素出塞作战。"空庭"以下八句是"酬杨仆射山亭诗"，应该是与"山亭诗"叙写有关的景物。末四句写边塞景物，作为衬托杨素出塞的形象出现，结尾是真实的人物风度。

于是就有了杨素《出塞》以及薛道衡、虞世基的《出塞》和作，以虚拟的口吻纪实，这是《出塞》系列最突出的特点。隋杨素《出塞》：

漠南胡未空，汉将复临戎。飞狐出塞北，碣石指辽东。冠军临瀚海，长平翼大风。云横虎落阵，气抱龙城虹。横行万里外，胡运百年穷。兵寝星芒落，战解月轮空。严鐎息夜斗，骍角罢鸣弓。北风嘶朔马，胡霜切塞鸿。休明大道暨，幽荒日用同。方就长安邸，来谒建章宫。

诗作的叙事意味很浓，写一位将军自出塞到回长安的经历。卢思道《从军行》末句曰"单于渭桥今已拜，将军何处觅功名"，此诗首二句"漠南胡未空，汉将复临戎"，即称有立功之处，这就是征战突厥。诗作第一部分写出征，第二部分写战斗，这两部分并无明显的分界，有时觉得在过渡部分是交织在一起的。末四句为第三部分，写胜利，写归来报功。

薛道衡《出塞》二首：

高秋白露团，上将出长安。尘沙塞下暗，风月陇头寒。转蓬随马足，飞霜落剑端。凝云迷代郡，流水冻桑乾。烽微桔槔远，桥峻辘轳难。从军多恶少，召募尽材官。伏堤时卧鼓，疑兵乍解鞍。柳城擒冒顿，长坂纳呼韩。受降今更筑，燕然已重刊。还嗤傅介子，辛苦刺楼兰。

边庭烽火惊，插羽夜征兵。少昊腾金气，文昌动将星。长驱鞮汗北，直指夫人城。绝漠三秋暮，穷阴万里生。寒夜哀笛曲，霜天断雁声。连旗下鹿塞，叠鼓向龙庭。妖云坠虏阵，晕月绕胡营。左贤皆顿颡，单于已系缨。绁马登玄关，钩鲲临北溟。当知霍骠骑，高第起西京。

薛道衡《出塞》与以下虞世基之作，都是和杨素《出塞》而来。薛道衡这两首诗都有叙事意味。前一首，先写将军出塞及遭遇的塞外景象，“从军”以下写将士作战及立功，结尾之处俯视前辈出塞立功艰难，胜利的喜悦中更有一些骄傲；后一首，先写军情急迫而出塞，继写塞外环境与作战破敌，作战破敌落实在擒获敌酋上，末四句写立功受赏。

虞世基《出塞》其一：

穷秋塞草腓，塞外胡尘飞。征兵广武至，候骑阴山归。庙堂千里策，将军百战威。辕门临玉帐，大旆指金微。摧朽无勍敌，应变有先机。衔枚压晓阵，卷甲解朝围。瀚海波澜静，王庭氛雾晞。鼓鼙严朔气，原野曀寒晖。勋庸震边服，歌吹入京畿。待拜长平坂，鸣驺入礼闱。

诗作先写形势紧张将军出塞，中间部分写作战经过，后一部分写立功回长安，受到重大仪式的欢迎。

以上这几首《出塞》，其结构亦同杨素之作，写出塞征战，再写战斗，最后写立功，写受赏。诗中出塞征战是通过边塞景物描摹展现出来的，其战斗过程是通过战场景象展现出来的，而战场景象中亦多边塞景物。主人公的形象是通过出塞行军的行动、临敌作战的动作以及立功朝拜受赏的行为表现出来的；而且主人公在征途中及战场上这些行为、动作也是与边塞景物分不开的，因此边塞景物成为诗作的主体部分。

虞世基《出塞》其二，于前述几首诗有点不一样。诗云：

上将三略远，元戎九命尊。缅怀古人节，思酬明主恩。山西多勇气，塞北有游魂。扬桴度陇坂，勒骑上平原。誓将绝沙漠，悠然去玉门。轻赍不遑舍，惊策骛戎轩。懔懔边风急，萧萧征马烦。雪暗天山道，冰塞交河源。雾烽黯无色，霜旗冻不翻。耿介倚长剑，日落风尘昏。

首四句写奉命出塞及其原因即为报恩明主；“山西多勇气”以下六句写出塞经历；“轻赍”以下写出塞经历，结尾处以“耿介倚长剑，日落风尘昏”的大漠战场上耿介倚剑的形象来突出主人公，不写胜利建功受赏之类，而是写主人公的性格，似乎在讲性格决定了胜利的获得，性格决定了一切。

其二，杨素之前原本的《出塞》系列。

《出塞》曲调产生得较早，《乐府诗集》题解曰：“《晋书·乐志》曰：‘《出塞》《入塞》曲，李延年造。’曹嘉之《晋书》曰：‘刘畴尝避乱坞壁，贾胡百数欲害之，畴无惧色，援笳而吹之，为《出塞》《入塞》之声，以动其游客之思，于是群胡皆垂泣而去。’按《西京杂记》曰：‘戚夫人善歌《出塞》《入塞》《望归》之曲。’则高帝时已有之，疑不起于延年也。唐又有《塞上》《塞下》曲，盖出于此。”此作有古辞：

候骑出甘泉，奔命入居延。旗作浮云影，阵如明月弦。

写战争期间在边塞战场的出出进进。又有南朝梁刘孝标《出塞》：

蓟门秋气清，飞将出长城。绝漠冲风急，交河夜月明。陷敌摐金鼓，摧锋扬旆旌。去去无终极，日暮动边声。

先写出塞，再写塞外作战，最后说这种情形无终无极，日暮时分伴随将士们的永远是大漠沙场的战斗声响，这里选取了一个典型声光景物收束全篇。又有北周王褒《出塞》：

飞蓬似征客，千里自长驱。塞禽唯有雁，关树但生榆。背山看故垒，系马识余蒲。还因麾下骑，来送月支图。

写出塞的种种经历，末二句是战场上的一幅特写图画。

其三，与《出塞》相对的是《入塞》系列。

北周王褒《入塞》：

> 戍久风尘色，勋多意气豪。建章楼阁迥，长安陵树高。度冰伤马骨，经寒坠节旄。行当见天子，无假用钱刀。

诗作先是抒情，“戍久风尘色”与“勋多意气豪”两句对立，却构成将军出塞的两方面，一是艰苦，二是立功，以艰苦与立功的对立构成全诗主线。中间部分是景物场面描摹，诗末构想立功见天子的情景。又有隋何妥《入塞》：

> 桃林千里险，候骑乱纷纷。问此将何事，嫖姚封冠军。回旌引流电，归盖转行云。待任苍龙杰，方当论次勋。

这首专门讲边塞立功，场面定格在“回旌引流电，归盖转行云”的胜利“入塞”。又有梁吴均《入关》：

> 羽檄起边庭，烽火乱如萤。是时张博望，夜赴交河城。马头要落日，剑尾掣流星。君恩未得报，何论身命倾。

前六句都是写边庭战争，诗末二句写“君恩未得报”故“何论身命倾”，也是有一个是否获得胜利、立功受赏的预设。但不知《入关》与《入塞》的关系为何。

《出塞》与《入塞》的异同，其相同点在于都重在叙写描摹边塞景物与战场情景，不同之处在诗的末尾，《出塞》系列强调刻画献身边塞沙场的情形，诸如“旗作浮云影，阵如明月弦”、“去去无终极，日暮动边声”、“还因麾下骑，来送月支图”，云云；而《入塞》系列假设胜利后的

“入塞”，诸如“行当见天子，无假用钱刀”、“待任苍龙杰，方当论次勋”之类。《出塞》与《入塞》系列中，杨素诸人之作是以虚拟口吻来纪实的，他人之作则不见得如此，或许也有以虚拟口吻来纪实的意味，或许只是虚拟，此处合在一起，虽然只是为了方便叙说，但都是叙写四境战争的。

《出塞》系列又有南人北人风格的不同。《出塞》，其音本凄苦哀伤，南人刘孝标之作称“去去无终极，日暮动边声”，仍是本来的意味。但北人杨素之作写建功立业，“方就长安邸，来谒建章宫”，写战场胜利归来。薛道衡之作，其一称“柳城擒冒顿，长坂纳呼韩。受降今更筑，燕然已重刊。还嗤傅介子，辛苦刺楼兰”，胜利的自信与喜悦溢于言表；其二称“左贤皆顿颡，单于已系缨。绁马登玄关，钩鲲归北溟。当知霍骠骑，高第起西京”，以立功求建业，信心百倍。又有虞世基的二首，其一写“待拜长平坂，鸣驺入礼闱”，胜利归来；其二写诗歌主人公的形象：“耿介倚长剑，日落风尘昏。”

六 隋炀帝之作

隋炀帝杨广时，取得了对突厥的决定性胜利，隋炀帝有纪实性作品，即《云中受突厥主朝宴席赋诗》，《隋书·炀帝纪》、《隋书·突厥传》载，大业三年（607年）八月，“帝北巡。车驾发榆林，历云中，泝金河。时天下承平，百物丰实，甲士五十余万，马十万匹，旌旗辎重，千里不绝。突厥启民克汗奉庐帐以俟车驾，帝幸其帐，启民奉觞上寿，帝大悦，赋诗曰……”诗中多称出塞的雄壮威武，有控制、降服北方诸部落国的自豪。诗云：

鹿塞鸿旗驻，龙庭翠辇回。毡帷望风举，穹庐向日开。呼韩顿颡至，屠耆接踵来。索辫擎膻肉，韦韝献酒杯。何如汉天子，空上单于台。

诗中称，与汉天子征伐匈奴徒然而返比，我怎么样呢！自信自傲，跃然纸上。《隋书·文学传序》称隋炀帝："其《与越公书》、《建东都诏》、《冬至受朝诗》及《拟饮马长城窟》，并存雅体，归于典制。虽意在骄淫，而词无浮荡，故当时缀文之士，遂得依而取正焉。"确实如此。从吟咏对突厥战争的诗歌，可知纪实性渐渐成为彼时军事战争诗歌的主流。

隋炀帝又有吟咏辽东之战的诗作，这些诗歌最突出的特点就是纪实性。最著名的是《纪辽东》两首，都是写振军威、庆军功的。《隋书·炀帝纪》载，大业八年（612年），炀帝伐高丽，"三月癸巳，上御师。甲午，临戎于辽水桥"，"大战于东岸，击贼破之，进围辽东"。其云：

辽东海北剪长鲸，风云万里清。方当销锋散马牛，旋师宴镐京。前歌后舞振军威，饮至解戎衣。判不徒行万里去，空道五原归。（其一）

秉旄仗节定辽东，俘馘变夷风。清歌凯捷九都水，归宴洛阳宫。策功行赏不淹留，全军藉智谋。讵似南宫复道上，先封雍齿侯。（其二）

诗中充满胜利的欢乐。其一或言刀剑入库、马放南山；或言歌舞庆祝；或言此时立功就不必远行西北边疆了。其二宴庆策功行赏。末一句，雍齿，从刘邦起兵，虽作战有功，但因曾窘辱过，刘邦不喜欢他。及刘邦即位，诸将未行封，人怀怨望。刘邦从张良计，先封雍齿为什邡侯，于是诸将皆喜曰："雍齿尚侯，吾属无患矣。"诗里是说人人皆封。

从行大臣王胄亦有《纪辽东》诗作二首，诗云：

辽东浿水事龚行，俯拾信神兵。欲知振旅旋归乐，为听凯歌声。十乘元戎才渡辽，扶涉已冰消。讵似百万临江水，按辔空回镳。（其一）

天威电迈举朝鲜，信次即言旋。还笑魏家司马懿，迢迢用一

> 年。鸣銮诏跸发淆潼，合爵及畴庸。何必丰沛多相识，比屋降尧封。（其二）

诗作显然是和炀帝而作，末二句“何必丰沛多相识，比屋降尧封”，就是应炀帝之作末二句“讵似南宫复道上，先封雍齿侯”而来；“比屋”句指多人获得赏赐。

但从人民而言，则是反对战争的，《海山记》曰：“隋炀帝大业十年东幸维扬，中道夜半闻歌者甚悲。”其词中有“我儿征辽东，饿死青山下”二句，这就是战争带给人民的痛苦。又有《大业长白山谣》，歌咏造反之事，其中有“譬如辽东死，斩头何所伤”，意谓征辽东之战早就该战死了，所以造反而死不足惜。

七 吟咏名将以及“古意”系列的承袭

对前辈与匈奴作战的名将，南朝多有吟咏。南齐虞羲《咏霍将军北伐》，诗云：

> 拥旄为汉将，汗马出长城。长城地势险，万里与云平。凉秋八九月，虏骑入幽并。飞狐白日晚，瀚海愁云生。羽书时断绝，刁斗昼夜惊。乘墉挥宝剑，蔽日引高旌。云屯七萃士，鱼丽六郡兵。胡笳关下思，羌笛陇头鸣。骨都先自詟，日逐次亡精。玉门罢斥堠，甲第始修营。位登万庾积，功立百行成。天长地自久，人道有亏盈。未穷激楚乐，已见高台倾。当令麟阁上，千载有雄名。

诗作确实拿出“咏”的架势来，先是写受命、写地理气候、写战争背景，接着写战斗、写胜利，写胜利后的封赏，俨然是一篇传奇小说的样子。但最后六句是一个转折。讲“人道有亏盈”的道理，突出英雄的人生“未穷激楚乐，已见高台倾”，于是认为只要名声久远流传就足够了，这里抒情有感慨意味。

隋王由礼《赋得马援》，诗云：

> 二帝已驰声，五溪还总兵。受诏金鞍动，论功铜马成。唯称聚米势，无惭薏苡情。虽谢云台影，犹传千载名。

诗作选取马援一生中的几个典型事迹来叙说，以下据《后汉书·马援传》讲析。“二帝”句，王莽败，刘秀即位，公孙述称帝于蜀，此二帝要马援归向己方，当时刘秀谓马援曰：“卿遨游二帝间。”“五溪”句，建武二十四年（48年），马援将十二郡募士及弛刑四万余人征五溪。“受诏”句，指出征。“论功”句，写马援把征交趾所得铜鼓“乃铸为马式”，即铸标准名马。“唯称”句，写马援“于帝前聚米为山谷，指画形势，开示众军所从道径往来”之事。“无惭”句，写马援在交趾“常饵薏苡实，用能轻身省欲，以胜瘴气”，“军还，载之一车”，马援死，有人诬告马援“载之一车”者皆“明珠文犀”。“虽谢”二句，汉显宗“图画建武中名臣、列将于云台”，因马援女为皇后，“独不及援”；但后来为马援“更修封树，起祠堂”。

霍去病与马援的事迹，给后人留下了深刻的印象，上述两首诗，一方面以各种战争场面与典型事件称赏四境征战中的英雄；另一方面又以英雄后世的遭遇述说封赏、权势的暂时与英名的永远。

南朝又多有以“古意”吟咏边塞征战的作品。“古意”，谓思古之情，谓古人的思想意趣或风范，谓拟古、仿古。此处的“古”，首先应该是古人作品，“古意”最应该的就是对古人作品中的思想意趣或风范的模拟叙说。葛晓音称，汉魏五言“古意”的抒情内涵即所谓表现为人心之至情、世态之常理，抒情言志具有普世性和公理性的特质[①]，那么也就是说，吟咏的是古来征战的普遍化情感。

---

① 葛晓音：《汉魏五言“古意”内涵》，《北京大学学报》2009年第2期。

袁淑《效古诗》，叹息历年征战，奔波边塞，时光流逝，徒然空有，对比古人时诗人有了叹息。诗云：

> 谇此倦游士，本家自辽东。昔隶李将军，十载事西戎。结车高阙下，极望见云中。四面各千里，纵横起严风。寒燠岂如节，霜雨多异同。夕寐北河阴，梦还甘泉宫。勤役未云已，壮年徒为空。乃知古时人，所以悲转蓬。

写将士长年奔波在外，“十载事西戎”、“壮年徒为空”，时光就这样一年年流逝；汉代古诗有《十五从军征》，讲“十五从军征，八十始得归”的两手空空。诗中又称“乃知古时人，所以悲转蓬”，“转蓬”即随风飘转的蓬草，《后汉书·舆服志》：“上古圣人，见转蓬始知为轮。”《文选·曹植〈杂诗〉》：“转蓬离本根，飘飖随长风。”李善注引《说苑》：“鲁哀公曰：秋蓬恶其本根，美其枝叶，秋风一起，根本拔矣。”

何逊《学古三首》，其三云：

> 昔随张博望，辞帝长杨宫。独好西山勇，思为北地雄。十年事河外，雪鬓别关中。季月边秋重，严野散寒蓬。日隐龙城雾，尘起玉关风。全狐君已复，半菽我犹空。欲因上林雁，一见平陵桐。

一生征战寻求功名，但功名寻求到了吗？亦有《十五从军征》的意味。

何逊《学古赠丘永嘉征还诗》：

> 龙马鱼肠剑，蹀躞起风尘。结客蒽河返，喧喧动四邻。入墟犹忆旧，德卷（当做“觅苍”）复疑新。窥见应门出，遥识下机人。相悲泪欲下，离别方自陈。

重点在征战归还的夫妇相见。古时有秋胡新婚三日从军归来不识其妻的故事，此处反其意而用之。“机”，机杼之事，妇人的劳作之事，古诗《迢迢牵牛星》云思妇“纤纤擢素手，札札弄机杼”；古诗《上山采蘼芜》有“新人虽言好，未若故人姝。颜色类相似，手爪不相如。新人从门入，故人从阁去。新人工织缣，故人工织素。织缣日一匹，织素五丈余。将缣来比素，新人不如故”云云，机杼之事也是夫妇关系是否稳定的因素之一。“下机”，妇人放下机杼之事相迎“征还”之人，“窥见应门出，遥识下机人”，夫妇这才相叙离别之情。

何逊《学古三首》，其一云：

> 长安美少年，羽骑暮连翩。玉羁玛瑙勒，金络珊瑚鞭。阵云横塞起，赤日下城圆。追兵待都护，烽火望祁连。虎落夜方寝，鱼丽晓复前。平生不可定，空信苍浪天。

乐府诗有《结客少年场行》，言其“终而无成”；此诗写美少年的边塞之行，篇末提出疑问：怎样度过自己的平生？也是恐“羽骑暮连翩”生活的“终而无成”，那怎么办？

吴均《古意二首》其一：

> 杂虏寇铜鞮，征役去三齐。扶山剪疏勒，傍海扫沈黎。剑光夜挥电，马汗昼成泥。何当见天子，画地取关西。

吴均生在南方，无缘边塞与四境少数民族国家的战争，于是此类“扶山剪疏勒，傍海扫沈黎”的立功愿望，只能以“古意”出之。

吴均以“古意”写边塞写战争时引入闺怨，诗中不仅写出征边塞的将士，而且还引出另外的主人公。如《和萧子显古意六首》，前五首是写女子的思念，其六云：

> 匈奴数欲尽，仆在玉门关。莲花穿剑锷，秋月掩刀环。春机思窈

窕，夏鸟鸣绵蛮。中人坐相望，狂夫终未还。

这是写妇人对出征丈夫望眼欲穿的盼望。《古诗十九首》中有写盼望丈夫归来的作品，如《青青河畔草》称“荡子行不归，空床难独守”等。

从上述作品可知吟咏名将与“古意”的写法不同。吟咏名将是英雄崇拜，是以人物为中心的吟咏，因为有确切的吟咏对象，所以诗作以人物的典型事件为吟咏核心，尤其是“赋得马援”，不指出马援，人们也知道吟咏的是他。当时吟咏英雄的作品应该很多，从诗的题目来看，既然有“咏霍将军北伐”，就可能有咏其他将士的，而所谓“赋得”，一般是文学聚会中的分题而作，还应该有“赋得”其他将士的吟咏。这些诗作以昂扬、高亢的豪情抒发，在对前辈战功的颂扬中流露出美好的憧憬，还重在对其精神品质的吟咏，诗作的末尾是在鄙视物质利益的情况下对前辈英雄名声的称赏。而以“古意”写征战四境，则吟咏的是一种古来普世化的情感、一种古来普世化的意向，那就是写到征战四境的离别、艰辛，时或也有怎样获取功名、建功立业，人物是围绕着这样的情感、意向来展开的，中古时期情感抒发以悲为主、以悲为美，故而这样的诗作语气中总有一些悲怆。但究其根本原因，前者的吟咏名将，叙写的是已经建立起来的功劳与名声，而后者以“古意”写征战四境，叙写的是要建立这样的功劳与名声将付出什么。

八 诸类诗作各有宗旨与特点

叙写与四境少数民族的战争，在不同的时代有不同的宗旨与写法。《诗经》时代“以声为用”，作品乐曲多为叠章，在叙写事件时也是叠章，故事件的表述崇尚概括化、情感化，叙写时不对事件过程作详细的描述，只是点到即可，对细节也不作具体的刻画，而细节这正是后世写边塞战争最所注重的，如《扶风歌》九首“朝发广莫门，暮宿丹水山，左手弯繁弱，右手挥龙渊”，云云。

相对于大赋作品大笔墨叙写四境战争来说，汉代诗歌叙写与四境少数民族的战争并未形成自觉，只是零星的、自发的，都是楚歌体。与之相对应，四夷之歌也有一些，当然，因为是汉王朝收集的，这些作品或吟咏归化汉王朝，或吟咏与汉王朝对抗中的失利。汉末蔡文姬的几首诗作应引起我们足够的注意，其诗作中体现了从拒绝、抵制胡俗到逐步接受胡俗的心理，体现了从汉、胡对抗到汉、胡和好的愿望；假如说叙写接受胡俗及与汉、胡和好的作品是后人伪托，那么，也就是说随着时间的进程，接受胡俗及与汉、胡和好则是后人的共识。

西晋时代叙写的与四境之间的战争，其"四境"并不分明，因为西晋大一统，许多少数民族归化王朝，已进入内地居住，西晋王朝与少数民族的战争，很多是发生在境内境外交界之处，且性质多属本王朝内部的战争，有时经过战争成为敌对国家。进一步说，这些北方少数民族王朝或一开始就确立、或逐步确立起建设汉正统王朝的目标，所谓四境之战，应该是这些北方少数民族王朝与更北方的少数民族王朝的战争，而与南方王朝的战争，成为汉民族内部的统一之战。

南北朝末期，北境最主要的对抗者是突厥，至隋朝，突厥臣服，反映与突厥发生的军事战争行动的诗作，渐渐有纪实性的特点，这与南朝叙写边塞军事战争的虚拟化形成鲜明的对比，事实也是这样，南朝与北境、西北境并未发生过军事战争接触，所以这类诗歌纯粹是出于文学的想像，这样的作品与真正记述实际战争的作品是两回事。

第三章

观兵篇

一　观兵以讲武

观兵，或称阅武，意思是检阅部队并显示兵力，《史记·周本纪》："（武王）东观兵，至于盟津。"这是说武王伐纣，在盟津会合诸侯检阅部队。《左传·襄公十一年》："诸侯会于北林，师于向，右还，次于琐，围郑，观兵于南门。"诸侯在郑的南门检阅部队。而所谓"观"，《左传》杜预注云："观，示也。"即检阅部队有示威的意味，《左传·宣公十二年》就称"观兵以威诸侯"。《国语·周语上》："先王耀德不观兵。"以德"王天下"就不会检阅部队并显示兵力"以威诸侯"。讲武，讲习武事，《国语·周语上》："三时务农，而一时讲武。"韦昭注："讲，习也。"《礼记·月令》孟冬之月："天子乃命将帅讲武，习射御，角力。"讲武应该有两方面的内容，一是宣讲武事，二是讲武时演习武事，宣讲武事、演习武事亦有检阅部队、显示兵力的程序。

文学作品中，最早表现观兵讲武是汉代田猎赋的叙写演习武事；但汉代时观兵讲武的诗歌也有，如《汉鼓吹曲辞》之《汉铙歌》有《上之回》，诗中有"游石关，望诸国，月支臣，匈奴服"，那么，就是炫耀武力以助汉军之威。建安至三国鼎立时观兵讲武赋作以"耀武"为鹄的，而观兵讲武诗歌的写作模式为炫耀武力以建立新兴王朝；南北朝观兵讲武诗作强调“武德”并具有节日狂欢性意味。这样，中古时期观兵讲武诗的写作模式的演变就经历了一个从炫耀军威到高扬武德的过程。

二 三国鼎立时观兵讲武诗歌的写作模式

三国鼎立时观兵讲武诗歌的写作模式，多重在炫耀武力，而目标指向是建立新兴王朝。如三国时曹操建有讲武城，在河南临漳漳河上，观兵讲武成为帝王专利，曹魏时已有纯粹的观兵之作，即检阅队伍的诗作，如王粲《从军诗》第四首云：

> 朝发邺都桥，暮济白马津。逍遥河堤上，左右望我军。连舫逾万艘，带甲千万人。率彼东南路，将定一举勋。筹策运帷幄，一由我圣君。恨我无时谋，譬诸具官臣。鞠躬中坚内，微画无所陈。许历为完士，一言犹败秦。我有素餐责，诚愧伐檀人。虽无铅刀用，庶几奋薄身。

全篇写“我军”的雄壮气象，前半部分宣示国威军威，“左右望我军”，这是随同最高统帅检阅部队；接着诗人顺势颂扬“圣君”功德，一展自我效力之心与建功立业之愿。又如曹丕《广陵观兵》，又作《至广陵于马上作诗》，《三国志·文帝纪》载，黄初六年（225年）八月，魏文帝曹丕“遂以舟师自谯循涡入淮，从陆道幸徐。九月，筑东巡台。冬十月，行幸广陵故城，临江观兵，戎卒十余万，旌旗数百里”。在长江边上举行了盛大的阅兵式，他意气风发，在马上吟成此作。诗云：

> 观兵临江水，水流何汤汤。戈矛成山林，玄甲耀日光。猛将怀暴怒，胆气正纵横。谁云江水广？一苇可以航。不战屈敌虏，戢兵称贤良。古公宅岐邑，实始剪殷商。孟献营虎牢，郑人惧稽颡。充国务耕

殖，先零自破亡。兴农淮泗间，筑室都徐方。量宜运权略，六军咸悦康。岂如《东山》诗，悠悠多忧伤。

首八句叙写“观兵”实景，首二句点明阅兵，“戈矛”四句写戈矛成林、兵甲耀光与猛将胆气，如此夸赞部队雄姿当然是炫耀武力，于是引出“谁云”二句写战争必胜。诗的第二部分，强调“不战屈敌虏，戢兵称贤良”，那么就要像周朝先祖古公亶夫那样建设根据地，像晋国孟献子所提议加强国防而使郑国臣服，像汉代赵充国屯田耕作使先零降附，所以在前线的“淮泗”“徐方”予以“兴农”“筑室”。末四句写到，有了如此的兵甲将士，有了如此的战略措施，伐吴战争定能顺利进行，标志就是“六军咸悦康”，不会像周公那样，战争胜利了，但将士们却唱着哀伤久役不返之歌。

曹丕其他一些作品也有观武、观兵、检阅队伍的意味，如其五言《黎阳作诗》其三是写出征时看到的部队威武的情况：

千骑随风靡，万骑正龙骧。金鼓震上下，干戚纷纵横。白旄若素霓，丹旗发朱光。追思太王德，胥宇识足臧。经历万岁林，行行到黎阳。

又如曹丕《饮马长城窟行》，诗云：

浮舟横大江，讨彼犯荆虏。武将齐贯錍，征人伐金鼓。长戟十万队，幽冀百石弩。发机若雷电，一发连四五。

这是以部队的雄壮与武器的威力来宣示军威。又如曹丕《董逃行》亦是宣示军威，其云：

晨背大河南辕，跋涉遐路漫漫。师徒百万哗喧，戈矛若林成山，旌旗拂日蔽天。

曹丕之子曹叡《善哉行》写出征时的情况：

我徂我征，伐彼蛮虏。练师简卒，爰正其旅。轻舟竟川，初鸿依浦。桓桓猛毅，如罴如虎。发炮若雷，吐气如雨。旄旌指麾，进退应矩。百马齐辔，御由造父。休休六军，咸同斯武。兼途星迈，亮兹行阻。行行日远，西背京许。游弗淹旬，遂届扬土。奔寇震惧，莫敢当御。权实竖子，备则亡虏。假气游魂，鱼鸟为伍。虎臣列将，怫郁充怒。淮泗肃清，奋扬微所。运德耀威，惟镇惟抚。反旆言归，旆入皇祖。

诗的重点是宣示军威，结尾之处有新意，在既强调眼前是“运德耀威”，又叙说战争胜利“旆入皇祖”，继承祖业建立新王朝。曹叡另一首《善哉行》亦是宣示国威军威，但意味不浓，还有一股淡淡的思乡忧愁。曹叡《櫂歌行》，落笔在“伐罪以吊民，清我东南疆”。魏高贵乡公曹髦以统治者的身份作诗，有两个残篇，或称“苿苿东伐，悠悠远征，泛舟万艘，屯卫千营”；或称“干戈随风靡，武骑齐雁行”，也都是夸耀军威的口吻。

《吴鼓吹曲》有《通荆门》，《乐府诗集》卷十八引《古今乐录》称：“言孙权与蜀交好齐盟，中有关羽自失之衅，戎蛮乐乱，生变作患，蜀疑其眩，吴恶其诈，乃大治兵，终复初好也。”诗云：

荆门限巫山，高峻与云连。蛮夷阻其险，历世怀不宾。汉王据蜀郡，崇好结和亲。乖微中情疑，谗夫乱其间。大皇赫斯怒，虎臣勇气震。荡涤幽薮，讨不恭。观兵扬炎耀，厉锋整封疆。整封疆，阐扬威武容。功赫戏，洪烈炳章。邈矣帝皇世，圣吴同厥风。荒裔望清化，化恢弘。煌煌大吴，延祚永未央。

诗中称“观兵扬炎耀，厉锋整封疆”，即在边境上检阅部队以炫耀武力，但诗作更重在炫耀朝廷声威。

三 南北朝观兵讲武诗作强调“武德”

《宋书·文帝纪》载，元嘉二十五年（447 年），刘宋建成宣武场，宋文帝作《厉兵诏》，并讲武习兵于宣武场，这是为元嘉二十七年（449 年）大举北伐做准备。帝王观兵讲武后往往下诏赋诗，于是文学史上此类诗作较多。据《南齐书·武帝纪》，齐武帝在位时讲武之事有多次，如永明二年八月戊申，“车驾幸玄武湖讲武”；永明四年闰正月戊午，“车驾幸宣武堂讲武”；永明六年九月壬寅，“车驾幸琅邪城讲武，习水步军”；一次是永明九年秋九月戊辰，“车驾幸琅邪城讲武，观者倾都，普颁酒肉”；永明十年冬十月乙丑，“车驾幸玄武湖讲武”等。许多诗人都有“从武帝讲武”之类的诗作，诗中写“治兵”、“训旅”，写检阅部队，写胜敌决心。

王融《从武帝琅邪城讲武应诏》诗云：

> 治兵闻鲁策，训旅见周篇。教民良不弃，任智理恒全。白日映丹羽，赪霞文翠旃。凌山炫组甲，带水被戎船。凝葮郁摧怆，清管乍联绵。早逢文化洽，复属武功宣。愿陪玉銮右，一举扫燕然。

据诗中“白日映丹羽，赪霞文翠旃。凌山炫组甲，带水被戎船”检阅部队时的具体情况的叙写，知为“习水步军”，诗作所记当为永明六年九月武帝车驾幸琅邪城讲武那次。《南齐书·州郡志上》载：“（永明六年）上初以白下地带江山，徙琅邪郡自金城治之。”值得注意的是诗中对战争的文化因素的强调，诗作先以“治兵闻鲁策，训旅见周篇。教民良不弃，任智理恒全”述“讲武”的理论依据；又以“早逢文化洽，复属武功宣”二句概括。

沈约亦有《从齐武帝琅琊城讲武应诏》，诗云：

九功播祧埤，七德陈武悬。展事昌国图，息兵由重战。皇情咨阅典，出车迨辰选。饰徒映寒隰，翻绥临广甸。飒沓佩吴戈，参差腰夏箭。风旆舒复卷，云霞清似转。轻舞信徘徊，前歌且遥衍。秋原嘶代马，朱光浮楚练。虹銮写飞文，岩阿藻余绚。发震岳灵从，扬旌水华变。凭高训武则，中天起遐眷。凤盖卷洪河，珠旗扫长汧。方待翠华举，远适瑶池宴。

《梁书·武帝纪》载古时有所谓“文洽九功，武苞七德”之称，《左传·宣公十二年》称“武德”有七，即：“夫武、禁暴、戢兵、保大、定功、安民、和众、丰财者也。”诗中讲“九功”、“七德”，接着叙说“息兵由重战”的“讲武”理念，然后才是写检阅部队，以“凭高训武则，中天起遐眷”的“讲武”结束此节。末四句说胜利后的欢宴。王融、沈约之作除了叙写阅兵场面又强调“武德”，构成观兵讲武诗作的另一种模式。

四　观兵讲武诗作的节日仪式性意味

上述这些作品都是就武事谈武事，没有明确涉及南北统一之事，当时南北对峙的局面已经形成，谁也难以奢谈统一，于是，就武事谈武事使观兵讲武诗赋显示出节日仪式性意味。萧纲《和武帝讲武宴》，从诗题就显示出节日狂欢的意味，诗云：

校尉开疏勒，将军定月支。南通新息柱，北届武阳碑。豫游戏马馆，教战昆明池。银塘泻清渭，铜沟引直漪。常从良家子，命中幽并儿。金鞍饰紫佩，玉燕帖青骊。车书今已共，愿奏云亭仪。（其一）

祭壶今息鼓，董案或开帷。聊举青龙阵，正取绛宫时。犒兵随后拒，軷祭逐前师。军门初露节，步陈始分旗。（其二）

此二诗一作《和武帝宴诗二首》。从诗题看，当是写“讲武”的整个过程。第一首前四句以典故写武功，次四句以典故写武事，“常从良家子”以下四句写将士英武。末二句颂扬梁武帝功成封禅。“车书今已共”，以车同轨，书同文称梁武帝以武功统一天下；“云亭”，云云山与亭亭山的合称，“云亭仪”指功成而在云云山与亭亭山举行仪式。《史记·封禅书》：“昔无怀氏封泰山，禅云云……黄帝封泰山，禅亭亭。”第二首写“讲武”的两部分，前四句为宣讲的武事直指人心，“绛宫”，道教指心；后四句为部队演习战阵。

梁庾肩吾《被使从渡江》云：

> 八阵引佳兵，三河总舻舳。绛天扬远旆，雷野驱长毂。夜剑动星芒，秋潮惊箭服。

从陆地布阵写到水上战船聚集，从天空军旗飘飞写到原野战车驱驰，还写到宝剑、铠甲、星相、气候等，展现出轰轰烈烈的气氛，怎么读都觉得是夸张式节日性阅兵。

陈沈炯《从驾送军》，诗云：

> 惟尧称乃武，轩后号神兵。吊民资智勇，治乱属师贞。我君膺实业，历驾视前英。蒲海方无浪，夷山未有平。星光下结旆，剑气上舒精。云开万里彻，日丽百川明。抚鼓山应灵，诏跸水祇惊。

这是颂扬并欢送皇朝部队出征，先是颂扬“我君”出兵的正义；“云开万里彻，日丽百川明。抚鼓山应灵，诏跸水祇惊”，部队盛装威严，盛大的庆祝仪式，必有山、水所应。

庾信有《奉和泛江》，诗云：

> 春江下白帝，画舸向黄牛。锦缆回沙碛，兰桡避荻洲。湿花随水

> 泛，空巢逐树流。建平船柹下，荆门战舰浮。岸社多乔木，山城足迴楼。日落江风静，龙吟迴上游。

《乐府诗集·相和歌辞》载萧纲《泛舟横大江》有郭茂倩解题，称之为："魏文帝《饮马长城窟行》曰'泛舟横大江'，因以为题也。"魏文帝《饮马长城窟行》首二句云"浮舟横大江，讨彼犯荆虏"，为阅兵宣示军威之作，而萧纲《泛舟横大江》则是"浮舟横大江"的狂欢游玩，并无阅兵内容。庾信此诗奉和萧纲之作，"建平船柹下，荆门战舰浮"二句，以典故写检阅水军，《晋书·王濬传》曰："（王）濬造船于蜀，其木柹蔽江而下。吴建平太守吾彦取流柹以呈孙皓曰：'晋必有攻吴之计，宜增建平兵。建平不下，终不敢渡。'皓不从。"《后汉书·吴汉传》："及（岑）彭破荆门，长驱入江关，（吴）汉留夷陵，装露桡船，将南阳兵及弛刑募士三万人溯江而上。"但整首诗除此二句外，更是写一种仪式性的盛大场面。后世陈张正见也有以"浮舟横大江"为题的诗作，前二句"大江修且阔，扬舲度回矶"气势尚可，以下则写舟船场面，亦不像是宣示军威，而是豪华的水上游行。

庾信《从驾观讲武》，诗云：

> 校战出长杨，兵栏入斗场。置阵横云起，开营雁翼张。门嫌磁石碍，马畏铁菱伤。龙渊触牛斗，繁弱骇天狼。落星奔騄騄，浮云上骕骦。急风吹战鼓，高尘拥贝装。骇猿时落木，惊鸿屡断行。树寒条更直，山枯菊转芳。豹略推全胜，龙韬揖所长。小臣欣寓目，还知奉会昌。

据倪璠《庾子山集注》，《周书·武帝纪》："保定二年十月戊午，讲武于少陵园。"诗作首六句写"讲武"的营地情况。"龙渊"四句写武器战马。"急风"二句写战鼓擂响。盛装的将士出阵。"豹略"二句写战略战术。"龙韬"，《庄子·徐无鬼》有"金版六韬"的记载，《经典释文》注曰："司马彪、崔撰云，《金版六韬》皆《周书》篇名，本又作《六韬》，谓太公六韬：文、武、虎、豹、龙、犬也。”末二句点明“讲武”是为了出征往蜀。《蜀都赋》云：“远则岷山之精，上为井络，天帝运期而会昌。”《六臣注文选》刘逵注曰：“《河图括地象》曰：‘岷山之精，上为井络，帝以会昌，神以建福。’昌，庆也。言天帝于此会庆建福也。”倪璠称：“时将发师至蜀，从驾讲武，故云。”我们回想汉代赋作以畋猎为狂欢的叙写，庾信之作与它们是一致的。

观兵讲武诗作可分为两类，一是帝王或朝廷自作，口吻语气有压倒一切的气概；二是文人所作，或应诏，或和作，或自作，颂扬的意味浓厚，篇末还要讲一下个人的态度。观兵讲武诗作的主要目的是宣示国威军威，故以夸张性的描摹为主，笔力肆扬，轰轰烈烈；从魏到北朝庾信，其描摹可谓越来越细腻，辞藻可谓越来越华艳，在追求华艳、夸张之时，诗人甚或会偏离主题，把观武活动本身当做审美了，把观武活动本身当做游艺狂欢了。

五　创作“讲武赋”也成为一种时髦

创作“讲武赋”成为一种时髦，《南齐书·王僧祐传》载，“（南齐）世祖数阅武，（王）僧祐献《讲武赋》，（王）俭借观，僧祐不与”。王僧祐《讲武赋》今已不存。后又有陈朝虞世基《讲武赋》，陈后主于莫府山校猎，令世基于坐奏之。赋序先讲先王圣君“且修战于版泉，亦治兵于丹浦”，“是知文德武功，盖因时而并用”，这是说“讲武”的必要性；又讲“皇上御宇之四年”的“足食足兵”，所谓“贝胄雍弧之用，犀渠阙巩之殷，铸名剑于尚方，积琱戈于武库。熊罴百万，貔豹千群，利尽五材，威加四海”；正是在这种情况下“爰于农隙，有事春蒐”的。赋的正文，首节颂扬陈朝功德，“我大陈之创业，乃拨乱而为武”，点出用武的合理性。赋的次节写为“讲武”而畋猎的大军出发。赋的第三节云：

于斯时也，青春晚候，朝阳明岫。日月光华，烟云吐秀。澄波澜

> 于江海，静氛埃于宇宙。乘舆乃御太乙之玉堂，授军令于紫房。蕴龙韬之妙算，誓武旅于戎场。锐金颜于庸、蜀，躏铁骑于渔阳。彀神弩而持满，彏天弧而并张。曳虹旗之正正，振夔鼓之镗镗。八陈肃而并列，六军俨以相望。拒飞梯于萦带，耸楼车于武冈。或掉鞅而直指，乍交绥而弗伤。裁应变而蛇击，俄蹈厉以鹰扬。中小枝于戟刃，彻蹲札于甲裳。聊七纵于孟获，乃两禽于下庄。始轩轩而鹤举，遂离离以雁行。振川谷而横八表，荡海岳而耀三光。谅窈冥之不测，羌进退而难常。亦有投石扛鼎，超乘挟辀。冲冠耸剑，铁楯铜头。熊渠殪兕，武勇操牛。虽任鄙与贲、育，故无得而为仇。

这是具体叙写畋猎活动，其中多以军事战争比拟，让人们充分沉浸于武力活动的狂欢中，这种狂欢的叙写，当是对畋猎赋的继承。赋的末节云：

> 九攻既决，三略已周。鸣镯振响，风卷电收。于是勇爵班，金奏设，登元、凯而陪位，命方、邵而就列。三献式序，八音未阕。舞干戚而有豫，听鼓鞞而载悦。俾挟纩与投醪，咸忘躯而殉节。方席卷而横行，见王师之有征。登燕山而戮封豕，临瀚海而斩长鲸。望云亭而载跸，礼升中而告成。实皇王之神武，信荡荡而难名者也。

以庆祝仪式的叙写结尾，点出礼仪文化的力量，但至此，观兵讲武诗赋娱乐性、节日仪式性的一面也体现出来了。

第四章

纪功篇

中古时期有一类诗作，是朝廷的乐府机关在朝廷的指令下组织创作的，其关注的对象是一次次具体发生过的战争，是一次次有关乎朝代的建立与政权的巩固的战争，是对本朝军事活动的叙写歌吟，这些诗作具有充分的纪功性、纪实性。这些诗作属军乐系统，集中收录于《乐府诗集》的《鼓吹曲辞》的“鼓吹”与“铙歌”部分。《鼓吹曲辞》题解曰：“鼓吹曲，一曰短箫铙歌……蔡邕《礼乐志》曰：‘汉乐四品，其四曰短箫铙歌，军乐也……’”这些是纪功颂德的军乐。

一　纪功性军乐系统以《汉铙歌》为起端

汉代有对朝廷的歌颂中的武功吟咏，此即《安世房中歌》的第五章、第十二章。《汉书》载：“又有房中祠乐，高祖唐山夫人所作也。周有房中乐，至秦名曰寿人。凡乐，乐其所生，礼不忘本，高祖乐楚声，故房中乐楚声也。孝惠二年，使乐府令夏侯宽备其箫管，更名曰安世乐。安世房中歌十七章。”其宗旨是歌颂汉高祖刘邦平定内乱、安抚外邦，这就有关于战争的内容。其五章云：

> 海内有奸，纷乱东北。诏抚成师，武臣承德。行乐交逆，箫勺群慝。肃为济哉，盖定燕国。

此“定燕国”为汉高祖五年时刘邦平定东北臧荼及利几的反叛，诗作简单叙写其过程。

《安世房中歌》十二章云：

> 硙硙即即，师象山则。乌呼孝哉，案抚戎国。蛮夷竭欢，象来致福。兼临是爱，终无兵革。

此章言安抚戎狄、边境平安，表现了人民对“终无兵革”的渴望，这是说以安抚替代兵戈来对待外邦，歌颂意味浓厚。

《安世房中歌》的纪功颂德并非典型的朝廷纪功作品，《汉铙歌》为典型的纪功性军乐系统的开端，《汉铙歌》二十二曲，有四篇其辞亡，有题无辞，故一般称十八曲。《汉铙歌》虽说是军乐，但曲词内容庞杂，其中只有两首有涉战事。《战城南》叙战败之事，已见“苦难篇”，诗中看不出记载的是哪次战争。

《汉铙歌》有《上之回》：

> 上之回，所中益。夏将至，行将北。以承甘泉宫，寒暑德。游石关，望诸国。月支臣，匈奴服，令从百官疾驱驰，千秋万岁乐无极。

回，即回中宫，在今陕西汧县，《汉书·武帝纪》载，天汉二年（前99年）春，汉武帝“行幸东海，还幸回中”。“夏将至”以下是相对“还幸回中”预测将要发生的事，《汉书·武帝纪》又载，天汉二年“夏五月贰师将军三万骑出酒泉，与右贤王战于天山，斩首虏万余级。又遣因杅将军出西河，骑都尉李陵将步兵五千人出居延北，与单于战，斩首虏万余级”，这表明此次武帝回中之幸，是欲耀武以助汉军之威。

诗作写武帝出征炫耀武力，诗中所叙是有历史记载的，从此诗可见叙写纪实性战争之端倪。

鼓吹曲施于“建武扬威德，风劝战士”，“赐有功诸侯”。[①]《鼓吹曲辞》题解曰：“汉有《朱鹭》等二十二曲，列于鼓吹，谓之铙歌。及魏受命，使缪袭改其十二曲……是时吴亦使韦昭改制十二曲……晋武帝受禅，命傅玄制二十二曲，而《玄云》《钓竿》之名不改旧汉。宋、齐并用汉曲。”“并述功德受命以相代，大抵多言战阵之事。”[②] 这些是说，宋、齐之前的历代纪功性军乐皆从《汉铙歌》而来，《汉铙歌》奠定纪功性军乐的基础，但梁以后有所改革。《汉书·艺文志·诗赋略》“歌诗”录有《汉兴以来兵所诛灭歌诗》十四篇，王先谦《汉书补注》曰：“疑即汉鼓吹铙歌诸曲也。”这个意见是对的。

二 《魏鼓吹曲》

《魏鼓吹曲》十二首，是魏受命后使缪袭造以代汉曲，展示出完全不同于《汉铙歌》的风貌，全部另起新题，其内容单一为吟咏武功来颂扬新生政权。

《楚之平》，总写曹操在什么情况下起兵以武力平定天下与建设礼乐纪纲的。诗云：

> 楚之平，义兵征。神武奋，金鼓鸣。迈武德，扬洪名。汉室微，社稷倾。皇道失，桓与灵。阉宦炽，群雄争。边、韩起，乱金城。中国扰，无纪经。赫武皇，起旗旌。麾天下，天下平。济九州，九州宁。创武功，武功成。越五帝，邈三王。兴礼乐，定纪纲。普日月，齐辉光。

① 《乐府诗集》卷十六引蔡邕《礼乐志》、崔豹《古今注》语，中华书局 1979 年版，第 223—224 页。

② 《乐府诗集》卷十六引，《乐府诗集》，第 223—224 页。

《战荥阳》，诗云：

战荥阳，汴水陂。戎士愤怒，贯甲驰。阵未成，退徐荣。二万骑，堑垒平。戎马伤，六军惊，势不集，众几倾。白日没，时晦冥，顾中牟，心屏营。同盟疑，计无成，赖我武皇，万国宁。

写曹操与袁绍诸人会盟讨伐董卓之事，《三国志·武帝纪》称“遇（董）卓将徐荣，与战不利，士卒死伤甚多”，又称诸人相互猜疑等，这些诗中都写到了。

《获吕布》，《宋书·乐志》曰：“言曹公东围临淮，生擒吕布也。”诗云：

获吕布，戮陈宫。芟夷鲸鲵，驱骋群雄。囊括天下，运掌中。

《克官渡》，写官渡之战曹操以少击多战胜袁绍。诗云：

克绍官渡，由白马。僵尸流血，被原野。贼众如犬羊，王师尚寡。沙塠傍，风飞扬。转战不利，士卒伤。今日不胜，后何望。土山地道，不可当。卒胜大捷，震冀方。屠城破邑，神武遂章。

《旧邦》，言祭奠“克官渡”时死亡的将士。诗云：

旧邦萧条，心伤悲。孤魂翩翩，当何依。游士恋故，涕如摧。兵起事大，令愿违。传求亲戚，在者谁。立庙置后，魂来归。

《定武功》，写曹操消灭袁绍平定邺城，《宋书·乐志》所谓“武功之定，始乎此也”。诗云：

定武功，济黄河。河水汤汤，旦暮有横流波。袁氏欲衰，兄弟寻干戈。决漳水，水流滂沱，嗟城中如流鱼，谁能复顾室家。计穷虑尽，求来连和。和不时，心中忧戚。贼众内溃，君臣奔北。拔邺城，奄有魏国。王业艰难，览观古今，可为长叹。

《屠柳城》，《宋书·乐志》称这是“言曹公越北塞，历白檀，破三郡乌桓于柳城也”。诗云：

屠柳城，功诚难。越度陇塞，路漫漫。北逾冈平，但闻悲风正酸。蹋顿授首，遂登白狼山。神武慹海外，永无北顾患。

《平南荆》，写平定荆州的战争。诗云：

南荆何辽辽，江汉浊不清。菁茅久不贡，王师赫南征。刘琮据襄阳，贼备屯樊城。六军庐新野，金鼓震天庭。刘子面缚至，武皇许其成。许与其成，抚其民。陶陶江汉间，普为大魏臣。大魏臣，向风思自新。思自新，齐功古人。在昔虞与唐，大魏得与均。多选忠义士，为喉唇。天下一定，万世无风尘。

《平关中》，写征马超之战。诗云：

平关中，路向潼。济浊水，立高墉。斗韩、马，离群凶。选骁骑，纵两翼，虏崩溃，级万亿。

后三曲《应帝期》、《邕熙》、《太和》为颂魏德，无战争纪实内容。

三 《吴鼓吹曲》

《吴鼓吹曲》十二首，韦昭奉吴主之命作。

《炎精缺》，诗云：

> 炎精缺，汉道微。皇纲弛，政德违。众奸炽，民罔依。赫武烈，越飞龙。陟天衢，耀灵威。鸣雷鼓，抗电麾。抚乾衡；镇地机。厉虎旅，骋熊罴。发神听，吐英奇。张角破，边、韩羁。宛、颖平，南土绥。神武章，渥泽施。金声震，仁风驰。显高门，启皇基。统罔极，垂将来。

《宋书·乐志》称此诗言汉室衰，孙坚“奋迅猛志，念在匡救，然而王迹始乎此也”，此章与下章是孙坚奋起时武功总述。

《汉之季》，《宋书·乐志》称此诗言孙坚“悼汉之微，痛卓之乱，兴兵奋击，功盖海内也”。诗云：

> 汉之季，董卓乱。桓桓武烈，应时运。义兵兴，云旗建。厉六师，罗八阵。飞鸣镝，接白刃。轻骑发，介士奋。丑虏震，使众散。劫汉主，迁西馆。雄豪怒，元恶偾。赫赫皇祖，功名闻。

《摅武师》写平定黄祖，诗云：

> 摅武师，斩黄祖。肃夷凶族，革平西夏。炎炎大烈，震天下。

《伐乌林》，《宋书·乐志》作《乌林》，称：“言曹操既破荆州，顺流东下，欲来争锋。大皇帝（孙权）命将周瑜逆击之于乌林而破走也。”这是赤壁大战中的一战。诗云：

> 曹操北伐，拔柳城。乘胜席卷，遂南征。刘氏不睦，八郡震惊。众既降，操屠荆。舟车十万，扬风声。议者狐疑，虑无成。赖我大皇，发圣明。虎臣雄烈，周与程。破操乌林，显章功名。

《秋风》，《宋书·乐志》称："言孙权说（悦）以使民，民忘其死。"这是东吴以精神与政策鼓励百姓投入战争。诗云：

秋风扬沙尘，寒露沾衣裳。角弓持弦急，鸠鸟化为鹰。边垂飞羽檄，寇贼侵界疆。跨马被介胄，慷慨怀悲伤。辞亲向长路，安知存与亡。穷达固有分，志士思立功。思立功，邀之战场。身逸获高赏，身没有遗封。

《克皖城》，《宋书·乐志》称："言魏武志图并兼，而令朱光为庐江太守。上（孙权）亲征光，破之于皖城也。"诗云：

克灭皖城，遏寇贼。恶此凶孽，阻奸慝。王师赫征，众倾覆。除秽去暴，戢兵革。民得就农，边境息。诛君吊臣，昭至德。

《关背德》，写东吴引师浮江擒杀蜀之关羽。诗云：

关背德，作鸱张。割我邑城，图不祥。称兵北伐，围樊、襄阳。嗟臂大于股，将受其殃。巍巍夫圣主，睿德与玄通。与玄通，亲任吕蒙。泛舟洪氾池，溯涉长江。神武一何桓桓，声烈正与风翔。历抚江安城，大据郢邦。虏羽授首，百蛮咸来同，盛哉无比隆。

《通荆门》，写针对蜀、戎蛮的"观兵"检阅。《章洪德》、《从历数》、《承天命》、《玄化》为颂吴德。

四 《晋鼓吹曲》

《晋鼓吹曲》二十二首，晋武帝司马炎令傅玄制。

《灵之祥》，《宋书·乐志》称此诗是写司马懿"佐魏"时，"既有石瑞之徵，又能用武以诛孟度之逆命也”。诗云：

> 灵之祥，石瑞章。旌金德，出西方。天降命，授宣皇。应期运，时龙骧。继大舜，佐陶唐。赞武文，建帝纲。孟氏叛，据南疆。追有扈，乱五常。吴寇劲，蜀虏强。交誓盟，连遐荒。宣赫怒，奋鹰扬。震乾威，曜电光。陵九天，陷石城。枭逆命，拯有生。万国安，四海宁。

《宣受命》，《宋书·乐志》称：“言宣皇帝御诸葛亮，养威重，运神兵，亮震怖而死。”诗云：

> 宣受命，应天机。风云时动，神龙飞。御诸葛，镇雍、梁。边境安，夷夏康。务节事，勤定倾。揽英雄，保持盈。渊穆穆，赫明明。冲而泰，天之经。养威重，运神兵。亮乃震毙，天下宁。

《征辽东》，《宋书·乐志》称：“言宣皇帝陵大海之表，讨灭公孙渊而枭其首也。”诗云：

> 征辽东，敌失据。威灵迈日域，公孙既授首，群逆破胆，咸震怖，朔北响应，海表景附。武功赫赫，德云布。

《宣辅政》写司马懿掌控朝中大权，无战争军事内容。

《时运多难》，写司马懿征讨东吴。诗云：

> 时运多难，道教痡。天地变化，有盈虚。蠢尔吴蛮，虎视江湖。我皇赫斯，致天诛。有征无战，弭其图。天威横被，廓东隅。

《景龙飞》、《平玉衡》写司马师执政。《文皇统百揆》写司马昭执政。

《因时运》，《宋书·乐志》曰："言文皇帝因时运变，圣谋潜施，解长蛇之交，离群桀之党，以武济文，审其大计，以迈其德也。"诗云：

因时运，圣策施。长蛇交解，群桀离。势穷奔吴，虎骑厉。惟武进，审大计。时迈其德，清一世。

《惟庸蜀》，写司马昭平蜀。诗云：

惟庸蜀，僭号天一隅。刘备逆帝命，禅、亮承其余。拥众数十万，窥隙乘我虚。驿骑进羽檄，天下不遑居。姜维屡寇边，陇上为荒芜。文皇愍斯民，历世受罪辜。外谟蕃屏臣，内谋众士夫。爪牙应指授，腹心献良图。良图协成文，大兴百万军。雷鼓震地起，猛势陵浮云。逋虏畏天诛，面缚造垒门。万里同风教，逆命称妾臣。光建五等，纪纲天人。

《天序》写受禅，《大晋承运期》、《金灵运》、《於穆我皇》颂晋德。另《仲春振旅》、《夏苗田》、《仲秋弥田》、《顺天道》写畋猎以讲武事，亦是颂扬武功的内容。还有《唐尧》、《玄云》、《伯益》、《钓竿》颂晋德。

五 南北朝鼓吹曲辞

以下分时代叙南北朝鼓吹曲辞。

其一，宋鼓吹曲辞。

有《宋鼓吹铙歌》三首，佚名，"训话不可复解"，此处不述。《宋鼓吹铙歌》十五首，晋义熙年间何承天作，用汉曲旧名。《宋书·乐志》曰："鼓吹铙歌十五篇，何承天晋义熙（405—418）末私造。"《乐府诗集》题解曰："按此诸曲皆承天私作，疑未尝被于歌也。虽有汉曲旧名，大抵别增新意，故其义与古辞考之多不合云。"这些诗作多吟咏刘裕事迹。其首

《朱路篇》总括刘裕军事声威，诗云：

朱路扬和鸾，翠盖耀金华。玄牡饰樊缨，流旌拂飞霞。雄戟辟旷途，班剑翼高车。三军且莫喧，听我奏铙歌。清鞞惊短箫，朗鼓节鸣笳。人心惟恺豫，兹音亮且和。轻风起红尘，渟澜发微波。逸韵腾天路，颓响结城阿。仁声被八表，威震振九遐。嗟嗟介胄士，勖哉念皇家。

又有《雍离篇》，诗云：

雍士多离心，荆民怀怨情。二凶不量德，构难称其兵。王人衔朝命，正辞纠不庭。上宰宣九伐，万里举长旌。楼船掩江濆，驷介飞重英。归德戒后夫，贾勇尚先鸣。逆徒既不济，愚智亦相倾。霜锋未及染，鄢郢忽已清。西川无潜鳞，北渚有奔鲸。凌威致天府，一战夷三城。江汉被美化，宇宙歌太平。惟我东郡民，曾是深推诚。

《晋书・安帝纪》载："（义熙）十一年春正月，荆州刺史司马休之、雍州刺史鲁宗之并举兵贰于刘裕，裕帅师讨之。"首二句"雍士多离心，荆民怀怨情"，即指此事。

《战城南》，写战斗场面与胜利景象。诗云：

战城南，冲黄尘。丹旌电烻，鼓雷震。勍敌猛，戎马殷。横阵亘野，若云屯。仗大顺，应三灵。义之所感，士忘生。长剑击，繁弱鸣。飞镝炫晃，乱星奔。虎骑跃，华毦旋。朱火延起，腾飞烟。骁雄斩，高旗搴。长角浮叫，响清天。夷群寇，殪逆徒。余黎霑惠，咏来苏。奏恺乐，归皇都。班爵献俘，邦国娱。

《巫山高》，写义熙九年平西蜀事，《南史・宋本纪》载："七月，朱龄石平蜀，斩谯纵，传首建邺。”诗中以桓温伐成汉李氏之事作比。诗云：

> 巫山高，三峡峻。青壁千寻，深谷万仞。崇岩冠灵，林冥冥。山禽夜响，晨猿相和鸣。洪波迅澓，载逝载停。凄凄商旅之客，怀苦情。在昔阳九，皇纲微。李氏窃命，宣武耀灵威。蠢尔逆纵，复践乱机。王旅薄伐，传首来至京师。古之为国，惟德是贵。力战而虐民，鲜不颠坠。矧乃叛戾，伊胡能遂。咨尔巴子，无放肆。

《宋鼓吹铙歌》除上述四曲外，其他诸曲有颂扬，有讽谏，或咏贤士，或咏游仙，内容庞杂。《南史·宋本纪》载：“（义熙八年），晋帝进帝（刘裕）太傅、扬州牧，加羽葆、鼓吹，班剑二十人。”既然授予“鼓吹”，那么何承天就作《宋鼓吹铙歌》；但并非为当朝皇帝所作，而是为诸王所作，可能于是就称之为“私造”；可是已开其例。

其二，《齐随王鼓吹曲》十首，谢朓奉镇西随王教于荆州道中作。

《南齐书·武十七王》载，随王萧子隆于永明八年“为使持节、都督荆雍梁宁南北秦六州、镇西将军、荆州刺史，给鼓吹一部”，故有赋《鼓吹曲》之事。谢朓此作，前三首颂帝功；次三首颂藩德，其中《校猎曲》写羽猎之事；后六首写杂事，其中《从戎曲》涉战事，似乎非纪实。诗云：

> 选旅辞辒辌，弭节赴河源。日起霜戈照，风回连骑翻。红尘朝夜合，黄沙万里昏。寥戾清笳啭，萧条边马烦。自勉辍耕愿，征役去何言。

其三，沈约奉梁武帝萧衍之命作《梁鼓吹曲》十二首。

《木纪谢》，言梁代齐。

《贤首山》，《隋书·音乐志》曰：“言武帝破魏军于司部，肇王迹也。”诗云：

贤首山，险而峻。乘岘凭，临胡阵。骋奇谋，奋卒徒。断白马，塞飞狐。殪日逐，歼骨都。刃谷蠡，馘林胡。草既润，原亦涂。轮无反，幕有乌。扫残孽，震戎逋。扬凯奏，展欢酺。咏《杕杜》，旋京吴。

《桐柏山》，《隋书·音乐志》曰："言武帝牧司，王业弥章也。"

《道亡》，《隋书·音乐志》曰："言东昏丧道，义师起樊、邓也。"诗作写"东昏丧道"的战斗场面多，写"义师起樊、邓"的战斗场面少。诗云：

道亡数极归永元，悠悠兆庶尽含冤。沈河莫极皆无安，赴海谁授矫龙翰。自樊汉，仙波流水清且澜，救此倒悬拯涂炭。誓师刘旅赫灵断，率此八百驱十乱。登我圣明去多难，长夜杳冥忽云旦。

《忱威》，《隋书·音乐志》曰："言破加湖，元勋建也。"诗云：

忱威授律命苍兕，言薄加湖灌秋水。回澜瀄汩泛增雉，争河投岸掬盈指。犯刃婴戈洞流矢，资此威烈齐文轨。

《汉东流》，《隋书·音乐志》曰："言义师克鲁山城也。"诗云：

汉东流，江之汭。逆徒蜂聚，旌旗纷蔽。仰震威灵，乘高骋锐。至仁解网，穷鸟入怀。因此龙跃，言登泰阶。

《鹤楼峻》，《隋书·音乐志》曰："言平郢城，兵威无敌也。"诗云：

鹤楼峻，连翠微。因岩设险池永归。唇亡齿惧，薄言震，耀灵威。凶众稽颡，天不能违。金汤无所用，功烈长巍巍。

《昏主恣淫慝》，《隋书·音乐志》曰："言东昏政乱，武帝起义，平九江、姑熟，大破朱雀，伐罪吊民也。"诗云：

昏主恣淫慝，皆曰自昌盛。上仁矜亿兆，誓师为请命。既齐丹浦战，又符甲子辰。龛难伐有罪，伐罪吊斯民。悠悠亿万姓，于此睹阳春。

《石首局》，《隋书·音乐志》曰："言义师平京城，仍废昏定大事也。"诗云：

石首局，北墉堙。新堞严，东垒峻。共表里，遥相镇。矢未飞，鼓方振。竞衔璧，并舆榇。酒池扰，象廊震。同伐谋，兼善陈。辟应和，扫煨烬。剪庶恶，靡余胤。

此诸曲写萧衍统兵至受禅登基之间的诸次战争胜利，此以后诸曲颂德。总的来说，《梁鼓吹曲》号称写战争，战争是写到了，但着墨不是很多。

《乐府诗集》的《鼓吹曲辞》题解称，还有"北齐二十曲"、"后周宣帝革前代鼓吹，制为十五曲，并述功德受命以相代，太抵多言战阵之事"，今未见。

其四，隋《凯乐歌辞》。

隋《凯乐歌辞》三曲，晋崔豹《古今注》曾这样说过："短箫铙歌，军乐也……《周礼》所谓王大捷则令凯乐，军大捷则令凯歌者也。"《隋凯乐歌辞》之《述帝德》：

于穆我后，睿哲钦明。膺天之命，载育群生。开元创历，迈德垂声。朝宗万宇，祗事百灵。焕乎皇道，昭哉帝则。惠政滂流，仁风四塞。淮海未宾，江湖背德。运筹必胜，濯征斯克。八荒雾卷，四表云

> 褰。雄图盛略，迈后光前。寰区已泰，福祚方延。长歌凯乐，天子万年。

这是总的叙述隋之统一天下的武功。

其《述诸军用命》：

> 帝德远覃，天维宏布。功高云天，声隆《韶》《濩》。惟彼海隅，未从王度。皇赫斯怒，元戎启路。桓桓猛将，赳赳英谟。攻如燎发，战似摧枯。救兹涂炭，克彼妖逋。尘清两越，气静三吴。鲸鲵已夷，封疆载辟。班马萧萧，归旌奕奕。云台表效，司勋纪绩。业并山河，道固金石。

这也是宏观上叙写战事。其三《述天下太平》，叙写“始实以武，终乃以文”。

六　概括性的全貌叙写

上述魏、吴、晋、梁鼓吹曲以及隋《凯乐歌辞》是中古纪实性战争诗的一批集成式代表作，主要是叙写朝廷为夺取政权、巩固政权而进行的，其篇幅的主要部分也是多为写战争过程，这些战争绝大多数可知是实际发生过的，只有个别为泛指。其作者，除宋之鼓吹曲为何承天晋义熙末年私造，宋公刘裕尚未登基；齐随王鼓吹曲，也是为诸侯所有；其他为朝廷所造。

这类诗作最大的特点是对战争作概括性的全貌叙写，除隋《凯乐歌辞》太为概括外，魏、吴、晋、梁诸鼓吹曲又各有特点，以下依次叙之。

《魏鼓吹曲》的概括叙写战争全貌，以《克官渡》为最。“克绍官渡，由白马”二句述战争地点与首战矛头；“僵尸流血，被原野”二句述战争氛围，突出其残酷性；“贼众如犬羊，王师尚寡”二句述敌强我弱；“沙塠旁，风飞扬，转战不利，士卒伤”四句述战场景物下的作战不利；“今日不胜，后何望”二句述坚定信心；“土山地道，不可当”二句述对方的战术；“卒胜大捷，震冀方，屠城破邑，神武遂章”四句述战争结局与收获。这些记述一一是切合史实的，其他诸诗大致如此，虽未如此诗之详尽、全面，但每诗必点明战争对方，叙说战争过程和结局。

《魏鼓吹曲》在概括性地写战争全貌的同时，又多叙写战略战术的运用。如《克官渡》述“土山地道”，指袁绍起土山射曹营，挖地道袭曹营；《定武功》写“决漳水，水流滂沱，嗟城中如流鱼，谁能复顾室家”的水攻及效果；《屠柳城》写“越度陇塞”的长途奔袭；《平关中》写“斗韩、马，离群凶”的反间计，又写“选骁骑，纵两翼”的两翼包抄等。《魏鼓吹曲》中也有具体战争景象的描摹，如《战荥阳》的“戎士愤怒，贯甲驰”，云云，但为数不多。

《吴鼓吹曲》在叙写战争全貌方面亦有十分出色之作，如《关背德》，“关背德，作鸱张。割我邑城，图不祥。称兵北伐，围樊、襄阳”，述关羽侵犯了吴方利益，这是战争的起因；“嗟臂大于股，将受其殃”，述吴方的心情，这是下决心应战；“巍巍夫圣主，睿德与玄通；与玄通，亲任吕蒙”，述任命主将；“泛舟洪汜池，溯涉长江。神武一何桓桓，声烈正与风翔。历抚江安城，大据郢邦”，述具体战争进程；“虏羽授首，百蛮咸来同，盛哉无比隆”，述战争结局。如此详尽述战争全貌的诗作，还有《伐乌林》，言赤壁之战，颇有出色之处。但其概括性的特点也十分突出，即难见具体的战争场面与战斗动作。

《吴鼓吹曲》在概括性地记述战争全貌的同时，又较为注意述战争起因、战争结局及对政治的影响，上述《关背德》已有显现。又如《炎精缺》，写孙氏种种军事活动使“宛、颍平，南土绥”，于是“显高门，启皇基，统罔极，垂将来”，奠定了基业；《摅武师》写孙氏“斩黄祖”而“革平西夏”，于是获得“炎炎大烈，震天下”的效用；《伐乌林》，写曹操因“北伐”之胜而“南征”，荆州“刘氏不睦”，己方又“议者狐疑，虑无成”，最后才显示“赖我大皇，发圣明”；《克皖城》写战争胜利，于是

"民得就农，边境息"；《通荆门》写蜀、吴或战或和的种种曲折。

《吴鼓吹曲》还有一首与众不同之作，此即《秋风》。为"志士"立言而未从帝王着眼，此一不同；以战斗场面叙立功壮志，旨在抒情，此二不同；未述具体某次战争而述整个时代的战争，此三不同。

《晋鼓吹曲》在叙述战争全貌上更为概略化，甚或没有战争过程而只有结局，突出的只是对战争的歌颂之词。如《宣受命》最为突出，其他如《征辽东》、《时运多难》、《因时运》等，也有如此意味。这也就是说，诗作叙写战争的意味已大大削弱了，只《惟庸蜀》是对整个灭蜀战争的叙写。而其畋猎巡狩等炫耀武事诸作，堂皇富丽地颂扬武功，颇似大赋面目。

《梁鼓吹曲》对战争全貌概括性的叙写也有自己的特点，即突出战争的某一场面来歌功颂德，如《忱威》写到"言薄加湖灌秋水。回澜瀄汨泛增雉，争河投岸掬盈指。犯刃婴戈洞流矢"，就颇似史书记载。《梁书·武帝纪》即载：萧衍命"潜师袭加湖，将逼子阳。水涸不通舰，其夜暴长，众军乘流齐进，鼓噪攻之，贼俄而大溃，子阳等窜走，众尽溺于江"。又如《贤首山》突出"乘岘凭，临胡阵。骋奇谋，奋卒徒"；《汉东流》突出"乘高骋锐"；《鹤楼峻》突出战争对方"因岩设险"；《石首局》突出战争对方"石首局，北墉堇。新堞严，东垒峻。共表里，遥相镇"等。

《梁鼓吹曲》在概括性叙述战争全貌时多用典故借指。如《贤首山》言萧衍破北魏军，诗中称"断白马，塞飞狐。殪日逐，歼骨都。刃谷蠡，馘林胡"，或用以往战争的地名，或用以往边塞战争的敌方部落名。《忱威》"争河投岸掬盈指"，用《左传》、《史记·晋世家》军士败而抢渡争船时被斩断手指的情形述敌军败退。《昏主恣淫慝》中"既齐丹浦战"，即用尧与有苗战于丹水之浦来赞颂萧衍的此次战争行动。

由此可以看出，这些纪实性战争诗的特点是概括性地大笔勾勒战争全貌，而不注重对具体战场景象与战场景物的叙写，而后者恰恰是边塞诗最为注重的，这就是边塞风物中的战斗。

七 对战争决策者的歌颂

这些纪实性战争诗以概述战争全貌为主，这是由朝廷钦命以及歌颂朝廷的性质所决定的，这就决定了作品叙写人物的重点是战争的指挥者、决策者，而不是战争的具体实行者，即手持兵器作战的兵士，这也决定了诗作注重的是描摹人物在战争中的精神活动，诸如动机、决策、行为、情感等。上述诸鼓吹曲，歌颂是其最突出的特点，是主线，这从以下几方面显现出来。

第一，鼓吹曲均以组诗的形式出现，从其整体结构来看，歌颂是其构思的主线。如《魏鼓吹曲》，起首《楚之平》为普遍性的颂扬武功，以下数首历述诸次战争，实际是铺叙曹操以胜仗奠定了皇朝的基础，最后落脚在后三曲对魏朝的歌颂上。吴、晋、梁鼓吹曲以及隋《凯乐歌辞》，大抵都是如此结构。

第二，从所歌咏的战事来说，大抵次次以所咏对象的胜利而告终。魏、吴、晋、梁在其创建过程中，既打过胜仗，也打过败仗，但在鼓吹曲中，未见有败仗的记载。有时，即便写到了败仗，最后仍言其胜，如《魏鼓吹曲》之《战荥阳》，虽也写到“戎马伤，六军惊，势不集，众几倾”的战争实况，但最后仍述“赖我武皇，万国宁”。且整个“鼓吹曲辞”中，写到如此战败景象的，也就仅此一首，魏以后不再有了。

究历代鼓吹曲皆为颂什的原因，首先是因为鼓吹曲的创作都是一种官方行为、朝廷行为，这从上文所述诸作者都是应最高统治者之命而作即可看出，故何承天之作，《宋书·乐志》特为点出是“私造”。其次，鼓吹曲是作为凯歌传统来创作的，此由《乐府诗集》题解尽录前人的话可证之，如《周礼·大司乐》曰：“王师大献，则令奏恺乐。”《大司马》曰：“师有功，则恺乐献于社。”郑康成曰：“兵乐曰恺，献功之乐也。”《春秋》曰：“晋文公败楚于城濮。”《左传》曰：“振旅恺以入。”《司马法》曰：“得意则恺乐、恺歌以示喜也。”

其歌咏颂扬领袖人物又有几个特点：

首先，这些诗作歌咏颂扬的是奠定皇朝基业的那些人物，而奠定皇朝基业的手段或现实行动则是战争。于是，刻画这些人物兴兵而战的主动性与思想动机，赋予这些人物兴兵而战的正义性与应时代需要，便成为诗作的首要任务。如《魏鼓吹曲》的第一首《楚之平》，把曹操置身于混乱动荡的局势之中，那时，“汉室微，社稷倾。皇道失，桓与灵。阉官炽，群雄争。边、韩起，乱金城。中国扰，无纪经”；于是才有“赫武皇，起旗旌”、“创武功，武功成”，这样，便把人物起兵发动战争的思想动机定位为平定天下。《吴鼓吹曲》先歌咏孙坚，他也处在与曹操相同的历史境地，其第一首《炎精缺》与第二首《汉之季》也是如此写法。《晋鼓吹曲》第一首《灵之祥》亦先述局势的危险，那时，“孟氏叛，据南疆。追有扈，乱五常。吴寇劲，蜀虏强。交誓盟，连遐荒”，在这样的情况下司马懿出山，那么，自然刻画出其兴兵的思想动机是力挽狂澜；其《惟庸蜀》则写司马昭发兵伐蜀是因为蜀民“历世受罪辜”。《梁鼓吹曲》之《道亡》直写萧衍起兵是“救此倒悬拯涂炭”，称赏“登我圣明由多难”；其《昏主恣淫慝》直写“上仁矜亿兆，誓师为请命”。

其次，突出决策的正确性，与边塞诗一般突出人物的矫健身手与奋战行动不同，这些诗作在写具体某次战争时，常常突出其决策的正确性。如《魏鼓吹曲》，其《战荥阳》述败后“同盟疑，计无成”，又述“赖我武皇，万国宁”，此即述曹操的决策；《克官渡》在“转战不利”后继写“今日不胜，后何望”，述曹操坚持至最后胜利的决策。《吴鼓吹曲》中，《伐乌林》先述曹军南来而“议者狐疑，虑无成”，再写“赖我大皇，发圣明”，显示出孙权决定抗战而不是投降的决策的正确；《关背德》述孙权“亲任吕蒙”的决策的正确。《晋鼓吹曲》中，《征辽东》写“征辽东，敌失据”，称赏剿灭敌根据地的决策；《因时运》写司马昭“因时运，圣策施”，于是“长蛇交解，群桀离”。《梁鼓吹曲》中，《贤首山》称萧衍“骋奇谋，奋卒徒”；《汉东流》写萧衍“仰震威灵，乘高骋锐”，据《梁书·武帝纪上》载，萧衍在胜利后称：“征讨未必须实力，所听威声耳。”于是“因命搜所获俘囚”而“厚加赏赐，使致命焉”，于是敌军“相继请降”。

最后，叙写所歌咏人物的情感，突出情感抒发。如《魏鼓吹曲》之《战荥阳》，写曹操战败时的“心屏营”；《定武功》写曹操对敌方求和而“和不时，心中忧戚”，写曹操“览观古今，可为长叹”；《屠柳城》称主人公“但闻悲风正酸”。情感抒发最为突出的是《旧邦》，所述之事为“曹公胜袁绍于官渡，还谯收藏死亡士卒也”，这是以主人公的口吻抒发哀思之情。《吴鼓吹曲》之《汉之季》，写“董卓乱”，于是“雄豪怒”；《关背德》“嗟臂大于股”之“嗟”，写出孙权作出征伐关羽的决定时的复杂心情；《通荆门》称“大皇赫斯怒”。《晋鼓吹曲》与《梁鼓吹曲》追逐富丽堂皇，一般很少个体人物情感化的叙写。但如果从整组诗或一首诗的总体情感基调而言，纪实性战争诗突出的是歌功颂德，时常流露一派雍容华贵的情调，而边塞诗则往往突出一种悲壮的情调。

八 组诗的魅力

这些纪实性战争诗还有一个最显著的特点，即是以组诗形式出现而展示着魅力。以组诗的形式可以纳入某些单独来说称不上是军乐的作品，从而从整体上完成以武功来歌功颂德的创作旨意；以组诗的形式可以较为完整地展示皇朝奠基发展的全过程，于是，可以更大范围地选取有代表性的战争事件来叙写描摹，不同的战争显示出不同的风貌，诗作在叙写战争上更显示出丰富性。

古代最早的组诗是《汉郊祀歌》十九章，但作者是司马相如等人，非出于个人之手；且许多作品非作于一时，如《齐房》作于元封二年，《朝陇首》作于元狩元年等。因此，虽整个来说其内容具有某种同一性，但不具备连贯性与系统性。另《安世房中歌》十七章，有相当的重叠，各章之间缺乏明确的内容分界。而《魏鼓吹曲》现可说是组诗这一形式成熟的标志，各章的内容既有同一又是分隔的，是相互配合而又有明确不同的，既是旨意同归的而又是丰富多彩的。这些为后世的组诗也作出了榜样。

在如此组诗里往往有一节是写对阵亡将士的祭奠。如《魏鼓吹曲》之《旧邦》。《九歌》中有《国殇》，追悼为国牺牲的将士，《旧邦》当是依此而来。但《国殇》多有将士在战争中战斗的描写，而《旧邦》则重在哀伤与招魂。

上述这些朝廷钦命的战争诗作，文学史上不称其为边塞诗，因为这些诗作中的战争大多与朝代的更替有关而无所谓边塞，这些诗中战争的叙写、情感的抒发、人物的塑造、景物的描摹等，都与我们通常所说的边塞诗迥然不同。

另外，自古就有以战事歌颂新朝廷，经过战争建立新的朝廷，于是作乐以歌颂之，人类的早期也是这样做的，此即神话的叙说。《山海经·大荒北经》载黄帝执杀蚩尤的神话，这应该是胜利者的故事："蚩尤作兵伐黄帝，黄帝乃令应龙攻之冀州之野。应龙畜水，蚩尤请风伯雨师，纵大风雨。黄帝乃下天女曰魃，雨止，遂杀蚩尤。"《逸周书·尝麦》记载的则是蚩尤与炎帝（赤帝）相争、炎帝求救于黄帝、黄帝执杀蚩尤的过程："昔天之初，诞作二后，乃设建典。命赤帝分正二卿，命蚩尤于宇少昊，以临四方……蚩尤乃逐（赤）帝，争于涿鹿之阿，九隅无遗。赤帝大慑，乃说于黄帝，执蚩尤，杀之于中冀……用名之曰绝辔之野。"诸神之战发生在创世之初，蚩尤是战神，《史记·封禅书》称之为"兵主"，炎帝为火神，而黄帝则是至高无上的主神。《尚书·吕刑》讲述蚩尤作乱引起天地交通断绝、上帝遣派三后创制人间秩序的故事。

九 述祖先之战功

汉代时文人诗歌对军事战争的关注眼光还十分狭窄，零星的述祖先之战功是较为突出的，如韦孟“讽谏楚元王诗”的《讽谏诗》，在回顾祖先战功是写到军事战争，《汉书·韦贤传》载：韦孟为楚元王傅，傅子夷王及孙王戊，戊荒淫不遵道，韦孟作诗讽谏。诗的一开始就回顾祖先战功：

> 肃肃我祖，国自豕韦。黼衣朱绂，四牡龙旂。彤弓斯征，抚宁遐荒。总齐群邦，以翼大商。

颜师古注后六句曰：“黼衣画为斧形，而白与黑为彩也。朱绂为朱裳画为亚文也……言受彤弓之赐，于此得专征伐也。翼，佐助也。”韦孟回顾祖先以征伐战功佐助商朝。

晋时有类似的回顾前人军事历史之作，如潘岳《为贾谧作赠陆机诗》是一首酬赠之作，是代贾谧而作赠陆机。诗的首二章从天地初创文化生成写起，从神农、黄帝一直写到战国，诗的第三、四章云：

> 彊秦兼并，吞灭四隅。子婴面榇，汉祖膺图。灵、献微弱，在涅则渝。三雄鼎足，孙启南吴。
>
> 南吴伊何，僭号称王。大晋统天，仁风遐扬。伪孙衔璧，奉土归疆……

要写陆机，就要写陆机所在的东吴，于是诗作叙写东吴的开创历史与归晋的过程，这是写出历史上朝代的更替是以战争来实现的，并涉及诗作所赠对象的战斗经历，诗作这样写来，境界也大为开阔。以下才写到陆机。陆机《与弟清河云诗十章》中亦有对祖宗武事的叙写，诸如“肇敏厥绩，武功聿举”等。陆机之弟陆云《答兄平原诗》亦有“肃兹三军”、“戎车出征”等对祖宗武事的叙写。这也是在天下统一的大势下才会产生的。

十　述前代将士之功

与朝廷之作纪功不同，普通文人之作是歌吟英雄，如歌吟楚汉之争的英雄，《乐府诗集·琴曲歌辞》在录载项羽《垓下歌》之作后，又录载失名《项王歌》：

无复拔山力，谁论盖世才。欲知汉骑满，但听楚歌哀。悲看骓马去，泣望舣舟来。

估计可能是南朝人的作品。以项羽自己的诗歌吟咏其英雄气概是由于其英武气力，又选取其一生失败之时的事迹来吟咏，诗人之意不言自明。

傅玄《惟汉行》以诗作叙故事赞英雄，诗云：

危哉鸿门会，沛公几不还。轻装入人军，投身汤火间。两雄不俱立，亚父见此权。项庄奋剑起，白刃何翩翩。伯身虽为蔽，事促不及旋。张良慴坐侧，高祖变龙颜。赖得樊将军，虎叱项王前。嗔目骇三军，磨牙咀豚肩。空卮让霸王，临急吐奇言。威凌万乘主，指顾回泰山。神龙困鼎镬，非哙岂得全。狗屠登上将，功业信不原。健儿实可慕，腐儒安足叹。

这是演绎鸿门宴的故事，故事主要突出樊哙是如何扭转了鸿门宴上的不利局面，写樊哙占全诗一半篇幅，最后以“健儿实可慕，腐儒安足叹”总结全篇，“健儿”即指樊哙一类人。这种对英雄主义的吟咏，其背景是在三国归晋、统一天下的前夜。

南朝陈张正见《赋得韩信》，诗云：

淮阴总汉兵，燕齐擅远声。沈沙拥急水，拔帜上危城。野有千金报，朝称三杰名。所悲云梦泽，空伤狡兔情。

歌吟项羽，便又有歌吟韩信，这首作品前四句叙写韩信的军事功劳，既有概括，又有“拔帜上危城”具体行为的描摹与歌颂。后四句同情其不幸遭遇，也是从军事功劳方面来说的。诗作简单回顾了韩信一生的战功以及在社会上的名声，末二句说到被统治者的阴谋害死，应了韩信本人所说“狡兔死，良狗烹”。

中　　卷

尚武精神编

第五章

边地篇

一　边地的意味

边地本是有罪者流放之地，《史记·大宛列传》："益发恶少年及边骑，岁余而出敦煌者六万人。"《后汉书·安帝纪》："乙亥，诏自建初以来，诸祅言它过坐徙边者，各归本郡，其没入官为奴婢者，免为庶人。"如《后汉书·蔡邕传》载，蔡邕就因得罪朝廷而"与家属髡钳徙朔方"。蔡邕《戍边上章》称此为"父子家属，徙充边方"。有的将士亦是因罪而被贬谪才去戍边屯田的，《后汉书·班超传》称："塞外吏士，本非孝子顺孙，皆以罪过徙补边屯。"《后汉书·明帝纪》："诏三公募郡国中都官死罪系囚，减罪一等，勿笞，诣度辽将军营，屯朔方、五原之边县。"《魏书·高祖纪上》："又诏流迸之民，皆令还本，违者配徙边镇。"

边地又饱受战乱之苦，汉王符《潜夫论》有关于边地遭受战乱时情况的叙写。其《救边篇》曰："往者羌虏背叛，始自凉、并，延及司隶，东祸赵、魏，西钞蜀、汉，五州残破，六郡削迹，周迴千里，野无孑遗，寇钞祸害，昼夜不止，百姓灭没，日月焦尽。"这是说边地少数民族与朝廷对立甚或交战时百姓的困境。又载，边地官兵"然皆不肯专心坚守，而反强驱劫其民，捐弃仓库，背城邑走"，这是说边地官兵的扰民、害民、弃民。其《实边篇》进一步抨击边地官兵道："又放散钱谷，殚尽府库，乃复从民假贷，强夺财货。千万之家，削身无余，万民匮竭，因随以死亡者，皆吏所饿杀也。其为酷痛，甚于逢虏。寇钞贼虏，忽然而过，未必死伤。至吏所搜索剽夺，游（当为'旋'）踵涂地，或覆宗灭族，绝无种类；或孤妇女，为人奴婢，远见贩卖，至令不能自活者，不可胜数也。"而边地官兵又强迫边民内迁，"太守令长，畏恶军事，皆以素非此土之人，痛不著身，祸不及我家，故争郡县以内迁。至遣吏兵，发民禾稼，发彻屋室，夷其营壁，破其生业，强劫驱掠，与其内人，捐弃羸弱，使死其处。当此之时，万民怨痛，泣血叫号，诚愁鬼神而感天心。然小民谨劣，不能自达阙廷，依官吏家，迫将威严，不敢有挚。民既夺土失业，又遭蝗、旱饥匮，逐道东走，流离分散，幽、冀、兖、豫、荆、扬、蜀、汉，饥饿死亡，复失大半。边地遂以丘荒，至今无人。原祸所起，皆吏过尔。"于是，边地人民又多有从军之苦，左延年《从军行》诗云：

> 苦哉边地人，一岁三从军。三子到敦煌，二子诣陇西，五子远斗去，五妇皆怀身。

边地如此情况，历代统治阶级都十分关注，平定边境、安定边民是朝廷最重要的事情之一。《墨子·杂守》："常令边县，豫种畜芫芸乌喙祩叶。"《后汉书·和帝纪》："幽、并、凉州户口率少，边役众剧，束脩良吏，进仕路狭。"这从边人多逃亡出境可见，《汉书·匈奴传下》汉元帝时侯应说，"往者从军多没不还者，子孙贫困，一旦亡出，从其亲戚"；"又边人奴婢愁苦，欲亡者多，曰'闻匈奴中乐，无奈候望急何！'然时有亡出塞者"。当战争爆发则军粮不足，《史记·平准书》："匈奴数侵盗北边，屯戍者多，边粟不足给食当食者。"《盐铁论·击之》："往者县官未事（当为'擊'）胡、越之时，边城四面受敌，北边尤被其苦。"这是说边城屡受侵犯不得安宁。一有战争，边地人心波动，《宋书·刘道产传》："前者兵寇攻逼，边情波骇。"历代统治者对安定边境都十分重视，《史记·匈奴列传》曰朝廷政策："北州已定，愿寝兵休士卒养马，除前事，复故约，以安边民。"西汉晁错《复言募民徙塞下疏》称，为了抗击匈奴入侵，必须移民实边，屯戍边塞，"使民乐其处而有长居之心"，确保"制边县以备敌"。

边地又自有其习俗、风物，谓之"边俗"，《后汉书·陈龟传》："桓帝以龟世谙边俗，拜为度辽将军。"边地的音乐、歌曲称为"边曲"，《隋书·音乐志上》："高祖受命惟新，八州同贯，制氏全出于胡人，迎神犹带于边曲。"又因为边地往往是少数民族居住的地方，如《世说新语·赏誉》载："张天锡世雄凉州，以力弱诣京师，虽远方殊类，亦边人之桀也。"称"边人"为"殊类"。于是有称边境地区少数民族为边夷，《晋书·滕脩传》："（滕）脩在南积年，为边夷所附。"

边地又是落后地区，《三国志·吴志·周鲂传》："（周）鲂远在边隅，江汜分绝，恩泽教化，未蒙抚及。"边地又有为非作歹、伺机闹事者，《魏书·广阳王深传》："边竖构逆，以成纷梗，其所由来，非一朝也。"《北齐书·高慎传》："安州民恃其边险，不宾王化。"于是称边地为"边荒"，蔡文姬《悲愤诗》："边荒与华异，人俗少义理。"

《焦氏易林》中《随之节》：

> 交川合浦，远湿难处。水土不同，思吾皇祖。[①]

边地不是炎热就是寒冷，中土人民对边地景物有惊异之感，从而刻意描摹，这种情形在汉代就有，如马援的《武溪深》。《古今注》称此诗是马援南征时所作。马援的门生爰寄生善吹笛，马援作歌以和之，题名曰《武溪深》，其歌曰：

> 滔滔武溪一何深，鸟飞不度，兽不敢临。嗟哉五溪多毒淫。

① 尚秉和：《焦氏易林注》，光明日报出版社2006年版，第178页。

据《后汉书·马援传》载，建武二十四年（48年），马援将十二郡募士及弛刑四万余人征五溪，第二年，敌乘高守隘，马援船不能上，天气又热甚，士卒多患疫死，马援亦感染患病，部队困在那里，诗当做于此时。马援诗作不言战争情形，而描摹边地景物以表现战争的艰难，可见那时对边地的关注意味。所谓“武溪”，当为“五溪”，即雄溪、樠溪、酉溪、潕溪、辰溪。

二 边地引起文人诗歌的关注

边地引起建安文人诗歌的关注，曹操《步出夏门行》写的是北征三郡乌丸时的所见所闻与体验，且不说其中“观沧海”、“冬十月”已是描摹异地景物，而“土不同”的题目与首句“乡土不同”就已是点明边地的奇异，诗作对边地气候景物、百姓习俗尤其关注：

> 乡土不同，河朔隆寒。流澌浮漂，舟船行难。锥不入地，蘴藾深奥。水竭不流，冰坚可蹈。士隐者贫，勇侠轻非。心常叹怨，戚戚多悲。幸甚至哉，歌以咏志。

诗中多有对边地气候的叙写，又写其风俗，所谓“士隐者贫，勇侠轻非”，于是诗人为之“叹怨”、“多悲”，但没有述及普通百姓的生活。

曹植有如同其父的作品，其《泰山梁甫行》，关注边海之“异气”，更关注边海人民的生活状况，诗云：

> 八方各异气，千里殊风雨。剧哉边海民，寄身于草野。妻子象禽兽，行止依林阻。柴门何萧条，狐兔翔我宇。

首二句概括八方各有自己的风俗习惯；次二句强调边海人民生活得最为艰

苦；末四句举例说明边海人民生活何谓最为艰苦。

王粲《七哀》其三则叙写自身在边城的经历：

> 边城使心悲，昔吾亲更之。冰雪截肌肤，风飘无止期。百里不见人，草木谁当迟。登城望亭燧，翩翩飞戍旗。行者不顾反，出门与家辞。子弟多俘虏，哭泣无已时。天下尽乐土，何为久留兹。蓼虫不知辛，去来勿与谘。

首二句点明“昔吾亲更之”的“边城”，情感基调是“悲”。以下具体描述是怎样“使心悲”的，一是冰雪风霜，二是荒凉边塞渺无人烟、百姓逃亡，三是多为战争俘虏。异地异景吸引诗人眼光的是一片凄苦，引出的是哀悯边民之情。

晋时张协也有作品写“边城”，其《杂诗十首》其八云：

> 述职投边城，羁束戎旅间。下车如昨日，望舒四五圆。借问此何时，胡蝶飞南园。流波恋旧浦，行云思故山。闽越衣文蛇，胡马愿度燕。风土安所习，由来有固然。

此诗述说边地与内地不同，有时都不知现在是什么季节，所谓“借问此何时，胡蝶飞南园”云云，但尽管有“闽越衣文蛇，胡马愿度燕”之类不同习俗，诗人说应该去习惯这些边地的风土习俗，其形成自然有其原因。

刘宋时鲍照《代边居行》以边地凄凉写人情淡薄，诗云：

> 少年远京阳，遥遥万里行。陋巷绝人径，茅屋摧山冈。不睹车马迹，但见麋鹿场。长松何落落，丘陇无复行。边地无高木，萧萧多白杨。盛年日月尽，一去万恨长。悠悠世中人，争此锥刀忙。不忆贫贱时，富贵辄相忘。纷纷徒满目，何关慨予伤。不如一亩中，高会挹清浆。遇乐便作乐，莫使候朝光。

诗人写少年来到远离京城万里的边地，那里是“陋巷”“茅屋”，一派凄凉；于是少年感到“悠悠世中人”为了争名夺利，没人能帮助自己。诗作是以边地的凄凉衬托人情的淡薄，后者是诗作的主题，但凄凉的边地景物给人们留下了深刻的印象。

此后的作品多有以南人眼光来看北方风光。南齐武帝诛王奂，王奂子王肃奔魏。王肃入魏有《悲平城》之诗，亦以南人眼光来看北方风光。诗云：

悲平城，驱马入云中。阴山常晦雪，荒松无罢风。

何逊《边城思诗》，诗云：

柳黄未吐叶，水绿半含苔。春色边城动，客思故乡来。

首二句描摹北方初春时的景物，有南人的惊奇；后二句写春色引逗乡思。南朝时诗歌渐渐引入自我内心，鲍照诗作已是以边地写内心，而何逊之作对外界的关注更加少了。

虞世基，由南入北、由陈入隋的诗人，其《初渡江诗》有南人离乡背井的哀伤与见到北方景物时的惊奇，诗云：

敛策暂回首，掩涕望江滨。无复东南气，空随西北云。

由梁入陈诗人张正见《游龙首城诗》，诗云：

关外山川阔，城隅尘雾浮。白云凝绝岭，沧波间断洲。四面观长薄，千里眺平丘。河津无桂树，樽酒自淹留。

龙首，一名龙首原。《后汉书·文苑传上·杜笃》：“规龙首，抚未央。”李贤注："龙首，山名，萧何于其上作未央宫。"诗中的口吻完全是以南人的眼光来看此处的山川景物，比较唐沈佺期《人日重宴大明宫赐彩缕人胜应制》所说"拂旦鸡鸣仙卫陈，凭高龙首帝城春"，自然是不一样的。史书未载张正见到过北方的经历。但张正见其父张修礼本北人，梁时来到南方，不知张正见随其父来到南方时多大年纪，史载张正见见到梁简文帝时是十三岁。

王褒，梁代诗人，江陵陷落，被掳入北，于是有《渡河北诗》。诗称：

> 秋风吹木叶，还似洞庭波。常山临代郡，亭障绕黄河。心悲异方乐，肠断陇头歌。薄暮临征马，失道北山阿。

所谓"心悲异方乐，肠断陇头歌"，作为南朝大臣被掳入北，于是有这样的思想感情，他是以南人的眼光来看待北地的风光景物。

另外，南人多有虚拟之作，描摹想像中北方的景物，《乐府诗集·杂曲歌辞》有同题的数首《济黄河》，就是如此，现录于下。谢微《济黄河》云：

> 积阴晦平陆，凄风结暮序。朝辞金谷戍，夕逗黄河渚。赤兔徒联翩，青凫讵容与。泪甚声难发，悲多袖未举。虚薄谬君恩，方嗟别宛、许。

谢微之作，写阴霾沉沉之时来到黄河边上，虽然鸟儿慌慌张张，但骁勇战马则联翩奔驰；此时此刻诗人有离别万分悲痛，但更多的是不辜负皇恩的决心。

江总《济黄河》云：

> 葱山沦外域，盐泽隐遐方。两京分际远，九道派流长。未殚所闻见，无待验词章。留连嗟太史，惆怅践黎阳。导波萦地节，疏气耿天

> 潢。悯周沉用宝，嘉晋肇为梁。

江总之作，首六句写黄河之源今已亲见。“留连嗟太史，惆怅践黎阳”二句写出征，黎阳是当年曹丕出征而检阅部队的地方，留下诗作《黎阳作》数首。末二句用典故写祭祀黄河。

萧悫《济黄河》云：

> 大蕃连帝室，骖驾奉皇猷。未明驱羽骑，凌晨方画舟。津城度维锦，岸柳夹缇油。钟声飏别岛，旗影照苍流。旱光生剑服，朝风起节楼。滔滔细波动，裔裔轻舷浮。回桡避近碛，放舳下前洲。全疑上天汉，不异谒蓬丘。望知云气合，听识水声秋。从军何等乐，喜从神仙游。

萧悫之作，首二句就点明出征而检阅部队，以下都是写热热闹闹、轰轰烈烈的“济黄河”的情况，最后落笔于“从军何等乐，喜从神仙游”的颂扬。

此三首诗同题，且内容上有相同或连贯之处，那么，此三首诗应该是同时所作。谢微，梁人；江总，他是由梁入陈，他俩都不曾入北。萧悫，字仁祖，本是梁宗室上黄侯晔之子，天保中入北齐，武平中为太子洗马，北齐后主时，为齐州录事参军，待诏文林馆，后入隋。但从谢微、江总不曾入北，可见此三首《济黄河》都是在南方时所作。萧悫之作，《诗纪》作《奉和济黄河应教》，从诗的内容看，符合“奉和应教”的内容要求，写得雍容典雅。这三首诗，以虚拟的方式写“济黄河”，并非实录，以南人的眼光来写北方风物。

北朝诗人或有理论表达出对边塞诗地理纪实性的要求，《颜氏家训·文章》有这样的意见：

> 文章地理，必须惬当。梁简文《雁门太守行》乃云：“鹅军攻日

> 逐，燕骑荡康居，大宛归善马，小月送降书。”萧子晖《陇头水》云：“天寒陇水急，散漫俱分泻，北注徂黄龙，东流会白马。”此亦明珠之颣，美玉之瑕，宜慎之。

此处对南朝诗人边塞诗作之中地理的不切实恰当提出批评，即是对边塞诗作纪实性的呼唤。

北人写北方景物自有特点。薛道衡，曾从征突厥，掌管军中文书，他的这首《渡北河》以北方人的眼光写更北之地的风光。诗云：

> 连旌映溆浦，叠鼓拂沙洲。桃花长新浪，竹箭下奔流。塞云临远舰，胡风入阵楼。剑拔蛟将出，骖惊鼋欲浮。雁书终立效，燕相果封侯。勿恨关河远，且宽边地愁。

前四句写得有点南方风物的样子；“塞云”四句点明是“渡北河”；末四句写建功立业，自然“勿恨关河远，且宽边地愁”，一派昂扬气概。

有的南人久居北方，已具北人气概，如颜之推是由南入北之人，江陵之战梁亡，他被掳入西魏，后听说北齐允许“梁人返国，故有奔齐之心”[①]，其奔北齐在路途上十分惊险，于是有《从周入齐夜度砥柱》之作。诗云：

> 侠客重艰辛，夜出小平津。马色迷关吏，鸡鸣起戍人。露鲜华剑彩，月照宝刀新。问我将何去，北海就孙宾。

《北史·颜之推传》云：“（荆州）后为周军所破，大将军李穆重之，送往弘农，令掌其兄阳平公远书翰。遇河水暴长，具船将妻子奔齐，经砥柱之险，时人称其勇决。”诗作就是记载此事，很为自己的胆气自豪。

① 《观我生赋》自注。

又如王褒，其《送别裴仪同诗》：

> 河桥望行旅，长亭送故人。沙飞似军幕，蓬卷若车轮。边衣苦霜雪，愁貌损风尘。行路皆兄弟，千里念相亲。

这是王褒在北朝时所写，一派北方风光。诗中设想裴仪同路途中的情形，全为北方边塞风物，诗末二句更为北人观念。《颜氏家训·风操》即称，“北人……行路相逢，便定昆季，望年观貌……”云云。

从上述诗作，我们可以看到诗人对边地的气候、景物、人民生活、地方习俗各方面都已写到，虽说在描述上以客观事物为主，但是，或强调自己的亲历并抒发感怀，或借以抒发自己的某种情怀，抒情基调是统一的，即凄苦悲哀。

三 感受边地的“苦寒”、“苦热”系列

曹操《土不同》关注边地的首要点是气候，历代诗人对边地气候也尤为关注，于是有“苦寒”、“苦热”的系列之作。

《三国志·武帝纪》载：建安十年（205年）冬十月，“公还邺。初，袁绍以甥高干领并州牧。公之拔邺，干降，遂以为刺史。干闻公讨乌丸，乃以州叛，执上党太守，举兵守壶关口。遣乐进、李典击之。干还守壶关城。十一年春正月，公征干……公围壶关，三月拔之”。曹操有《苦寒行》叙写出征途中的严寒苦辛，诗云：

> 北上太行山，艰哉何巍巍。羊肠坂诘屈，车轮为之摧。树木何萧瑟，北风声正悲。熊罴对我蹲，虎豹夹路啼。谿谷少人民，雪落何霏霏。延颈长叹息，远行多所怀。我心何怫郁，思欲一东归。水深桥梁绝，中路正徘徊。迷惑失故路，薄暮无宿栖。行行日已远，人马同时饥。担囊行取薪，斧冰持作糜。悲彼《东山》

诗，悠悠使我哀。

此诗大概作于建安十一年（206 年）春征高干时[①]，具有纪实意味，诗中描摹的也应该是实景。《盐铁论·备胡》载汉代出征戍边的士卒思家的情况："今山东之戎马甲士戍边郡者，绝殊辽远，身在胡、越，心怀老母。老母垂泣，室妇悲恨，推其饥渴，念其寒苦。"以下引《诗经·小雅·采薇》后称，这是"圣人怜其如此，闵其久去父母妻子，暴露中野，居寒苦之地"，所以作此诗。由此可见，《诗经》的出征思家类作品给汉代人留下深刻的印象。曹操《苦寒行》"悲彼《东山》诗，悠悠使我哀"直接点明是继承《诗经》之作，而以"苦寒"命篇，表明是对边地的深切感受。

魏明帝《苦寒行》则弘扬皇祖之威德：

悠悠发洛都，并我征东行。征行弥二旬，屯吹龙陂城。顾观故垒处，皇祖之所营。屋室若平昔，栋宇无邪倾。奈何我皇祖，潜德隐圣形。虽没而不朽，书贵垂休名。光光我皇祖，轩耀同其荣。遗化布四海，八表以肃清。虽有吴蜀寇，春秋足耀兵。徒悲我皇祖，不永享百龄。赋诗以写怀，伏轼泪沾缨。

魏明帝曹叡很以乃祖曹操自豪，此诗中写行军途中"顾观故垒处，皇祖之所营"，于是盛赞"潜德隐圣形"、"虽没而不朽"，决心继承皇祖而扫平"吴蜀寇"，诗末以悲伤怀念乃祖结尾。诗作写到出征，但没有写到"苦寒"，《苦寒行》还未形成其风格系统。

此后有《苦寒行》系列，属清调曲，《乐府诗集》题解曰："《乐府解题》曰：'晋乐奏魏武帝《北上篇》，备言冰雪溪谷之苦。其后或谓之《北上行》，盖因武帝辞而拟之也。'"

---

① 何焯：《义门读书记》卷四十七称，此战曹操有《苦寒行》。

陆机《苦寒行》展示了“备言冰雪溪谷之苦”与边地两个方面。其诗云：

北游幽朔城，凉野多险艰。俯入穹谷底，仰陟高山盘。凝冰结重涧，积雪被长峦。阴云兴岩侧，悲风鸣树端。不睹白日景，但闻寒鸟喧。猛虎凭林啸，玄猿临岸叹。夕宿乔木下，惨惨恒鲜欢。渴饮坚冰浆，饥待零露餐。离思固已久，寤寐莫与言。剧哉行役人，慊慊恒苦寒。

诗作首句先点出“北游幽朔城”，是“游”边地或“行役”而不是出征；次句就称写的是“凉野”。“俯入”以下全写“寒”景，末四句抒发情感，即“离思”中的“苦寒”。又有刘宋谢灵运《苦寒行》：

岁岁曾冰合，纷纷霰雪落。浮阳灭清晖，寒禽叫悲壑。饥爨烟不兴，渴汲水枯涸。

全力写“寒”。

相对“苦寒”，又有“苦热”系列作品，为曹植开创。《苦热行》，属杂曲歌辞，《乐府诗集》有题解曰：“魏曹植《苦热行》曰：‘行游到日南，经历交趾乡。苦热但曝露，越夷水中藏。’《乐府解题》曰：‘《苦热行》备言流金烁石、火山炎海之艰难也。若鲍照云：‘赤阪横西阻，火山赫南威。’言南方瘴疠之地，尽节征伐，而赏之太薄也。’”曹植《苦热行》全诗今已不存，人们是以鲍照诗作为榜样来创作《苦热行》的。曹植诗中所说“日南”“交趾”该是今广西南部、越南北部，可以说是边地，而“苦热但曝露，越夷水中藏”也该是边地的景象。现存完整的《苦热行》是刘宋鲍照之作：

赤阪横西阻，火山赫南威。身热头且痛，鸟坠魂来归。汤泉发云潭，焦烟起石圻。日月有恒昏，雨露未尝晞。丹蛇逾百尺，玄蜂盈十围。含沙射流影，吹蛊病行晖。瘴气昼熏体，茵露夜沾衣。饥猿莫下食，晨禽不敢飞。毒泾尚多死，渡泸宁具腓。生躯蹈死地，昌志登祸机。戈船荣既薄，伏波赏亦微。爵轻君尚惜，士重安可希。

诗中先说“横西阻”的“赤阪”“火山”，以及“身热头且痛”，似是《汉书·西域传》中所描述的景象；“鸟坠魂来归”以及“汤泉”以下十四句，该是南方乃至“日南”“交趾”的情形，但概括起来，都是围绕“苦热”来展开边地的奇异风光景物。末六句写赏赐之薄，诗的主题就是以环境凄苦述说朝廷的赏赐之薄，这是南朝诗人抒情引向自身的表现。西域的火山之地与南方的瘴疠之地，鲍照都不曾去过，他完全凭史书的记载，如《汉书》、曹植《苦热行》的诗作与自己的想像描摹出这“热”景，所以这些风光景物虽奇异触目却不光怪陆离，但有凄苦之意。

此后庾信《苦热行》则把“苦热”与享受结合起来写，诗云：

火井沈荧散，炎洲高焰通。鞭石未成雨，鸣鸢不起风。思为鸾翼扇，愿备明光宫。临淄迎子礼，中散就安丰。美酒含兰气，甘瓜开蜜筒。寂寥人事屏，还得隐墙东。

“火井”在蜀地，“炎洲”在东方朔《十洲记》的南海中，“美酒”“甘瓜”等似是西域之物，诗作所述避暑措施则是现实生活的，但都有典故说法；进而，诗称“寂寥人事屏，还得隐墙东”，则是说现实生活中应该心静，心静就能避暑；“墙东”，《后汉书·逸民传·逢萌》：“君公遭乱独不去，侩牛自隐。时人为之论曰：‘避世墙东王君公。’”后以“墙东”指隐居之地。庾信《苦热行》，或称《和乐仪同苦热诗》，据此又知乐仪同有《苦热诗》，今不存；乐仪同，乐逊，字遵贤，《北史·儒林传》有传。

庾信《苦热行》，应该是借边地“苦热”写现实生活之“苦热”，实际上他是以典故写“苦热”。梁简文帝《苦热行》是直接写现实生活之“苦热”，诗云：

六龙骛不息，三伏启炎阳。寝兴烦几案，俯仰倦帏床。滂沱汗似铄，微靡风如汤。洄池愧玉浪，兰殿非含霜。细帘时半卷，轻幌乍横张。云斜花影没，日落荷心香。愿见洪崖井，讵怜河朔觞。

现实生活人们“苦热”，六龙驰骛不息太阳永照，“寝兴”以下描摹三伏天酷热难耐的情形。末二句用典故，“洪崖井”，江西新建县西有洪崖山，下有炼丹井，又名洪井、洪崖井，水深不可测，相传为仙人洪崖得道处；“河朔觞”，曹丕《典论》载：“大驾都许，使光禄大夫刘松北镇袁绍军，与绍子弟日共宴饮，常以三伏之际，昼夜酣饮，极醉，至于无知。云以避一时之暑，故河朔有避暑饮。”这二句是说，须得洪崖井之水、须得河朔避暑饮才能解得“苦热”。又有任昉、何逊之作，是梁简文帝的写法，此录于下。任昉《苦热行》：

旭旦烟云卷，烈景入东轩。倾光望转蕙，斜日照西垣。既卷蕉梧叶，复倾葵藿根。重簟无冷气，挟石似怀温。霡霂类珠缀，喘哧状雷奔。

何逊《苦热行》：

昔闻草木焦，今睹沙石烂。曀曀风愈静，曈曈日渐旰。习静闷衣巾，读书烦几案。卧思清露浥，坐待明星灿。蝙蝠户间飞，蠛蠓窗中乱。会无河朔饮，室有临淄汗。遗金自不拾，恶木宁无干。愿以三伏晨，催促九秋换。

又有刘孝威、王筠《苦暑诗》，庾肩吾《奉和武帝苦旱》，都是写实而非写边地，此处不述。

这些“苦寒”、“苦热”的系列作品，诗人在体验边地生活的同时，更在追求对奇异景象的摹写，追求对边地奇异景象的体验，这些奇异景象，或是传闻，或是夸张，或以险怪狰狞出之，或以好奇探险出之。

四　《饮马长城窟行》系列

乐府古题有专为吟咏边地事件风物的作品，如《饮马长城窟行》系列。《乐府诗集·相和歌辞》有《饮马长城窟行》系列，其题解曰：“一曰《饮马行》。长城，秦所筑以备胡者。其下有泉窟，可以饮马。古辞云：‘青青河畔草，绵绵思远道。’言征戍之客，至于长城而饮其马，妇人思念其勤劳，故作是曲也。郦道元《水经注》曰：‘始皇二十四年，使太子扶苏与蒙恬筑长城，起自临洮，至于碣石。东暨辽海，西并阴山，凡万余里。民怨劳苦，故杨泉《物理论》曰：“秦筑长城，死者相属。”民歌曰：“生男慎勿举，生女哺用脯。不见长城下，尸骸相支拄。”其冤痛如此。今白道南谷口有长城，自城北出有高坂，傍有土穴出泉，挹之不穷。歌录云：“饮马长城窟”，信非虚言也。’《乐府解题》曰：‘古词，伤良人游荡不归，或云蔡邕之辞。若魏陈琳辞云：“饮马长城窟，水寒伤马骨。”则言秦人苦长城之役也。’《广题》曰：‘长城南有溪坂，上有土窟，窟中泉流。汉时将士征塞北，皆饮马此水也。按赵武灵王既袭胡服，自代并阴山下至高阙为塞，山下有长城，武灵王之所筑也。其山中断，望之若双阙，所谓高阙者焉。’《古今乐录》曰：‘王僧虔《技录》云：“《饮马行》，今不歌。”’”诗作主要是叙写人民在建筑长城时遭受到的苦辛。

《饮马长城窟行》有两大传统，一是古辞《相和歌辞》瑟调曲载《饮马长城窟行》古辞：

> 青青河畔草，绵绵思远道。远道不可思，宿昔梦见之。梦见在我傍，忽觉在他乡。他乡各异县，展转不相见。枯桑知天风，海水知天

> 寒。入门各自媚，谁肯相为言。客从远方来，遗我双鲤鱼。呼儿烹鲤鱼，中有尺素书。长跪读素书，书中竟何如？上言加餐饭，下言长相忆。

旧传的古辞无“饮马长城窟行”的内容，可能是用了《饮马长城窟行》的曲调，再说诗中亦有远行的内容，故为《饮马长城窟行》。后有傅玄之作“青青河边草，悠悠万里道”的写远行。

另一传统就是“饮马长城窟”，以饮马与边地景物贯穿全篇。陈琳《饮马长城窟行》：

> 饮马长城窟，水寒伤马骨。往谓长城吏：“慎莫稽留太原卒！”“官作自有程，举筑谐汝声。”“男儿宁当格斗死，何能怫郁筑长城。”长城何连连，连连三千里。边城多健少，内舍多寡妇。作书与内舍：“便嫁莫留住。善事新姑嫜，时时念我故夫子。”报书往边地：“君今出语一何鄙！”“身在祸难中，何为稽留他家子。生男慎莫举，生女哺用脯。君独不见长城下，死人骸骨相撑拄！”“结发行事君，慊慊心意关。明知边地苦，贱妾何能久自全。”

郦道元《水经注》说：“余至长城，其下往往有泉窟，可饮马，古诗《饮马长城窟行》信不虚也。”诗作的第一层次，首句着题，次句渲染边地苦寒，于是有以下役卒与长城吏的对话，役卒既有“慎莫稽留太原卒”的请求，又有“男儿宁当格斗死”的豪气。诗作的第二层次，先以“边城多健少，内舍多寡妇”的对比概括修长城的后果；然后是丈夫与妻子第一次书信往来，留下一个悬念：为什么丈夫要妻子“便嫁莫留住”而让妻子斥为“君今出语一何鄙”诗作的第三层次，以丈夫与妻子第二次书信往来解答悬念：丈夫就是因为“筑长城”“死人骸骨相撑拄”而这样说，接着妻子以死相许。全诗以对话展开情节，既有广阔的大场面，又有具体细腻的叙写，目的就是揭示“三千里”外的“边城”“筑长城”带给人民的苦难。陈琳之作直接摹写秦始皇在边地“筑长城”那一段历史，故称其作更像《饮马长城窟行》的本辞。

陆机之作首写“驱马陟阴山，山高马不前。往问阴山候，劲虏在燕然”，保留“马”的意象与以问答展开全篇的本色，其中写边地“仰凭积雪岩，俯涉坚冰川”的景物。其他南北朝诗人的《饮马长城窟行》都写边地景物，如沈约之作写“旌幕卷烟雨，徒御犯冰埃”，王褒之作写“雪深无复道，冰合不生波”，张正见之作写“伤冰敛冻足，畏冷急寒声”，且都有“马”的意象，而北朝诗人尚法师之作专写“马”：

> 长城征马度，横行且劳群。入冰穿冻水，饮浪聚流文。澄鞍如渍月，照影若流云。别有长松气，自解逐将军。

北方景物清壮，乘马的形象豪放，诗末以赞赏出之，与南朝所作的悲壮凄切自然不同。

陈后主与隋炀帝这两位最高统治者的《饮马长城窟行》与他人之作特点不同。陈后主之作以艳丽宫体出之：

> 征马入他乡，山花此夜光。离群嘶向影，因风屡动香。月色含城暗，秋声杂塞长。何以酬君子，马革报疆场。

隋炀帝作《饮马长城窟行》，题下有“示从征群臣”，即希望乐府诗作在事件中发挥现实作用，要以诗作鼓舞士气。诗云：

> 肃肃秋风起，悠悠行万里。万里何所行？横漠修长城。岂台小子智，先圣之所营。树兹万世策，安此亿兆生。讵敢惮焦思，高枕于上京。北河秉武节，千里卷戎旌。山川互出没，原野穷超忽。摐金止行阵，鸣鼓兴士卒。千乘万骑动，饮马长城窟。秋昏塞外云，雾暗关山月。缘岩驿马上，乘空烽火发。借问长城候，单于入朝谒。浊气静天

山，晨光照高阙。释兵仍振旅，要荒事方举。饮至告言旋，功归清庙前。

诗是说不能仅依靠长城来防御，还要彻底降伏匈奴，因此，诗的核心是“千乘万骑动，饮马长城窟”的出征，自信十足；这才能落脚于“饮至告言旋，功归清庙前”，以战争胜利班师回朝结束，诗的气魄是很大的。

五 《出自蓟北门行》系列

传统上吟咏边地事件风物之作，还有《出自蓟北门行》系列，属《杂曲歌辞》，不过叙写边地事件风物只是其宗旨之一。《乐府诗集》题解曰：“魏曹植《艳歌行》曰：‘出自蓟北门，遥望胡地桑。枝枝自相值，叶叶自相当。’《乐府解题》曰：‘《出自蓟北门行》，其致与《从军行》同，而兼言燕蓟风物，及突骑勇悍之状。若鲍照云《羽檄起边亭》，备叙征战苦辛之意。’《通典》曰：‘燕本秦上谷郡，蓟即渔阳郡，皆在辽西。’《汉书》曰：‘蓟，故燕国也。’”从“出自蓟北门，遥望胡地桑”来看，显然是在边地，《出自蓟北门行》的特点在于以边地风物的叙写为鹄的，于是才有战争的叙写。鲍照《出自蓟北门行》，朱乾《乐府正义》称之“借言燕蓟风物及征战辛苦”，诗云：

> 羽檄起边亭，烽火入咸阳。徵骑屯广武，分兵救朔方。严秋筋竿劲，虏阵精且强。天子按剑怒，使者遥相望。雁行缘石径，鱼贯度飞梁。箫鼓流汉思，旌甲被胡霜。疾风冲塞起，沙砾自飘扬。马毛缩如猬，角弓不可张。时危见臣节，世乱识忠良。投躯报明主，身死为国殇。

诗作的前半部分叙事意味浓郁，前八句写边境传警，形势严峻，朝廷调兵，决心出征。次八句写跋山涉水，赶赴胡地，风霜严酷，荒寒逼人，所谓“箫鼓流汉思，旌甲被胡霜。疾风冲塞起，沙砾自飘扬。马毛缩如猬，角弓不可张”，就是边地风物。诗作的创作模式、叙写程序即所谓一气贯下，依时间过程、战争进程来直线叙写；当诗作要讲究骈偶对仗时，则往往选择一两场景进行突出描摹，于是其结构往往是一个集合一个集合的，而鲍照此作则不对某些细节作并列式的描述，于是诗作的进程也不是跳跃式的。

徐陵《出自蓟北门行》中，“燕山对古刹，代郡隐城楼”是历史文化景观，“屡战桥恒断，长冰堑不流”是战场景物与自然景物的交叉，“天云如蛇阵，汉月带胡愁”是带有人文色彩的燕蓟风云霜月，“渍土泥函谷，接绳缚凉州”是心中豪情化作地域景象。如此一个集合一个集合的叙写，场景并列、跳跃演进，自与鲍照不同。

又有庾信《出自蓟北门行》：

> 蓟门还北望，役役尽伤情。关山连汉月，陇水向秦城。笳寒芦叶脆，弓冻纻弦鸣。梅林能止渴，复姓可防兵。将军连转战，都护夜巡营。燕山犹有石，须勒几人名。

诗作首二句就提出“伤情”概括主题，所谓有悲无壮。以下一一是边地场景并列的分叙，“关山”二句写战场所在，“笳寒”二句写战地严寒酷冻，“梅林”二句写战士，“将军”二句的战场活动则写将军，末二句写边塞战争总要有人立功勒名，或许战争的受益者就是如此？这又回应了前述的“伤情”。

虽说《出自蓟北门行》既写从军战争，又“兼言燕蓟风物，及突骑勇悍之状”，但我们还是可以看到这样的倾向，当把边地作为战场来描述时，战场的意味笼盖了一切，一切都为战争服务，于是，“边地”之作已经转向为“边塞”之作。

六 《梅花落》系列：严寒与鲜花

南北朝时盛行咏梅花的《梅花落》，梅花虽然到处都生长，但此处咏梅却是一种对寒冷的体验，对我们来说是相接“苦寒”而来，所以把这一组咏梅诗放在“边地篇”。《梅花落》，属《横吹曲辞》，其题解曰：“《梅花落》，本笛中曲也。按唐大角曲亦有《大单于》《小单于》《大梅花》《小梅花》等曲，今其声犹有存者。”鲍照为《梅花落》的开创者。这些作品有咏物的意味，又有“比德”之类以事物比拟品德的意味，或穿插有典故，或虚设为背景，而对后世影响最大的应该是对梅花品德的叙写，这种叙写的基本意象就是梅花在严寒中开放。

鲍照《梅花落》赞赏梅花的品格：

> 中庭杂树多，偏为梅咨嗟。问君何独然，念其霜中能作花，露中能作实。摇荡春风媚春日，念尔零落逐寒风，徒有霜华无霜质。

咏梅之作以鲍照为首创，开我国古代咏梅风气。首二句直述自己欲歌颂梅花之意，“问君何独然”过渡，诗人所要歌颂的是“霜中能作花，露中能作实”，这实在是一种节操。末三句是以“徒有霜华无霜质”的“杂树”作对比，进一步歌颂梅花的“霜华”、“霜质”。

鲍照之后咏梅之作至梁陈形成传统并有新意。梁代吴均《梅花落》：

> 隆冬十二月，寒风西北吹。独有梅花落，飘荡不依枝。流连逐霜彩，散漫下冰澌。何当与春日，共映芙蓉池。

此诗的新意，是以梅花开放可与春景比妍。

又有陈后主《梅花落》二首：

金砌落芳梅，飘零上凤台。拂妆疑粉散，逐溜似萍开。映日花光动，迎风香气来。佳人早插髻，试立且徘徊。

杨柳春楼边，车马飞风烟。连娉乌孙伎，属客单于毡。雁声不见书，蚕丝欲断弦。欲持塞上蕊，试立将军前。

第一首描摹梅花“拂妆疑粉散，逐溜似萍开。映日花光动，迎风香气来”有新意；此诗又引入“佳人”插梅欣赏，有宫体诗的意味。第二首接着写佳人插梅“试立将军前”是北方“塞上”风味，切鲍照之作“寒风”之中“霜华”“霜质”。

又有徐陵《梅花落》：

对户一株梅，新花落故栽。燕拾还莲井，风吹上镜台。倡家怨思妾，楼上独徘徊。啼看竹叶锦，簪罢未成裁。

诗作写“倡家怨思妾”的无所着落。切题目的梅花之落，为事件的背景，无咏梅内容。

苏子卿《梅花落》：

中庭一树梅，寒多叶未开。只言花是雪，不悟有香来。上郡春恒晚，高楼年易催。织书偏有意，教逐锦文回。

首四句只说梅花“香雪”之比；后四句写思妇。

张正见《梅花落》：

芳树映红野，发早觉寒侵。落远香风急，飞多花径深。周人叹初摽，魏帝指前林。边城少灌木，折此自悲吟。

首四句写梅花在“寒侵”中的“映红野”，写梅花之“香”，梅花之“落”。

五六句用典。“周人”句指《诗经·召南·摽有梅》，“魏帝”句指魏武帝曹操“望梅止渴”的故事。末二句落入人在“边城”之悲。

江总《梅花落》三首：

缥色动风香，罗生枝已长。妖姬坠马髻，未插江南珰。转袖花纷落，春衣共有芳。著作秋胡妇，独采城南桑。

胡地少春来，三年惊落梅。偏疑粉蝶散，乍似雪花开。可怜香气歇，可惜风相摧。金铙且莫韵，玉笛幸徘徊。

腊月正月早惊春，众花未发梅花新。可怜芬芳临玉台，朝攀晚折还复开。长安少年多轻薄，两两常唱《梅花落》。满酌金卮催玉柱，落梅树下宜歌舞。金谷万株连绮甍，梅花密处藏娇莺。桃李佳人欲相照，摘叶牵花来并笑。杨柳条青楼上轻，梅花色白雪中明。横笛短箫凄复切，谁知柏梁声不绝。

第一首写“梅花落”的时节“妖姬”在做什么。第二首咏北方胡地之梅之色、香，以及“梅花落”后幸有“玉笛”长吟。此二首都是紧切“梅花落”的字面意思而来。第三首是七言长篇，很有新意，写赏梅游宴。首四句写“众花未发梅花新”的“惊春”喜人。次四句写梅下宴乐，斟满美酒，吟唱《梅花落》。再四句写“桃李佳人欲相照”。末四句咏梅之“色白雪中明”，又暗点《梅花落》之曲。

七　诗人对边地的关注点

并不是所有的边地事物都进入诗人的视野，建安文人诗歌对边地的关注是风土与边民，此后只有刘宋时鲍照继承这个传统，其《代边居行》涉及边民的生活及自己的生活。南北朝文人诗歌对边地的关注则集中在边地战争与边地景物上。有关边地的诗作又集中在几个乐府诗系列中；总的说来，这几个乐府诗系列“边地篇”的作品有涉及边地、从军二者，但以边地及其景物为主来展开从军事件。“边地篇”的作品还多涉及对四境外的战争，但其叙写不大涉及对外关系，所以它列入“边地篇”而非“四境篇”，那几个乐府诗系列如《饮马长城窟行》、《出自蓟北门行》都是这种情况。

综观上述中古时期有关边地的诗作，诗人对边地的气候、景物、人民生活、地方习俗各方面以及诗人自身都写到，但边地作为诗歌的题材来说，诗人更为关注的，一是边地的奇异，或为事件，或为景物；二是边地与自身的关系。就其趋势来说，这些诗作对边地人民生活、地方习俗的关注逐步让位给对边地奇异气候景物的关注；而从文学史的角度来说，对远离中心区域人民生活、地方习俗的文学再现，由北朝民歌担当起来。

第六章

民歌篇

一　尚武风气

《汉书·地理志》谈到某些地区人们的尚武习俗。

其曰："天水、陇西，山多林木，民以板为室屋。及安定、北地、上郡、西河，皆迫近戎狄，修习战备，高上气力，以射猎为先。故《秦诗》曰'在其板屋'；又曰'王于兴师，修我甲兵，与子偕行'。及《车辚》、《四臷》、《小戎》之篇，皆言车马田狩之事。汉兴，六郡良家子选给羽林、期门，以材力为官，名将多出焉。"

其又曰："自武威以西，本匈奴昆邪王、休屠王地，武帝时攘之，初置西郡，以通西域，鬲绝南羌、匈奴。其民或以关东下贫，或以抱怨过当，或以悖逆亡道，家属徙焉。习俗颇异，地广民稀，水中宜畜牧，故凉州之畜为天下饶。保边塞，二千石治之，咸以兵马为务。"

其又曰："锺、代、石、北，迫近胡寇，民俗懻忮，好气为奸，不事农商，自全晋时，已患其剽悍，而武灵王又益厉之。"

其又曰："定襄、云中、五原，本戎狄地，颇有赵、齐、卫、楚之徙。其民鄙朴，少礼文，好射猎。雁门亦同俗。"

以上所述，尚武的区域都在中原的北边、西北边，或迫近戎狄等少数民族，或本是戎狄等少数民族之地，其尚武，或与历年战争有关，或与射猎习气有关。

其又曰：“吴、粤之君皆好勇，故其民至今好用剑，轻死易发。”这是南方的尚武习气，地区范围较小。至南朝，社会风气是重文轻武，《颜氏家训·涉务》载：“梁世士大夫，皆尚褒衣博带，大冠高履，出则车舆，入则扶侍，郊郭之内，无乘马者。周弘正为宣城王所爱，给一果下马，常服御之，举朝以为放达。至乃尚书郎乘马，则纠劾之。及侯景之乱，肤脆骨柔，不堪行步，体羸气弱，不耐寒暑，坐死仓猝者，往往而然。建康令王复性既儒雅，未尝乘骑，见马嘶歕陆梁，莫不震慑，乃谓人曰：‘正是虎，何故名为马乎？’其风俗至此。”

二　《梁鼓角横吹曲》

北方民歌以《乐府诗集·横吹曲辞》所载《梁鼓角横吹曲》为主。“横吹曲”，是北方民族在马上演奏的军乐，因为乐器有鼓有角，所以也叫“鼓角横吹曲”。齐梁时期，南北互通使者，交流文化，北方民歌被梁朝乐府机关所保存，故称“梁鼓角横吹曲”。《乐府诗集》解释“横吹曲”时说：“又《古今乐录》有《梁鼓角横吹曲》，多叙慕容垂及姚泓时战阵之事，其曲有《企喻》等歌三十六曲，乐府胡吹旧曲又有《隔谷》等歌三十曲，总六十六曲，未详时用何篇也。”所谓“多叙慕容垂及姚泓时战阵之事”，是说这些民歌的时代特征，反映了北方各少数民族的生活，而从精神风貌上讲，这些民歌突出表现了北方民族的尚武精神。以下便择要分析《梁鼓角横吹曲》的作品。

《企喻歌辞》四曲，《乐府诗集》题解引《古今乐录》曰：“……按《企喻》本北歌……其不可解者，咸多‘可汗’之辞。北虏之俗呼主为可汗。吐谷浑又慕容别种，知此歌是燕、魏之际鲜卑歌也。其词虏音，竟不可晓……”诗共四曲，诗云：

男儿欲作健，结伴不须多。鹞子经天飞，群雀两向波。

放马大泽中，草好马著膘。牌子铁裲裆，絃鉾鸐尾条。

前行看后行，齐著铁裲裆。前头看后头，齐著铁絃鉾。

男儿可怜虫，出门怀死忧。尸丧狭谷中，白骨无人收。

第一首，“健”即健儿、壮士、勇士之类，起首就讲男子汉的人生追求是驰骋疆场、从军征战；三、四句用比喻，以鹞鹰入雀阵所向披靡表达自己的理想状态。第二首，以服饰、装备写本民族的尚武生活习气。马，是生活伙伴；牌子，盾牌，铁裲裆，铁制背心，二者都是在战斗中所用；絃鉾，弓弦与剑。第三首写队列，这平日生活的队列显然是战斗队列。第四首，《乐府诗集》引《古今乐录》称“男儿可怜虫”一曲是苻融诗，“本云‘深山解谷口，把骨无人收’”。苻融，字博休，前秦皇帝苻坚的季弟，《晋书·苻坚载记附苻融传》称：“融聪辩明慧，下笔成章，至于谈玄论道，虽道安无以出之。耳闻则诵，过目不忘，时人拟之王粲。尝著《浮图赋》，壮丽清赡，世咸珍之。未有升高不赋，临丧不诔，朱彤、赵整等推其妙速。”此作格调悲凉，但语作豪迈，“男儿可怜虫，出门怀死忧”，男儿若是可怜虫，出门才怀死忧呢，大丈夫则视上战场为家常便饭，何足惧哉！“尸丧狭谷中，白骨无人收”，作品视其亦是平常之事，故不作惊人之语出之。此四曲最能表现北方民族的尚武精神。

《琅琊王歌辞》八曲，题解曰：“《古今乐录》曰：‘琅琊王歌八曲，或云“阴凉”下又有二句云：“盛冬十一月，就女觅冻浆。”最后云“谁能骑此马，唯有广平公”。’按《晋书·载记》：‘广平公，姚弼兴之子，泓之弟也。’”

新买五尺刀，悬著中梁柱。一日三摩娑，剧于十五女。

琅琊复琅琊，琅琊大道王。阳春二三月，单衫绣裲裆。

东山看西水，水流盘石间。公死姥更嫁，孤儿甚可怜。

琅琊复琅琊，琅琊大道王。鹿鸣思长草，愁人思故乡。

长安十二门，光门最妍雅。渭水从垄来，浮游渭桥下。

琅琊复琅琊，女郎大道王。孟阳三四月，移铺逐阴凉。

客行依主人，愿得主人强。猛虎依深山，愿得松柏长。

悕马高缠鬃，遥知身是龙。谁能骑此马，唯有广平公。

第一首，当南朝小伙子正与姑娘缠绵谈恋爱时，北方小伙子却发出了爱刀“剧于十五女”的呼喊。第二首、第六首、第七首，都是讲民风对“强”的崇尚，“女郎”为“大道王”，“客行依主人”也“愿得主人强”。第八首，对广平公能骑烈马的赞赏，可见民风尚武。再从《古今乐录》所引佚句“盛冬十一月，就女觅冻浆”，也可见出民风之强。第三首、第五首中有北方自然景物与风俗的叙写，“东山看西水，水流盘石间”，想像得出北方山水的广漠辽阔；“长安十二门”，胡应麟《诗薮·杂编》说：“盖是时姚兴都关中，颇饶乐，寡争兵，此歌必其时作。长安虽词家通用，至渭水渭桥，则断为关中无疑。”

《紫骝马歌辞》六曲，《古今乐录》曰：“《十五从军征》以下是古诗。”即其三至其六，此处不录。此录其一、其二：

烧火烧野田，野鸭飞上天。童男娶寡妇，壮女笑杀人。

高高山头树，风吹叶落去。一去数千里，何当还故处。

第一首的比兴就不同于中原，接着写“壮女”在婚姻生活中的豪放气概，不过也表现了北方风俗。第二首的意象也是北方所特有的。

《地驱歌乐辞》四曲：

青青黄黄，雀石颓唐。槌杀野牛，押杀野羊。

驱羊入谷，自羊在前。老女不嫁，蹋地唤天。

侧侧力力，念君无极。枕郎左臂，随郎转侧。

摩捋郎须，看郎颜色。郎不念女，不可与力。

前一首全是高原大山的放牧生活景象。第二首写“老女不嫁”，这是战争环境下北方的社会问题。第三、四首是北方女性谈恋爱时的情形。

《地驱乐歌》一曲：

> 月明光光星欲堕，欲来不来早语我。

遭遇爽约而全不抒发悲哀之情，只是埋怨对方不说清楚，只有北方民族的直率才可能这样。

北方民族虽然尚武却不是好战的，我们看到的北方民歌中有关战争的作品都是对战争讥讽、不满的。如《慕容垂歌辞》三曲：

> 慕容攀墙视，吴军无边岸。我身分自当，枉杀墙外汉。
> 慕容愁愦愦，烧香作佛会。原作墙里燕，高飞出墙外。
> 慕容出墙望，吴军无边岸。咄我臣诸佐，此事可惋叹。

《晋书·慕容垂载记》载，鲜卑族慕容垂攻氐族苻丕于邺城，苻丕被迫降晋，晋遣刘牢之援苻丕，苻丕败绩，退守新城。诗中“吴”指晋，“我”代慕容垂自称，“汉”指在慕容垂军中的汉族人。胡应麟《诗薮·杂编》说，这是“秦人（氐）盖因此作歌嘲之”。

《陇头流水歌辞》三曲：

> 陇头流水，流离西下。念吾一身，飘然旷野。
> 西上陇阪，羊肠九回。山高谷深，不觉脚酸。
> 手攀弱枝，足逾弱泥。

“念吾一身，飘然旷野”的景象在南方是见不到的，在这种自然环境中自然有一种粗犷豪迈，在这种自然环境中如果见到路人，又会是怎样的欣喜啊！

《隔谷歌》二曲：

兄在城中弟在外，弓无弦，箭无括，食粮乏尽若为活。救我来，救我来。

兄为俘虏受困辱，骨露力疲食不足，弟为官吏马食粟，何惜钱刀来我赎。

这是从军的窘迫危苦，兄与弟因割据者的驱迫而分属攻杀双方，他们的呼喊沉痛而悲惨。

《捉搦歌》四曲，曰：

粟谷难舂付石臼，弊衣难护付巧妇。男儿千凶饱人手，老女不嫁只生口。

谁家女子能行步，反著夹襌后裙露。天生男女共一处，愿得两个成翁妪。

华阴山头百丈井，下有流水彻骨冷。可怜女子能照影，不见其余见斜领。

黄桑柘屐蒲子履，中央有系两头系。小时怜母大怜婿，何不早嫁论家计。

把婚姻恋爱当做天经地义、自自然然之事，从不扭扭捏捏、吞吞吐吐，有什么就要说什么；用以比喻的自然景物也粗犷、直露。

《折杨柳歌辞》五曲，云：

上马不捉鞭，反折杨柳枝。蹀座吹长笛，愁杀行客儿。

腹中愁不乐，愿作郎马鞭。出入擐郎臂，蹀座郎膝边。

放马两泉泽，忘不著连羁。担鞍逐马走，何得见马骑。

遥看孟津河，杨柳郁婆娑。我是虏家儿，不解汉儿歌。

健儿须快马，快马须健儿。跸跋黄尘下，然后别雄雌。

剽悍、大方的性格、尚武的民风从歌吟中全然见出。

《折杨柳枝歌》四曲，其云：

上马不捉鞭，反拗杨柳枝。下马吹长笛，愁杀行客儿。

门前一株枣，岁岁不知老。阿婆不嫁女，那得孙儿抱。

敕敕何力力，女子临窗织。不闻机杼声，只闻女叹息。

问女何所思，问女何所忆。阿婆许嫁女，今年无消息。

她们直述婚姻对女子自身生活的意义，于是乎埋怨阿婆。

《幽州马客吟歌辞》五曲：

快马常苦瘦，剿儿常苦贫。黄禾起羸马，有钱始作人。

荧荧帐中烛，烛灭不久停。盛时不作乐，春花不重生。

南山自言高，只与北山齐。女儿自言好，故入郎君怀。

郎著紫裤褶，女著彩夹裙。男女共燕游，黄花生后园。

黄花郁金色，绿蛇衔珠丹。辞谢床上女，还我十指环。

“快马”、“剿儿”、“黄禾起羸马”都是北方所特有的。在男女交往中，他们大方主动，断绝来往也实话实说。

《慕容家自鲁企由谷歌》一曲：

郎在十重楼，女在九重阁。郎非黄鹞子，那得云中雀。

把男性对女性的爱情追求比拟成“黄鹞子”与“云中雀”，这是从追求的力度而言。

《陇头歌辞》三曲：

陇头流水，流离山下。念吾一身，飘然旷野。

朝发欣城，暮宿陇头。寒不能语，舌卷入喉。

陇头流水，鸣声幽咽。遥望秦川，心肝断绝。

大西北的景象如在眼前。

《高阳乐人歌》二曲，《古今乐录》曰："魏高阳王乐人所作也，又有《白鼻䯄》，盖出于此。"

可怜白鼻䯄，相将入酒家。无钱但共饮，画地作交赊。

何处䑩觞来？两颊色如火。自有桃花容，莫言人劝我。

这是叙写北方的饮酒风气。

又有著名的《木兰诗》，在《任侠篇》的"女侠士、女英雄"中叙述。

三　其他北方民歌

但能表现尚武精神的北方民歌还不仅仅只限于《乐府诗集》的《梁鼓角横吹曲》所录，在此处还从其他地方辑录了一些，以下述之。

又有录于《后汉书・郡国志》的《陇头歌》：

陇头流水，分离四下。念我行役，飘然旷野。登高远望，涕零双堕。

《后汉书・郡国志》载汉阳郡之陇"有大坂名陇坻"，其注引《三秦记》："其坂九回，不知高几许，欲上者七日乃越。高处可容百余家，清水四注下。"其注又引郭仲产《秦州记》曰："陇山东西百八十里。登山岭，东望秦川四五百里，极目泯然。山东人行役升此而顾瞻者，莫不悲思。故歌曰。"这就是产生《陇头歌》的环境。记叙突出景物的奇异，而诗歌强调情感的抒发。

还有那首著名的《敕勒歌》：

> 敕勒川，阴山下，天似穹庐，笼盖四野。天苍苍，野茫茫，风吹草低见牛羊。

辽阔苍茫的草原，令人神往。《敕勒歌》，《乐府诗集》题解曰：“《乐府广题》曰：‘北齐神武（高欢）……悉引诸贵，使斛律金唱《敕勒》，神武自和之。’其歌本鲜卑语，易为齐言，故其句长短不齐。”《北齐书·神武纪》载：“时西魏言神武中弩，神武闻之，乃勉坐见诸贵，使斛律金《敕勒歌》，神武自和之，哀感流涕。”可见此歌当时的情调。

北方民歌也有对当时武艺高超的英雄的吟咏，如《乐府诗集·杂歌谣辞》所载《陇上歌》：

> 陇上壮士有陈安，躯干虽小腹中宽，爱养将士同心肝。𫘝骢父马铁锻鞍，七尺大刀奋如湍。丈八蛇矛左右盘，十荡十决无当前。战始三交失蛇矛，弃我𫘝骢窜岩幽，为我外援而悬头。西流之水东流河，一去不还奈子何！

当时的北方其他民族与汉族杂居，陈安是一位汉族英雄，在与匈奴族刘曜的作战中战死。诗歌吟咏其武艺与品格，“七尺大刀奋如湍，丈八蛇矛左右盘。十荡十决无当前”的作战给人们留下深刻的印象。《晋书·载纪·刘曜传》载，十六国时陈安与前赵刘曜部下平先作战，“安与壮士十余骑于陕中格战，安左手奋七尺大刀，右手执丈八蛇矛，近交则刀矛俱发，辄害五六；远则双带鞬服，左右驰射而走。平先亦壮健绝人，勇捷如飞，与安搏战，三交，夺其蛇矛而推。会日暮，雨甚，安弃马，与左右五六人步逾山岭，匿于溪涧。翌日寻之，遂不知所在。会连雨始霁，辅威呼延清寻其径迹，斩安于涧曲。”“安善于抚接，吉凶夷险与众同之，及其死，陇上歌之曰。”民间为作《壮士之歌》，即此歌。刘曜听到此歌，既嘉赏又伤心，命乐府机关演唱它。

晋时小说荀氏《灵鬼志》对此诗另有节录，称：“河间王（司马）颙既败于关中，有给使陈安者，甚壮健，常乘一赤马，俊快非常；双持二刀，皆长七尺；驰马运刀，所向披靡。关西为之歌曰。”歌曰：

垄上健儿字陈安，头细面狭腹中宽，丈八大矟左右盘。

陈安的故事流传得很神，甚至对他的坐骑有所神话。荀氏《灵鬼志》又载：“（陈安）甚壮健，常乐一马，骏快非常。后马死，双赤蛇出其鼻。”

《洛阳伽蓝记》卷四载河间王琛曰：“有婢朝云，善吹篪，能为《团扇歌》、《陇上声》。琛为秦州刺史，诸羌外叛，屡讨之不降。琛令朝云假为贫妪，吹篪而乞。诸羌闻之，悉皆流涕。迭相谓曰：‘何为弃坟井，在山谷为寇也?’即相率归降。秦民语曰：‘快马健儿，不如老妪吹篪。’”不知老妪所吹《陇上声》是否即歌咏陈安的《陇上歌》?

又如，《洛阳伽蓝记》卷四载田僧超之事：“有田僧超者，善吹笳，能为《壮士歌》、《项羽吟》，征西将军崔延伯甚爱之”，出师时，“延伯危冠长剑耀武于前，僧超吹《壮士》笛曲于后，闻之者懦夫成勇，剑客思奋”；“延伯每临阵，常令僧超为《壮士》声，甲胄之士莫不踊跃”。不知田僧超所吹《壮士歌》是否即歌咏陈安的《壮士之歌》?

四　北方民歌的尚武精神

所谓尚武精神，即崇尚武事、崇尚勇武。尚武精神在文学作品中的表现应该是多方面的，除叙写对武事的崇尚外，还表现在处理事物中对“力”的崇尚，以及对生活中的豪迈果敢、干脆利落性格的崇尚，还表现在叙写事物道理的直率真挚，与描写景物对高山大川之类辽阔雄浑的关注等。这些都在自西晋以来至隋统一天下的北方民歌中有充分的体现，上述情况都与北方民族的生活、环境紧密地联系在一起。北方民歌中的尚武精神，以下分述之。

其一，对崇尚勇武刚强的崇尚，深深地浸润在北方民歌中，如《企喻歌辞》的“放马大泽中，草好马著膘。牌子铁裲裆，铉鉾鸐尾条”（其二），“前行看后行，齐著铁裲裆。前头看后头，齐著铁铉鉾”（其三），《琅琊王歌辞》的“新买五尺刀，悬著中梁柱。一日三摩娑，剧于十五女。”《折杨柳歌辞》中也有对尚武精神的直接吟咏，如称“放马两泉泽，忘不著连羁。担鞍逐马走，何得见马骑”（其三），称“健儿须快马，快马须健儿。跸跋黄尘下，然后别雄雌”（其五），剽悍的性格、尚武的民风从这“健儿”、“快马”的歌颂中全然见出。但是战争毕竟是残酷的，北朝乐府民歌中对此亦有反映，如《企喻歌辞》（其四）写“男儿可怜虫，出门怀死忧。尸丧狭谷中，白骨无人收”。如果仅仅是表现尚武精神，北人是乐观的、自信的，但接触到现实问题，他们又是清醒的。随着南北战争的进程，北人对战争的自信与乐观逐渐在诗歌中占据了主导地位。

其二，尚武之豪率慷慨，尚武精神与北方长期的战争、辽阔的地域等时代、环境的因素有关，而民风的豪放直率也是其基础。北方民族的豪放直率从其婚姻恋爱的诗作中也可见出。如《地驱乐歌》的“月明光光星欲堕，欲来不来早语我”，约会失败，全不抒发悲哀之情。

其三，尚武之北方风物，在这些民歌中还有北方自然景物与风俗的叙写。如《琅琊王歌辞》其三的“东山看西水，水流盘石间。公死姥更嫁，孤儿甚可怜”；其五的“长安十二门，光门最妍雅。渭水从垄来，浮游渭桥下”。前一首，“东山看西水，水流盘石间”，想像得出北方山水的广漠辽阔；后一首，胡应麟《诗薮·杂编》说：“盖是时姚兴都关中，颇饶乐，寡争兵，此歌必其时作。长安虽词家通用，至渭水渭桥，则断为关中无疑。”又如《捉搦歌》（其三）的“华阴山头百丈井，下有流水彻骨冷。可怜女子能照影，不见其余见斜领。”“华阴”，在今陕西，山头打井，在西北是常见的。把恋爱的背景设置在“流水彻骨冷”之处，那么，失恋的痛苦是否也如“流水彻骨冷”一般呢？

显示着乐观与自信的北方民歌充分地展示着自己的风采，此中的尚武精神，正是北朝文人边塞诗中那种乐观情绪的由来。

西晋亡后，北方进入五胡十六国时期，入居中原的有匈奴、鲜卑、羯、氐、羌五族，后鲜卑族政权北魏统一了北方。北方文学最有成就的是民歌。这些民歌，有些是北方民族用自己的语言演唱的，《折杨柳歌辞》所云“我是虏家儿，不解汉儿歌”。我们今天看到的，是后来翻译过来，如《敕勒歌》，《乐府诗集》题解称“其歌本鲜卑语，易为齐言，故其句长短不齐”。

五　南朝模拟北方民歌之作

北朝乐府民歌在齐末梁初时传入南朝，南朝诗人多有仿拟，是出于好奇，还是对“辞义贞刚”、“重乎气质”的喜爱？当时的南朝诗歌在整体水平上高于北朝，北人向南人学习更是时代的风尚，这或许就是南朝注目北朝乐府民歌之时，北朝诗人则孜孜于汉魏旧曲创作着边塞乐府，并不曾注意自己地域上的优秀民歌而少有模拟，但是北朝乐府民歌中的那种尚武精神却深深打动了南方文人，他们写下许多模拟之作。

《乐府诗集·横吹曲辞》所录基本是北方乐府曲调，但作者却多有南方文人，这是他们学习、模拟北方乐府曲调而创作的。以下依《乐府诗集·横吹曲辞》的顺序叙说梁、陈诗人及北方诗人所作北方乐府。

其一，《陇头》、《陇头水》系列。

《陇头》，《乐府诗集》题解曰：“一曰《陇头水》。《通典》曰：‘天水郡有大阪，名曰陇坻，亦曰陇山，即汉陇关也。’《三秦记》曰：‘其阪九回，上者七日乃越，上有清水四注下，所谓陇头水也。’”

有陈后主之作，诗云：

陇头征戍客，寒多不识春。惊风起嘶马，苦雾杂飞尘。投钱积石水，敛辔交河津。四面夕冰合，万里望佳人。

首二句以“寒多不识春”写陇头之寒，“惊风”以下五句具体写陇头景物，末一句写陇头“望佳人”。

梁元帝《陇头水》景物描写关注陇头，情感指向是“悲”与“故乡”：

衔悲别陇头，关路漫悠悠。故乡迷远近，征人分去留。沙飞晓成幕，海气旦如楼。欲识秦川处，陇水向东流。

刘孝威《陇头水》：

从军戍陇头，陇水带沙流。时观胡骑饮，常为汉国羞。衅妻成两剑，杀子祀双钩。顿取楼兰颈，就解郅支裘。勿令如李广，功遂不封侯。

写在“陇水带沙流”的地方建功立业的愿望，“衅妻成两剑，杀子祀双钩”二句有民间传奇色彩，“顿取”有英雄豪气，“勿令”二句有担心“功遂不封侯”的怨气。

车觳《陇头水》一写报恩走向陇头；二写陇头严寒环境；三写唯有战斗意志不衰：

陇头征人别，陇水流声咽。只为识君恩，甘心从苦节。雪冻弓弦断，风鼓旗竿折。独有孤雄剑，龙泉字不灭。

陈后主《陇头水》二首，都是叙写陇头严寒环境以及对内地的眷恋：

塞外飞蓬征，陇头流水鸣。漠处扬沙暗，波中燥叶轻。地风冰易厚，寒深溜转清。登山一回顾，幽咽动边情。

高陇多悲风，寒声起夜丛。禽飞暗识路，鸟转逐征蓬。落叶时惊沫，移沙屡拥空。回头不见望，流水玉门东。

徐陵《陇头水》叙写陇头严寒环境，篇末说这种地方只有梦中来过：

别途耸千仞，离川悬百丈。攒荆夏不通，积雪冬难上。枝交陇底暗，石碍坡前响。回首咸阳中，唯言梦时往。

顾野王《陇头水》叙写陇头严寒环境，篇末说为了追求气节来到这危险之地：

陇底望秦川，迢递隔风烟。萧条落野树，幽咽响流泉。瀚海波难息，交河冰未坚。宁知盖山水，逐节赴危弦。

谢燮《陇头水》叙写陇头严寒环境，篇末说听到的、歌吟的都是异乡征战：

陇阪望咸阳，征人惨思肠。咽流喧断岸，游沫聚飞梁。凫分敛冰彩，虹饮照旗光。试听铙歌曲，唯吟《君马黄》。

张正见《陇头水》二首：

陇头鸣四注，征人逐贰师。羌笛含流咽，胡笳杂水悲。湍高飞转驶，涧浅荡还迟。前旌去不见，上路杳无期。

陇头流水急，流急行难渡。远入隗嚣营，傍侵酒泉路。心交赐宝刀，小妇成纨绔。欲知别家久，戎衣今已故。

前一首写陇头环境突出路漫漫与情感之悲；后一首写陇头的具体遭遇引出“别家久”。

江总《陇头水》二首：

陇头万里外，天崖四面绝。人将蓬共转，水与啼俱咽。惊湍自涌沸，古树多摧折。传闻博望侯，苦辛提汉节。

雾暗山中日，风惊陇上秋。徒伤幽咽响，不见东西流。无期从此别，更度几年幽。遥闻玉关道，望入杳悠悠。

前一首写陇头的艰苦环境，末二句以汉代将军的经历点明“苦辛”。

上述《陇头水》系列的作品，叙写陇头环境的主旨是一致的，但突出点不同，各有千秋；情感抒发的点题也是标新立异。

其二，《折杨柳》系列，《乐府诗集》题解曰：“《唐书·乐志》曰：‘梁乐府有胡吹歌云：“上马不捉鞭，反拗杨柳枝。下马吹横笛，愁杀行客儿。”此歌辞元出北国，即鼓角横吹曲《折杨柳枝》是也。’《宋书·五行志》曰：‘晋太康末，京洛为折杨柳之歌，其曲有兵革苦辛之辞。’按古乐府又有《小折杨柳》，相和大曲有《折杨柳行》，清商四曲有《月节折杨柳歌》十三曲，与此不同。”

梁简文帝《折杨柳》：

杨柳乱成丝，攀折上春时。叶密鸟飞碍，风轻花落迟。城高短箫发，林空画角悲。曲中无别意，并是为相思。

叙写“杨柳乱成丝，攀折上春时”的离别相思。

梁元帝《折杨柳》：

巫山巫峡长，垂柳复垂杨。同心且同折，故人怀故乡。山似莲花艳，流如明月光。寒夜猿声彻，游子泪沾裳。

全诗以“同心且同折”切“折杨柳”，突出“游子泪沾裳”。

刘邈《折杨柳》：

高楼十载别，杨柳濯丝枝。摘叶惊开驶，攀条恨久离。年年阻音息，月月减容仪。春来谁不望，相思君自知。

全诗写“高楼十载别”的“攀条恨久离”。

陈后主《折杨柳》二首：

杨柳动春情，倡园妾屡惊。入楼含粉色，依风杂管声。武昌识新种，官渡有残生。还将出塞曲，仍共胡笳鸣。

长条黄复绿，垂丝密且繁。花落幽人径，步隐将军屯。谷暗宵钲响，风高夜笛喧。聊持暂攀折，空足忆中园。

前一首写“杨柳动春情”的“依风杂管声”，又写杨柳的“武昌识新种，官渡有残生”，再写杨柳“仍共胡笳鸣”。后一首写“攀折”杨柳时的回忆。

岑之敬《折杨柳》：

将军始见知，细柳绕营垂。悬丝拂城转，飞絮上宫吹。塞门交度叶，谷口暗横枝。曲成攀折处，唯言怨别离。

前六句写杨柳的各种状况；待“曲成攀折处”，就是“唯言怨别离”之时。

徐陵《折杨柳》：

袅袅河堤树，依依魏主营。江陵有旧曲，洛下作新声。妾对长杨苑，君登高柳城。春还应共见，荡子太无情。

写杨柳，写杨柳曲，写春日共见杨柳，却不能相互见面，有同在月光下而不相见之意。

张正见《折杨柳》：

杨柳半垂空，袅袅上春中。枝疏董泽箭，叶碎楚臣弓。色映长河水，花飞高树风。莫言限宫掖，不闭长杨宫。

写宫中杨柳的姿态，末二句“莫言限宫掖，不闭长杨宫”，称难得相见并不因是杨柳生长宫中的关系啊！

王瑳《折杨柳》写宫中杨柳的姿态，篇末写相思：

塞外无春色，上林柳已黄。枝影侵宫暗，叶彩乱星光。陌头藏戏鸟，楼上掩新妆。攀折思为赠，心期别路长。

江总《折杨柳》：

万里音尘绝，千条杨柳结。不悟倡园花，遥同天岭雪。春心自浩荡，春树聊攀折。共此依依情，无奈年年别。

写杨柳飘絮“遥同天岭雪”，虽然杨柳“聊攀折”，却“无奈年年别”。

折杨柳是古时送别的一个习俗，送、行者都以折杨柳为留念，北方民歌的《折杨柳歌》、《折杨柳枝歌》有的事关离别留念，如说“上马不捉鞭，反折杨柳枝”云云，接着就可以写别的了。此处这些南方文人《折杨柳》，有的紧切“折杨柳”这一行为来写，有的就紧切“杨柳”这一意象来写，虽各翻花样、各出新意，但总不离相思离别。

其三，《关山月》系列，《乐府诗集》题解曰：“《乐府解题》曰：‘《关山月》，伤离别也。古《木兰诗》曰：“万里赴戎机，关山度若飞。朔气传金柝，寒光照铁衣。”’按相和曲有《度关山》，亦类此也。”“关山”者，边关之月，《关山月》系列诗作的背景都是望边关之月或边关望月，其诗都是写边关月下将士的情状与心态。

梁元帝《关山月》：

朝望清波道，夜上白登台。月中含桂树，流影自徘徊。寒沙逐风起，春花犯雪开。夜长无与晤，衣单谁为裁？

诗作把望月的地点设在“白登”，此为汉高祖征讨匈奴之地。诗末写孤单，写无人关心。

陈后主《关山月》二首：

秋月上中天，迥照关城前。晕缺随灰减，光满应珠圆。带树还添桂，衔峰乍似弦。复教征戍客，长怨久连翩。

戍边岁月久，恒悲望舒耀。城遥接晕高，涧风连影摇。寒光带岫徙，冷色含山峭。看时使人忆，为似娇娥照。

前一首写边关秋月，写边关秋月下“征戍客”之“怨”；后一首写眼望边关秋月，心忆家中“娇娥”。

陆琼《关山月》：

边城与明月，俱在关山头。焚烽望别垒，击斗宿危楼。团团婕妤扇，纤纤秦女钩。乡园谁共此，愁人屡益愁。

写明月好似“团团婕妤扇，纤纤秦女钩”，“边城”与“乡园”共同望月，却身隔两地不能相见，于是“愁人屡益愁”。

张正见《关山月》：

岩间度月华，流彩映山斜。晕逐连城璧，轮随出塞车。唐蓂遥合影，秦桂远分花。欲验盈虚理，方知道路赊。

边关的一轮满月，照在家乡的是否也是这一轮满月？要想验证一下可惜路途太远。此处诗歌的主题有所改变，大有咏月之意。

徐陵《关山月》二首：

关山三五月，客子忆秦川。思妇高楼上，当窗应未眠。星旗映疏勒，云阵上祁连。战气今如此，从军复几年。

月出柳城东，微云掩复通。苍茫萦白晕，萧瑟带长风。羌兵烧上郡，胡骑猎云中。将军拥节起，战士夜鸣弓。

关山望月，忆起秦川，高楼思妇，当窗未眠；诗人又回到当前的边关，自问自曰："从军复几年。"这是第一首。第二首写月光下的战事。

贺力牧《关山月》写月下边关，征人思乡：

重关敛暮烟，明月下秋前。照石疑分镜，临弓似引弦。雾暗迷旗影，霜浓湿剑莲。此处离乡客，遥心万里悬。

阮卓《关山月》月下边关，战事正紧：

关山陵汉开，霜月正徘徊。映林如璧碎，侵塞似轮摧。楚师随晦尽，胡兵逐暖来。寒笳将夜鹊，相乱晚声哀。

江总《关山月》写将士在关山的种种情状：

兔月半轮明，狐关一路平。无期从此别，复欲几年行。映光书汉奏，分影照胡兵。流落今如此，长戍受降城。

北周王褒《关山月》写边关月下的将士：

关山夜月明，秋色照孤城。影亏同汉阵，轮满逐胡兵。天寒光转白，风多晕欲生。寄言亭上吏，游客解鸡鸣。

其四，《紫骝马》系列，《乐府诗集》题解曰："《古今乐录》曰：《紫骝马》古辞云：'十五从军征，八十始得归。道逢乡里人，家中有阿谁？'又梁曲曰：'独柯不成树，独树不成林。念郎锦裲裆，恒长不忘心。'盖从军久戍，怀归而作也。"《紫骝马》系列基本上有两种写法：一是写边塞战马的扬鞭奔腾；一是写香艳宝马的美人依依，可见传统的边塞尚武也会转向，即向社会主流写法转向。

梁简文帝《紫骝马》：

> 贱妾朝下机，正值良人归。青丝悬玉镫，朱汗染香衣。骤急珂弥响，踊多尘乱飞。雕菰幸可荐，故心君莫违。

诗作切"从军征"，只"青丝悬玉镫"切《紫骝马》题面之意。

梁元帝《紫骝马》切题面之意，写美少年骑骏马：

> 长安美少年，金络锦连钱。宛转青丝鞚，照耀珊瑚鞭。

陈后主《紫骝马》二首：

> 嫖姚紫塞归，蹀躞红尘飞。玉珂鸣广路，金络耀晨辉。盖转时移影，香动屡惊衣。禁门犹未闭，连骑恣相追。
>
> 蹀躞紫骝马，照耀白银鞍。直去黄龙外，斜趋玄菟端。垂鞭还细柳，扬尘归上兰。红脸桃花色，客别重羞看。

写骑骏马来归，捎带一点点如"嫖姚紫塞归"之类的边塞内容，更多的是香艳描写，如"香动屡惊衣"、"红脸桃花色，客别重羞看"之类。

李夔《紫骝马》写边塞，写战马：

> 紫燕忽踟蹰，红尘起路隅。围人移苜蓿，骑士逐蘼芜。三边追黠

虏，一鼓定强胡。安用珂为玉，自有汗成珠。

徐陵《紫骝马》写身骑骏马的一次豪华狩猎：

玉镫绣缠鬃，金鞍锦覆幪。风惊尘未起，草浅埒犹空。角弓穿两兔，珠弹落双鸿。日斜驰逐罢，连翩还上东。

张正见《紫骝马》：

将军入大宛，善马出从戎。影绝乾河上，声流水窟中。似鹿犹依草，如龙欲向空。须还千万里，试为一追风。

写边关战马，写其快如绝影，写其声震长水，写其似鹿依草，写其如龙欲向空，真为追风之千里马啊！

陈暄《紫骝马》写矫健战马的立功愿望：

天马汗如红，鸣鞭度九嵕。饮伤城下冻，嘶依北地风。笳寒芳树歇，笛怨柳枝空。横行意未已，羞往毂车中。

祖孙登《紫骝马》：

候骑指楼兰，长城迥路难。嘶从风处断，骨住水中寒。飞尘暗金勒，落泪洒银鞍。抽鞭上关路，谁念客衣单。

写战马在边塞艰苦的环境中战斗，无人怜惜，那么战士又有谁来关心呢？这是悲苦之调。

独孤嗣宗《紫骝马》是香艳写法：

倡楼望早春，宝马度城闉。照耀桃花径，蹀躞采桑津。金羁丽初景，玉勒染轻尘。远听珂惊急，犹是画眉人。

江总《紫骝马》也是香艳写法：

春草正萋萋，荡妇出空闺。识是东方骑，犹带北风嘶。扬鞭向柳市，细蹀上金堤。愿君怜织素，残妆尚有啼。

其五，《骢马》系列，《乐府诗集》题解曰："一曰《骢马驱》，皆言关塞征役之事。"此系列有三首诗，一首写关塞征役、跨骑骏马、横扫强敌，另外两首切题写骏马，但也有些许关塞征役之意。

梁车敹《骢马》：

骢马镂金鞍，柘弹落金丸。意欲骖驔走，先作野游盘。平明发下蔡，日中过上兰。路远行须疾，非是畏人看。

只是说豪华骢马、路远疾行，"关塞征役"之意不浓，仅"柘弹落金丸"稍有武艺表现。

刘孝威《骢马》：

十五官期门，二十屯边徼。犀羁玉镂鞍，宝刀金错鞘。一随骢马驱，分受青蝇吊。且令都护知，愿被将军照。誓使毡衣乡，扫地无遗噍。

跨骑骏马，身佩宝刀，奔赴疆场，虽目前无人知己，但一定要以战功"且令都护知，愿被将军照"。"青蝇吊"，指生不被知，死无人吊。《三国志·虞翻传》裴松之注："生无可与语，死以青蝇为吊客，使天下一人为知己者，足以不恨。"遗噍，尚活着的人。

隋王由礼《骢马》是对关塞骢马的称赏：

> 善马金羁饰，蹑影复凌空。影入长城水，声随胡地风。控敛青门外，珂喧紫陌中。行行苦不倦，唯当御史骢。

其六，《骢马驱》系列，围绕骢马驱驰的“关塞征役之事”展开，与抗击外敌、建功立勋结合在一起。

梁元帝《骢马驱》：

> 朔方寒气重，胡关饶苦雾。白雪昼凝山，黄云宿埋树。连翩行役子，终朝征马驱。试上金微山，还看玉关路。

写寒气、苦雾、白雪、黄云的朔方胡关上，行役子终朝连翩驱驰征马的情形，抒发的是“还看玉关路”的思乡之情。

刘孝威《骢马驱》：

> 翩翩骢马驱，横行复斜趋。先救辽城危，后拂燕山雾。风伤易水湄，日入陇西树。未得报君恩，联翩终不住。

写在艰苦的环境中骑驰骢马，为的就是抗击虏敌，落笔称“未得报君恩，联翩终不住”，要一直战斗下去。

陈徐陵《骢马驱》：

> 白马号龙驹，雕鞍名镂渠。诸兄二千石，小妇字罗敷。倚端轻扫史，召募击休屠。塞外多风雪，城中绝诏书。空忆长楸下，连蹀复连蹰。

镂渠雕鞍的白马龙驹，在多风雪的塞外与家园的长楸下，自然境遇不一样。

江总《骢马驱》写战马一定会在危机的时刻立功：

长城兵气寒，饮马讵为难。暂解青丝辔，行歇镂衢鞍。白登围转急，黄河冻不干。万里朝飞电，论功易走丸。

其七，《雨雪》、《雨雪曲》系列，《乐府诗集》题解曰："《采薇》诗曰：'昔我往矣，杨柳依依。今我来思，雨雪霏霏。'《穆天子传》曰：'天子游于黄室之曲，篮猎苹泽，天子乃休。日中大寒，北风雨雪，有冻人，天子作诗三章以哀之，曰："我徂黄竹"是也。'"《雨雪曲》盖取诸此。《雨雪》、《雨雪曲》可能是陈叔宝新创，非北方乐曲。[①]《雨雪》、《雨雪曲》系列，诗人们极力描摹"雨雪"的情形，各逞其能；由于有了"雨雪"这一具体描摹对象，诗人们才能各肆笔力，百花齐放。

陈后主《雨雪》写边塞飞雪之时的情形，此时有听到南归雁的叫声：

长城飞雪下，边关地籁吟。蒙蒙九天暗，霏霏千里深。树冷月恒少，山雾日偏沉。况听南归雁，切思朝笳音。

江晖《雨雪曲》：

边城风雪至，客子自心悲。风哀笳弄断，雪暗马行迟。轻生本为国，重气不关私。恐君犹不信，抚剑一扬眉。

风雪弥漫，马行迟迟，一位从军边塞的将士心怀悲伤，他"轻生本为国"，却又担心人家不相信他，于是一心想遇上战斗，才好一表忠心。

张正见《雨雪曲》：

---

① 参见阎采平《梁陈边塞乐府论》，载《文学遗产》1988年第6期。

> 胡关辛苦地，云路远漫漫。含冰踏马足，杂雨冻旗竿。沙漠飞恒暗，天山积转寒。无因辞日逐，团扇掩齐纨。

写边关沙漠“雨雪”的情形，将士说：他没有理由不去征讨匈奴而去过“团扇掩齐纨”的家庭生活。“日逐”，匈奴王号，泛指北方少数民族首领。

江总《雨雪曲》写征战边关时“雨雪”的情形：

> 雨雪隔榆溪，从军度陇西。绕阵看狐迹，依山见马蹄。天寒旗彩坏，地暗鼓声低。漫漫愁云起，苍苍别路迷。

陈暄《雨雪曲》也是写征战边关时“雨雪”的情形：

> 都尉出祁连，雨雪满鸡田。雕陵持抵鹊，属国用和毡。冰合军应渡，楼寒烽未燃。花迷槎未著，疏勒复经年。

谢燮《雨雪曲》也是写征战边关时“雨雪”的情形，但用了典故表达坚持气节的决心：

> 朔边昔离别，寒风复凄切。峨峨六尺冰，飘飘千里雪。未塞袁安户，行封苏武节。应随陇水流，几过空呜咽。

《横吹曲辞》中的《洛阳道》、《长安道》，因没有边塞或尚武内容，此处未述。还有《出塞》、《入塞》系列，入“四境篇”；《梅花落》，拟刘宋鲍照而来，入“边地篇”；《刘生》，写侠客，入“侠客篇”。

以上为《横吹曲辞》中除唐人作品外的全部作品。

六 南北异同

可以说，梁、陈时期有一个边塞诗的繁荣，这个繁荣与梁陈诗人学习北朝乐府有相当的关系。与边塞诗作繁荣同步，当时人们也在理论上提出了创作边塞诗作的要求，如萧纲《答张缵谢示集书》，提到“伊昔三边，久留四战，胡雾连天，征旗拂日；时闻坞笛，遥听塞笳；或乡思凄然，或雄心愤薄。是以沉吟短翰，补缀庸音，寓目写心，因事而作”。又如萧纲《与刘孝绰书》说到“拥旄西迈，载离寒暑。晓河未落，拂桂棹而先征；夕鸟归林，悬孤帆而未息。足使边心愤薄，乡思邅回”。又如钟嵘《诗品序》述及“或负戈外戍，杀气雄边，塞客衣单，孀闺泪尽；……凡斯种种，感荡心灵，非陈诗何以展其义？非长歌何以骋其情?”理论上的倡导，一来与当时的创作实践分不开，是创作促使了理论的出现；二来理论又推动了创作的繁荣。南朝人学习北方民歌，尚武的精神实质或许没有把握到，但外在形态已经很像了。

有个特殊的现象，即南人作北方乐府而北人不作。以上曲调，除《雨雪》、《雨雪曲》可能是陈叔宝新创外，其余皆为北方乐府民歌的曲调，南朝梁、陈诗人之所以有拟作，该是北方乐府民歌传入南朝所产生的效果，或者说梁、陈边塞诗的兴盛，其原因之一即是北方乐府民歌的传入。以上数曲大致是北朝诗人不曾拟作的，或少有拟作的，仅《骢马》只有隋王由礼所作，《关山月》由王褒所作，但不能确定王褒是在梁时所作，还是入北朝所作。据《乐府诗集》记载，还有一些北朝诗人不曾拟作而全为南朝诗人拟作的写边塞、写战争的曲调，如《度关山》，由梁简文帝萧纲、戴暠、柳恽、刘遵、王训、张正见所作；又如《陇西行》，由宋谢灵运、谢惠连、梁简文帝萧纲（三首）、庾肩吾所作。此二曲均属相和歌辞。

南朝诗人拟北朝乐府民歌创作了边塞诗，但北朝诗人却从不拟这些北朝乐府民歌来创作边塞诗，从中我们可以隐隐感到南朝诗人与北朝诗人对边塞诗有着不同崇尚，但仅从南朝诗人的边塞诗是看不出其差异与不同的。南朝诗人与北朝诗人也曾都对同一乐府曲调作了拟作，这正是我们考察南朝诗人与北朝诗人边塞诗作异同的最可靠材料。

我们再从《横吹曲辞》以外找例子来说明问题。南朝边塞诗与北朝边塞诗在景物的描摹上自然不一样，如《鼓吹曲辞·上之回》，本为汉曲，写出征，南朝与北朝都有拟作，风格就多具体体现在景物描摹上。梁简文帝之作称“轻丝驻云罕，春色绕川风；桃林方灼灼，柳路日曈曈”；陈张正见之作称“林光称避暑”，又称“风乌绕鸩鹊，彩鹢照昆明”，全是南方景物。而北人之作则全为北方景物，隋萧悫之作称“山寒石道冻，叶下故宫秋。朔路传清警，边风卷画旒”；隋陈子良之作称“属车响流水，清笳转落梅；岭云盖道转，岩花映绶开”，这些都是北方景物。又如《敦煌乐》，属《杂曲歌辞》，后魏温子升之作称：

客从远方来，相随歌且笑。自有敦煌乐，不减安陵调。

自有北人的自信与乐观。隋人王胄也有两首：

长途望无已，高山断还续。意欲此念时，气绝不成曲。

极目眺修途，平原忽超远。心期在何处，望望崦嵫晚。

王胄，本为南人，仕陈为鄱阳王法曹参军，历太子舍人、东阳王文学。陈灭入隋，晋王引为学士，大业初，为著作郎，从征辽东，授朝散大夫。大业九年，杨玄感败，王胄因与之交游而被徙边，亡匿江左，被诛。上述两首诗当为他初至北方时所作，仍是南人的眼光，感伤而凄切。

从以上的分析可以看出，北朝人的边塞诗常常显露出充分的自信与乐观，他们的边塞诗中也有对边塞艰苦环境的渲染，但这种渲染却增加着诗歌的凝重感，成为诗中抒发立功渴望或想像中的立功实现后的赏赐的铺垫，全诗呈现着一种昂扬奋发的气势。而南朝人的边塞诗，却常常没有表现出一种踏踏实实的信心，其边塞风物因其凄苦显得沉重，而在诗末屡屡述说的报答君恩，未免显得在慷慨中有一种悲壮。这一切，都与北朝在与南朝对峙中逐渐占据上风有着根本的联系。

第七章

任侠篇

中古诗作中侠士有三种类型；一是边塞奔驰立功报国型，以《白马篇》的叙写为代表；二是豪华游乐风流倜傥型，以《游侠篇》、《刘生》为代表；三是杀人报仇浩气冲天型，以《咏荆轲》之类为代表。这几类诗作有一个共同倾向，就是在刻画、描摹侠士人物形象时，都崇尚武艺、崇尚豪华，其服饰是华丽的，身骑追风骏马，手挥龙泉宝剑，平时出入长楸郊衢，射猎蹴鞠投壶，战时剑照七星捐躯，策马千里杀敌。在中古诗作中，“侠”是意气的象征，是风度的象征，平时是游乐的典型，战时是捐躯的榜样。

一　远古不崇尚个体英雄

远古时代不崇尚个人主义的英雄，从战场上的情况讲，殷商时代的步兵采用大型方阵作战，《国语·吴语》载吴王夫差时的战阵：

陈士卒百人，以为彻行百行。行头皆官师，拥铎拱稽，建肥胡，奉文犀之渠。十行一嬖大夫，建旌提鼓，挟经秉枹，十旌一将军，载常建鼓，挟经秉枹。万人以为方阵。

这就是从古代方阵演化而来的。采用大型步兵方阵作战，完全依靠集体的力量，一旦作战方阵被打乱，那就会招致整个作战的失败。《尚书·牧誓》载周武王在伐纣的誓词中一再要求将士们保持战斗编队：

> 今日之事，不愆于六步七步，乃止齐焉。勖哉！夫子。不愆于四伐五伐六伐七伐，乃止齐焉。勖哉！夫子。

“止齐”，即“正行列”。这是说，步兵方阵每前进六七步，每搏击四五伐或者六七伐，就要整顿一次队形行列。殷商时代的兵种又有车兵，以战车为主的车、步兵结合作战，更要求车兵和步兵按照一定的规则排列成战斗队形，这就是“军阵”。战斗的胜负不但取决于投入车、步兵的数量多寡，更取决于“军阵”所发挥出来的集体力量。因此，个人的战斗技艺在这里不是主要的，也起不了很大的作用，个人主义的英雄在这里也是不需要的。

《诗经》中有叙写战争的作品，多是对群体战士的叙写，或叙写广大戍卒的艰辛生活与思乡之情，如《小雅》的《采薇》、《渐渐之石》之类；或叙写战士们的同仇敌忾，如《秦风》的《无衣》，以及《周南·兔罝》的“赳赳武夫，公侯干城”等。虽说也有叙写战争及对个体将帅的叙写，但大多是概括叙写，如《大雅》的《江汉》平定淮夷与《常武》的征淮北之夷之类，或具体叙写将帅，如《小雅》的几首诗，《出车》写大将南仲，《六月》写尹吉甫，《采芑》写方叔，都是运筹帷幄的人物，就是没有对个体战斗英雄的叙写。

中国古代早在殷商时就有骑术，但要至战国时才有骑兵部队，这就是赵武灵王“胡服骑射”建立起来的，《战国策·赵策二》载赵武灵王说：“今吾将胡服骑射，以教百姓，而世议寡人矣。”骑兵需要较高的个人技艺，《六韬·犬韬·武骑士》载选拔骑士：

> 选骑士之法：取年四十以下，长七尺五寸以上，壮健捷疾，超绝

伦等，能驰骑彀射，前后左右，周旋进退，越沟堑，登丘陵，冒险阻，绝大泽，驰强敌，乱大众者。

随着大规模的步骑兵野战、包围战替代车、步兵整齐的冲击战，对战士的个人技艺也有越来越高的要求；再加上战国经常性的军事训练替代“三时务农而一时讲武”，战士的个人技艺也越来越高。《荀子·议兵》谈到“齐人隆技击，其技也，得一首者，则赐赎锱金”；谈到魏国的“武卒”的能力：

衣三属之甲，操十二石之弩，负服矢五十个，置戈其上，冠轴带剑，赢三日之粮，日中而趋百里。

于是选拔有高超武艺的勇士来做突击队伍的战士，《吴子兵法·料敌》说：

一军之中必有虎贲之士，力能扛鼎，足轻戎马，搴旗斩将，必有能者。若此之等，选而别之，爱而贵之，是谓军命。

《孙膑兵法》专门有《选卒》章，说“兵之胜在于选卒”。其《威王问》说：

选卒力士者，所以绝阵取将也。

部队中个人技艺越来越重要，春秋战国时期也出现了一大批武艺高超的勇士，如《史记·秦本纪》载，“（秦）武王有力好戏，力士任鄙、乌获、孟说皆至大官”。又如《史记·司马相如列传》载，司马相如谏畋猎，曰：“臣闻物有同类而殊能者，故力称乌获，捷言庆忌，勇期贲、育。”又如《史记·魏公子列传》载，信陵君窃符救赵，力士朱亥“袖四十斤铁椎，椎杀晋鄙”。因此，就个人的成名与是否成功来说，武艺的高低成为关键，最明显的例子就是荆轲。荆轲刺秦王没有成功，有人就说："嗟乎，惜哉其不讲于刺剑之术也！"（《史记·刺客列传》）左思《咏史》其六在肯定"与世亦殊伦"的同时，又称荆轲"虽无壮士节"，也是指未完成刺秦王的大事；陶渊明《咏荆轲》则称其"惜哉剑术疏，奇功遂不成"。

二 侠士的兴起与汉代对侠士的否定

可以这么说，只有现实生活中出现了具有武艺高超的战士，文学作品中才有可能产生这样的人物形象；但是，当战国时期出现了一大批武艺高超的勇士时，社会潮流却认为这样的人物是不符合国家统一的要求的。这种认识的理论表述就是韩非在其《韩非子·五蠹》中提出的"儒以文乱法，侠以武犯禁"。

侠士，一是要有武艺，这是其资格，是身份的基础，是个人的本领；二是肯见义勇为、舍己助人，这是其安身立命的基础，是个人的性格、气质或行为，是大众对他们的要求；三是其见义勇为、舍己助人的对象是个体而不是国家、朝廷。合起来说，"侠"，就是以一己的武艺、个人的力量来见义勇为、舍己助人的人。社会的安定、国家的统一，要求的是秩序，需要的是集体的力量、政府的权威，因此，以一己的武艺、个人的力量来见义勇为、舍己助人的行为与社会、国家的价值趋向是相违的。司马迁《史记·游侠列传》"欲陈游侠之美"（《史记正义》语），其云："今游侠，其行虽不轨于正义，然其言必信，其行必果，已诺必诚，不爱其躯，赴士之厄困，既已存亡死生矣，而不矜其能，羞伐其德，盖亦有足多者焉。"司马迁就是讲以一己的武艺、个人的力量来见义勇为、舍己助人是不符合安定的社会、统一的国家的要求的。司马迁所赞赏的主要是游侠的性格、气质、品德，《太史公自序》也说为什么作《游侠列传》："救人于厄，振人不赡，仁者有乎；不既信，不倍言，义者有取焉。"班固《汉书·游侠传》则把游侠行为"不轨于正义"说得更详尽、更清楚，称："及至汉兴，禁网疏阔，未之匡改也。是故代相陈豨从车千乘，而吴濞、淮南皆招宾客以千数。外戚大臣魏其、武安之属竞逐于京师，布衣游侠剧孟、郭解之徒驰骛于闾阎，权行州域，力折公侯。众庶荣其名迹，觊而慕之。虽其陷于刑辟，自与杀身成名，若季路、仇牧，死而不悔也。”而现实又是“况于郭解之伦，以匹夫之细，窃杀生之权，其罪已不容于诛矣”。但是班固对游侠的性格、气质、品德还是肯定的，其云：“观其温良泛爱，振穷周急，谦退不伐，亦皆有绝异之姿。惜乎不入于道德，苟放纵于末流，杀身亡宗，非不幸也！”司马迁较少谈其行为而较多谈其性格、气质、品德，班固较多谈其行为而较少谈其性格、气质、品德，显示出情感趋向的不同，而价值趋向则是一致的。

且个人主义英雄在汉代难以出现。以武力统一天下的秦始皇，司马迁《史记·太史公自序》批评他“矜武任力”；再说以武力统一天下的项羽，他是个武艺高强的人，他自恃“力拔山兮气盖世”，虽然他“将五诸侯灭秦”，但最终为刘邦所败，在楚汉相争中他失败了。司马迁《史记·项羽本纪》在肯定了项羽的历史功绩后又评价其“欲以力征，经营天下”，认为“力征”是远远不能与“师古”相比的，司马迁在赞赏一个比武力更伟大的东西，这是肯定的；他的观点也就是时代的观点。个人主义英雄在汉代难以出现，汉代崇尚伦理道德、谶纬宿命、烦琐经术等外在规范、价值、标准，压抑人格、个性；个人要无条件地服从社会，内心精神世界无条件地服从外在客观社会。

三　建安时对个体的崇尚与对英雄的崇尚

东汉末年，情况有了改变。汉末时清议兴起，清流人士对抗国家朝廷主流社会，他们的行为言论成为人们崇尚的对象。《世说新语·德行》载时人称陈仲举“言为士则，行为世范”，《后汉书·郭太传》载郭太与李膺“同舟而济，众宾望之，以为神仙焉”，都很可以说明对个体人物的崇尚在当时的表现。对个体人物的崇尚还从当日谣谚对某些个人的歌咏可见出：

> 天下模楷李元礼，不畏强御陈仲举，天下俊秀王叔茂。（《后汉书·党锢传》）
>
> 万事不理问伯始，天下中庸有胡公。（《后汉书·胡广传》）

标榜某些名士成为风气，《后汉书·党锢传》称党人“遂共相摽搒，指天下名士，为之称号”，有“三君”、“八俊”、“八顾”、“八及”、“八厨”等。

天下大乱的建安年间是一个崇尚英雄的时代。东汉后期，宦官、外戚交相干政、互相倾轧，政治黑暗、朝廷腐败，天下大乱。如此形势给了群雄平定天下、建功立业的机会，当日以英雄评议人物，汤用彤《读〈人物志〉》曰：“创大业则尚英雄。英雄者，汉魏间月旦人物所有名目之一也。天下大乱，拨乱反正则需英雄。汉末豪俊并起，群欲平定天下，均以英雄自许，故王粲著有《汉末英雄传》。当时四方鼎沸，亟须定乱，故曹操曰：‘方今收英雄时也。’夫拨乱端仗英雄，故许子将目曹操曰：‘君清平之奸贼，乱世之英雄也。’”[①] 魏时刘劭有《人物志》，就是汉魏人物品鉴结果，其有“英雄”一章，称“聪明秀出谓之英，胆力过人谓之雄”，称“必聪能谋始，明能见机，胆能决之，然后可以为英，张良是也。气力过人，勇能行之，智足断事，然后可以为雄，韩信是也。体分不同，以多为目，故英雄异名。然皆偏至之材，人臣之任也。故英可以为相，雄可以为将。若一人之身兼有英雄，则能长世，高祖、项羽是也。”

在汉末人物中，曹操最为英雄，从安天下说，《后汉书·党锢传》载李瓒称“时将乱矣，天下英雄无过曹操”；曹操的英雄相还在于其武艺，《世说新语·容止》载曹操“将见匈奴使，自以形陋，不足雄远国，使崔季圭代，帝自捉刀立床头。既毕，令间谍问曰：‘魏王何如？’匈奴使答曰：‘魏王雅望非常，然床头捉刀人，此乃英雄也。’”曹操有英雄相，连

---

① 《汤用彤学术论文集》，中华书局1983年版，第200页。

匈奴人都看得出。曹操有武艺，又喜兵法，且十分崇尚个人的作用，其《让县自明本志令》中称说自己："设使国家无有孤，不知当几人称帝，几人称王。"后来继承曹操事业的曹丕，也是一个有武艺的人，《三国志·魏书·文帝纪》引《魏书》称其"善骑射，好击剑"；其《典论·自叙》称："余时年五岁，上以世方扰乱，教余学射，六岁而知射，又教余骑马，八岁而能骑射矣……夫文武之道，各随时而用，生于中平之季，长于戎旅之间，是以少好弓马，于今不衰；逐禽辄十里，驰射常百步。"《典论·自叙》又称当有人称赏他"善左右射，此实难能"时，他回答说："执事未睹夫项发口纵，俯马蹄而仰月支也。"很为自己善射自豪。

为了战争的需要，曹操多选拔侠士作为武将来率领部队冲锋陷阵。曹操《求逸才令》也说要访求"果勇不顾，临阵力战"之人。《三国志·魏书·二李臧文吕许典二庞阎传》载，许褚"长八尺余，腰大十围，容貌雄毅，勇力绝人"，其归曹操时，"诸从褚侠客，皆以为虎士"；"褚所将为虎士者从征伐，太祖以为皆壮士也，同日拜为将，其后以功为将军封侯者数十人，都尉、校尉百余人，皆剑客也"。又载典韦，"形貌魁梧，旅（膂）力过人，有志节任侠"；军中为之语曰：

帐下壮士有典君，提一双戟八十斤。

《三国志·夏侯渊传》注引《魏书》，称夏侯渊为将，"赴急疾，常出敌之不意，故军中为之语曰"：

典军校尉夏侯渊，三日五百，六日一千。

四　曹植《白马篇》及原型

曹植的《白马篇》是中国文学史上的名诗，诗云：

> 白马饰金羁，连翩西北驰。借问谁家子？幽并游侠儿。少小去乡邑，扬声沙漠垂。宿昔秉良弓，楛矢何参差。控弦破左的，右发摧月支，仰手接飞猱，俯身散马蹄。狡捷过猴猿，勇剽若豹螭。边城多警急，胡虏数迁移。羽檄从北来，厉马登高堤。长驱蹈匈奴，左顾陵鲜卑。弃身锋刃端，性命安可怀。父母且不顾，何言子与妻。名在壮士籍，不得中顾私。捐躯赴国难，视死忽如归。

建安时代对英雄的崇尚直接影响到曹植《白马篇》对少年英雄的塑造，而赋予其“游侠儿”的身份，使这位少年英雄理所当然地以个体形式出现。诗的前半部分点明“游侠儿”品行特征，首六句写“游侠儿”这样的人具有“少小去乡邑，扬声沙漠垂”的身份；“宿昔”以下八句写少年英雄“游侠儿”的武艺高强，这是通过其精湛的射术表现出来的，诗中用“破”、“摧”、“接”、“散”四个动词来写射中目标这一行为动作，给读者留下深刻的印象。诗的后半部分写“游侠儿”的具体行动，“边城”以下八句写这个“游侠儿”行动所蕴涵的精神境界。“父母且不顾”等六句，以其自身口吻写侠士的精神境界，他有着“捐躯赴国难，视死忽如归”的报国信念，于是奔赴边塞、勇上战场，其英雄主义不是仅仅要表现个人的一种能力，而且还有着更深广的蕴涵。这种以个人的能力——高超武艺——来实现报国壮志的“游侠儿”，在文学作品中的出现是曹植的首创，在以前的文学作品中是不曾出现过的。

对比之下，足见建安时代对英雄的崇尚，这包括两方面：一是崇尚个体；二是崇尚“力”，即武艺、武功。生活中有武艺高超的将士，现实社会又需要这样武艺高超的将士，且建安时代文学事业的发展又有能力创造出吟咏人物形象的作品。那么，就看塑造武艺高超的将士之类的人物形象的重任落在哪个文学家的肩上，而他的任务就是如何去塑造这样的人物形象。

这个人就是曹植。他在诗中熔铸了自己的报国理想，他一生追求的是“戮力上国，流惠下民，建永世之业，流金石之功”（《与杨德祖书》），他的雄心就是西灭“违命之蜀”，东灭“不臣之吴”，“混同宇内，以致太和”（《求自试表》）。而曹植自己，“生乎乱，长乎军”（《陈审举表》），他自小有“南极赤岸，东临沧海，西望玉门，北出玄塞”（《求自试表》）的军旅生涯。曹植自称其经历：

> 皇考建世业，余从征四方。栉风而沐雨，万里蒙露霜。剑戟不离手，铠甲为衣裳。（《失题》）

其《杂诗七首》其五写战争中的英雄主义壮志：

> 仆夫早严驾，吾行将远游。远游欲何之？吴国为我仇。将骋万里途，东路安足由。江介多悲风，淮泗驰急流。愿欲一轻济，惜哉无方舟。闲居非吾志，甘心赴国忧。

但应该注意到，这些对英雄主义的颂赞，实际上是理想主义的，诗人只是在叙说一种理想，这个理想要成为现实还需一定的条件。当然这样的少年英雄，也应该是曹植的愿望与理想。朱乾《乐府正义》称《白马篇》说：“此寓意于幽并游侠，实自况也……篇中所云捐躯赴难、视死如归，亦子建素志，非泛述矣。”《白马篇》当然可视作曹植在虚构性的乐府诗中塑造自我形象的努力，虽然曹植并没有“幽并游侠儿”的武艺与征战匈奴的经历，但他要表达愿望与理想。

这里的问题是，曹植为什么要把少年英雄定位为“游侠儿”形象？

我们先来看汉末时代如何看待“游侠”。《东观汉记·光武帝纪》：“高才好学，然亦喜游侠。”《后汉书·段熲传》：“（段）熲少便习弓马，尚游侠，轻财贿。”曹操也有“游侠”之称，《三国志·魏书·武帝纪》称曹操“少机警，有权数，而任侠放荡”；《世说新语·假谲》引孙盛《杂语》，称曹操“少好侠，放荡不修行业”；《世说新语·假谲》称“魏武少时，尝与袁绍好为游侠”。《三国志·魏书·袁绍传》引《英雄记》称袁绍“又好游侠”。《三国志·蜀书·先主传》写刘备“好交结豪侠”。如此看来，“游侠”已不是韩非“侠以武犯禁”的意味，而是国家栋梁之才甚或是最高统治者早期生活中的某一方面，这当然应该是优秀的性格、气质、品德。因此，曹丕《大墙上蒿行》亦写“带我宝剑”、“恣意遨游”的侠士。

《白马篇》中的“游侠儿”，身怀绝技，又是一个个体英雄，这都是与传统意味的“游侠儿”一致之处。但是，这位“游侠儿”的见义勇为、舍己助人，此时已不是针对某个别人，而是针对“边城多警急，胡虏数迁移”的国家紧急情况，于是，他要做的是“捐躯赴国难，视死忽如归”。这应该是其与传统意味的“游侠儿”不一致之处，是其特殊之处，是传统意味的“游侠儿”见义勇为、舍己助人的升华，侠文化至此有了一个升华。这个升华的实现是赋予“游侠儿”从军的经历，从军使“游侠儿”由个人性的武艺施展到参与集体的战斗投入，从军使“游侠儿”的武艺施展有了更广阔的范围。“游侠儿”从为人到为国的升华，这是曹植的创造。《白马篇》中“游侠儿”之称，难说没有曹操“好为游侠”的影响；少年英雄骑射技艺之精，难说没有曹操“才武绝人”、曹丕“善骑射，好击剑”的影子，而曹丕自称善射“俯马蹄而仰月支”，曹植诗中用语与其如出一辙。

游侠是个人性的施展武艺，而从军是集体性的投入战斗，曹植《白马篇》把从军与游侠结合起来了；曹植在诗中叙写个体英雄，是建安时代张扬个性、突出个人的表现；曹植刻画英雄时对武艺、武功作了艺术化、表演化叙写，是审美化地对待生活。曹植把其叙写的个体英雄命名为“游侠儿”，赋予其捐躯报国的品质，提升了“游侠儿”的地位，又把“游侠儿”纯粹的个人性施展武艺变换成集体性战斗中的施展武艺，改变了汉代侠文化的发展方向；而英雄以个体形式存在，其武功艺术化地表现，这些又是日后侠文化在文学中的表现。

《白马篇》中的少年英雄“游侠儿”的原型应该是曹彰。曹彰是曹植同母兄，《三国志·魏书·任城陈萧王传》载：曹彰“少善射御，膂力过人，手格猛兽，不避险阻。数从征伐，志意慷慨。太祖尝抑之曰：‘汝不念读书慕圣道，而好乘汗马击剑，此一夫之用，何足贵也！’课彰读《诗》、《书》，彰谓左右曰：‘丈夫一为卫、霍，将十万骑驰沙漠，驱戎狄，立功建号耳，何能作博士邪？’”他自称“好为将”，并称“为将”在个人方面要做到“披坚执锐，临难不顾，为士卒先；赏必行，罚必信”。听听他的言辞，与司马迁对“侠”的评价何其相似。在与反叛的代郡乌丸作战中，曹彰“身自搏战，射胡骑，应弦而倒者前后相属”。这些战斗经历，与诗中“幽并游侠儿”是一致的。再说，曹彰与曹植关系最好，《三国志·魏书·任城陈萧王传》注引《魏略》载，曹操病重时，召曹彰，曹彰至，曹操已卒，曹彰对曹植说：“先王召我者，欲立汝也。”并问先王玺绶所在，他是想在立皇位上助曹植一臂之力。魏文帝黄初四年，曹彰在与曹植等同朝京师时不幸去世，《世说新语·尤悔》称是被曹丕毒死的，曹植《赠白马王彪》诗中悼念他：

太息将何为？天命与我违。奈何念同生，一往形不归。孤魂翔故域，灵柩寄京师。存者忽复过，亡没身自衰。

五　《白马篇》系列与侠士边塞征战

《乐府诗集》有《白马篇》系列，属《杂曲歌辞》，其题解曰：“白马者，见乘白马而为此曲。言人当立功立事，尽力为国，不可念私也。《乐府解题》曰：‘鲍照云：“白马骍角弓。”沈约云：“白马紫金鞍。”皆言边塞征战之事。’”这些写法都是依曹植而来；《白马篇》诗作的关注点并非“边塞征战之事”，其根本还在于侠士意气。请看以下分析。

其一，关注侠士身份、侠士意气。

继曹植之作后是刘宋袁淑《白马篇》，其云：

剑骑何翩翩，长安五陵间。秦地天下枢，八方凑才贤。荆魏多壮

> 士，宛洛富少年。意气深自负，肯事郡邑权。籍籍关外来，车徒倾国鄽。五侯竞书币，群公亟为言。义分明于霜，信行直如弦。交欢池阳下，留宴汾阴西。一朝许人诺，何能坐相捐。彯节去函谷，投珮出甘泉。嗟此务远图，心为四海悬。但营身意遂，岂校耳目前。侠烈良有闻，古来共知然。

袁淑之作先突出侠士的身份与“意气”，诗称侠士所活动的“长安五陵间”。长安五陵为西汉五个皇帝陵墓所在地，汉元帝以前，每立陵墓，辄迁徙四方富豪及外戚于此，令供奉园陵，于是长安五陵成为豪门贵族居住地。豪门贵族子弟多使气任行，《汉书·游侠传》载，原涉为侠，“郡国诸豪及长安五陵诸为气节者，皆归慕之”，“为气节”就是侠士身份、意气，即诗中所谓“意气深自负，肯事郡邑权”，怎能在权势面前低头。《汉书·游侠传》又载，侠士“诸公之间陈遵为雄”，陈遵与张竦，“及王莽败，二人俱客于池阳”，即诗中所称其“交欢池阳下，留宴汾阴西”。侠士行游四方、深相接纳，落实到行动上就是“一朝许人诺，何能坐相捐”的重然诺，而这种行动的基础就是“义分明于霜，信行直如弦”的侠士本性。诗的后半部分点出此种侠士“意气”将用于边塞战场，“彯节”二句写这些“剑骑何翩翩，长安五陵间”的从军；“嗟此”二句呼应“彯节”二句，称为“身意遂”而不计较“耳目前”的艰苦，也是赞赏侠士意气；末二句以歌颂“侠烈”作结，称古来侠士就是如此侠士意气，又回应诗的前半部分。

有的《白马篇》表面上看是关注“边塞征战之事”的，也似乎是以“边塞征战之事”的叙写来关注侠士意气。如刘宋鲍照《白马篇》：

> 白马骍角弓，鸣鞭乘北风。要途问边急，杂虏入云中。闭壁自往夏，清野逐还冬。侨装多阙绝，旅服少裁缝。埋身守汉境，沈命对胡封。薄暮塞云起，飞沙被远松。含悲望两都，楚歌登四墉。丈夫设计误，怀恨逐边戎。弃别中国爱，要冀胡马功。去来今何道，卑贱生所

> 钟。但令塞上儿，知我独为雄。

鲍照之作写投身边塞战争，“侠烈”意气是以边塞环境的艰苦来体现的，值得注意的是“薄暮塞云起，飞沙被远松”的描摹，具有充分的后代边塞诗的情调。诗作虽然写到“弃别中国爱，要冀胡马功”，但落脚点并不在此，而在“但令塞上儿，知我独为雄”，以武艺自豪，以个体身份自豪，有侠士意气。

写侠士的报恩品格也是歌吟侠士意气。此如梁人沈约《白马篇》：

> 白马紫金鞍，停镳过上兰。寄言狭斜子，讵知陇道难。赤坂途三折，龙堆路九盘。冰生肌里冷，风起骨中寒。功名志所急，日暮不遑餐。长驱入右地，轻举出楼兰。直去已垂涕，宁可望长安。匪期定远封，无美轻车官。唯见恩义重，岂觉衣裳单。本持躯命答，幸遇身名完。

沈约之作也先突出侠士身份的叙写，即称其“狭斜子”。诗的后半部分写沙场征战的艰苦，以边塞战争之艰苦写侠士，但是，“唯见恩义重，岂觉衣裳单。本持躯命答，幸遇身名完”的吟咏，完全说的是侠士的典型品格。

其二，以边塞战争与立功写侠士的风流倜傥。

此如齐孔稚珪《白马篇》：

> 骥子跼且鸣，铁阵与云平。汉家嫖姚将，驰突匈奴庭。少年斗猛气，怒发为君征。雄戟摩白日，长剑断流星。早出飞狐塞，晚泊楼烦城。虏骑四山合，胡尘千里惊。嘶笳振地响，吹角沸天声。左碎呼韩阵，右破休屠兵。横行绝漠表，饮马瀚海清。陇树枯无色，沙草不常青。勒石燕然道，凯归长安亭。县官知我健，四海谁不倾。但使强胡灭，何须甲第成。当令丈夫志，独为上古英。

孔稚珪之作虽然写立功边塞，诗中写出征，写行军，写战斗，写胜利，战争过程叙写得较为详细，但写的不是战士而是侠士，其身份也是明确的，所谓“少年斗猛气”云云，是侠士独有的，战场上是不赞赏这样的行为的，我们还记得《史记·李将军列传》载典属国公孙昆邪对李广的担忧：“李广才气，天下无双，自负其能，数与虏敌战，恐亡之”，于是把李广调离。“雄戟摩白日，长剑断流星”是写侠士的风流倜傥。诗末写“当令丈夫志，独为上古英”，也是夸耀个人能力。

此诗在《乐府诗集》中本与隋炀帝杨广《白马篇》合为二首，题孔稚珪作。但第二首在《文苑英华》中署名隋炀帝杨广作。第一首的风格，近北朝后期及隋朝人的作品，极写立功边陲，而孔稚珪本人则主张同北魏言和，《南齐书》本传载其《上和虏表》，故逯钦立《先秦汉魏晋南北朝诗》入此为隋诗。

其三，侠士品德的综合性叙写。

梁人王僧孺《白马篇》：

> 千里生冀北，玉鞘黄金勒。散蹄去无已，摇头意相得。豪气发西山，雄风擅东国。飞鞚出秦陇，长驱绕岷僰。承谟若有神，禀算良不惑。瀚汩河水黄，参差嶂云黑。安能对儿女，垂帷弄毫墨。兼弱不称雄，后得方为特。此心亦何已，君恩良未塞。不许跨天山，何由报皇德。

首六句，少年英雄的英姿飒爽通过千里马坐骑显现出来，然后写坐骑上的侠士“飞鞚出秦陇，长驱绕岷僰”。“安能对儿女，垂帷弄毫墨”，是侠士面对女性、面对文士的自豪；“兼弱不称雄，后得方为特”，是侠士挑战强手、力争强中强的信心。末四句虽说是渴望“报皇德”，但其自负其能的高傲毕露。

梁人徐悱《白马篇》与王僧孺之作异曲同工：

研蹄饰镂鞍，飞鞚度河干。少年本上郡，遨游入露寒。剑琢荆山玉，弹把隋珠丸。闻有边烽急，飞候至长安。然诺窃自许，捐躯谅不难。占兵出细柳，转战向楼兰。雄名盛李霍，壮气勇彭韩。能令石饮羽，复使发冲冠。要功非汗马，报效乃锋端。日没塞云起，风悲胡地寒。西征馘小月，北去脑乌丸。归报明天子，燕然石复刊。

其侠士身份是由“剑琢荆山玉，弹把隋珠丸”及“然诺窃自许，捐躯谅不难”来表现的；“要功非汗马，报效乃锋端”乃是典型的侠士的个人英雄主义的体现。

隋人王胄《白马篇》：

白马黄金鞍，蹀躞柳城前。问此何乡客，长安恶少年。结发从戎事，驰名振朔边。良弓控繁弱，利剑挥龙泉。披林扼雕虎，仰手接飞鸢。前年破沙漠，昔岁取祁连。折冲摧右校，搴旗殪左贤。昆弥还谢力，庆忌本推偎。海外平遐险，来庭识负褰。三韩劳薄伐，六事指幽燕。良家选河右，猛将征西山。浮云屯羽骑，蔽日引长旃。自矜有馀勇，应募忽争先。王师已得儁，夷首失求全。鼓行徇玉检，乘胜荡朝鲜。志勇期功立，宁惮微躯捐。不羡山河赏，唯希竹素传。

王胄之作先写“长安恶少年”，已点明侠士身份，然后写侠士意气与武艺，再写立功边塞、名传“竹素”。

隋人辛德源《白马篇》：

任侠重芳辰，相从竞逐春。金羁络赭汗，紫缕应红尘。宝剑提三尺，雕弓韬六钧。鸣珂蹀细柳，飞盖出宜春。遥见浮光发，悬知上头人。

辛德源之作单写“任侠”的身姿风度与风流倜傥，他是在豪华旅游而未写其立功报国之举，疑是残篇，佚去后半部分边塞立功。

又有隋炀帝杨广《白马篇》，诗云：

> 白马金具装，横行辽水傍。问是谁家子，宿卫羽林郎。文犀六属铠，宝剑七星光。山虚弓响彻，地迥角声长。宛河推勇气，陇蜀擅威强。轮台受降虏，高阙翦名王。射熊入飞观，校猎下长杨。英名欺卫霍，智策蔑平良。岛夷时失礼，卉服犯边疆。征兵集蓟北，轻骑出渔阳。进军随日晕，挑战逐星芒。阵移龙势动，营开虎翼张。冲冠入死地，攘臂越金汤。尘飞战鼓急，风交征旆扬。转斗平华地，追奔扫带方。本持身许国，况复武功彰。曾令千载后，流誉满旂常。

这应该是以大业八年伐高丽时征辽东为现实依据所作，是以虚拟口吻的纪实。以作者的身份而言，杨广是十分希望侠士的身份有所改变的，他是十分希望侠士以王朝将士的身份而不是个人出征的，所以诗中云“问是谁家子，宿卫羽林郎”，所以诗中历述一系列出征将士的英雄行为来叙说侠士。但是，“文犀六属铠，宝剑七星光”的豪华武器显示出是侠士装束；“本持身许国，况复武力彰”显示出侠士自豪；“会令千载后，流誉满旂常”显示出王朝对侠士的态度，只能是“千载后”的“流誉”，而不是当前的赏赐，因为侠士是属体制外的。

其四，《白马篇》的创作模式。

上述诸作，侠士的特征都要有所点缀，要写侠士豪放意气，要写侠士知恩图报，这是《白马篇》的根本之处。但上述的豪放意气、知恩图报又要有落脚处，这就是《白马篇》突出的是个人武艺以立功边塞，对行军作战的叙写也比较多，或者是以描摹个人的武艺多么高超来暗写的。

《白马篇》系列的作品，其叙写一般分为前后两大部分，前一部分点明侠士的种种身份特征，或豪华的装束及武器，如千里马、宝剑一类，或重然诺、讲信义的气概，或高超的武艺本领，诸如曹植的刻画；乃至描摹其倏忽飘逸的身影、出神入化的武艺，诸如“雄戟摩白日，长剑断流星”

之类。于是，一位风流倜傥、英姿飒爽的侠士出现在读者面前。

《白马篇》的后一部分，则把侠士活动的场地设计到边塞战场上，让侠士在征战中展示自己的才艺与英雄气概，但诗作仍旧要点出其立功疆场是个人行为，所能获得的是千载留名而不是当前赏赐，只有这样才是侠士的立功而不是将士的立功。

从上述《白马篇》的结构分析，可见占统治地位的文化改造侠士以一己之力对抗社会、蔑视法制的努力，占统治地位的文化是要把侠士的一己之力引导到立功边疆的行动中去。占统治地位的文化对侠士的风流倜傥、英姿飒爽，表面上是欣赏的，但欣赏的基础在于这种风流倜傥、英姿飒爽要立功疆场、服务朝廷。进而我们可以看到《白马篇》系列抒发情感的特点，它是在抒发一种压抑下的愤激，是在抒发不能融入主流社会而处于体制外的人士的一种努力。比如曹植之作说“父母且不顾，何言子与妻。名在壮士籍，不得中顾私。捐躯赴国难，视死忽如归”，难道没有愤激意味吗？袁淑之作说“嗟此务远图，心为四海悬。但营身意遂，岂校耳目前”，难道不是说征战边塞是一种无奈吗？鲍照之作说“丈夫设计误，怀恨逐边戎”，难道不是压抑吗？又如沈约之作称“直去已垂涕，宁可望长安。匪期定远封，无羡轻车官。唯见恩义重，岂觉衣裳单。本持躯命答，幸遇身名完”，难道不是灰心中的庆幸吗？只是到了南北朝后期，《白马篇》才有去侠士化的意味，多抒发立功边疆，但即便是隋炀帝杨广之作，也突出侠士只求扬名的意味。

《白马篇》与《从军行》的区别在于，《白马篇》多写个人武艺，多写战争的胜利，多写立功报国；而《从军行》多写群体行动，前期的《从军行》多写出征的艰苦，后期的《从军行》多写与从军有关事物，如离别、思妇、景物以及写将士的各种心愿并进而反思战争等。

六 多样化的游侠与壮士

在汉赋中对侠的叙写是贬义的，如张衡《西京赋》载：

都邑游士，张、赵之伦。齐志无忌，拟迹田文。轻死重气，结党连群。寔蕃有徒，其从如云。茂陵之原，阳陵之朱。趫悍虓豁，如虎如貙。睚眦虿芥，尸僵路隅。丞相欲以赎子罪，阳石污而公孙诛。

张、赵，指张回、赵君都等侠客，《汉书·游侠传》称他们“皆长安名豪，报仇怨养刺客者也”。无忌、田文，指战国魏信陵君无忌、齐孟尝君田文，他们也是“报仇怨养刺客者”。原、朱，原涉与朱安世，都是西汉大侠。“丞相”二句是讲一个事件，据《汉书·公孙贺传》，公孙贺之子公孙敬声为太仆，擅用军钱千九百万，事发下狱。当时正诏捕大侠朱安世，公孙贺自请抓捕以赎子罪。不料朱安世从狱中上书揭发公孙敬声与阳石公主私通，汉武帝即处死公孙贺父子。此段话讲侠士“轻死重气，结党连群”又横暴，最后用一个事件讲侠士的祸害与不可沾惹。汉赋中对侠一般是贬义性叙写。

但是，在文人心目中往往充满任侠情结的浪漫情怀，如汉代崔骃，字亭伯，涿郡安平人，窦宪为车骑将军时，任命他为府掾。其《安丰侯诗》曰：

戎马鸣兮金鼓震，壮士激兮忘身命。被兕甲兮跨良马，挥长戟兮彀强弩。

此处吟诵的安丰侯已难以考察其英雄事迹，只是从诗中见到其战斗英姿与精神境界。他们往往自诩少时的游侠，阮籍《咏怀诗》六十一：

少年学击刺，妙伎过曲城。英风截云霓，超世发奇声。挥剑临沙漠，饮马九野坰。旗帜何翩翩，但闻金鼓鸣。军旅令人悲，烈烈有哀情。念我平常时，悔恨从此生。

还有陶渊明，其《杂诗》中：

忆我少壮时，无乐自欣豫。猛志逸四海，骞翮思远翥。

陶渊明《拟古》中云：

少时壮且厉，抚剑独行游；谁言行游近？张掖至幽州。饥食首阳薇，渴饮易水流。不见相知人，惟见古时丘。路边两高坟，伯牙与庄周。此士难再得，吾行欲何求。

游侠的标志行为之一就是“抚剑”，陶渊明“怒目金刚”诗风的表现之一，也于此表现。

张华有《博陵王宫侠曲二首》，诗云：

侠客乐幽险，筑室穷山阴。獠猎野兽稀，施网川无禽。岁暮饥寒至，慷慨顿足吟。穷令壮士激，安能怀苦心。干将坐自□，繁弱控余音。耕佃穷渊陂，种粟著剑镡。收秋狭路间，一击重千金。栖迟熊罴穴，容与虎豹林。身在法令外，纵逸常不禁。

雄儿任气侠，声盖少年场。借友行报怨，杀人租市旁。吴刀鸣手中，利剑严秋霜。腰间叉素戟，手持白头镶。腾超如激电，回旋如流光。奋激当手决，交尸自纵横。宁为殇鬼雄，义不入圜墙。生从命子游，死闻侠骨香。身没心不惩，勇气加四方。

其一中，把侠客称之为“穷”又为“壮士”，所谓“穷令壮士激，安能怀苦心”，这是把侠客排除在主流社会之外，所谓“身在法令外，纵逸常不禁”；诗中又称“干将坐自□，繁弱控余音”，则是把侠客视为有武事活动的，其武事活动集中表现在狩猎上。其二中，诗作把侠客视为以武事活动为人做事者，诗中有侠客佩带武器的形象刻画，又有他杀人行为的形象表现，还有他精神气概的叙说，即“死闻侠骨香”，其“勇气”四方传开。

又有吴均《雉子班》：

> 可怜雉子班，群飞集野甸。文章始陆离，意气已惊狷。幽并游侠子，直心亦如箭。生死报君恩，谁能孤恩眄。

把“游侠”与“报君恩”联系在一起，就奠定了以作战报恩建功。从中可见，吴均把一腔忠诚之情而终无所成的不平与牢骚寄托在叙写边塞战争的诗作之中，虽然没有直接说报恩建功。

他们又往往吟咏侠士放浪豪华，梁王筠《侠客篇》突出的是侠士放浪豪华的生活：

> 侠客趋名利，剑气坐相矜。黄金涂鞘尾，白玉饰钩膺。晨驰逸广陌，日暮返平陵。举鞭向赵、李，与君方代兴。

陈阳缙《侠客控绝影》，非乐府作品的吟咏侠客。陆机《拟古》有“侠客控绝影，都人骖玉轩”，阳缙以其首句为题，诗云：

> 青门小苑物华新，花开鸟弄会芳春。仙掌层台浮丽日，长楸广路起红尘。园中追寻桃李径，陌上逢迎游侠人。游侠英名驰上国，人马意气俱相得。白玉鹿卢秋水剑，青丝宛转黄金勒。复有鱼目并龙文，蹑影追风本绝群。影入吴门疑曳练，形来西北似浮云。寄语幽并驰射客，未肯推名持借君。

前五句写明媚春光的园林美景，人们似乎会以为遇到哪一位女性，第六句揭开谜底是“陌上逢迎游侠人”。“游侠英名”以下八句写游侠的豪华奢靡。末二句才回到写游侠的求功名。

又有吟诵壮士之作，如张华《壮士篇》。诗云：

天地相震荡，回薄不知穷。人物秉常格，有始必有终。年时俛仰过，功名宜速崇。壮士怀愤激，安能守虚冲。乘我大宛马，抚我繁弱弓。长剑横九野，高冠拂玄穹。慷慨成素霓，啸吒起清风。震响骇八荒，奋威曜四戎。濯鳞沧海畔，驰骋大漠中。独步圣明世，四海称英雄。

大写壮士以其威风声震四海。壮士有"功名宜速崇"、"安能守虚冲"的渴望，于是扬鞭策马杀向战场，其思想境界就是"独步圣明世，四海称英雄"，很有英雄底气。

晋人干宝有《百志诗》，诗云：

壮士禀傑姿，气烈有自然。俯仰群众中，胡能救世难。阅犟代缝掖，兜鍪易进贤。

诗名"百志"，又只写"壮士"，显然诗人"百志"中只看重"壮士"。

陆厥有《临江王节士歌》：

木叶下，江波连，秋月照浦云歇山。秋思不可裁，复带秋风来。秋风来已寒，白露惊罗纨。节士慷慨发冲冠，弯弓挂若木，长剑竦云端。

七　《刘生》系列与侠士风流倜傥

《刘生》系列的原辞为《东平刘生歌》，诗云：

东平刘生安东子，树木稀，屋里无人看阿谁？

此诗看不出什么侠士意味。《乐府诗集·横吹曲辞》又载《刘生》系列，属《梁鼓角横吹曲》，其题解曰："《乐府解题》曰：'刘生不知何代人，齐梁已来为《刘生》辞者，皆称其任侠豪放，周游五陵三秦之地。或云抱剑专征，为符节官所未详也。'按《古今乐录》曰：'梁鼓角横吹曲，有《东平刘生歌》，疑即此《刘生》也。'"此处讲出刘生的身份的几重性，或任侠周游，或抱剑专征，即从军入伍，前者是个体，后者是集体。《刘生》系列的作品主要是吟咏侠士的风流倜傥。

梁元帝《刘生》：

任侠有刘生，然诺重西京。扶风好惊坐，长安恒借名。榴花聊夜饮，竹叶解朝酲。结交李都尉，遨游佳丽城。

梁元帝之作着重写刘生的任侠、重然诺、游宴、结交，但已无班固《汉书·游侠传》所说"权行州域，力折公侯"、"以匹夫之细，窃生杀之权"、"自与杀身成名"等行为，即以一己对抗社会、对抗法律的思想与行动都不存在了，诗人歌咏的只是其风流倜傥的风度。诗对侠士的具体描摹在后四句，从中可看出笔墨重心在侠士的游宴。

陈后主《刘生》：

游侠长安中，置驿过新丰。击钟蒲璧磬，鸣弦杨叶弓。孟公正惊客，朱家始卖僮。羞作荆卿笑，捧剑出辽东。

后主之作又歌咏其武艺，所谓"羞作荆卿笑，捧剑出辽东"即是。"出辽东"又切侠之"游"，此中又暗含奔赴边塞之意。

张正见《刘生》：

刘生绝名价，豪侠恣游陪。金门四姓聚，绣毂五侯来。尘飞马脑勒，酒映砗磲杯。别有追游夜，秋窗向月开。

柳庄《刘生》：

座惊称字孟，豪雄道姓刘。广陌通朱邸，大路起青楼。要贤驿已置，留宾辖且投。光斜日下雾，庭阴月上钩。

张正见、柳庄之作同梁元帝，重视侠士的风度，突出的是侠士过的豪华生活。

江晖《刘生》标举侠士的“意气”而非“骄奢”：

五陵多美选，六郡尽良家。刘生代豪荡，标举独荣华。宝剑长三尺，金樽满百花。唯当重意气，何处有骄奢。

徐陵《刘生》则又叙说侠士的被压制：

刘生殊倜傥，任侠遍京华。戚里惊鸣筑，平阳吹怨笳。俗儒排左氏，新室忌汉家。高才被摈压，自古共怜嗟。

江总《刘生》：

刘生负意气，长啸且徘徊。高论明秋水，命赏陟春台。干戈倜傥用，笔砚纵横才。置驿无年限，游侠四方来。

江总笔下侠士的风流倜傥，似乎是无所不能，能“长啸”，会“高论”，善“干戈”，还有“笔砚纵横才”。

隋弘执恭《刘生》：

英名振关右，雄气逸江东。游侠五都内，去来三秦中。剑照七星影，马控千金骢。纵横方未息，因兹定武功。

弘执恭之作落笔于侠士的“纵横方未息，因兹定武功”。

综上所述，《刘生》系列的诗作，突出的是侠士游荡华丽的生活、风流倜傥的风度与任侠豪放的意气，至于侠士以武功立功边塞，或未涉及，或只是篇末的点缀。只有徐陵之作说到侠士才华如何发挥的问题。

八 《结客少年场行》系列与侠士游乐及终无所成

《乐府诗集·杂曲歌辞》有《结客少年场行》系列，是吟咏侠士的。其题解曰：“《后汉书》曰：‘祭遵尝为部吏所侵，结客杀人。’曹植《结客篇》曰：‘结客少年场，报怨洛北邙。’《乐府解题》曰：‘《结客少年场行》，言轻生重义，慷慨以立功名也。’《广题》曰：‘汉长安少年杀吏，受财报仇，相与探丸为弹，探得赤丸斫武吏，探得黑丸杀文吏。尹赏为长安令，尽捕之。长安中为之歌曰：“何处求子死，桓东少年场。生时谅不谨，枯骨复何葬。”按结客少年场，言少年时结任侠之客，为游乐之场，终而无成，故作此曲也。’”“结客少年场”题目的意思是，结交任侠之客在游乐之场，即任侠之客活动在游乐之场，历经豪华，其结局或“终而无成”，或也有成功之处。

鲍照《结客少年场行》吟咏人生不得志：

> 骢马金络头，锦带佩吴钩。失意杯酒间，白刃起相仇。追兵一旦至，负剑远行游。去乡三十载，复得还旧丘。升高临四关，表里望皇州。九衢平若水，双阙似云浮。扶宫罗将相，夹道列王侯。日中市朝满，车马若川流。击钟陈鼎食，方驾自相求。今我独何为，坎壈怀百忧。

前二句写少年游侠者闪亮出场，以下六句写他杀人亡命“去乡三十载”。“升高”十句写少年游侠者回乡后登高所见，社会各种人在名利场上来来往往，于是引出“今我独何为，坎壈怀百忧”，如今我回来了又能做什么呢？“白刃起相仇”是不得意而为之，如此轻生重义的结局是亡命天涯；此番回来仍是“坎壈怀百忧”的不得意，自己又能做什么？

又有反方向的吟咏，刘孝威《结客少年场行吟咏》立功“边城”而耀武扬威：

少年本六郡，遨游遍五都。插腰铜匕首，障日锦屠苏。鸷羽装银镝，犀胶饰象弧。近发连双兔，高弯落九乌。边城多警急，节使满郊衢。居延箭箙尽，疏勒井泉枯。正蒙都护接，何由惮险途。千金募恶少，一麾擒骨都。勇余聊蹙鞠，战罢戏投壶。昔为北方将，今为南面孤。邦君行负弩，县令且前驱。

首八句写少年的豪华游侠生活与武艺。“边城”以下八句写这位“恶少”立功“边城”。“勇余”以下六句写这位立功“边城”“恶少”又过起豪华且耀武扬威的生活。

庾信《结客少年场行》吟咏侠士游乐春风得意与佳人相嫁：

结客少年场，春风满路香。歌撩李都尉，果掷潘河阳。折花遥劝酒，就水更移床。今年喜夫婿，新拜羽林郎。定知刘碧玉，偷嫁汝南王。

隋孔绍安《结客少年场行》吟咏出征边塞封万里侯：

结客佩吴钩，横行度陇头。雁在弓前落，云从阵后浮。吴师惊燧象，燕将警奔牛。转蓬飞不息，冰河结未流。若使三边定，当封万里侯。

九 古来侠士与“古意”吟咏

所谓“游侠”，从行为上看，以游说为己任，于是，出入的尽是豪门大户，显耀的也是奢靡豪华；以后，随着华艳浮靡诗风的兴盛，把侠客写成奔走游说、奢靡豪华者也成为一股风气。《游侠篇》，《乐府诗集》题解曰：“《汉书·游侠传》曰：‘战国时，列国公子，魏有信陵，赵有平原，齐有孟尝，楚有春申，皆藉王公之势，竞为游侠，以取重诸侯，显名天下。故后世称游侠者，以四豪为首焉。汉兴，有鲁人朱家及剧孟、郭解之徒，驰骛于闾里，皆以侠闻。其后长安炽盛，街闾各有豪侠。时萬章在城西柳市，号曰城西萬章。酒市有赵君都、贾子光，皆长安名豪，报仇怨、养刺客者也。’《魏志》曰：‘杨阿若后名丰，字伯阳，少游侠，常以报仇解怨为事。故时人为之号曰：“东市相斫杨阿若，西市相斫杨阿若。”后世遂有《游侠曲》。’”晋张华有《游侠篇》，诗云：

> 翩翩四公子，浊世称贤明。龙虎方交争，七国并抗衡。食客三千余，门下多豪英。游说朝夕至，辩士自从横。孟尝东出关，济身由鸡鸣。信陵西反魏，秦人不窥兵。赵胜南诅楚，乃与毛遂行。黄歇北适秦，太子还入荆。美哉游侠士，何以尚四卿。我则异于是，好古师老、彭。

孟尝君田文、信陵君魏无忌、平原君赵胜、春申君黄歇为战国四公子，诗中称之为“美哉游侠士”，这种游侠士并无武事之称，而是以游说活动为主，以调节诸国间的矛盾，或辅助以取得军事活动的胜利；而且他们是某一集团的领袖，其下属或有很多武士。诗的末尾表明，这种风尚已不诗兴，所以“我则异于是，好古师老、彭”。

张华之后至南北朝时期的《游侠篇》系列，都带有吟咏古来人物的意味，内容上则突出“游侠”之“交游”、“游玩”意味，所谓“斗鸡横大道，走马出长楸”，云云。如王褒《游侠篇》：

京洛出名讴，豪侠竞交游。河南朝四姓，关西谒五侯。斗鸡横大道，走马出长楸。桑阴徒将夕，槐路转淹留。

一开始说“豪侠竞交游”，结尾又说“将夕”时分这种游玩仍不想停止。

隋陈良《游侠篇》：

洛阳丽春色，游侠骋轻肥。水逐车轮转，尘随马足飞。云影遥临盖，花气近熏衣。东郊斗鸡罢，南皮射雉归。日暮河桥上，扬鞭惜晚晖。

此处的游玩是“东郊斗鸡罢，南皮射雉归”。

吟咏古来侠士又有吟刺客者。陶渊明《咏荆轲》：

燕丹善养士，志在报强嬴。招集百夫良，岁暮得荆卿。君子死知己，提剑出燕京。素骥鸣广陌，慷慨送我行。雄发指危冠，猛气冲长缨。饮饯易水上，四座列群英。渐离击悲筑，宋意唱高声。萧萧哀风逝，淡淡寒波生。商音更流涕，羽奏壮士惊。心知去不归，且有后世名。登车何时顾，飞盖入秦庭。凌厉越万里，逶迤过千城。图穷事自至，豪主正怔营。惜哉剑术疏，奇功遂不成。其人虽已没，千载有余情。

陶渊明《杂诗》其五称自己也曾“猛志逸四海，骞翮思远翥”，这首《咏荆轲》就是其“猛志”的抒发。龚自珍《己亥杂诗》称：“陶潜诗喜说荆轲，想见《停云》发浩歌。吟到恩仇心事涌，江湖侠骨恐无多。”也是说陶渊明“咏荆轲”为抒发“猛志”。

“咏荆轲”的作品络绎不绝，宋孝武帝《咏史》把荆轲与聂政合在一起吟咏，这该是对刺客类侠士的集体称赏式吟咏：

聂政凭骁气，荆轲擅美风。孤刃骇韩庭，独步震秦宫。怀音岂若始，捐躯在命终。雄姿列往志，流声固无穷。

由梁入陈的诗人周弘直有《赋得荆轲》，诗云：

荆卿欲报燕，衔恩弃百年。市中倾别酒，水上击离弦。匕首光凌日，长虹气烛天。留言与宋意，悲歌非自怜。

阳缙，陈亡入北，他也有《赋得荆轲》，诗云：

函关使不通，燕将重深功。长虹贯白日，易水急寒风。壮发危冠下，匕首地图中。琴声不可识，遗恨没秦宫。

也都是突出“长虹”、“匕首”之类的刺客标记。

又有标明“古意”的游侠之作，这是对游侠作普世化的吟咏。王僧儒《古意》，《诗纪》云：“一云《游侠》。”诗云：

青丝控燕马，紫艾饰吴刀。朝风吹锦带，落日映珠袍。陆离关右客，照耀山西豪。虽非学诡遇，终是任逢遭。人生会有死，得处如鸿毛。宁能偶鸡鹜，寂寞隐蓬蒿。

前四句点出侠士身份，既有快马利刀，又是豪华潇洒服饰。“陆离”二句点出名声传播与活动区域。“虽非”二句讲并非一定要当侠士，自己当侠士只是一种遭遇。“诡遇”，本指违背礼法，驱车横射禽兽。《孟子·滕文公下》：“吾为之范我驰驱，终日不获一；谓之诡遇，一朝而获十。”赵岐注：“横而射之，曰诡遇，非礼之射，则能获十。”“学诡遇”即指做侠士不是正经人家所走之路。末四句讲为什么要做侠士，就是要有所作为，古来侠士以死报人，故此处说“人生会有死”，云云。从“诡遇”一词针对侠士而言，可知“侠”在南朝已没有现实地位，这也就是为什么人们要以“古意”来述“侠”。

吴均《古意二首》其二也是写少年游侠时的无所事事，诗云：

> 西都盛冠盖，九逵尘雾塞。中有恶少年，伎能专自得。玉鞭莲花剑，金苣流星勒。聊为路傍人，写鞚长楸北。

但吴均确实是有点武艺的游侠之人，萧子云《赠吴均》即称其：“欲知健少年，本来最轻黠。绿沈弓项纵，紫艾刀横拔。”

十　女侠士、女英雄

中古有关侠士的诗作中还有两类，一是写某些女性为报杀父之仇，女扮男装，手刃仇人，这些故事流传广远，激动人心；我们今天看来，这些女性该是女侠士。但是，虽然说为人复仇而杀人是侠的品格之一，但为自己的私事而复仇杀人又不是侠的品格；况且这些女性历来又不被人们视作侠士。这就是古今“侠”的差异，此处姑且把这些叙写女性报杀父之仇的诗作列于此。中古又有一些诗作，写英雄豪气，颇似侠士，但古来也不见得就把她们视作侠士，现在亦列于此。

其一，为父报仇成为女侠。

关于“侠”，司马迁在《史记·游侠列传》中说他们“不爱其躯，赴士之厄困，既已存亡死生矣”，所谓不顾生死“赴士之厄困”，就有为人复仇而杀人的含义；班固在《汉书·游侠传》中说他们“窃生杀之权”，亦有为人办事而杀人的含义。那么，为了自己家族的某项大事而去杀人，虽未称之为“侠”，但实际上也是“侠”之行为。从根本上讲，在法律程序之外杀人犯法是正常的法制社会的共识，杀人又得到赦宥是一种特例，诗歌所吟咏的就是这种特例。最早对其吟咏的诗歌，一来诗中主人公是女性，因为家族男性或弱或小，于是杀人复仇的重任就落到女性肩上；二来杀人复仇有一定的理由，这就是与“孝悌”纠连在一起的道德观。此二者的结合，就具有以弱抗暴的伸张正义的意味。于是，诗作也就有了歌咏侠义行为的意味。

左延年《秦女休行》，诗云：

> 始出上西门，遥望秦氏庐。秦氏有好女，自名为女休。休年十四五，为宗行报仇。左执白杨刃，右据宛鲁矛。仇家便东南，仆僵秦女休。女休西上山，上山四五里。关吏呵问女休，女休前置辞：“平生为燕王妇，于今为诏狱囚。平生衣参差，当今无领襦。明知杀人当死，兄言怏怏，弟言无道忧。女休坚辞为宗报仇，死不疑。”杀人都市中，徼我都巷西。丞卿罗东向坐，女休凄凄曳梏前。两徒夹我，持刀刀五尺余。刀未下，朣胧击鼓赦书下。

《乐府诗集》解题曰：“左延年辞，大略言女休为燕王妇，为宗报仇，杀人都市，虽被囚系，终以赦宥，得宽刑戮也。晋傅玄云‘庞氏有烈妇’，亦言杀人报怨，以烈义称，与古辞义同而事异。”

又有傅玄《秦女休行》，诗云：

> 庞氏有烈妇，义声驰雍、凉。父母家有重怨，仇人暴且强。虽有男兄弟，志弱不能当。烈女念此痛，丹心为寸伤。外若无意者，内潜思无方。白日入都市，怨家如平常。匿剑藏白刃，一奋寻身僵。身首为之异处，伏尸列肆旁。肉与土合成泥，洒血溅飞梁。猛气上干云霓，仇党失守为披攘。一市称烈义，观者收泪并慨慷。百男何当益，不如一女良。烈女直造县门，云父不幸遭祸殃。今仇身以分裂，虽死情益扬。杀人当伏法，义不苟活隳旧章。县令解印绶，令我伤心不忍听。刑部垂头塞耳，令吏举不能成。烈著希代之绩，义立无穷之名。

夫家同受其祚，子子孙孙咸享其荣。今我弦歌吟咏高风，激扬壮发悲且清。

庞烈妇为父报仇一事，皇甫谧《列女传》、《三国志》、《后汉书》都有记载，《后汉书·列女传》载："酒泉庞淯母者，赵氏之女也，字娥。父为同县人所杀，而娥兄弟三人，时俱病物故，仇乃喜而自贺，以为莫己报也。娥阴怀感愤，乃潜备刀兵，常帷车以候仇家，十余年不能得。后遇于都亭，刺杀之。因诣县自首。曰：'父仇已报，请就刑戮。'禄福长尹嘉义之，解欲与俱亡。娥不肯去，曰：'怨塞自死，妾之明分；结罪理狱，君之常理。何敢苟生，以枉公法。'后遇赦得免。州郡表其闾。"宗亲复仇是一个相当古老的文化现象，社会进步以后宗亲复仇作为文化积淀时有表现，人们又往往把它与"孝悌"联系缠结在一起，视其为"义烈"，诗中就是如此吟咏的。《周礼·秋官》说："凡报仇雠者，书于士，杀之无罪。"

又有《北史·李安世传》载《李波小妹歌》：

李波小妹字雍容，褰裳逐马如卷蓬。左射右射必叠双。妇女尚如此，男子安可逢。

所谓"妇女尚如此"，就是民族尚武的结果。

其二，叙写女子战斗英雄的《木兰诗》：

唧唧复唧唧，木兰当户织。不闻机杼声，唯闻女叹息。问女何所思，问女何所忆。女亦无所思，女亦无所忆。昨夜见军帖，可汗大点兵。军书十二卷，卷卷有爷名。阿爷无大儿，木兰无长兄。愿为市鞍马，从此替爷征。

东市买骏马，西市买鞍鞯，南市买辔头，北市买长鞭。旦辞爷娘去，暮宿黄河边。不闻爷娘唤女声，但闻黄河流水鸣溅溅。旦辞黄河去，暮至黑山头。不闻爷娘唤女声，但闻燕山胡骑鸣啾啾。

万里赴戎机，关山度若飞。朔气传金柝，寒光照铁衣。将军百战死，壮士十年归。

归来见天子，天子坐明堂。策勋十二转，赏赐百千强。可汗问所欲，“木兰不用尚书郎。愿驰千里足，送儿还故乡”。

爷娘闻女来，出郭相扶将。阿姊闻妹来，当户理红妆。小弟闻姊来，磨刀霍霍向猪羊。开我东阁门，坐我西间床。脱我战时袍，著我旧时裳。当窗理云鬓，对镜帖花黄。出门看伙伴，伙伴皆惊惶。“同行十二年，不知木兰是女郎”。

雄兔脚扑朔，雌兔眼迷离。双兔傍地走，安能辨我是雄雌。

这是一首女英雄的颂歌，也是北方民族尚武精神的集中体现。当战争来临的时候，木兰女代父从军，女子一样能够行军作战、百战立功，且功成不受赏。男子的责任、本领就是女子的责任、本领，若非一个尚武的民族，女子如何能够走上战场建立战功？

第八章

游猎篇

一　田猎的文化意味

《吴越春秋》载《弹歌》，歌曰：

断竹，续竹，飞土，逐宍。

还述及弓弩的起源："臣闻弩生于弓，弓生于弹，弹起古之孝子。孝子不忍见父母为禽兽所食，故作弹以守之。"刘勰《文心雕龙·通变》称："黄歌'断竹'，质之至也。"《文心雕龙·章句》称："寻二言肇于黄世，《竹弹》之谣是也。"刘勰认为《弹歌》黄帝时所唱。此歌吟咏了弓弩的起源，吟咏了武器的起源，从歌词本身来看，应当是人类为了自身的生存而制作出武器，为了猎取食物而制作出武器，当然，也可以有保护父母不受野兽侵害的作用。但后世武器更多地运用在战场上。此歌吟咏了弓弩的起源，并吟咏射杀野兽，这是真实情况的狩猎吟咏。后来，人们又赋予狩猎以另一种意味，此即以狩猎为讲武。

古时是以蒐、狩讲武与以蒐、狩游艺。《左传》隐公五年载鲁大夫臧僖伯讲"古之制"："故春蒐、夏苗、秋狝、冬狩，皆于农隙以讲事也。三年而治兵，入而振旅，归而饮至，以数军实，昭文章，明贵贱，辨等列，顺少长，习威仪也。”蒐、苗、狝、狩，都是打猎，而遵循古制，这个时候的打猎也就是习武、练兵，是在农闲的时候进行的。“三年而治兵”，三年一次大练兵；回国都就整顿军队；“归而饮至”，回来后还要告于宗庙，慰劳随从。“数军实，昭文章，明贵贱，辨等列，顺少长，习威仪”云云，是说以战利品、军旗服饰来显示身份、排列行伍顺序，达到讲习威仪的目的。《司马法·仁本》把蒐、狩活动的军事性质说得更明白：“天子大恺，春蒐夏狝。诸侯春振旅，秋治兵，所以不忘战也。”《国语·齐语》载管仲谈强国谋略，其中之一就是：“春以蒐振旅，秋以狝治兵。是故卒伍整于里，军旅整于郊。”则明确地说就是以蒐、狝来演练军队。《墨子·明鬼下》谈到大规模的以畋猎为军事演习：“周宣王合诸侯而田于圃，田车数百乘，从数千人满野。”《礼记·月令》则称“教于田猎以习五戎”。但另一方面又不能无限制“春蒐、夏苗、秋狝、冬狩”，《国语·周语上》载虢文公谏周宣王曰：“三时务农而一时讲武，故征则有威，守则有财。”这是讲要重视农业，一年中只有一个季节里可以“讲武”。“讲武”，讲习武事，即演练武事，韦昭注曰：“三时，春、夏、秋。一时，冬也。讲，习也。”班固《东都赋》：“顺时节而蒐狩，简车徒以讲武。”《国语·周语上》又载仲山父谏周宣王的话中谈到农隙蒐、狩之事：“蒐于农隙……狝于既烝，狩于毕时。”烝，祭祀；毕，指冬时。《尔雅·释天》：“月在甲曰毕……十一月为辜。”邢昺疏曰：“十一月得甲则曰毕辜。”这就是说在农事之隙开展田猎。《诗经·豳风·七月》载：

二之日其同，载缵武功。

“二之日”就是夏历十二月。郑玄笺曰：“其同者，君臣及民因习兵俱出田也。”

以上是说古之制以农隙蒐、狩来习武、练兵。与蒐、狩相结合的习武、练兵可从《周礼·大司马》窥得一二。《周礼·大司马》就讲到大司马是如何组织“讲武”以及如何操练的，以春、夏、秋、冬分述。首先是“中春教振旅”：“中春教振旅，司马以旗致民，平列阵，如战之阵。辨鼓铎镯铙之用。王执路鼓，诸侯执贲鼓，军将执晋鼓，师帅执提，旅帅执鼙，卒长执铙，两司马执铎，公司马执镯 。以教坐作、进退、疾徐、疏数之节。遂以蒐田，有司表貉，誓民。鼓，遂围禁。火弊，献禽以祭社。”所谓“振旅”，即整练队伍，《国语·晋语五》：“乃使旁告于诸侯，治兵振旅，鸣钟鼓，以至于宋。”此“振旅”的过程，“春辨鼓铎”（郑注语），先是列阵以鼓铎号令演练阵法战法，再就是蒐田打猎献禽祭祀。“中夏教茇舍，如振旅之阵”，“夏辨号名”（郑注语），先是以号名列阵演练阵法，然后是蒐田打猎献禽祭祀，即“遂以苗田如蒐之法，车弊，献禽以享礿”。“中秋教治兵，如振旅之阵”，“秋辨旗物”（郑注语），先是以旗物列阵演练阵法，然后是蒐田打猎献禽祭祀，即“遂以狝田如蒐田之法，罗弊，致禽以祀祊”。“中冬教大阅”与春、夏、秋各演练一项不同，此次是大规模地操练检阅队伍，《左传·桓公六年》云：“秋，大阅，简车马也。”张衡《东京赋》：“岁惟仲冬，大阅西园。”“中冬教大阅”先云“前期，群吏戒众庶修战法”，然后是操练检阅队伍，这个过程较为复杂，陈恩林对此有专门论述。[①] 结尾还是蒐田打猎献禽祭祀，即：“大兽公之，小兽私之，获者取左耳。及所弊，鼓皆骇，车徒皆噪。徒乃弊，致禽馌兽于郊；入，献禽以享烝。”从上述记载来看，春、夏、秋、冬所演练的军事内容是不一样的，但结果蒐田打猎献禽祭祀，则是一致的。

《左传》所载诸侯以蒐、狩为军事活动的例子很多，如桓公四年“春正月，（鲁）公狩于郎”；僖公二十七年晋“于是乎蒐于被庐，作三军，谋元帅”；僖公三十一年“秋，晋蒐于清原，作五军以御狄，赵衰为卿”；文公六年春，“晋蒐于夷，舍二军，使狐射姑将中军，赵盾佐之。阳处父至自温，改蒐于董，易中军。阳子，成季之属也，故党于赵氏，且谓赵盾能，曰：‘使能，国之利也。’是以上之”；昭公十一年五月，鲁“大蒐于

---

① 详见陈恩林《先秦军事制度研究》，吉林文史出版社 1991 年版。

比蒲”，等等。至北朝时仍是如此，《魏书·崔浩传》载：“世祖蒐于河西，诏浩诣行在所议军事。”就是把蒐、狩与军事结合之一例。

但古时又以狩猎为游艺。这从以下诸条记载可以见出。此处除《老子》所称“五味令人口爽，驰骋田猎，令人心发狂”是客观叙说外，其他都有讽谏意味。《书·五子之歌》：“（太康）乃盘游无度，畋于有洛之表，十旬弗反。”《书·伊训》：“敢有殉于货色，恤于游畋，时谓淫分。”孔传：“昧求财货美色，常游戏畋猎，是淫过之风俗。”《书·无逸》：“文王不敢乐于游逸田猎，以众国所取法则当以正道供待之故。”《晏子春秋·谏八》：“春夏起役目游猎，夺民农时，国家空虚，不可。”《孟子·万章下》：“孔子之仕于鲁也，鲁人猎较，孔子亦猎较。”赵岐注：“猎较者，田猎相较夺禽兽，得之以祭，时俗所尚，以为吉祥。孔子不违而从之，所以小同于世也。”《高唐赋》：“乃纵猎者，基趾如是，传言羽猎，衔枚五声。”《诗经·齐风·还》小序：“哀公好田猎，从禽兽而无厌，国人化之，遂成风俗。”

人类使用武力有两种最直接的用途，即田猎与战争，一是对付动物，一是对付人类自己，其最初意味当然是人类的自我保护，不受野兽侵害与获取猎物以提供食物，以及保护自己、自己的部族、团体不受其他个人、部族、团体的侵害与抢夺其他个人、部族、团体的物品。但伴随而生的就是胜利的欢乐与喜悦，人们从中享受着自我力量的张扬与胜利果实的获得。为了满足这物质与精神两方面的需求，就有对武力方面技能的演练。而随着人类力量的强大，人类已经很少受到野兽侵害，且以田猎获取生活原料在人类生活中的比重也日渐减少，于是，田猎的意义就越来越突出讲武演练与游艺二者。此二者或可结合在一起，或是有所偏重，这就有了上述讲武演练与游艺二者之争。此二者之争在或称“春蒐、夏苗、秋狝、冬狩，”与或称“三时务农而一时讲武”已构成矛盾，此即是否“于农隙讲事也”。

《左传》襄公四年载，“魏庄子谓晋侯曰：‘昔周辛甲之为太史，命百官，官箴王之阙。’”于是有《虞人之箴》，其曰：

芒芒禹迹，画为九州，经启九道。民有寝庙，兽有茂草。各有攸

> 处，德用不扰。在帝夷羿，冒于原兽。忘其国恤，而思其麀牡。武不可重，用不恢于夏家。兽臣司原，敢告仆夫。

箴意在戒人主狩猎“忘其国恤，而思其麀牡”以致祸乱，进而叙说“武不可重”。

二　先秦诗歌中的田猎

《风雅逸篇》云：“《石鼓诗》，周宣王猎碣也，于诗体属小雅。”逯钦立《先秦汉魏晋南北朝诗》录这些诗作时说：“今仍照《古文苑》、《风雅逸篇》写以今文。”此处依逯钦立《先秦汉魏晋南北朝诗》选录于下：

> 我车既攻，我马既同……君子爰猎，爰猎爰游。麀鹿速速，君子之求。骍骍角弓，弓兹以时……

此处提出了“爰猎爰游”，把“猎”与“游”结合在一起。

> ……鰋鲤处之，君子渔之……黄白其鳊，有鲋有白……其鱼惟何，惟鱮惟鲤。何以橐之，惟杨及柳。

这是渔猎。

> ……我戎止陆，宫车其写，秀弓时射。麋豕孔庶，麀鹿雉兔。其原有迪，其戎奔奔，大车出洛。亚兽白泽，我执而勿射。多庶跞跞，君子迺乐。

这里讲到弯弓射猎的“君子迺乐”。

> 帅彼銮车，忽速填如。秀弓孔硕，彤矢镞镞。四马其写，六辔沃若。徒骈孔庶，廓骑宣博。酋车载行，如徒如章。原隰阴阳，趍趍六马。射之簇簇，有貙如虎，兽鹿如兕，怡而多贤……

这是写狩猎的宏大场面。

> 我来自东，零雨奔流逆涌。盈盈湈隰，君子既涉。我马流汧，汧繄洎凄。丞士，驾言西归。舫舟自廓，徒骈趍趍，惟舟以行，或阴或阳，极深以户。出于水一方，烝徒逭止，其奔我以阻其乃事。

这是讲狩猎路途中的艰辛。

> 徒我啴啴然，而师旅填然，会同又绎，以左戎障。弓矢孔庶，滔滔是炽，射夫写矢……

这是讲狩猎时的猎场布置。

> 我水既净，我道既平。我行既止，嘉树则里。天子永宁，日惟丙申。旭旭杲杲，我其旁导……

这是把狩猎的成果推广到“天子永宁”之类的政治领域。

> 吴人怜亟，朝夕警惕。载西载北，勿掩勿伐。若而出奇，进献用特。归格艺祖，告于大祝。禘尝受享，致其方艺……

这是讲狩猎的成果用于祭祀。

从上述的分析看，周宣王猎碣之《石鼓诗》涉及狩猎的方方面面，既有狩猎活动全过程及其场面的叙写，如出征、围猎、射杀等，又有狩猎活动满足人们精神与物质上的需要，如游猎之欢乐、祭祀之受享、天子之永宁等。其实，我们“游猎篇”所录所述，《石鼓诗》之周宣王猎碣基本上也就有了。但周宣王猎碣之《石鼓诗》年代久远，错漏难免，历来也缺乏研究，这里只是提出来让大家看看能否促进其研究。

《诗经》中亦有表现田猎的，如《小雅·车攻》，共八章，诗起首云“我车既攻，我马既同”的狩猎。《诗序》曰：“《车攻》，宣王复古也。宣王能内修政事，外攘夷狄，复文武之境土，修车马，备器械，复会诸侯于东都，因田猎而选车徒焉。”

三　朝廷鼓吹曲的以田猎为讲武

汉代辞赋兴盛，出现对田猎之乐的否定；至扬雄既以讲武之美肯定田猎，又以妨害农业否定田猎，于是有只要不妨害农事，以田猎为讲武就是应该的观念。汉代京都赋中，则以讲求礼仪肯定田猎，田猎活动在赋中作为审美对象来叙写描摹，是对田猎诗作的最大启发。

中古时有朝廷组织创作的鼓吹曲，其中写田猎的诗作，是用来歌颂朝廷武德的，因此，其中有关田猎的作品也是纳入歌颂朝廷武德的范畴的，是以朝廷的口吻叙事抒情的，具体来说就是以田猎为讲武。

《晋书·乐志》载“武帝令傅玄制鼓吹曲”，《晋鼓吹曲》写狩猎以炫耀武事诸作，堂皇富丽地颂扬武功，颇似大赋面目。其炫耀武事、张扬狩猎的同时又述说“礼”，述说“文”。如《仲春振旅》，《古今乐录》曰：“言大晋申文武之教，畋猎以时也。”诗云：

> 仲春振旅，大致人，武教于时日新。师执提，工执鼓。坐作从，节有序。盛矣允文允武。蒐田表禡，申法誓。遂围禁，献社祭。允以时，明国制。文武并用，礼之经。列车如战，大教明。古今谁能去兵。大晋继天，济群生。

这首诗讲“仲春振旅”的意义。首三句集合部队、集合民众，实施“武教”。“师执提”以下五句写人们在指挥下展开队列，又文又武盛况空前。“蒐田”以下八句写围猎又社祭，不仅仅讲武还要讲“文”，这是“礼之经”。篇末五句强调既“武教”又“去兵”，只有这样才能“大晋继天，济群生”。

《夏苗田》，也是写畋狩顺时以练兵讲武，似乎是按上述古制而进行。诗云：

> 夏苗田，运将徂。军国异容，文武殊。乃命群吏，撰车徒，辨其号名，赞契书。王军启八门，行同上帝居。时路建大麾，云旗翳紫虚。百官象其事，疾则疾，徐则徐。回衡旋轸，罢阵弊车。献禽享祀，烝烝配有虞。惟大晋，德参两仪，化云敷。

这首诗详细讲述“夏苗田”的过程，篇末颂晋德。

《仲秋狝田》，《古今乐录》称之“大晋虽有文德，不废武事，顺时以杀伐也。”诗云：

> 仲秋狝田，金德常刚。凉风清且厉，凝露结为霜。白藏司辰，苍隼时鹰扬。鹰扬犹尚父，顺天以杀伐，春秋时序。雷霆震威曜，进退由钲鼓。致禽祀祊，羽毛之用充军府。赫赫大晋德，芬烈陵三五。敷化以文，虽安不废武。光宅四海，永享天之祜。

“仲秋狝田”写为什么要“不废武事，顺时以杀伐”。

《顺天道》，《古今乐录》曰：“言仲冬大阅，用武修文，大晋之德配天也。”诗云：

> 顺天道，握神契，三时示，讲武事。冬大阅，鸣镯振鼓铎，旌旗象虹霓。文制其中，武不穷武。动军誓众，礼成而义举。三驱以崇

仁，进止不失其序。兵卒练，将如阚虎。惟阚虎，气陵青云。解围三面，杀不殄群。偃旌麾，班六军。献享烝，修典文。嘉大晋，德配天。禄报功，爵俟贤。飨燕乐，受兹百禄，嘉万年。

诗称冬天的畋狩以练兵讲武在一年中是规模最大的，较为详细地描摹了冬天“讲武事”的具体情况，在讲述的同时又强调“武不穷武”、“礼成而义举”。

南齐有谢朓《隋王鼓吹曲十首》，其中有《校猎曲》，诗云：

凝霜冬十月，杀盛凉飙开。原泽旷千里，腾骑纷往来。平置望烟合，烈火从风回。殪兽华容浦，张乐荆山台。虞人昔有谕，明明时戒哉。

《乐府诗集》载《隋王鼓吹曲十首》注曰：“齐永明八年，谢朓奉镇西隋王教于荆州道中作。”并称此《校猎曲》等三首是“颂藩德”，那么此“校猎”是镇西隋王之事。诗中先说“冬十月”校猎开始。三至六句写校猎过程。末二句写校猎活动经常要举行。

四　虚拟性游猎诗

朝廷的吟咏狩猎之作，主题是“申文武之教”，显示狩猎的礼制意义，狩猎人物是群体形象；而文人游猎诗，主题往往强调狩猎的游乐意味，强调个体的武功、武艺。朝廷的吟咏狩猎之作，写狩猎有如部队操练，而文人游猎诗之作则是把狩猎当游猎来写，突出其中的“游”，主题的不同导致了写法的不同。

曹植有《名都篇》，诗作前半部分云：

名都多妖女，京洛出少年。宝剑直千金，被服丽且鲜。斗鸡东郊

> 道，走马长楸间。驰骋未能半，双兔过我前。揽弓捷鸣镝，长驱上南山。左挽因右发，一纵两禽连。余巧未及展，仰手接飞鸢。观者咸称善，众工归我妍。

诗中描摹的“京洛少年”，完全是一个具有高超武艺的形象，诗中对他的行为刻画，也完全是出色的武功，但这武功又完全是以射杀猎物表现出来的。由此可见，武功，不以战事来表现，就以游猎来表现。这位主人公，是曹植按照自己的形象来塑造的。

晋时张华就干脆以“游猎”来命篇，其《游猎篇》云：

> 岁暮凝霜结，坚冰沍幽泉。厉风荡原隰，浮云蔽昊天。玄云晻霮合，素雪纷连翩。鹰隼始击鸷，虞人献时鲜。严驾鸣俦侣，揽辔过中田。戎车方四牡，文轩驭紫燕。舆徒既整饬，容服丽且妍。武骑列重围，前驱抗修旃。倏忽似回飙，络绎若浮烟。鼓噪山渊动，冲尘云雾连。轻缯拂素霓，纤网荫长川。游鱼未暇窜，归雁不得旋。由基控繁弱，公差操黄间。机发应弦倒，一纵连双肩。僵禽正狼藉，落羽何翩翩。积获被山阜，流血丹中原。驰骋未及倦，曜灵俄移晷。结罝弥薮泽，嚣声振四鄙。鸟惊触白刃，兽骇挂流矢。仰手接游鸿，举足蹴犀兕。如黄批狡兔，青骹撮飞雉。鹌鹭不尽收，凫鹥安足视。日冥徒御劳，赏勤课能否。野飨会众宾，玄酒甘且旨。燔炙播遗芳，金觞浮素蚁。珍羞坠归云，纤肴出渌水。四气运不停，年时何亹亹。人生忽如寄，居世遽能几。至人同祸福，达士等生死。荣辱浑一门，安知恶与美。游放使心狂，覆车难再履。伯阳为我诫，检迹投清轨。

这里的主人公是不能确定的，是诗人虚拟的，以表现一种生活方式、生活风度。诗作的前半部分详尽叙写“游猎”生活，从游猎时的气候景象入手，继而写猎场氛围，写排兵布阵，并用浓笔详写对猎物的冲杀围剿，最后以庆功欢宴结束此次游猎活动，全诗充满夸赞之意；但诗末认为不应该沉溺其中，这有点像汉赋曲末奏雅的意味。诗末的奏雅，当然认为高超的武艺用于“猎”是不恰当的，这种认定的基础就是把“猎”视为“游”，诗中说“游方使心狂”，《老子》“十二章”曾说：“驰骋畋猎，令人心发狂。”

南北朝时，也有不少游猎诗作，如刘孝威《行行且游猎篇》。诗云：

> 之罘讲射所，上林娱猎场。选徒骄楚客，召狩夸胡王。罕车已戒道，风乌复起行。佽飞具矰缴，材官命蹶张。高罝掩月兔，劲矢射天狼。跖地不遑逸，排虚岂及翔。日暮勾陈转，风清铙吹飏。归来宴平乐，宁肯滞禽荒。

此诗是虚拟，依汉时羽猎赋写来，先是用赋中羽猎的缘由写游猎开始，中间部分写打猎场面，末写“归来宴平乐”。

五　娱乐性游猎诗

文人游猎诗往往突出游猎的娱乐性，如东晋桓玄有《南林弹诗》。诗云：

> 散带蹑良驷，挥弹出长林。归翮赴旧栖，乔木转翔禽。轻丸承条源，纤缴截云寻。落羽寻绝响，屡中转应心。

他写的是具体怎样弹鸟，诗人的闲暇之心、高超之艺、得意之情在诗中一一呈现。

南北朝时，人们视游猎为一种极其令人兴奋的娱乐活动，如《梁书·曹景宗传》载，作为武将的曹景宗谈及游猎的快乐：“景宗谓所亲曰：‘我昔在乡里，骑快马如龙，与年少辈数十骑，拓弓弦作霹雳声，箭如饿鸱叫。平泽中逐麞，数肋射之，渴饮其血，饥食其肉，甜如甘露浆。觉耳后风生，鼻头出火，此乐使人忘死，不知老之将至。'”这种娱乐在诗中有所表现，如刘孝威还有《行幸甘泉宫歌》，诗云：

> 汉家迎夏毕，避暑甘泉宫。栈车鸣里鼓，驷马驾相风。校尉乌桓骑，待制楼烦弓。后旌犹五柞，前笳度九嵏。才人豹尾内，御酒属车中。辇回百子阁，扇动七轮风。鸣钟休卫士，披图召后宫。材官促校猎，凉秋戏射熊。

诗作叙写了汉时皇帝行幸甘泉宫的整过程，末二句写及羽猎，羽猎是行幸甘泉宫的重要活动之一。梁简文帝萧纲亦有《行幸甘泉宫》，诗中没有涉及羽猎活动。

陈时张正见有《和诸葛览从军游猎》，诗云：

> 治兵耀武节，纵猎骇畿封。迅骑驰千里，高罝起百重。腾麖毙马足，饥鼯落剑锋。云根飞烧火，鸟道绝禽踪。方罗四海俊，聊以习军戎。

诗作的中间部分写游猎盛况，突出的是“游”；一前一后则写以游猎为“习军戎”。

南北朝后期，游猎作为一种娱乐活动出现在诗中已是很普遍的情况，如“北地三才”之一的魏收，其《后园宴乐诗》就有“束马轻燕外，猎雉陋秦中”的句子，北周宗懔《和岁首寒望诗》有“猎马转新村”句，王褒《九日从驾诗》有“黄山猎地广”句，都有如此意味。

庾信是中古有关游猎的诗作写得最多的诗人。从题目看，从内容看，这些作品都应该是庾信入北后所作。其《和宇文京兆游田》，诗云：

> 小苑禁门开，长杨猎客来。悬知画眉罢，走马向章台。涧寒泉反缩，山晴云倒回。熊饥自舐掌，雁惊独衔枚。美酒余杭醉，

芙蓉即奉杯。

首二句写进入皇家猎场。次二句写这位“猎客”是给妻子画眉后才“走马向章台”，横插一笔，给作品涂抹一些粉艳，这是宫体诗盛行时的做法。“涧寒”二句写猎场天气，其实是衬托猎场的肃杀氛围。“熊饥”二句写猎物的状况，已暗示这些惊惶的猎物的下场。末二句写狩猎归来的宴饮。这是对游猎全过程的叙写。

庾信还有《伏闻游猎》，诗云：

> 虞旗喜旦晴，猎马向山横。石关鱼贯上，山梁雁翅行。雪平寻兔迹，林丛听雉声。马嘶山谷响，弓寒桑柘鸣。闻弦鸟自落，望火兽空惊。无风树即正，不冻水还平。谁知茂陵下，愿入睢阳城。

首四句写纵马出发实施围猎。“雪平”以下六句写狩猎过程。末四句写自己像司马相如那样有平静家居的心情。但据《汉书·司马相如传》，司马相如是“上疏谏猎”，这才“既病免，家居茂陵”的，因此，诗作多少有“谏猎”之意。再从题目的“伏闻”看，庾信并未参加此次游猎，只是听说而已。

庾信还有《冬狩行四韵连句应诏》：

> 三川羽檄驰，六郡良家选。观兵细柳城，校猎长杨苑。惊雉逐鹰飞，腾猿看箭转。鸣笳河曲还，犹忆南皮返。

首四句把“冬狩”完全视作征兵、演练，“惊雉”二句才是写狩猎。末二句写游猎归来如同曹丕率众文人出游归来。

庾信还有《和王内史从驾狩》，王内史即王褒，《周书·王褒传》曰：“保定中，除内史中大夫。”诗云：

> 冬狩出离宫，还过猎武功。涧横偏碍马，山虚绝响弓。更羸承落雁，韩卢斗蛰熊。犹开三面网，谁肯一山重?

首二句写“从驾狩”，这是跟从皇帝的狩猎。“涧横”以下六句写具体的狩猎。更羸，《博物志》曰：“更羸谓魏王曰：‘臣能射，为虚发而下鸟。’王曰：‘然试可于此乎?’闻有鸟从东来，羸虚发而下也。”韩卢，《战国策》曰：“韩卢，天下之骏犬也。”“犹开三面网”，用商汤王典故，《吕氏春秋》：“汤见网置四面，拔其三面，置其一面。祝曰：‘欲高者高，欲下者下，吾取其犯命者。’汉南闻之，归者四十国。”据《周书·武帝纪》，天和元年（566年）十一月，“行幸武功等新城”，此诗作于此年；据诗题，王褒亦有诗，惜已佚。

庾信还有《见征客始还遇猎》，诗云：

> 贰师新受诏，长平正凯归。犹言乘战马，未得解戎衣。上林遇逐猎，宜春暂合围。汉帝熊犹愤，秦王雉更飞。故人迎借问，念旧始依依。河边一片石，不复肯支机。

首四句写“征客”出征归来，次四句写自己遇见“征客”狩猎，末四句写自己思归之心。诗作只是写“遇猎”，对狩猎场面一带而过。

又有王褒《和张侍中看猎》，诗云：

> 上林冬狩返，回中讲射归。还登宣曲观，更猎黄山围。严冬桑柘惨，寒霜马骑肥。缫卢随兔起，高鹰接雉飞。独嗟来远客，辛苦倦边衣。

首四句讲一次又一次的狩猎；“严冬”四句写狩猎；末二句写边地辛苦，这里似乎是以南人来看北人的狩猎活动。

北齐高昂，字敖曹，其《征行诗》，诗云：

> 垒种千口牛，泉连百壶酒。朝朝围山猎，夜夜迎新妇。

全诗四句，写了北方民族的四种景观或习俗，所谓“朝朝围山猎”有尚武之气。

梁陈也有游猎的诗作，但不多。梁元帝萧绎《落日射罴诗》则是单纯的打猎，诗云：

> 促宴引枚邹，中园观兽侯。日度堋阴广，风横旗影浮。移竿标入箭，叠鼓送争筹。附枝时可息，言从清夜游。

这里的“射罴”是娱乐活动，诗中首先说“宴”，然后写以旗标出猎场范围，又要标出射中次数，“叠鼓送争筹”二句是说要射箭有时间限定，最后点明是“清夜游”。

又有陈诗人萧有《射雉诗》，诗云：

> 二月春晕动，曹王挟妒媒。插翳依花合，芟场向野开。隔田闻雉近，横溪见影来。弦明青压碎，箭落锦衣摧。今日如皋路，能将巧笑回。

这首诗里的射雉，已完全是娱乐化的。“媒”，射猎时用作诱饵的同类鸟。“今日”句，是说猎得雉归，赢得美人欢颜。“如皋”，如皋雉，《左传·昭公二十八年》：“昔贾大夫恶，娶妻而美，三年不言不笑，御以如皋，射雉，获之，其妻始笑而言。”

第九章

文教篇

军事诗作的文艺篇，讲诗歌中所表现的军事文艺。所谓军事文艺，是指诗歌对与军事活动有关音乐、舞蹈、绘画的吟咏。我国古代诗歌对与军事活动有关音乐、舞蹈、绘画的吟咏起源很早，原始民就有吟咏战争的歌谣一类作品，至周代时，就有专用的文艺形式来表现朝廷的军事活动，即所谓武舞及配合武舞的歌曲，以歌咏战争来歌颂本王朝以武力平定天下，用在祭祀场合。以后又有用以欣赏的表现战争、表现武力的舞蹈。以后又有诗作叙写现实的武功，诗人以艺术表演来显示武功，至此，文学艺术中对武功的表现实现了从武力崇尚到艺术表演的历程。在此篇的末尾，还讲了一点中古诗作表现的军事教育、军事体育。

一　武力与武曲

文学艺术起源于生活，表现生活，原始人就有表现武力崇尚的艺术活动，《吕氏春秋·古乐》有一段记载：“昔葛天氏之乐，三人操牛尾，投足以歌八阕：一曰载民，二曰玄鸟，三曰遂草木，四曰奋五谷，五曰敬天常，六曰达帝功，七曰依地德，八曰总禽兽之极。”“总禽兽之极”的音乐舞蹈，表现的可能就是远古狩猎活动。

《周易》中记载有最早的战争歌谣，如《中孚》六三：

得敌，或鼓，或罢，或泣，或歌。

又如《离》九四：

突如，其来如，焚如，死如，弃如。

这是记载战斗胜利后战士们的不同表现，就有敲锣打鼓、欢乐歌唱庆祝胜利的内容。

人类有了战争，武力就成为军事手段；人们歌颂自己的战争胜利，武力的某些方面就演化为艺术，人们模仿战争中的武力行为就成为舞蹈，这就是武舞。原始的武舞后来进入大雅之堂，舞时手执斧盾，用于郊庙祭祀及朝贺、宴享等大典，《书·大禹谟》"舞干羽于两阶"孔颖达疏："《明堂位》云：朱干玉戚，以舞大武。戚，斧也。是武舞执斧执楯。"如《武》，周代贵族用于祭祀的"六舞"之一，颂扬周武王战胜商纣王的乐舞。《论语·八佾》："子谓《韶》，尽美矣，又尽善也。谓《武》，尽美矣，未尽善也。"班固《东都赋》："抗五声，极六律，歌九功，舞八佾。《韶》《武》备，泰古毕。"

周代有乐舞《大武》，《周礼·春官·大司乐》称："以乐舞教国子，舞《云门》……《大濩》、《大武》。"郑玄注："《大武》，武王乐也。"《吕氏春秋·古乐》称此乐："武王即位，以六师伐殷，六师未至，以锐兵克之于牧野；归乃荐俘馘于京太室，作为《大武》。"指明《大武》歌咏战争、军事的性质。《礼记·乐记》载孔子对宾牟贾说《大武》："夫乐者，象成者也：总干而山立，武王之事也；发扬蹈厉，大公之志也；《武》乱皆坐，周、召之治也。且夫《武》始而北出，再成而灭商，三成而南，四成而南国是疆，五成而分，周公左，召公右，六成复缀，以崇天子。"指明其乐、舞的段落与所表达的军事战争内容的关系。

《荀子·儒效》说："武王之诛纣也……反而定三革，偃五兵，合天下，立声乐，于是《武》、《象》起而《韶》、《護（濩）》废矣。"这是说庆祝战争胜利的艺术表演成为时代的主流，与之相对的文舞退而次之。

周代又有笼统而称的武乐，是颂扬武功的舞乐，汉董仲舒《春秋繁露·三代改制质文》："（周文王）作武乐，制文礼以奉天。"《公羊传·宣公八年》："万者何？干舞也。"汉何休注："干谓楯也。能为人扞难而不使害人，故圣王贵之，以为武乐。"这里指出了跳武舞时所持的道具为"干"，即盾；还说持盾是"能为人扞难而不使害人"，即在运用武器的总原则是重防卫而不重攻击他人。

周代又有笼统而称的武曲，《礼记·祭统》："夫祭有三重焉：献之属莫重于祼，声莫重于升歌，舞莫重于《武宿夜》，此周道也。"郑玄注："《武宿夜》，武曲名也。"孔颖达疏引皇侃曰："师说《书》传云：武王伐纣，至于商郊，停止宿夜，士卒皆欢乐，歌舞以待旦，因名焉。"

二 武力与武舞

以后每个朝代兴起，一般都有歌咏武功的"武德舞"之类，多用于宗庙祭礼的雅舞，这些都是歌、舞、乐的结合。《汉书·礼乐志》："《武德舞》者，高祖四年作，以象天下乐己行武以除乱也。"由此可知，当前之所以作"武德舞"，是为了歌颂自己以武力平定天下。《东观汉记·明帝纪》："上尊号曰显宗，庙与世宗庙同日而祠，祫祭于世祖之堂，共进《武德之舞》。"由此可知，当前之所以作"武德舞"，又是为了歌颂祖先的以武力平定天下。《宋书·乐志一》："（汉高祖）又造《武德舞》，舞人悉执干戚。"《隋书·音乐志上》："皇考高祖武皇帝神室奏《武德舞》辞。"《武德舞》又称《武德》，《史记·孝文本纪》："高庙酎，奏《武德》、《文始》、《五行》之舞。"司马贞索隐引应劭曰："其乐总象武王乐……《五行》即《武舞》，执干戚而衣有五行之色也。"这里又指出舞者的道具为"干戚"，戚即斧，为攻击性武器，执干戚而舞，符合战争的实际情况，有攻击又有防卫。舞者“衣有五行之色”，战国末期邹衍提出“五德终始”说，以“五行相胜”解释各个朝代的兴亡，汉时继承了这种说法，这里的舞者“衣有五行之色”，就是说朝代的更替是有规律的，不仅仅是凭借武力，当然也是说凭借武力平定天下是合理合法的。

于是朝廷的“雅舞”形成定规，《乐府诗集·舞曲歌辞》解题称：“雅舞者，郊庙朝飨所奏文武二舞是也。古之王者，乐有先后，以揖让得天下者，则先奏文舞；以征伐得天下者，则先奏武舞，各尚其德也”。

《舞曲歌辞》的《雅舞》录有东汉东平王刘苍的《后汉武德舞歌诗》，其解题引《东观汉记》东平王苍议曰：“光武皇帝拨乱中兴，武功盛大，庙乐舞宜曰《大武》之舞。”于是明帝下诏“进《武德》之舞如故”。诗云：

> 于穆世庙，肃雍显清。俊乂翼翼，秉文之成。越序上帝，骏奔来宁。建立三雍，封禅泰山。章明图谶，放唐之文。休矣惟德，罔射协同。本支百世，永保厥功。

不过诗的内容没有“武”的成分。

南朝梁的武舞为《大壮舞》，《隋书·音乐志上》：“（梁）以武舞为《大壮舞》，取《易》云‘大者壮也’，正大而天地之情可见也。”其辞云：

> 高高在上，实爱斯人。眷求圣德，大拯彝伦。率土方燎，如火在薪。慄慄黔首，暮不及晨。朱光启耀，兆发穹旻。我皇郁起，龙跃汉津。言届牧野，电激雷震。阙巩之甲，彭濮之人。或貔或武，漂杵浮轮。我邦虽旧，其命惟新。六伐乃止，七德必陈。君临万国，遂抚八寅。

歌颂梁朝勃然兴起，虽然运用武力平定天下，但最终要“六伐仍止”，以“七德必陈”统治天下。“六伐”、“七德”都是讲军事，但意义指向不同。“六伐”，单纯指杀伐，《书·牧誓》：“夫子勖哉，不愆于四伐五伐六伐七伐。”孔传：“伐谓击刺。”“七德”，指武功的七种德行，《左传·宣公十二年》：“夫武，禁暴、戢兵、保大、定功、安民、和众、丰财者也。故使子孙无忘其章……武有七德，我无一焉。何以示子孙？”

《乐府诗集·舞曲歌辞》的《雅舞》还录有《北齐文武舞歌》，解题引《隋书·乐志》曰：“北齐元会大飨奏文武二舞，二舞将作，并先设阶步焉。”其《武舞阶步辞》曰：

> 大齐统历，天鉴孔昭。金人降泛，火凤来巢。眇均虞德，干戚降苗。夙沙攻主，归我轩朝。礼符揖让，乐契《咸》《韶》。蹈扬惟序，律度时调。

其“武”的意味在于通过武力平定天下。

其《武舞辞》曰：

> 天眷横流，宅心玄圣。祖功宗德，重光袭映。我皇恭己，诞膺灵命。宇外斯烛，域中咸镜。悠悠率土，时惟保定。微微动植，莫违其性。仁丰庶物，施洽群生。海宁洛变，契此休明。雅宣茂烈，颂纪英声。铿锽钟鼓，掩抑箫笙。歌之不足，舞以礼成。铄矣王度，缅迈千龄。

此处“武”的意味是通过“宇外斯烛，域中咸镜。悠悠率土，时惟保定”来表现的，意即以军事活动来保护自己境内的安定。

《舞曲歌辞》的《雅舞》还录有《隋文武舞歌》，解题引《隋书·乐志》曰：“其舞六成，始而受命，再成而定山东，三成而平蜀道，四成而北狄是通，五成而江南是拓，六成复缀以阐太平。”这都是颂扬武力之功。其《武舞歌》曰：

> 惟皇御宇，惟帝乘乾。五材并用，七德兼宣。平暴夷险，拯溺

救燔。九域载安，兆庶斯赖。续地之厚，补天之大。声隆有截，化覃无外。鼓钟既奋，干戚攸陈。功高德重，政谧化淳。鸿休永播，久而弥新。

这里说“平暴夷险，拯溺救燔”，这是通过武力来实现的，既然已经平定天下，那么就可以“干戚攸陈”了。

上述的舞蹈，其功能是歌颂朝廷的文治武功，其中或许有舞蹈化的战斗、搏击动作，但舞蹈的歌辞中不曾叙写，只是从舞蹈叙述与歌辞中些许可见其道具，从道具可知其战斗、搏击动作。

三 武曲与武舞中的武功表演

真正赋予武功艺术化再现的是当时称为“杂舞”的舞蹈。《乐府诗集·舞曲歌辞》的《杂舞》也有关涉战争军事者。《杂舞》，《乐府诗集》解题曰：“始皆出自方俗，后寖陈于殿庭。”并引《晋书·乐志》曰：“《巴渝舞》，汉高帝所作也。高帝自蜀汉将定三秦，阆中范因率賨人从帝为前锋，号板楯蛮，勇而善斗。及定秦中，封因为阆中侯，复賨人七姓。其俗喜歌舞，高帝乐其猛锐，数观其舞，曰：‘武王伐纣歌也。’后使乐人习之。阆中有渝水，因其所居，故曰《巴渝舞》。”这是说汉初时阆中賨人七姓的“方俗”歌舞具有“猛锐”的尚武气质，因为刘邦喜欢，于是汉代宫廷引进这种“猛锐”的尚武气质的歌舞，以供人们欣赏。《巴渝舞》之类的杂舞，已与雅舞的祭祀、歌颂性质不同。

但这些再现只是实际动作的再现，而不是以诗歌、以散文的形式再现，人们不能以欣赏文学的方式来欣赏这些武功。这种情况至魏代时有了改变，人们开始以诗歌来描述舞蹈动作，人们也可以通过诗歌来欣赏舞蹈动作，欣赏舞蹈动作中的武功。这就是王粲《魏俞儿舞歌》。

《巴渝舞》，魏时为《俞儿舞》，王粲有《魏俞儿舞歌》，《乐府诗集》解题引《宋书·乐志》曰：“魏《俞儿舞歌》四篇，魏国初建所用，使王粲改创其辞，为《矛俞》、《弩俞》、《安台》、《行辞新福歌》曲，行辞以述魏德。后于太祖庙并作之。黄初二年，《昭武舞》，及晋，又改曰《宣武舞》。”王粲《魏俞儿舞歌》，共四曲。诗云：

> 汉初建国家，匡九州。蛮荆震服，五刃三革休。安不忘备武乐修。宴我宾师，敬用御天，永乐无忧。子孙受百福，常与松乔游。烝庶德，莫不咸欢柔。（其一《矛俞新福歌》）
>
> 材官选士，剑弩错陈。应桴蹈节，俯仰若神。绥我武烈，笃我淳仁。自东自西，莫不来宾。（其二《弩俞新福歌》）
>
> 武功既定，庶士咸绥。乐陈我广庭，式宴宾与师。昭文德，宣武威，平九有，抚民黎。荷天宠，延寿尸，千载莫我违。（其三《安台新福歌》）
>
> 神武用师士素厉，仁恩广覆，猛节横逝。自古立功，莫我弘大。桓桓征四国，爰及海裔。汉国保长庆，垂祚延万世。（其四《行辞新福歌》）

《矛俞》、《弩俞》二曲恐是以“矛”、“弩”为道具的，《弩俞新福歌》中说“材官选士，剑弩错陈。应桴蹈节，俯仰若神”，即是持剑弩起舞的动作叙写，这是把武功艺术化了，这种艺术化被诗歌描述出来，人们可以通过诗歌来欣赏舞蹈，欣赏武功。但总的来说，这四首歌中对舞蹈动作的叙写不多。

又有傅玄《晋宣武舞歌》，共四曲，其特点是把武力歌颂、武功歌颂融化在对舞蹈动作的描述上。其一《惟圣皇篇·矛俞第一》吟咏以“矛”为主要道具的舞蹈，诗云：

> 惟圣皇，德巍巍，光四海。礼乐犹形影，文武为表里。乃作《巴俞》，肆武士。剑弩齐列，戈矛为之始。进退疾鹰鹞，龙战而豹起。如乱不可乱，动作顺其理，离合有统纪。

“剑弩齐列”以下就是对舞蹈动作的描述，从中可以看出当时舞蹈是怎样跳的，武功是怎样表演的。

其二《短兵篇·剑俞第二》吟咏以“剑”之类的短兵器为主要道具的舞蹈，诗云：

> 剑为短兵，其势险危。疾逾飞电，回旋应规。武节齐声，或合或离。电发星骛，若景若差。兵法攸象，军容是仪。

其三《军镇篇·弩俞第三》吟咏以“弩”之类的长距离打击兵器为主要道具的舞蹈，诗云：

> 弩为远兵，军之镇，其发有机。体难动，往必速，重而不迟。锐精分镈，射远中微。弩俞之乐，一何奇，变多姿。退若激，进若飞，五声协，八音谐，宣武象，赞天威。

此二首歌对舞蹈动作的描摹更为细致，当然我们可以欣赏到更多的武功表演。

其四《穷武篇·安台行乱第四》吟咏“武”的原则，诗云：

> 穷武者丧，何但败北。柔弱亡战，国家亦废。秦始、徐偃，既已作戒前世。先王鉴其机，修文整武艺。文武足相济，然后得光大。乱曰：高则亢，满则盈，亢必危，盈必倾。去危倾，守以平，冲则久，浊能清，混文武，顺天经。

其中没有舞蹈动作的描摹，当然也没有武功表演。

杂舞的其他作品也有关涉战争军事者，只是比较少，如《宋泰始歌舞曲辞》的《治兵大雅》，明帝作，诗云：

王命治兵，有征无战。巾拂以净，丑类革面。王仪振旅。载戢在辰。中虚巾拂，四表静尘。

诗作吟咏以“巾拂”之类的舞蹈动作表达军事行动的结果。

四 诗歌中的武功与艺术表演

上面我们叙述了实际的战争演化为舞蹈中庆贺胜利，又由以舞蹈为歌颂演化成以舞蹈为再现战场上的武功发挥，成为武功表演。这些舞蹈都是朝廷乐府机构所组织的。其实，武功、武艺可以作为一种表演、一种艺术，早就已成风尚。《史记·项羽本纪》载，项羽与刘邦在鸿门宴上，项庄进来说：“君王与沛公饮，军中无以为乐，请以剑舞。”可见宴会上舞剑是常规。《魏书·南安王传》：“南安王桢……出为镇北大将军相州刺史。高祖（北魏孝文帝元宏）饯桢于华林都亭，诏曰：‘从祖南安，既之藩任，将旷违千里，豫怀惘恋。然今者之集，虽曰分歧，实为曲宴，并可赋诗申意。射者可以观德，不能赋诗者，可听射也。当使武士弯弓，文人下笔。’”如此可见宴会上的游戏活动有射箭与赋诗，所谓“武士弯弓，文人下笔”。《梁书·羊侃传》记载：“大同三年，（梁武帝）车驾幸乐游苑，（羊侃）侃预宴。时少府奏新造两刃稍成，长二丈四尺，围一尺三寸，高祖因赐侃马，令试之。侃执稍上马，左右击刺，特尽其妙，高祖善之。又制《武宴诗》三十韵以示侃，侃即席应诏，高祖览曰：‘吾闻仁者有勇，今见勇者有仁，可谓邹、鲁遗风，英贤不绝。’”羊侃以武功为表演，他为泰山梁甫人，故梁武帝称其有“邹、鲁遗风”；史称羊侃“善音律，自造《采莲》、《棹歌》两曲，甚有新致”，那么，他“即席应诏”回复梁武帝《武宴诗》三十韵，是有基础的，可惜这些《武宴诗》都未留存下来。

于是又有“武艺”之称，武艺，本指骑、射、击、刺等武术方面的技能，如《三国志·刘封传》称刘封“有武艺，气力过人”；《陈书·高祖纪上》称陈高祖“读兵书，多武艺，明达果断”等。而这里的“武艺”则是把武功视为艺术之类。

当这些武功表演被诗歌记载下来，我们在欣赏诗歌的同时欣赏着武功表演。进而，诗人们直接把现实生活的武功写进诗歌，如曹植诗中对武功的叙写，很有点艺术表演的意味。其《白马篇》中写到“幽并游侠儿”的武功，一称“白马饰金羁，连翩西北驰”，二称“控弦破左的，右发摧月支。仰手接飞猱，俯身散马蹄”，此二者合而称之即“骑射”。曹植所叙，像不像身着戎装、手持弓箭、铿锵起舞的舞蹈艺术表演？而实际上这就是一种武艺表演，是在校场上的表演。曹植真是把武功提升到“艺”的层次来描摹的，曹植对英雄武功的描绘，在对武功叙写上，完成从武力崇尚到艺术表演的历程，为后世叙写军事、战争提供了一个良好的样本，即突出将军、英雄的武功，把他们的武功作为艺术表演来刻画。

曹植又有《名都篇》，把武功展示放在真实场景中，诗中写到真实的打猎场景，且从“观者咸称善，众工归我妍”来看，还是有观众的，这又确实是武艺表演了。曹植真是把武功提升到“艺”的层次来描摹的，那骑射、射御本就是“六艺”中的两项吗？

梁元帝《后园看骑马诗》：

> 良马出兰池，连翩驱桂枝。鸣珂随踢驶，轻尘逐影移。香来知骤近，汗敛觉风吹。遥望黄金络，悬识幽并儿。

又有庾信《北园射堂新成诗》：

> 轩台聊可习，仙的不难登。转箭初调筈，横弓先望堋。惊心一雁落，连臂两猿腾。直知王济巧，谁觉魏舒能。空心不死树，无叶未枯藤。择贤方知此，传卮喜得朋。

《周书·若干惠传》载“太祖（宇文泰）尝造射堂新成，与诸将宴射”之事，后“徙堂于（若干）惠宅”。首二句称登射堂如登仙台，《山海经》

说："西王母之山……有轩辕之台，射者不敢西向。"此处反用其义。"转箭"二句写调试弓箭。"惊心"句用更嬴空箭射下惊心之鸟事，"连臂"句用养由基事，"直知"句用晋人王济以射术赌得名为"八百里驳"之牛事，"谁觉"句用晋人魏舒本不被人看好而后来射术殆尽其妙事。以上四句都是以典故述说射堂中人们射术之妙。末二句称择贤选友就是要射术精妙之人。

又如陈后主《五言同陆瑜九日观马射》，诗云：

> 晴朝丽早霜，秋景照堂皇。干惨风威切，荷雕池望荒。楼高看雁下，叶散觉山凉。歇雾含空翠，新花湿露黄，飞禽接旆影。度日转铍光。连翻北幽骑，驰射西园傍。勒移玛瑙色，鞭起珊瑚扬。已同过隙远，更异良弓藏。且观千里汗，仍瞻百步杨。非为从逸赏，方追塞外羌。

九月九日为重阳节，古人登山赏菊饮酒，陈后主的娱乐活动还有观赏驰马射箭。诗中写到秋日丽景，写观赏到驰射技艺的精良，最后写并非单单为了娱乐，还有"方追塞外羌"的军事目的，这是点缀一下。

他们的诗作，使读者在欣赏诗作时又在欣赏武功，这个时候，诗人笔下的武功或许真正变成了"武艺"，一种艺术化了的武功。

五 军事绘画与"以声为用"的军乐

庾信《咏屏风诗二十四首》中亦有游猎诗作，吟咏本来就是艺术品上的游猎，倪璠《庾子山集注》注曰："屏风之制，古所谓扆，皆有画饰。"并引古来记载所画有列女、义士、仙人等，庾信所咏此画为将士游猎画面。诗云：

> 将军息边务，校尉罢从戎。池台临戚里，弦管入新丰。浮云随走

马，明月逐弯弓。比来多射猎，惟有上林中。

此处的游猎，是安排在“息边务”、“罢从戎”的军务之暇，诗人盛称此处游猎，把它比拟于汉代的上林苑游猎。

古代重视“以声为用”的军乐。蔡邕《礼乐志》曰：“短箫铙歌，军乐也。黄帝岐伯所作，以建威扬德、风敌劝士也。”《周礼·大司乐》曰：“王师大献，则令奏恺乐。”《大司马》曰：“若师有功，则左执律，右秉钺，以先恺乐献于社。”郑玄（康成）云：“兵乐曰恺。献于社，献功于社也。”《左传·僖公二十八年》：“（城濮之战胜利之后）秋，七月丙申，振旅，恺以入于晋。”《司马法》曰：“得意则恺乐、恺歌，示喜也。”晋人陆机有《鼓吹赋》专述军乐。

汉时军乐为“鼓吹”，《乐府诗集》卷十六解题曰：“鼓吹曲，一曰短箫铙歌。”蔡邕《礼乐志》称之为“军乐”。军中用乐又有“横吹曲”，《乐府诗集》卷二十一解题曰：“横吹曲，其始亦谓之鼓吹，马上奏之，盖军中之乐也。北狄诸国，皆马上作乐，故自汉已来，北狄乐总归鼓吹署……有鼓角者为横吹，用之军中，马上所奏者是也。《晋书·乐志》曰：‘横吹有鼓角，又有胡角。按周礼云“以鼖鼓鼓军事”。旧说云，蚩尤氏帅魑魅，与黄帝战于涿鹿，帝乃始命吹角为龙鸣以御之。其后魏武北征乌丸，越沙漠而军士思归，于是减为中鸣，尤更悲矣。横吹有双角，即胡乐也。汉博望侯张骞入西域，传其法于西京，唯得《摩诃兜勒》一曲。李延年因胡曲更造新声二十八解，乘舆以为武乐，后汉以给边将，和帝时万人将军得用之。魏、晋以来，二十八解不复具存，而世所用者有《黄鹄》等十曲。’其辞后亡。又有《关山月》等八曲，后世之所加也。”据说“横吹曲”自胡地传入，多用于军中。

军乐所用的乐器，《乐府诗集》卷二十一解题有载，文多不录。

六　军事教育

傅玄《仲春振旅》：

仲春振旅，大致民，武教于时日新。

所谓“武教”，就是军事教育。军事教育最常见的是骑、射，或称射、御。射，射箭的技术，古代六艺之一。《周礼·地官·大司徒》：“三曰六艺：礼，乐，射，御，书，数。”《礼记·射义》：“是故古者天子，以射选诸侯、卿、大夫、士。射者，男子之事也。”古时对射是十分重视的，《国语·楚语上》：“（申公巫臣）使其子狐庸为行人于吴，而教之射、御，导之伐楚。”出使的任务中还有“射、御。”这从《论语》的记载还可以见出。其《八佾》曰：“子曰：‘君子无所争，必也射乎！揖让而升，下而饮。其争也君子。’”《八佾》又载：“子曰：‘射不主皮，为力不同科，古之道也。’”其《子罕》曰：“达巷党人曰：‘大哉孔子，博学而无所成名。’子闻之，谓门弟子曰：‘吾何执？执御乎，执射乎？吾执御矣。’”

射是古时军事教育的一个典范。射箭的技术是需要教授的。古时有射人，为掌射法以习射仪的官员名。《周礼·夏官·射人》：“若有国事，则掌其戒令，诏相其事。掌其治达；以射法治射仪。”郑玄注：“射法，王射之礼；治射仪，谓肆（肄）之也。”《仪礼·大射礼》：“射人戒诸公卿大夫射。”古时又有射人师，为射人之长。《礼记·檀弓上》：“扶君，卜人师扶右，射人师扶左。”郑玄注：“仆人、射人，皆平时赞正君服位者。”又有射正，司射之长，《仪礼·大射礼》：“射正莅之。”郑玄注：“射正，司射之长。”

演习测试射箭有专门之处，这就是射宫。《礼记·燕义》：“春合诸学，秋合诸射，以考其艺而进退之。”郑玄注：“射，射宫也。”射宫是天子行大射礼的地方，《穀梁传·昭公八年》：“以习射于射宫。”射宫亦为考试贡士的地方，《礼记·射义》：“诸侯岁献贡士于天子，天子试之于射宫。”汉代为射室，郡国试骑士之所，《汉书·韩延寿传》：“延寿在东郡时，试骑士……歌者先居射室，望见延寿车，嗷咷楚歌。延寿坐射室，骑吏持戟夹陛列立；骑士从者带弓鞬罗后。”颜师古注引李奇曰：“（射室）都试射堂也。”或谓射堂，《晋书·成帝纪》：“（帝）常欲于后园作射堂，计用四十金，以劳费乃止。”谢灵运有《晚出西射堂诗》，《文选》李善注曰：“永嘉郡射堂。”庾信亦有诗《北园射堂新成诗》。

古代重武习射，又有射礼。射礼有大射、宾射、燕射、乡射四种。将祭择士为大射，诸侯来朝或诸侯相朝而射为宾射，宴饮之射为燕射，卿大夫举士后所行之射为乡射。《礼记·射义》：“天子以射选诸侯”唐孔颖达疏：“天子以射礼简选诸侯以下德行能否。”《礼记·射义》：“古者诸侯之射也，必先行燕礼；卿大夫士之射也，必先行乡饮酒之礼。”因此，所谓“射”，既是一种重武下的技艺，又是一种重文下的礼仪，两者是相辅相成的。

御，驾驭车马，亦古代六艺之一，《集韵·去御》载：“《说文》：‘使马也。’徐锴曰：‘御解车马也。或彳，或御，皆御者之职。古作驭。’”古时射御是连在一起说的。一是作为一个受到完整教育的人，既要善射，又要善御。《论语·子罕》载孔子“谓门弟子曰：‘吾何执？执御乎，执射乎？吾执御矣。’”而作为战士来说，更是如此，《书·秦誓》：“仡仡勇夫，射御不违。”《国语·楚语上》：“（申公巫臣）使其子狐庸为行人于吴，而教之射御，导之伐楚。”二是打猎、作战，射御二者是分不开的，御者为驾驭车马，射者乘坐车马射杀猎物、敌人。当车战变为骑战，骑射就连在一起了，所以赵武灵王所谓“胡服骑射，以教百姓”。

射、御的技艺，一开始都是实用化的，此如《左传·襄公三十一年》子产所说：“譬如田猎，射、御贯，则能获禽；若未尝登车射、御，则败绩厌覆是惧，何暇思获。”射、御以后又成为军事体育、军事游戏。

七　军事游戏

春秋之后崇尚武力，于是就多有“讲武之礼”，此“讲武之礼”已多有以“讲武”为游戏的意味。秦始皇统一天下，把六国之乐集中到咸阳，汇集、整理各地音乐舞蹈，则直接把“讲武之礼”改换成“讲武”的游戏。《汉书·刑法志》：“春秋之后，灭弱吞小，并为战国，稍增讲武之礼，以为戏乐，用相夸视。而秦更名角抵，先王之礼没于淫乐中矣。”马端临《文献通考》卷一百四十九曰：“秦始皇既并天下，分为三十六郡，郡置材官，聚天下兵器于咸阳，铸为钟鐻，讲武之礼，罢为角抵。”又有武戏，古代球鞠、骑射、手博角力等游戏。《汉书·哀帝纪赞》：“（哀帝）雅性不好声色，时览卞射武戏。”颜师古注引苏林曰：“角力为武戏也。”这些“讲武”的游戏应该说是实际战斗、搏斗动作的再现，且具有艺术化、体育化的成分。

蹴鞠，《乐府诗集·相和歌辞》有《鞠歌行》，其题解曰：“《古今乐录》曰：‘王僧虔《技录》，平调又有《鞠歌行》，今无歌者。’陆机序曰：‘按汉宫阁有含章鞠室，灵芝鞠室，后汉马防第宅卜临道，连阁通池，鞠城弥于街路。鞠歌将谓此也。又东阿王诗“连骑击壤”，或谓蹙鞠乎？三言七言，虽奇宝名器，不遇知己，终不见重。愿逢知己，以托意焉。’”按照陆机的说法，《鞠歌行》原是与吟咏“鞠戏”这项运动有关系的；或鞠城之咏歌，或咏蹙鞠，即踢球。鞠，古代的一种球，最早是将毛纠结为球形，后则在皮囊中填毛，宋代以后才出现充气的皮球。曹植《名都篇》所谓“连翩击鞠、壤”，鞠，即指鞠戏。鞠戏，原是用来练习武事的，《史记·卫将军骠骑列传》载：“其在塞外，卒乏粮，或不能自振，而骠骑尚穿域蹋鞠。”司马贞《索隐》：“《蹴鞠书》有《域说篇》，又以杖打，亦有限域也。今之鞠戏，以皮为之，中实以毛，蹴蹋为戏。刘向《别录》云：‘蹴鞠，兵势，所以陈武事，知有材力也。’”《后汉书·梁统传》注引刘向《别录》：“蹴鞠者，传言黄帝所作，或曰起战国之时。蹋鞠，兵执也，所以讲武知有材也。”蹴鞠要有场地，鞠室、鞠城就是其中的两种。鞠城，蹴鞠场四周围以方墙，东西两端各设六个鞠域，这也就是陆机《鞠歌行序》所说“《汉宫阁》有含章鞠室，灵芝鞠室，后汉马防第宅卜临道，连阁、通池、鞠城弥于街路”。又有鞠场，为平坦大广场，三面矮墙，一面为殿、亭、楼、台，可作看台。现吟咏鞠戏的《鞠歌》或《鞠歌行》已不见，现存陆机、谢灵运、谢惠连、李白《鞠歌行》，抒发的情感即陆机《鞠歌行序》所说“虽奇宝名器，不遇知己，终不见重。愿逢知己，以托意焉”。

武戏，古代球鞠、骑射、手博角力等游戏。《汉书·哀帝纪赞》：“（哀帝）雅性不好声色，时览卞射武戏。”颜师古注引苏林曰：“角力为武戏也。”

班固《弈旨》、马融《围棋赋》与《樗蒲赋》、应玚《弈势》，这些作品所述的棋类也是与军事有关的。

八　吟咏兵器战马

先秦就有吟咏兵器之作，如《大戴礼记》卷六《武王践阼》载《矛铭》：

> 造矛造矛，少间弗忍，终身之羞。予一人所闻，以戒后世子孙。

武王作此铭，直说矛之用不可不慎。

《意林》卷二引《太公金匮》有《书锋》：

> 忍之须臾，乃全汝躯。

张玉穀《古诗赏析》曰：“杀人人杀，不可不忍。与《矛铭》同意，而彼用反说，此用正说，又以短劲胜。”

中古作品中有对武器的吟咏，如东吴朱异《赋弩》：

> 南岳之干，锺山之铜，应机命中，获隼高墉。

弩，用机械发箭的弓。作品先说箭杆，再说箭镞，“应机”就是讲以机械射发，最后说以弩“获隼”，关涉狩猎。

《北堂书钞》百二十二引《古乐府诗》：

请说剑。骏犀标首，玉琢中央。六一所善，王者所杖。带以上车，如燕飞扬。

“骏犀标首，玉琢中央”讲剑柄及剑首上的装饰。“六一所善”，《吴越春秋》云：“干将作剑，采五山之铁精，六合之金英。”末二句写剑在“王者所杖”时的风采。

傅玄《失题》：

弯我繁弱弓，弄我丈八矟。一举覆三军，再举殄戎貊。

这是夸赞弓、矟等武器在战争中的功效。

梁宣帝萧詧《咏弓诗》，诗云：

虞人招不进，繁氏久称工。已悲轩主迹，复挹楚王风。

“虞人”句，《左传·昭公二十年》：“弓以招士，皮冠以招虞人。”“繁氏”，良弓曰繁弱。“已悲”句，疑称“高鸟尽，良弓藏”。“复挹”句，《孔子家语》曰：“楚恭王出游，亡乌号之弓，左右请求之，王曰：‘止。楚人失弓，楚人得之，又何求焉。’”末二句称说“弓”事。

傅玄《歌》：

宝剑神奇，镂象龙離（螭）。通犀文玉，明珠错地。光如电影，拟之则离。

此诗咏剑，前四句写剑的装饰，末二句写剑的闪光与锋利。

《晋书载记·赫连勃勃传》载，夏赫连勃勃筑统万城，所制器械无不精锐坚利，“造百炼钢刀，为龙雀大环，号曰‘大夏龙雀’铭其背曰”：

古之利器，吴楚湛卢。大夏龙雀，名冠神都。可以怀远，可以柔逋。如风靡草，威服九区。

吴均《咏宝剑诗》曰：

我有一宝剑，出自昆吾溪。照人如照水，切玉如切泥。锷边霜凛凛，匣上风凄凄。寄语张公子，何当来见携。

写宝剑就是要表现自己的豪气。“出自昆吾溪”，《龙鱼河图》曰：“流州在西海中，上多积石，名为昆吾石，冶其石为铁，作剑，光明四照，洞如水精。”“寄语张公子”二句，《晋书·张华传》载，张华望牛斗之间有剑气，牛斗下应丰城，乃令雷焕为丰城令，雷焕掘得二剑，一与张华，一自佩；后张华、雷焕死，剑跃入水中，后人有诗专咏此事。

阴铿《经丰城剑池诗》，也是讲张华的神剑传奇，诗云：

清池自湛澹，神剑久迁移。无复连星气，空余似月池。夹筱澄深渌，含风结细漪。唯有莲花萼，还想匣中雌。

崔鸿，字彦鸾，北魏孝明帝孝昌年间（525—527年），拜给事黄门侍郎，加散骑常侍、齐州大中正，寻卒。有《咏宝剑诗》，诗云：

宝剑出昆吾，龟龙夹采珠。五精初献术，千户竞论都。匣气冲牛斗，山形转鹿庐。欲知天下贵，持此问风胡。

《吴越春秋》载，古有宝剑纯钩，称买之要乡三十、骏马千匹、千户之都二。“匣气冲牛斗”，指张华望牛斗之间有剑气之事。“欲知”二句，《吴越春秋》载，楚昭王问风胡子湛庐之剑“直几何”，风胡子答：“虽有倾城量金，珠玉盈河，犹不能得此宝，而况有市之乡，骏马千匹，万户之都，何足言也?”

中古还有咏马之作，《御览》八百七十九引《拾遗记》载：

曹洪与魏武帝所乘之马名曰白鹤，时人语曰：“凭空虚跃，曹家白鹤。”

这个谣谚连人带马一起颂赞。

乐府诗有《骢马》、《骢马驱》，咏的是骑战马的情形，见“尚武篇”。南朝有咏马的诗作，如陈沈炯《赋得边马有归心》，诗云：

穷秋边马肥，向塞甚思归。连镳渡蒲海，束舌下金微。已却鱼丽阵，将摧鹤翼围。弥忆长楸道，金鞭背落晖。

这是叙写边马曾经有过的战斗经历，篇末叙未上前线的事，似乎是游侠生活。

沈炯《咏老马》，诗云：

昔日从戎阵，流汗几东西。一日驰千里，三丈拔深泥。渡水频伤骨，翻霜屡损蹄。勿言年齿暮，寻途尚不迷。

战场上马是战士最好的朋友，诗作一开始就点出老马一生“从戎阵”的经历，这是以具体叙述来展示的；末二句写老马识途，尚为暮年一用，有以马咏人之意。

下　　卷

人文情怀编

第十章

外交篇

一　先秦时代的外交赋诗

诗歌是外交的工具，《论语·子路》载："子曰：'诵《诗三百》，授之以政，不达；使于四方，不能专对；虽多，亦奚以为?'"这是说，春秋时候，列国大夫出使聘问是赋诗言志，或用于酬酢，或用为媒介，以办理外交上的交涉；那么，你学习了《诗三百》，不能用在外交上，学得多又有什么用呢?《汉书·艺文志》说："古者诸侯卿大夫交接邻国，以微言相感，当揖让之时，必称《诗》以谕其志，盖以别贤不肖而观盛衰焉。"即说的是这个意思。《左传》中就记载了不少外交赋诗的事例。赋诗，一般不是外交官自己唱诗，而是指定诗篇，命乐工奏乐演唱，断章取义地利用个别诗句来暗示自己的意见、要求或态度。

比较典型的如《左传·昭公十六年》载："夏四月，郑六卿饯宣子于郊。宣子曰：'二三君子请皆赋，起亦以知郑志。'子齹赋《野有蔓草》。宣子曰：'孺子善哉！吾有望矣。'子产赋郑之《羔裘》。宣子曰：'起不堪也。'子大叔赋《褰裳》。宣子曰：'起在此，敢勤子至于他人乎?'子大叔拜。宣子曰：'善哉，子之言是！不有是事，其能终乎?'子游赋《风雨》，子旗赋《有女同车》，子柳赋《萚兮》。宣子喜曰：'郑其庶乎！二三君子以君命贶起，赋不出郑志，皆昵燕好也。二三君子，数世之主也，可以无惧矣。’宣子皆献马焉，而赋《我将》。子产拜，使五卿皆拜，曰：‘吾子靖乱，敢不拜德？’”晋国韩宣子聘于郑，回去时，郑六卿为他饯行，韩宣子让郑六卿各言其志，以见郑国的意见。子齹赋《郑风·野有蔓草》，表示与宣子相见很高兴。子产赋《郑风·羔裘》，以原诗称赏人之勇武正直称赏宣子。子大叔赋《郑风·褰裳》，以表现男女爱情表达晋、郑关系，意指晋如亲郑，郑必亲晋，晋如不亲郑，郑即亲近他国。子游赋《郑风·风雨》，取风雨之中与所爱之人相见，很有安慰。子旗赋《郑风·有女同车》，以美好而有风度称赏宣子。子柳赋《郑风·萚兮》，借诗意表示宣子倡我将和之。宣子赋《周颂·我将》作答，谓晋敬畏天命，志在靖乱，保护小国。宾主双方都以《诗三百》的作品，顺利地、成功地表达了自己的意见。

雷海宗《古代中国的外交》说："赋诗有时也可发生重大的具体作用。例如文公十三年郑伯背晋降楚后，又欲归服于晋，适逢鲁文公由晋回鲁，郑伯在半路与鲁侯相会，请他代为向晋说情，两方的应答全以赋诗为媒介。郑大夫子家赋《小雅·鸿雁篇》，义取侯伯哀恤鳏寡，有远行之劳，暗示郑国孤弱，需要鲁国哀恤，代为远行，往晋国去关说。鲁季文子答赋《小雅·四月篇》，义取行役逾时，思归祭祀；这当然是表示拒绝，不愿为郑国的事再往晋一行。郑子家又赋《载驰篇》之第四章，义取小国有急，想求大国救助。鲁季文子又答赋《小雅·采薇篇》之第四章，取其‘岂敢定居，一月三捷’之句，鲁国过意不去，只得答应为郑奔走，不敢安居。"①

二 吴魏、吴蜀使节诗歌交锋

三国时期魏、吴、蜀，是彼此争夺天下的对手，彼此之间在外交往来

---

① 转引自《朱自清古典文学论文集》上册，上海古籍出版社1980年版，第206页。

时亦在言辞较量上互争高下，以在文化上压倒对手。蜀汉与东吴既是敌我双方，时或又是盟友，如此的双重身份，使其外交使节言语交锋的意味也有双重意味，这就是既要争得上风，又应该是在和平气氛中的，不能伤了彼此之间的和气。而外交使节的言语交锋，又多有以诗歌为利器的，或以诗歌为嘲弄、打趣。如《三国志·诸葛恪传》注引《诸葛恪别传》载：

> （孙）权尝飨蜀使费祎，先逆敕群臣："使至，伏食勿起。"（费）祎至，（孙）权为辍食，而群下不起。（费）祎啁之曰："凤皇来翔，骐驎吐哺，驴骡无知，伏食如故。"（诸葛）恪答曰："爰植梧桐，以待凤皇，有何燕雀，自称来翔？何不弹射，使还故乡！"（费）祎停食饼，索笔作《麦赋》，（诸葛）恪亦请笔作《磨赋》，咸称善焉。

据《三国志·费祎传》，费祎，字文伟，江夏人，"游学入蜀，会先主定蜀，祎遂留益土"；"（诸葛）亮以初从南归，以祎为昭信校尉使吴。孙权性既滑稽，嘲啁无方，诸葛恪、羊衜等才博果辩，论难锋至，祎辞顺义笃，据理以答，终不能屈。权甚器之，谓祎曰：'君天下淑德，必当股肱蜀朝，恐不能数来也。'"以后，"以奉使称旨，频烦至吴"，故有上述言语交锋。但在外交上，费祎又是一个非常谨慎的人，裴松之注引《祎别传》曰："孙权每别，酌好酒以饮祎，视其已醉，然后问以国事，并论当世之务，辞难累至。祎辄辞以醉，退而撰次所问，事事条答，无所遗失。"《祎别传》又曰："权乃以手中常所执宝刀赠之，祎答曰：'臣以不才，何以堪明命？然刀所以讨不庭、禁暴乱者也，但愿大王勉建功业，同奖汉室，臣虽暗弱，终不负东顾。'"

又如，《三国志·薛综传》记载了另一件诗歌交锋以争上风的趣事：

> 西使张奉于（孙）权前列尚书阚泽姓名以嘲泽，泽不能答。（薛）综下行酒，因劝酒曰："蜀者何也？有犬为獨，无犬为蜀，横目苟身，虫入其腹。"奉曰："不当复列君吴邪？"综应声曰："无口为天，有口

为吴，君临万邦，天子之都。”于是众坐喜笑，而奉无以对。

据裴松之注引《江表传》，此处对嘲的主角亦是费祎与诸葛恪。

蜀国中能与吴国使者文辩者又有秦宓，《三国志·秦宓传》载其与吴使张温的言语交锋。

三 南北朝妙选使节

晋南渡后，北方经七八十年的战争，鲜卑拓跋部的势力强大起来，386年，拓跋珪受诸部大人的推戴，即代王位，同年，拓跋珪改国号为魏，表示不再受晋朝的封号。398年，拓跋珪攻破后燕国都城中山，大河以北诸州郡全为魏有，魏统一了北方。399年，拓跋珪改号称皇帝，为魏道武帝。南北双方对立的形势基本上形成了。南北双方打打停停，打的时候要下战书，停的时候要谈判和好，这些任务都要使者来完成。《南齐书·魏虏传》载：“宋明帝末年，始与虏和好。元徽昇明之世，虏使岁通。”《南齐书·魏虏传》记载南北朝时双方使者来往情况，其云：“永明之世，据已成之策，职问往来，关禁宁静，疆埸之民，并安堵而息窥觎，百姓附农桑而不失业者，亦由此而已也。”所谓“职问往来”，就是使者来往聘问。《南齐书·刘善明传》载：刘善明提出“宜时择才辨，北使匈奴”。

使者最重要的才华就是不辱使命，《颜氏家训·涉务》中称，“士君子之处世，贵能有益于物耳，不徒高谈虚论，左琴右书，以费人君禄位也”，认为“国之用材，大较不过六事”，而其五“则使命之臣，取其识变从宜，不辱君命”。不辱使命，起码要有学问而不能被对方轻看，又要在实际交往中压倒对方。如《魏书·游明根传》载，魏之遣使，多以儒雅者充之，明根以儒学名，则几次使宋，就是因其能与宋人交谈也。《魏书·成淹传》载，南齐使者裴昭明等吊魏文明太后之丧，魏使成淹应对，不许齐人以朱衣入凶庭，孝文帝喜成淹之敏。

外交使者的形象、风度、才学、口辩，是直接与本朝的形象、威望联系在一起的，如《北史·李谐传》载，“梁使每入，邺下为之倾动，贵胜子弟盛饰聚观”，如果在形象、风度、才学、口辩诸方面有什么令人不满意的地方，那就有失本朝威望。《北史·李谐传》又载李谐是凭口辩当上外交使者以及凭口辩在出使梁朝时获得声誉的，从中可见对使者的要求。其云：“于是以谐兼常侍、卢元明兼吏部郎、李业兴兼通直常侍聘焉。梁武使朱异觇客，异言谐、元明之美。谐等见，及出，梁武目送之，谓左右曰：‘朕今日遇勍敌，卿辈常言北间都无人物，此等何处来？’谓异曰：‘过卿所谈。’是时邺下言风流者，以谐及陇西李神儁、范阳卢元明、北海王元景、弘农杨遵彦、清河崔赡为首。初通梁国，妙简行人，神儁位已高，故谐等五人继踵，而遵彦遇疾道还，竟不行。”东魏是把最可称得上风流的人物派作使者的，这就叫做“妙简行人”。《北史·李谐传》又载派作使者、“妙简行人”的标准：“既南北通好，务以俊乂相矜，衔命接客，必尽一时之选，无才地者不得与焉。”《北史·邢劭传》记载邢劭虽然才学好，但在风度上“不持威仪”，所以没能当上使者：“于时与梁和，妙简聘使，（邢）劭与魏收及从子（邢）子明被征入朝。当时文人，皆劭之下，但以不持威仪，名高难副，朝廷不令出境。南人曾问宾司：‘邢子才故应是北间第一才士，何为不作聘使？’”南人觉得应该让“第一才士”来做使者的。《颜氏家训·名实》载，有一士族，“朝廷以为文华，亦尝出境聘”。《北齐书·魏收传》载，北齐的魏收与王昕一起聘于梁，王昕“风流文辩，（魏）收辞藻富逸，梁主及其群臣咸加敬异”。《魏书·文苑·邢昕传》：“兴和中，以本官副李象使于萧衍。昕好忤扬，人谓之牛。是行也，谈者谓之牛象斗于江南。”要选择善“斗”之人为使者出行。

南方也是如此，如《梁书·宗夬传》载：“永明中，与魏和亲，敕（宗）夬与尚书殿中郎任昉同接魏使，皆时选也。”所谓“时选”，即当时最优秀的人选。《南齐书·王融传》载，王融曾作《曲水诗序》，“文藻富丽，当世称之”，于是，齐武帝“以融才辩，（永明）十一年，使兼主客，接虏使房景高、宋弁”。《南史·明僧暠传》载：明僧暠出使，“及至魏，魏问曰：‘卿衔此命，当缘上国无相逾者邪?’”这是讽刺明僧暠说，你就是最好的人才吗？反面的例子如《南齐书·谢朓传》载：“隆昌初，敕朓接北使，朓自以口讷，启让不当。”

南北朝也有不当之才任使者的例子，如《颜氏家训·名实》载：“有一士族，读书不过二三百卷，天才钝拙，而家世殷厚，雅自矜持，多以酒犊珍玩，交诸名士，甘其饵者，递共吹嘘。朝廷以为文华，亦尝出境聘。”不知出使是否出丑。南朝亦有，《颜氏家训·勉学》载：“梁世有蔡朗者讳纯，既不涉学，遂呼莼为露葵。面墙之徒，递相仿效。承圣中，遣一士大夫聘齐，齐主客郎李恕问梁使曰：‘江南有露葵否?’答曰：‘露葵是莼，水乡所出。卿今食者绿葵菜耳。’李亦学问，但不测彼之深浅，乍闻无以核究。”幸亏未曾深究，否则要出丑了。因此，能否成为使臣，一是才学，二是口辩，三是风度威仪。就是在这样的情况下，诗人登上外交舞台。

四 言语争锋中的文化交流

使者是才华出众之人，接待方也派才华出众之人与之周旋，双方交往言语往来，既是文学争锋，又是文化、文学交流。

《南齐书·王融传》载：“上以虏献马不称，使融问曰：‘秦西冀北，实多骏骥。而魏主所献良马，乃驽骀之不若。求名检事，殊为未孚。将旦旦信誓，有时而爽，駉駉之牧，不能复嗣?’宋弁曰：‘不容虚伪之名，当是不习土地。’融曰：‘周穆马迹遍于天下，若骐骥之性，因地而迁，则造父之策，有时而蹶。’弁曰：‘王主客何为勤勤于千里?’融曰：‘卿国既异其优劣，聊复相访。若千里日至，圣上当驾鼓车。’弁曰：‘向意既须，必不能驾鼓车也。’融曰：‘买死马之骨，亦以郭隗之故。’弁不能答。”《南齐书·王融传》又载，北魏“使遣求书”，而南齐“朝议欲不与”，王融上疏主张给与，但“事竟不行”。可又据《隋书·经籍志》称：“孝文徙都洛邑，借书于齐，秘府之中，稍以充实。”

如李彪，字道固，甚得北魏孝文帝元恪的信任，太和（477—499年）

年间出使南齐，《魏书·李彪传》载曾与南齐朝臣讨论丧礼；《梁书·萧琛传》载，萧琛“于御筵举酒劝道固，道固不受，曰：‘公庭无私礼，不容受劝。’琛徐答曰：‘《诗》所谓“雨我公田，遂及我私”。’座者皆服，道固乃受琛酒”。

《魏书·儒林·李兴业传》载，北魏李兴业出使梁朝，与朱异辩论郊祭和明堂制度，与梁武帝讨论《尚书》中的历法和《礼记·檀弓》所记孔子助原壤料理母丧的事。

《酉阳杂俎·语资》又记载双方讨论古来辞赋中同一作品两相署名的情况，这是梁大同十一年（545年）庾信出使东魏的事：“历城县魏明寺中有韩公碑，太和（477—499年）中所造也。魏公曾令人遍录州界石碑，言此碑词义最善，常藏一本于枕中，故家名此枕为麒麟函。韩公讳麒麟。庾信作诗用《西京杂记》事，旋自追改，曰：‘此吴均语，恐不足用也。’魏肇师曰：‘古人托曲者多矣，然《鹦鹉赋》，祢衡、潘岳二集并载。《弈赋》，曹植、左思之言正同。古人用意，何至于此？’君房曰：‘词人自是好相采取，一字不异，良是后人莫辨。’魏尉瑾曰：‘《九锡》或称王粲，《六代》亦言曹植。’信曰：‘我江南才士，今日亦无。举世所推如温子昇独擅邺下，尝见其词笔，亦足称是远名。近得魏收数卷碑，制作富逸，特是高才也。’”庾信此次出使是得到夸赞的，宇文逌《庾信集序》称他“接对有才辩”，《周书》本传称他“文章辞令，盛为邺下所称”。

《酉阳杂俎·语资》记载南北使者在外交宴会上一起讨论学术问题并力求在言语交锋中争胜之事：“梁宴魏使李骞、崔劼。乐作，梁舍人贺季曰：‘音声感人深也。’劼曰：‘昔申喜听歌怆然，知是其母，理实精妙然也。’梁主客王克曰：‘听音观俗，转是精者。’劼曰：‘延陵昔聘上国，实有观风之美。’季曰：‘卿发此言，乃欲挑战？’骞曰：‘请执鞭弭，与君周旋。’季曰：‘未敢三舍。’劼曰：‘数奔之事，久已相谢。’季曰：‘车乱旗靡，恐有所归。’劼曰：‘平阴之役，先鸣已久。’克曰：‘吾方欲馆谷而旌武功。’骞曰：‘王夷师熸，将以谁属？’遂共大笑而止。乐欲讫，有马数十匹驰过，末有阉人。骞曰：‘巷伯乃同趣马，讵非侵官？’季曰：‘此乃貌似。’劼曰：‘若值袁绍，恐不能免。’”此双方交谈，先讨论音乐问题，后言语交锋，互不相让，引经据典，暗含故事。

《梁书·王锡传》载：“普通初，魏始连和，使刘善明来聘，敕使中书舍人朱异接之，预宴者皆归化北人。善明负其才气，酒酣谓异曰：‘南国辩学如中书者几人？’异对曰：‘异所以得接宾宴者，乃分职是司。二国通和，所敦亲好；若以才辩相尚，则不容见使。’善明乃曰：‘王锡、张缵，北间所闻，云何可见？’异具启，敕即使于南苑设宴，锡与张缵、朱异四人而已。善明造席，遍论经史，兼以嘲谑，锡、缵随方酬对，无所稽疑，未尝访彼一事，善明甚相叹挹。他日谓异曰：‘一日见两贤，实副所期，不有君子，安能为国！’”

《陈书·徐陵传》载徐陵出使北方之事：“太清二年（548年），（徐陵）兼通直散骑常侍。使魏，魏人授馆宴宾。是日甚热，其主客魏收嘲陵曰：‘今日之热，当由徐常侍来。’陵即答曰：‘昔王肃至此，为魏始制礼仪；今我来聘，使卿复知寒暑。’收大惭。”

五 使节来往与文学作品的传播

南齐王融的文学名气很大，他曾接待过北魏使者，《南齐书·王融传》载：“上以（王）融才辩，（永明）十一年，使兼主客，接虏使房景高、宋弁。弁见融年少，问主客年几？融曰：‘五十之年，久逾其半。’因问：‘在朝闻主客作《曲水诗序》。’景高又云：‘在北闻主客此制，胜于颜延年，实愿一见。’融乃示之。后日，宋弁于瑶池堂谓融曰：‘昔观相如《封禅》，以知汉武之德；今览王生《诗序》，用见齐王之盛。’融曰：‘皇家盛明，岂直比踪汉武；更惭鄙制，无以远匹相如。’”

《魏书·文苑·温子昇传》载，南朝使者张皋将北魏作家温子昇的作品抄录带到南朝，梁武帝看了称赞说：“曹植、陆机复生于北土。恨我辞人，数穷六百。”这是因为对方的使者将自己的作品带到了对方，而使自己扬名，于是，托对方使者带作品也就成了常事。

又如东魏魏收就曾托梁使徐陵捎带自己的作品到梁朝去，但作为南朝著名文人的徐陵根本看不上魏收的作品，唐刘悚《隋唐嘉话》载："梁常侍徐陵聘于齐，时魏收文学北朝之秀，收录其文集以遗陵，令传之江左。陵还，济江而沉之。从者以问，陵曰：'吾为魏公藏拙。'"事在梁元帝承圣三年（554年），这是徐陵不对。

但又有徐陵盛赞殷不害带来的北人作品的事例。陈文帝天嘉二年（561年）时，北周遣御正殷不害使于陈，殷不害带来北方文人的一些文学作品，在接待宴会上，徐陵看到了这些作品，大为赞赏，曾就此事写信给李那（即李昶，北周文人），信中第一段这样说："平生壮意，窃爱篇章，忽觌高文，载怀劳伫。此后殷仪同（即殷不害）至止，王人授馆，用阻班荆。尝在公筵，敬祈名作。获殷公所借《陪驾终南》、《入重云阁》诗及《荆州大乘寺》、《宜阳石像碑》四首，铿锵并奏，能惊赵鞅之魂；辉映相华，时瞬安丰之眼。"信中又重述了这几篇作品的内容，字里行间流溢出钦佩之情，信中还述说自己是如何把玩这些作品的，以及这些作品在南方引起的轰动："省览循环，用忘饥渴。握之不置，恒如赵璧；玩之不足，同于玉枕。京师长者，好事才人，急造蓬门，情观高制。轩车满路，如看太学之碑；街巷相填，无异华阴之市。"如此争睹北人文学作品，这一定使那些带来文学作品的使者自感使者的责任重大啊！

六　使节的以诗相会

在如此情况下，外交使者之间的吟诗、言语交锋就成为一道独特的风景线。本来，宴会上饮酒赋诗就是文士雅事，曹丕《又与吴质书》所谓"每至觞酌流行，丝竹并奏，酒酣耳热，仰而赋诗"；颜之推《颜氏家训·勉学》称有些士大夫，在"公私宴集，谈古赋诗"的场合，他们则"塞默低头，欠伸而已"，是要被人笑话的。

由于双方都精选优秀的文学人才充当外交使者，而且文学又是南北双方风行之事，所以在外交场合的宴饮中双方使者以诗相会是十分自然的事。如《北史·陆俟传》附《陆印传》载："自梁、魏通和，岁有交聘，(陆) 印每兼官宴接。在席赋诗，印必先成，虽未能尽工，以敏速见美。"有使者来必有宴会，有宴会必有赋诗，这已经成为定规。

也有如先秦时吟咏别人诗作以表达自己旨意的情况。如李彪，太和(477—499 年) 年间出使南齐，曾对齐武帝萧赜背诵阮籍的诗，临行时齐武帝命群臣赋诗送别。《魏书·李彪传》载："(李) 彪将还，(萧) 赜亲谓曰：'卿前使还日，赋阮诗云"但愿长闲暇，后岁复来游"，果如今日。卿此还也，复有来理否?' 彪答言：'使臣请重赋阮诗曰"宴衍清都中，一去永矣哉"。' 赜惘然曰：'清都可尔，一去何事？观卿此言，似成长阔，朕当以殊礼相送。' 赜遂亲至琅琊城，登山临水，命群臣赋诗以送别，其见重如此。彪前后六度衔命，南人奇其謇谔。"在外交场合以阮诗相往来，颇有春秋时行人的风度。

《酉阳杂俎·语资》记载南朝宴请接待北朝使者时相互称诵对方诗句的故事："梁遣黄门侍郎明少遐、秣陵令谢藻、信威长史王缵冲、宣城王文学萧恺、兼散骑常侍袁狎、兼通直散骑常侍贺文发，宴魏使李骞、崔劼。温凉毕，少遐咏骞赠其诗曰：'萧萧风帘举，依依然可想。' 骞曰：'未若"灯花寒不结"最附时事。' 少遐报诗中有此语。"宴会上所相互称颂的对方诗句，当是此次外交活动时相赠的，所谓"报诗"，即对方赠诗后的答诗。

宴会中的使者赋诗，是文学争胜的最好时机，《北史·薛道衡传》载："陈使傅縡聘 (北) 齐，以 (薛) 道衡兼主客郎接对之。縡赠诗五十韵，道衡和之，南北称美。魏收曰：'傅縡所谓以蚓投鱼耳。'"傅縡是陈朝有名的文学之士，《陈书》本传称他"七岁诵古诗赋至十余万言"、"博通群书"、"为文典丽，性又敏速"。薛道衡在北朝文名更盛，所以魏收称是"以蚓投鱼"，这当然也是北人自矜的话。薛道衡还有一件事让南人佩服，其聘陈时作《人日》，诗云：

入春才七日，离家已二年。人归落雁后，思发在花前。

《隋唐嘉话》卷上载，薛道衡吟出上二句，南人嗤之曰："是底言？谁谓此虏解作诗？"及吟出下二句，南人乃喜曰："名下固无虚士。"于是，薛道衡以自己的诗作为自己赢得了名声。《北史·薛道衡传》称："江东雅好篇什，陈主尤爱雕虫，道衡每有所作，南人无不吟诵焉。"

《谈薮》载："北齐卢思道聘陈，陈主令朝贵设酒食，与思道宴会，联句作诗。其一人先唱，方便讽刺北人云：'榆生欲饱汉，草长正肥驴。'为北人食榆，兼吴地无驴，故有此句。思道援笔即续之曰：'共甑分炊米，同铛各煮鱼。'谓南人无情义，同炊异馔也，故思道有此句。"①

七　对出使事件与使节生涯的吟咏

使者出使，对所经历之事有各种感怀，或涉及出使途中的所见所闻与感怀，或已至邻国向主人致敬与述说使命及在外乡感怀，或返国途中的所见所闻与感怀；接待使者者也要以作品表达自己的态度；另外，使者出使是一件大事，有各种各样人的送别，也有各种各样的诗。以下一一叙之。

其一，使者出使途中的诗作有几部分内容，一是叙写所见到的异地自然景物，这些景物或从前人书中看到过，或听别人说过，现在是亲眼见到了；一是叙写所见到的异地文化景观，这些景观也是自己所敬慕的。这些自然景物、文化景观与使者自身的经历联系在一起，构成使者出使途中诗作的全部。

《南齐书·魏虏传》载，永明十年（492年）范云与萧琛出使北魏，范云有《渡黄河》写其北方经历。诗云：

> 河流迅且浊，汤汤不可陵。桧楫难为榜，松舟才自胜。空庭偃旧木，荒畴余故塍。不睹人行迹，但见狐兔兴。寄言河上老，此水何当澄。

① 《太平广记》卷二百四十七。

诗中既有“渡黄河”实景描写，又有借以贬低对方而抒发统一的愿望。

大同十一年（545 年），庾信奉命出使东魏，其《将命使北始渡瓜步江》写到此次出使时渡江所见与感怀：

> 校尉始辞国，楼船欲渡河。辅轩临碛岸，旌节映江沱。观涛想帏盖，争长忆干戈。虽同燕市泣，犹听赵津歌。

诗题中的“将命”，即奉命，《仪礼·聘礼》：“将命于朝。”郑玄注曰：“将，犹奉也。”首二句中“校尉”、“楼船”都是与境外交往有关的官名，这是说自己充任外交使节“始渡瓜步江”。瓜步江，在边境上，过了瓜步江就意味着正式履行使者使命了。次二句写尽管路途难行，但使节的旗帜高高飘扬。“观涛”句写瓜步江涛，“争长”句称历史上有多少邻国为争先、争长而大动干戈，这是说曾与自己将出使之国打过仗的。末二句写送行，有哀伤，有送行之曲。诗的主旨是离别的伤感，但也写到出使是为了解决两国的战端问题。

庾信此次奉命出使东魏的作品颇多，又有《入彭城馆》：

> 襄君前建国，项氏昔稜威。鸮飞伤楚战，鸡鸣悲汉围。年代殊氓俗，风云更盛衰。水流浮磬动，山喧双翟飞。夏余花欲尽，秋近燕将稀。槐庭垂绿穗，莲浦落红衣。徒知日云暮，不见舞雩归。

诗题名为“入彭城馆”，当是出使东魏时所作，全诗怀古伤今，似无外交内容。

庾信出使东魏，历经北方一些历史遗迹，他也有诗作吟咏，其中亦涉及当前出使之事。如《西门豹庙》，诗云：

> 君子为利博，达人树德深。蘋藻由斯荐，樵苏幸未侵。恭闻正臣祀，良识佩韦心。容范虽年代，徽猷若可寻。菊花随酒馥，槐影向窗

临。鹤飞疑逐舞，鱼惊似听琴。漳流鸣磴石，铜雀影秋林。

前十二句写西门豹事迹以及西门豹庙的情况、景物，表达自己的崇敬之情；末二句点明西门豹庙所在的地域及其景物，隐含自己从南方来到北方。

又有《经陈思王墓》，诗云：

公子独忧生，丘垄擅余名。采樵枯树尽，犁田荒隧平。宁追宴平乐，讵想谒承明。旦余来锡命，兼言事结成。飘遥河朔远，飑飙飓风鸣。雁与云俱阵，沙将蓬共惊。枯桑落古社，寒鸟归孤城。陇水哀笳曲，渔阳惨鼓声。离家来远客，安得不伤情。

《文苑英华》此诗为庾肩吾之作，逯钦立辨之曰："《梁书》及《南史》，肩吾终生未尝奉使河朔，自无由经陈思王墓而题诗。据《北史·庾信传》，信曾聘东魏，文章辞令为邺下所称，则此当为子山之什。"[①] 诗的前半部分写陈思王墓的情况及景物；诗的后半部分写自己由远方来到这里的感慨情怀。

周弘正有《入武关》，诗云：

武关设地险，游客好邅迴，将军天上落，童子弃繻来。挥汗成云雨，车马飏尘埃。鸡鸣不可信，未晓莫先开。

武关，在陕西商南，为秦之南关。周弘正的入武关，当是陈文帝天嘉元年（560 年）周弘正受陈朝委派出使北周时的经历。末二句以孟尝君门客学鸡鸣骗得打开城门之事述说自己的使者经历。

陈时何胥有《被使出关》，诗云：

① 逯钦立：《先秦汉魏晋南北朝诗》，中华书局 1983 年版，第 1990 页。

> 出关登陇坂，回首望秦川。绛水通西晋，机桥指北燕。奔流下激石，古木上参天。莺啼落春后，雁度在秋前。平生屡此别，肠断自催年。

“被使”是说，何胥作为使者，这是诗人作为使者出关的所见所闻。

陈昭《聘齐经孟尝君墓》，诗云：

> 薛城观旧迹，征马屡徘徊。盛德今何在？唯余长夜台。苍茫空垄路，憔悴古松栽。悲随白杨起，泪想雍门来。泉户无关吏，鸡鸣谁为开？

陈昭是南朝梁、陈时的诗人，其父陈庆之在梁以军功封永兴侯，后陈昭袭封。此诗是陈昭出使北齐经孟尝君墓时的凭吊之作。

其二，在邻国从事外交活动的诗作。《北史·庾信传》称其“聘于东魏，文章辞令，盛为邺下所称”。庾信又有《将命至邺》，诗云：

> 大国修聘礼，亲邻自此敦。张旃事原隰，负扆报成言。西过犯霜露，北指度轘辕。交欢值公子，展礼觌王孙。何以誉嘉树，徒欣赋《采蘩》。四牢欣折俎，三献满罍樽。人臣无境外，何由欣此言。风俗既殊阻，山河不复论。无因旅南馆，空欲祭西门。眷然惟此别，夙期幸共存。

这是在邺时所作。前四句写作为使者来到邻邦；次四句写一路上虽经历风霜，却见到了邻邦的优秀人物，十分高兴。“何以”四句写言语诗赋交流与请客敬酒；“人臣”四句写为什么在风俗、山河都不一样的邻邦还有此快乐呢？末四句讲，原因就是与邻邦朋友长期保持联系、共同享受生活，有“但愿人长久，千里共婵娟”之意。

与上述之作同时，庾信又有《将命至邺酬祖正员》，诗云：

> 我皇临九有，声教洎无堤。兴文盛礼乐，偃武息氓黎。承乏驱骐骥，旌旗事琬珪。古碑文字尽，荒城年代迷。被陇文瓜熟，交塍香穗低。投琼实有慰，报李更无蹊。

祖正员，指东魏著名文人祖珽之弟祖孝隐，《北齐书·祖珽传》："珽弟孝隐……魏末为散骑常侍，迎梁使。时徐君房、庾信来聘，名誉甚高，魏朝闻而重之，接对者多取一时之秀，卢元景之徒并降阶摄职，更递司宾。""将命"，即奉命，"将命"出自《仪礼·聘礼》，由此可知其多用于奉命外交。《资治通鉴·齐明帝建武元年》："凡使人以和为贵，勿迭相矜夸，见于辞色，失将命之礼也。"这是说作为使者的仪态。庾信以"将命"为题，当然也是考虑到这一点的。诗题为"酬祖正员"，当是祖孝隐先有赠诗，庾信在此作答。诗的前四句颂扬梁朝梁皇。"承乏"，春秋时常见的行人辞令，谦称自己不能胜任；"琬珪"，指君王使者所持的瑞节。"古碑"四句讲在东魏所见，有故国黍离之叹。末二句用《诗·卫风·木瓜》"投我以木李，报之以琼玖"之义，又用"桃李不言，下自成蹊"以表才浅学疏。如此写来，既有泱泱大国使节气度，又有自己对故土的情感，同时又表示向对方致意。

北周武帝天和四年（568 年），北齐遣使来聘，周使报聘，庾信出使北齐，有《聘齐秋晚馆中饮酒》：

> 欣兹河朔饮，对此洛阳才。残秋欲屏扇，余菊尚浮杯。漳流鸣二水，日色下三台。无因侍清夜，同此月徘徊。

天和四年夏，齐遣使来聘，那么，遣子山报聘，当在此年秋天。"河朔饮"，罢兵和解之宴。《后汉书》载，袁绍、公孙瓒相击，天子遣太仆调解使各自罢兵，公孙瓒以书示意袁绍，于是引军南还。三月上巳，公孙瓒大会宾徒于薄落津。袁绍、公孙瓒所据为之地，故称此罢兵和解之宴为"河朔饮"。"洛阳才"，称齐之诸臣，东魏本从洛迁都邺地，齐受魏禅，故称。

中四句叙写齐之气候景物与名胜古迹，末二句写自己的孤独。

陈天嘉元年（560年），周弘正受陈朝委派出使北周，在北方生活过一段时间，其有《在长安咏雁诗》，诗云：

南思洞庭水，北想雁门关。稻粱俱可恋，飞去复飞还。

这是以大雁比拟自己的使者身份。

《史通·浮词》载："陈周弘正来聘，在馆赠韦敻诗。"周弘正在外交宾馆中，有《赠韦敻诗》，今仅有断句：

德星犹未动，真车讵肯来？

其三，返国途中的所见所闻。庾信又有《反命河朔始入武州》，诗云：

轻车初逐李，定远未随班。受诏祁连反，申威疏勒还。飞蓬损腰带，秋鬓落容颜。寄言旧相识，知余生入关。

这是出使回返时所作。首二句称远行境外，"李"指李广从弟李蔡，为轻车将军出击匈奴，"班"指班超，出使西域，后为定远侯。"受诏"句讲让邻国接受诏命而"反"（返），"申威"句讲向邻国伸张威势后而"还"，这是出使的任务。"飞蓬"、"秋鬓"二句讲出使经历与旅程的艰辛。末二句为自己完成使命顺利归来而庆幸，用班超"臣不敢望到酒泉，但愿生入玉门关"语。

其四，接待使者之作。梁元帝承圣三年（555年），庾信出使西魏而被扣，北周天和四年（569年）他在北曾接待北齐的使者。其《对宴齐使》：

归轩下宾馆，送盖出河堤。酒正离杯促，歌工别曲凄。林寒木皮厚，沙回雁飞低。故人傥相访，知余已执珪。

《周书·武帝纪》："天和四年夏，齐遣使来聘。"庾信接待齐使，他因出使魏而被扣，如今又仕北周，心中自愧，于是说南齐如有故旧相问，就说我已在北周任官了，这也是庾信屡动乡关之思的一种表现。

《陈书·徐陵传》载，"太清二年（548年），（徐陵）兼通直散骑常侍，使魏"，魏裴让之有《公馆讌酬南使徐陵》，诗云：

> 嵩山表京邑，锺岭对江津。方域殊风壤，分野各星辰。出境君图事，寻盟我恤邻。有才称竹箭，无用忝丝纶。列乐歌钟响，张旃玉帛陈。皇华徒受命，延誉本无因。韩宣将聘楚，申胥欲去秦。方期饮河朔，翻属卧漳滨。礼酒盈三献，宾筵盛八珍。岁稔鸣铜雀，兵戢坐金人。云来朝起盖，日落晚摧轮。异国犹兄弟，相知无旧新。

裴让之，字士礼，魏与南方通好，梁使者来，他兼任主客郎，负责接待。裴让之《公馆讌酬南使徐陵》当是此次所作。首句称北朝，次句称南朝，三四句讲各有地域。"出境"句讲南使来访，"寻盟"句讲己方态度。"有才称竹箭，无用忝丝纶"称赏南使。以上是第一部分。"列乐"以下六句写外交使命，用典故述说两国外交，这是第二部分。第三部分写"讌酬"，"方期"四句讲宴饮，"岁稔鸣铜雀"指歌舞升平，"兵戢坐金人"指销毁武器，这些都表达了对和平的渴望。诗作落脚于"异国犹兄弟，相知无旧新"，在两国友好的基础上又申述个人友谊。

裴让之弟裴讷之有《邺馆公讌》，当是此次所作，诗云：

> 晋楚敦盟好，侨札同心赏。礼成樽俎陈，乐和金石响。朝云驾马进，晓日乘龙上。双阙表皇居，三台映仙掌。当阶篁篠密，约岸荷蕖长。束带尽欣娱，谁言骛归两。

全诗写在两国友好基础上的盛情款待。首二句说两国友好的外交关系，以下便写朝廷接待与邺馆公讌款待，结尾二句以"尽欣娱"点明主旨。

潘徽有《赠北使》，诗云：

> 业定三边静，时和四海敦。行人仍礼籍，使者接輶轩。宾荣君享燕，客踞我司寸。既美齐婴学，欣逢郑产言。琴酒时欢会，篇章极讨论。回旌逗陇右，返轴指河源。塞榆行隐路，津柳稍垂门。日沈山气合，潮落水花翻。离情欲寄鸟，别泪不因垣。所可缄怀袖，方以代兰萱。

潘徽在陈时曾任客馆令，这是专门负责接待的官。此诗写在和平友好的情况下接待北使，“既美齐婴学”句，用《战国策·齐策六》事：“秦始皇尝使使者遗君王后（齐襄王后）玉连环曰：‘齐多知，而解次环不?’君王后以示群臣，群臣不知解，君王后引椎椎破之，谢秦使曰：‘谨以解矣。’”这是说与使者斗智的事。“欣逢郑产言”句，称赏对方的外交辞令如同春秋时郑国的子产，《左传·襄公二十五年》载孔子称赏子产言辞谨慎得体：“仲尼曰：《志》有之：‘言以足志，文以足言。’不言，谁知其志？言之无文，行而不远。晋为伯，郑入陈，非文辞不为功。”诗末多写离别之情。

虞世基有《在南接北使》，诗云：

> 会玉二崤至，瑞节三秦归。林蝉疏欲尽，江雁断还飞。墙垣崇客馆，旌盖入王畿。共此敦封植，方欣荐纻衣。

首二句写北使从何处来又回何处，次二句写季节景色，五六句写热情招待，末二句重申友好。“封植”，指培育人才。“纻衣”，用《左传·襄公二十九年》事：“聘于郑，见子产，如旧相识。与之缟带，子产献纻衣焉。”杜预注：“吴地贵缟，郑地贵纻，故各献己所贵，示损己而不为彼货利。”此为友朋交谊。

其五，赠使者出国。徐陵《新亭送别应令》[①]，诗云：

> 风吹临伊水，时架出河梁。野燎村田黑，江秋岸荻黄。隔城闻上鼓，回舟隐去墙。神襟爱远别，流涕极清漳。

首句用《列仙传》典故，以王子乔比萧纲；次句用“苏李诗”在“携手上河梁”之意，点出是送别一位北方的人。中间四句写景写离别，末二句情感抒发，“清漳”点明是出使北齐。

春秋战国时就有送皇子到他国为人质的习惯，自己的儿子出境远赴不测之地，心中自然是难过的，或有帝王以诗吟咏。《南史·元帝诸子传》载：梁元帝第十子始安王萧方略，因其母“蒙宠幸，方略益钟爱。侯景乱，元帝结好于魏，方略年数岁便遣入关。元帝亲送近畿，执手嘘唏，既而旋驾忆之，赋诗曰”：

> 如何吾幼子，胜衣已别离？十日无由宴，千里送远垂。

敌对两国交好，为示诚信是要交换人质的，此诗是梁元帝送其子始安王方略入关做人质而为，诗先述这么个小儿子，刚能自己穿衣就要离别了；此一别再没有机会十日一次为他设宴，只是现在送千里之行到远方去的儿子。后萧方略“至长安即得还，赠遗甚厚。江陵丧亡，遇害”。

隋卢思道《赠别司马幼之南聘》，诗云：

> 故交忽千里，輶车莅远盟。幽人重离别，握手送征行。晚霞浮极浦，落景照长亭。拂雾扬龙节，乘风溯鸟旌。楚山百重映，吴江万仞清。夏云楼阁起，秋涛帷盖生。陆侯持宝剑，终子系长缨。前修亦何远，君其勖令名。

① 曹道衡、沈玉成《南北朝文学史》称“可能是（作者）随萧纲送别一位出使北齐的人所作”，人民文学出版社1991年版，第265页。

诗作有两大内容，一是送别，有送别地的景物描写与目的地的景物描写。二是外交事务的叙说，以“輶车莅远盟”点出此次“南聘”之事是“盟”而不是“战”；以前世外交使者的功绩点出此次“南聘”要压倒对方，方为不辱使命。“陆侯”句，西汉初，陆贾出使南越尉佗，令称臣奉汉约。陆贾善辩，舌剑唇枪，故称“持宝剑”。“终子”句，西汉时终军出使南越，他说：“愿受长缨，必羁南越王而致之阙下。”司马幼之出身世家大族，由北齐入北周，其南聘，史无明文，应是北齐之事。

卢思道《赠刘仪同西聘》，诗云：

> 开邛昔柔远，宾越尽招携。岂若驰天使，玉节抚遗黎。五祠临渭北，双岭带崤西。故关看金马，余坛听宝鸡。垂丝被柳陌，落锦覆桃蹊。分袪俄易惨，离思实难赍。极野云峰合，遥嶂日轮低。尘暗前旌没，风长后骑嘶。灞陵行可望，函谷久无泥。须君劳旋罢，春草共萋萋。

从题目与诗中内容看，当是卢思道在北齐时赠出使北周的使者刘仪同。诗的前四句盛赞本朝的出使，所谓“驰天使”“抚遗黎”。五至八句写出使之地北周的景物。九至十二句写离别相思。十三至十六句以景物写使者出行，衬托情感。末四句展望出使前景及祝愿、相思。

赠使者出国的诗作，其中有殷切的嘱托，又有对友人远赴他乡的担心。因为友人是担负着使命出行的，因此不同于其他送行之作而有对本朝的夸耀，这是让使节牢记自己的身份与使命，进而又有对友人出行使命的展望，等等。

其六，送使者还国，当然是邻国所为。但相送者也有不同，一是正常情况，主人送客人；二是本来就与使者是同国人，但如今自己来到邻国成为邻国人了，于是有客中送客的意味。此二者的情感指向不一样。我们先来看第一种情况。

阴铿《广陵岸送北使》：

行人引去节，送客舣归舻。即是观涛处，仍为郊赠衢。汀洲浪已息，邗江路不纡。亭嘶背枥马，樯啭向风乌。海上春云杂，天际晚帆孤。离舟对零雨，别渚望飞凫。定知能下泪，非但一杨朱。

广陵岸已经是边界上了，这是诗人“送北使”远去后的感怀。“行人”二句分别后各自的背道而驰；这时诗人来到“即是观涛处，仍为郊赠衢”的“送北使”之处，“浪已息”、“路不纡”，但马嘶乌啭还透露出种种离别之情。“海上”以下四句是诗人设想“北使”远去的情形。末二句抒发离情。全诗以景抒情，又全不说此情为何，切“送北使”之类相送使者的场合，因为相送使者，礼节的意味大于情感的意味，所以笼统而概括的以景抒情成为诗人的最佳选择。

第二种情况，庾信送别南朝使者之作属客中送客。这就是自己本是南朝人来到北方，南朝的使节来访，来访的使节又是自己的故友，此时相送便以故友身份出之，有时一点相送使节的意味都没有，全是送故友的意思，庾信的送周弘正之作就是如此。江陵被西魏攻陷，一大批文人士子被掳至北方，后来代梁立陈的陈霸先之侄陈顼也在其内，后西魏改朝换代为北周，陈与北周交好。陈天嘉元年（560 年），陈朝派周弘正出使北周接陈顼，天嘉三年（562 年），即北周武帝保定二年，周弘正自北周返陈，庾信相送，有《送周尚书弘正二首》，诗云：

交河望合浦，玄菟想朱鸢。共此无期别，知应复几年？（其一）

离期定已促，别泪转无从。惟愁郭门外，应足数株松。（其二）

其一云，交河与合浦，玄菟与朱鸢，都是极远之地，此次离别，相会则遥遥无期；其二云，离别之期即将到来，眼泪不知为何而流，该是为数墓头上的松树吧，意思是自己将老死于北方了。

庾信又有《重别周尚书弘正二首》，诗云：

阳关万里道，不见一人归。惟有河边雁，秋来南向飞。（其一）

河桥两岸绝，横歧数路分。山川遥不见，怀袖远相闻。（其二）

其一讲，周陈通好之前，南北隔绝，凡是由南入北之人没有一个能够回去的，这是自梁江陵之亡至此刻南方与西魏、北周的外交现实；现在周弘正像大雁一样南飞而去。其二讲分手后再难相见。

庾信又有《徐报使来止得一见》，诗云：

一面还千里，相思那得论。更寻终不见，无异桃花源。

徐报何时出使北方，史无明载。徐报，即徐陵长子，题目是说徐报作为使者来，也仅得见了一面，而这一面之见还是行千里之路才实现的；以后要再见面就很难很难了，就像寻找桃花源一样。陶渊明《桃花源记》载，渔夫出桃花源时，对路“处处志之”，但再前往时，“寻向所志，遂迷不复得路”，庾信用此来表示再次见面之难。在南朝时庾信与徐报的父亲徐陵一起共事，《北史·庾信传》称，在梁简文帝为太子时，“（庾信）父肩吾为梁太子中庶子，掌管记。东海徐摛为右卫率，摛子陵及信并为抄撰学士。父子在东宫，出入禁闼，恩礼莫与比隆。既文并绮艳，故世号为‘徐庾体’焉”。徐陵也曾出使北齐被拘，他屡求回梁复命，直到江陵沦陷，北齐才放陵南归。庾信与徐陵既同在东宫，又有相同的出使被拘的经历，可见关系非同一般。庾信对徐陵的情感更有特殊之处，此处诗作说见作为使者的徐报都这样难，暗含见徐陵更是不可能的事情了。

周弘正有《陇头送征客诗》，当是其出使北周时所作，诗作学习北人之作的风格、口吻而来，诗云：

朝霜侵汉草，流沙度陇飞。一闻流水声，行住两沾衣。

这也是客中送客的意味。“行住两沾衣”者，远行者与相送者都悲伤不尽。

其七，吟咏前辈外交使节。苏武是坚贞不屈、不辱使命的榜样，陈刘删《赋得苏武》，诗云：

> 奉使穷沙漠，抆泪上河梁。食雪天山近，思归海路长。系书秋待雁，握节暮看羊。因思李都尉，还汉不相忘。

这是对使节的吟咏，诗中选取最有代表性的事迹来吟咏。

各种类型的使者诗作的特点。使节出使到异国他乡，最早接触到的是异国他乡的景物，使节亦赋诗吟咏这些异国他乡的景物。但由于使节的特殊身份，这些景物往往有浓厚的人文景观的意味，如庾信《将命使北始渡瓜步江》由景物引起对自己使命的思考，周弘正《入武关》由典故引出景物的异国他乡意味，何胥《被使出关》由景物点明到达异国他乡，陈昭《聘齐经孟尝君墓》写异国他乡的人文景观及对自己当前的意义。

记叙在邻国进行外交活动的诗作，一是要强调双方友好的情谊，这是使节的职责，如庾信《将命至邺》；或具体叙写双方的友好往来，如庾信《聘齐秋晚馆中饮酒》即写酒宴。二是夸耀己方的强盛以强调双方友好的情谊，如庾信《将命至邺酬祖正员》。有时诗中又写到，在邻国进行外交活动的时间长了，也会有思家之感，但使者的职业就是周弘正《在长安咏雁诗》所说“飞去复飞还”。

诗人从邻国返回，自然有一种庆幸，毕竟是从敌国返回啊！况且是被掳而又放还呢。沈炯《长安还至方山怆然自伤》，虽说其写作背景是特殊的，经历了大风大浪后，“虽还旧乡里，危心曾未平”的心情还是可以体会的；庾信《反命河朔始入武州》以“寄言旧相识，知余生入关”写自己安全返还。

接待使者的诗作，一般都叙写友谊，进而叙写此番见面后的离别，这几首诗作都是如此；有时诗作会叙写一些特殊情况，如庾信《对宴齐使》有传话性质。

从外交信函看双方“欲示无外之意”，《魏书·自序》：

> 自南北和好，书下纸每云“想彼境内宁静，此率土安和”。萧衍后使，其书乃去“彼”字，自称犹著“此”，欲示无外之意。（魏）收定报书云：“想境内清晏，今万国安和。”南人复书，依以为体。

南北外交信函，一开始彼此相分明确，“彼”如何，“此”怎样。后来，南朝的信函去掉了“彼”，也就是不再称你们怎样怎样了，意思是“欲示无外之意”，表示南北双方没有内外、彼此之分，但还称我们怎样怎样。待魏收时，北朝的信函干脆又去掉了“此”，这样“欲示无外之意”表达得更加充分与明白；而南北所谓“欲示无外之意”，就是对中华一家的认同，就是认为从根本上说，彼此都是一家人。南北统一已成大势所趋，无可阻挡。

第十一章

和亲篇

一　和亲的意味

所谓“和亲”，根本的意思实际上就是“和戎”，与四境少数民族停止战争而建立和平、友好、亲睦的关系，《左传·襄公四年》载：“公曰：‘然则莫如和戎乎？’对曰：‘和戎有五利焉：戎狄荐居，贵货易土，土可贾焉，一也。边鄙不耸，民狎其野，穑人成功，二也。戎狄事晋，四邻振动，诸侯威怀，三也。以德绥戎，师徒不勤，甲兵不顿，四也。鉴于后羿，而用德度，远至迩安，五也。君其图之！’公说，使魏绛盟诸戎，修民事，田以时。”

在汉代，两个对立的民族停止战争而建立和平、友好、亲睦的关系，称作“和亲”，两汉四百余年，共有民族“和亲”二十九次。以后中原政权与四境少数民族政权亦有“和亲”，如南朝刘宋时，鲜卑吐谷浑拾寅向刘宋献舞马，谢庄等作《舞马歌》。《宋书·谢庄传》载：“时河南献舞马，诏群臣为赋”，谢庄有《舞马赋应诏》；“又使庄作《舞马歌》，令乐府歌之”，诗今已不存。《宋书·鲜卑吐谷浑传》载：“世祖大明五年，拾寅遣使献善舞马，四角羊。皇太子、王公以下上《舞马歌》者二十七首。”河南，河南王，宋文帝元嘉十六年赐鲜卑吐谷浑慕延之封号，拾寅是慕延接替者。此当是吟咏和亲时的相送礼物，这又是以文学作品的形式歌吟和亲。

“和亲”时，则有种种惯例与规定，如果是对方“质子”，则是以大压小、以强凌弱。随着汉帝国的强大，匈奴“质子”“入侍”的事越来越多。与“质子”“入侍”相互对等的，应该是和亲时遣公主远嫁匈奴单于或其他民族头领的事。两汉期间二十九次民族“和亲”，第二次至第十二次和第十九次，都有遣公主嫁匈奴单于或其他民族头领的事。其实，公主远嫁是“和亲”中的一项重要活动，但不见得每次“和亲”都有公主远嫁，不能狭义化地理解“和亲”活动，仅视“和亲”活动为公主远嫁。①

二 和亲时的公主远嫁

《史记·匈奴列传》载，平城之围后高祖“使刘敬接和亲之约”，这是汉与匈奴第一次和亲；《史记·匈奴列传》载第二次和亲的情况，在此次和亲中才有遣公主嫁匈奴单于之事，即“奉宗室女公主为单于阏氏”。

两汉及后代多有诗作吟咏遣公主嫁匈奴单于或其他民族头领之事。现存第一首对此事的吟咏，是公主刘细君本人吟咏远嫁乌孙的悲愁。刘细君，江都王女，远嫁乌孙而作悲愁之歌。《汉书·西域传下》载，武帝时张骞通西域，乌孙国与汉廷交好，匈奴“怒欲击之”，“乌孙于是恐，使使献马，愿得尚汉公主，为昆弟。天子问群臣，议许，曰：‘必先内聘，然后遣女。’乌孙以马千匹聘。汉元封（前 110—前 105 年）中，遣江都王建女细君为公主，以妻焉。赐乘舆服御物，为备官属宦官侍御数百人，赠送甚盛。乌孙昆莫以为右夫人。匈奴亦遣女妻昆莫，昆莫以为左夫人。公主至其国，自治宫室居，岁时一再与昆莫会，置酒饮食，以币帛赐王左右贵人。昆莫年老，言语不通，公主悲愁，自为作歌曰”：

吾家嫁我兮天一方，远托异国兮乌孙王。穹庐为室兮旃为墙，以

---

① 以上参见葛亮《论汉代的民族“和亲”并非民族间的政治联姻》，《河北学刊》2003 年第 6 期。

> 肉为食兮酪为浆。居常土思兮心内伤，愿为黄鹄兮归故乡。

《汉书·西域传下》载，“天子闻而怜之，间岁遣使者持帷帐锦绣给遗焉”。此即“昆莫年老，欲使其孙岑陬尚公主”，公主不愿意，上书天子，天子回答说：“从其国俗，欲与乌孙共灭胡。”后岑陬为乌孙王。汉天子从朝廷的利益考虑，于是不同意刘细君的请求；而诗作的旨意则是哀伤远嫁。诗作分为三个层次，第一层次为陈述现实事件，但已点明悲愁的原因，即所嫁之处为“天一方”的“异国”。第二层次为叙说“异国”的风俗，诗中叙说的风俗还只是物质方面的，还有更难以习惯是文化习俗上的，此即“昆莫年老，欲使其孙岑陬尚公主”，这也是为以下的“悲愁”抒情奠定基础。第三层次为抒情，一是“心内伤”，二是以羡慕“黄鹄”高飞秋去春来来表达回归故乡的愿望。后世对细君远嫁乌孙多有引证，《后汉书·皇甫规传》：“前世尚遗匈奴以宫姬，镇乌孙以公主。”这是说“和亲”嫁公主的目的有“镇乌孙”之意。

又如，当时或有乌孙氏女嫁到中原，《焦氏易林》中《噬嗑之萃》：

> 乌孙氏女，深目黑丑。嗜欲不同，过时无偶。

《革之鼎》：

> 乌孙氏女，深目黑丑。嗜欲不同，过时无耦。

三　昭君出塞

继武帝元封（前110—前105年）中刘细君远嫁乌孙国，汉元帝竟宁元年（前33年），又有与匈奴和亲时的“昭君出塞”。《汉书·元帝纪》载诏曰：“匈奴郅支单于背叛礼义，既伏其辜，呼韩邪单于不忘恩德，乡慕礼义，复修朝贺之礼，愿保塞传之无穷，边垂长无兵革之事。其改元为竟宁，赐单于待诏掖庭王嫱为阏氏。”《汉书·匈奴传》载：“单于自言愿婿汉氏以自亲。元帝以后宫良家子王嫱字昭君赐单于。”从中原王朝的立场说，匈奴要求和亲并“自言愿婿汉氏以自亲”，那么，称“昭君出塞”是朝廷“赐单于”，也是可以的。又如，《后汉书·南匈奴列传》载，“昭君入宫数岁，不得见御，积悲怨，乃请掖庭令求行”，这也是可信的，此处不得志，另求他处，但仅仅这样看，未免简单了一些。我们再来看“昭君出塞”前一年的一段史事，《汉书·元帝纪》载，建昭四年（前34年）正月，“以诛郅支单于告祠郊庙。赦天下。群臣上寿置酒，以其图书示后宫贵人”。朝廷是把与匈奴的关系及其对抗中的胜利广为宣传的，“告祠郊庙”就是上告天地、下告祖先，“赦天下”就是让人们都享受到战胜匈奴的利益；皇帝还要与后宫共享胜利，“以其图书示后宫贵人”，以艺术形式告知后宫贵人。因此，在如此气氛中王昭君自荐求行，肯定有主动请缨、和亲胡汉的目的。

王昭君号宁胡阏氏，阏氏称呼有说法，《史记·匈奴列传》：“单于有太子名冒顿。后有所爱阏氏，生少子。”司马贞《索隐》：“旧音於连、於曷反二音。匈奴皇后号也。习凿齿与燕王书曰：‘山下有红蓝，足下先知不？北方人探取其花染绯黄，采取其上英鲜者作烟肢，妇人将用为颜色。吾少时再三过见烟肢，今日始视红蓝，后当为足下致其种。匈奴名妻作“阏支”，言其可爱如烟肢也。阏音烟。想足下先亦不作此读《汉书》也。’”后来，王昭君又嫁给下一位单于，其中有一些反复，《后汉书·南匈奴列传》载，王昭君“生二子。及呼韩邪死，其前阏氏子代立，欲妻之，昭君上书求归，成帝敕令从胡俗，遂复为后单于阏氏焉”。在朝廷的命令与支持下，王昭君做出合乎和亲大业的决定。《汉书·匈奴传》载，“复株絫单于复妻王昭君，生二女，长女云为须卜居次，小女为当于居次”。“居次”，若汉言公主，“须卜”“当于”皆为其夫家氏族名。小女佚名，长女名“云”，这位云公主与其女婿须卜为胡汉和亲也做出过贡献。

《西京杂记》是这样叙说王昭君事迹的：“元帝后宫既多，不得常见，乃使画工图形，案图召幸之。诸宫人皆赂画工，多者十万，少者亦不减五万。独王嫱不肯，遂不得见。匈奴入朝，求美人为阏氏，于是上案图，以昭君行。及去，召见，貌为后宫第一，善应对，举止闲雅。帝悔之，而名籍已定，帝重信于外国，故不复更人，乃穷案其事，画工皆弃市。籍其家资，皆巨万。画工有杜陵毛延寿，为人形，丑好老少必得其真。安陵陈敞，新丰刘白、龚宽，并工为牛马飞鸟众势，人形好丑，不逮延寿。下杜阳望，亦善画，尤善布色，樊育亦善布色。同日弃市，京师画工于是差稀。"南北朝时吟咏王昭君的作品，既有从"远嫁难为情"以及嫁至匈奴不习惯其习俗立意的，亦多有从《西京杂记》所载立意者。以下载录之。

四 假托昭君的《怨旷思惟歌》

《琴操》录《怨旷思惟歌》，又名《昭君怨》，称昭君自作，其序曰："王昭君者，齐国王穰女也。昭君年十七时，颜色皎洁，闻于国中。穰见昭君端正闲丽，未尝窥看门户，以其有异于人，求之皆不与，献于孝元帝。以地远既不幸纳，叨备后宫。积五六年，昭君心有怨旷，伪不饰其形容，元帝每历后宫，疏略不过其处。后单于遣使者朝贺，元帝陈设倡乐，乃令后宫妆出。昭君怨恚日久，不得侍列，乃更修饰，善妆盛服，形容光辉而出，俱列坐。元帝谓使者曰：'单于何所愿乐？'对曰：'珍奇怪物，皆悉自备，惟妇人丑陋，不如中国。'帝乃问后宫：'欲一女赐单于，谁能行者起。'于是昭君喟然越席而前曰：'妾幸得备在后宫，粗丑卑陋，不合陛下之心，诚愿得行。'时单于使者在旁，帝大惊悔之，不得复止，良久太息曰：'朕已误矣。'遂以与之。昭君至匈奴，单于大悦，以为汉与我厚，纵酒作乐。遣使者报汉，送白璧一双、骏马十匹、胡地珠宝之类。昭君恨帝始不见遇，心思不乐，心念乡土，乃作《怨旷思惟歌》曰云云。昭君有子曰世违，单于死，子世违继立。凡为胡者，父死妻母，昭君问世违曰：'汝为汉也？为胡也？'世违曰：'欲为胡耳。'昭君乃吞药自杀，单于举葬之。胡中多白草，而此冢独青。"其歌曰：

秋木萋萋，其叶萎黄。有鸟爰止，集于苞桑。徘徊枝条，意志自得。养育毛羽，形容生光。既得升云，获幸帷房。离宫绝旷，身体摧藏。志念抑沉，不得颉颃。虽得委食，心有徊徨。我独伊何，改往变常。翩翩之燕，远集西羌。高山峨峨，河水泱泱。父兮母兮，道里悠长。呜呼哀哉，忧心恻伤。

此当是后汉代琴工模拟王昭君口吻所为，逯钦立《先秦汉魏晋南北朝诗》称此作："《书钞》引此谓出《汉书》，恐误。又昭君本入匈奴，而歌辞则谓'远集西羌'，地理不合，后汉外患在羌，作者遂率笔及之也。"《琴操》录此诗时称王昭君因不被宠幸"乃作怨思之歌"，赴匈奴后又十分思念家乡故里，这些在歌里均有表现；《琴操》录此诗时又称单于得王昭君则大悦，又称王昭君在匈奴不习惯其习俗，这些在歌里没有表现。

南朝江淹有《恨赋》、《别赋》，古往今来传诵不已，其共同的特点在于都是描写了某种感情在不同人物身上的各种表现。江淹自称《恨赋》是"直念古人，伏恨而死"之作，作品一开始写道："试望平原，蔓草萦骨，拱木敛魂；人生到此，天道宁论！"其中写到的人物有秦始皇、赵王迁、李陵、王昭君、冯衍、嵇康等。其写王昭君的段落："若夫明妃去时，仰天太息。紫台稍远，关山无极；摇风忽起，白日西匿。陇雁少飞，代云寡色。望君王兮何期，终芜绝兮异域。"

五 石崇《王明君》

晋时石崇《王明君》，一曰《王昭君》，属《相和歌辞》吟叹曲，《乐府诗集》解题引《古今乐录》称此辞曰："《明君》歌舞者，晋太康中石季伦所作也。王明君本名昭君，以触文帝讳，故晋人谓之明君。匈奴盛，请婚于汉，元帝以后宫良家子明君配焉。初，武帝以江都王建女细君为公主，嫁乌孙王昆莫，令琵琶马上作乐，以慰其道路之思，送明君亦然也。其造新之曲，多哀怨之声。"辞曰：

> 我本汉家子，将适单于庭。辞诀未及终，前驱已抗旌。仆御涕流离，辕马悲且鸣。哀郁伤五内，泣泪沾朱缨。行行日已远，遂造匈奴城。延我于穹庐，加我阏氏名。殊类非所安，虽贵非所荣。父子见陵辱，对之惭且惊。杀身良不易，默默以苟生。苟生亦何聊，积思常愤盈。愿假飞鸿翼，乘之以遐征。飞鸿不我顾，伫立以屏营。昔为匣中玉，今为粪上英。朝华不足嘉，甘于秋草并。传语后世人，远嫁难为情。

诗作的立意是"远嫁难为情"以及嫁至匈奴不习惯其习俗。王昭君远嫁是有利于民族团结的，这是史书的叙事角度；而从情感抒发的角度，石崇诗作突出了故国家邦之思。《乐府诗集》引《唐书·乐志》曰："《明君》，汉曲也。元帝时，匈奴单于入朝，诏以王嫱配之，即昭君也。及将去，入辞，光彩射人，悚动左右，天子悔焉。汉人怜其远嫁，为作此歌。晋石崇妓绿珠善舞，以此曲教之，而自制新歌。"这是说汉代本有咏王昭君的歌曲，其抒情指向是"怜其远嫁"。

诗中所述哀情有三：一是远离家乡的悲伤；二是对不同风俗、不同礼仪下自身处境的哀痛；三是身份改变的凄苦。这些哀情又都统摄在"远嫁难为情"上。尤其是主人公对不同风俗、不同礼仪下自身处境的哀痛，所谓"父子见陵辱，对之惭且惊"，是一般诗作不能表现的。《文选》李善注史事曰："《汉书》曰：呼韩邪死，子雕陶莫皋立，为复系若鞮单于，复妻王昭君，生二女也。"这点在蔡文姬五言《悲愤诗》中也有叙写，所谓"边荒与华异，人俗少义理"。不过石崇的叙写带有歧视与敌意，而蔡文姬的叙写只是隐约写来，客观性的。

所谓"妻其后母"，即指不同风俗、礼仪下的远嫁公主处境。匈奴与汉朝关系不好，就要攻略边境，抢夺财物，抢夺妇女。匈奴与汉朝两国关系交好，也就是娶汉女、得财物。《汉书·匈奴传》载：单于遣使遗汉书，其中就说"今欲与汉闿大关，取汉女为妻，岁给遗我糵酒万石，稷米五千斛，杂缯万匹，它如故约，则边不相盗矣"。另外，也有边境一带的妇女因为眼前的生活窘境而逃往匈奴以追求幸福的，如《汉书·匈奴传》中记载汉郎中侯应谈边境形势，其中云："又边人奴婢愁苦，欲亡者多，曰：'闻匈奴中乐，无奈何望急何！'"《史记·匈奴列传》载匈奴习俗："自君王下，咸食畜肉，衣其皮革，被旃裘。壮者食肥美，老者食其余。贵壮健，贱老弱。父死，妻其后母；兄弟死，皆取其妻妻之。"《史记·匈奴列传》记载了某次"和亲"远嫁公主时中行说陪行，中行说对汉使者批评匈奴"父死，妻其后母"是这样解释的："父子兄弟死，取其妻妻之，恶种姓之失也。故匈奴虽乱，必立宗种。今中国虽详（佯）不取其父兄之妻，亲属益疏则相杀，至乃易姓，皆从此类。"意为既保证繁衍后代，又保证种族纯正，是可以理解的。在这种情况下，匈奴会恶意地与刘邦去世后的吕后开玩笑，《汉书·匈奴传》载：冒顿为书遗高后说："孤偾之君，生于沮泽之中，长于平野牛马之域，数至边境，愿游中国。陛下独立，孤偾独居。两主不乐，无以自虞，愿以所有，易其所无。"后来，汉臣或其他国臣子投到匈奴，单于也要以尊贵女性嫁之，既是现实的恩宠，又是说保持后代有某种血统以实现政治联姻以示恩宠，如赵信、李陵、李贰师、乌孙、康居间小国的乌禅幕，降后，匈奴都以贵族女妻之。

六 吟咏王昭君的另几个系列

《乐府诗集》载录吟咏王昭君的歌辞有几个系列，一是承石崇《王明君》而来的《王昭君》系列，属《相和歌辞》吟叹曲，此《王昭君》系列突出离别色彩。

刘宋鲍照《王昭君》以边塞风光写情感：

既事转蓬远，心随雁路绝。霜鞞旦夕惊，边笳中夜咽。

梁施荣泰《王昭君》：

垂罗下椒阁，举袖拂胡尘。唧唧抚心叹，蛾眉误杀人。

此诗以昭君“举袖拂胡尘”为背景抒发情感，其抒发重心在“蛾眉误杀人”，是说“昭君自恃容貌”而不肯赂画工，于是被画丑了而出行匈奴，还是说昭君容貌太姣好了，于是出行匈奴更令人遗憾？

北周庾信《王昭君》一味渲染离开汉宫故乡的悲哀：

拭啼辞戚里，回顾望昭阳。镜失菱花影，钗除却月梁。围腰无一尺，垂泪有千行。衫身承马汗，红袖拂秋霜。别曲真多恨，哀弦须更张。

庾信另一首《王昭君》：

倚兰恩宠歇，昭阳幸御稀。朝辞汉阙去，夕见胡尘飞。寄信秦楼下，因书秋雁归。

写昭君是在“恩宠歇”的情况下“朝辞汉阙去”的，这已有宫怨色彩；又写自己难归，秋雁易归，只有托秋雁寄书信了。

又有《明君词》系列，亦承石崇《王明君》而来的，题目不同，亦属吟叹曲。

梁简文帝萧纲《明君词》：

玉艳光瑶质，金钿婉黛红。一去蒲萄观，长别披香宫。秋檐照汉月，愁帐入胡风。妙工偏见诋，无由情恨通。

诗作写明君天生丽质而入胡，于是怨恨画工对自己容貌的诋毁。

梁武陵王萧纪《明君词》：

塞外无春色，边城有风霜。谁堪览明镜，持许照红妆。

这是说在塞外风霜下，明君还能保持鲜亮的红妆吗？

梁沈约《明君词》：

朝发披香殿，夕济汾阴河。于兹怀九折，自此敛双蛾。沾妆疑湛露，绕臆状流波。日见奔沙起，稍觉转蓬多。胡风犯肌骨，非直伤绮罗。衔涕试南望，关山郁嵯峨。始作阳春曲，终成苦寒歌。唯有三五夜，明月暂经过。

所谓“胡风犯肌骨，非直伤绮罗”，那就还伤心了，着力描摹明君在胡地的感受。

陈张正见《明君词》写在胡地的哀伤，再写时光流逝，容颜老去：

寒树暗胡尘，霜楼明汉月。泪染上春衣，忧变华年发。

北周王褒《明君词》：

兰殿辞新宠，椒房余故情。鸿飞渐南陆，马首倦西征。寄书参汉使，衔涕望秦城。唯余马上曲，犹作出关声。

诗作以汉地情与“马上曲”“出关声”作对比来抒发情感。

北周庾信《明君词》：

敛眉光禄塞，遥望夫人城。片片红颜落，双双泪眼生。冰河牵马渡，雪路抱鞍行。胡风入骨冷，夜月照心明。方调琴上曲，变入胡笳声。

“方调琴上曲，变入胡笳声”是诗作很有意思之处，这是写明君本人的心理调节，由“片片红颜落，双双泪眼生”的汉人，已逐渐成为胡人了。这恐怕也是由南入北的庾信自身的变化吧！

隋何妥《明君词》极写《明君词》之悲：

昔闻别鹤弄，已自轸离情。今来昭君曲，还悲秋草并。

隋薛道衡《明君词》：

我本良家子，充选入椒庭。不蒙女史进，更无画师情。蛾眉非本质，蝉鬓改真形。专由妾命薄，误使君恩轻。啼落渭桥路，叹别长安城。今夜寒草宿，明朝转蓬征。却望关山迥，前瞻沙漠平。胡风带秋月，嘶马杂笳声。毛裘易罗绮，毡帐代帏屏。自知莲脸歇，羞看菱镜明。钗落终应弃，髻解不须萦。何用单于重，讵假阏氏名。駃騠聊强食，挏酒未能倾。心随故乡断，愁逐塞云生。汉宫如有忆，为视旄头星。

诗歌的前八句繁衍《西京杂记》的故事，写昭君为何出塞；“啼落”以下十八句写昭君出塞后的生活，一为胡地风寒，二为被单于重视而有阏氏之名；末四句从“汉宫”方面写相忆，“旄头星”者，胡星也。

此系列，南人写来，突出胡地风霜之下昭君怎能保持容貌娇艳；而北人写来，则写王昭君已为胡人，如庾信称昭君之琴“变入胡笳声”，薛道衡称昭君“何用单于重，讵假阏氏名”。于是，所谓相忆也是两国间的。

又有《昭君怨》的后代拟作，属《琴曲歌辞》。

梁王叔英妻刘氏之作云：

一生竟何定，万事最难保。丹青失旧仪，玉匣成秋草。想妾辞关泪，至今犹未燥。汉使汝南还，殷勤为人道。

作者是女性，其情感抒发也重在女性命运的飘忽不定。

陈后主之作云：

> 图形汉宫里，遥聘匈奴庭。狼山聚云暗，龙沙飞雪轻。笳吟度陇咽，笛转出关鸣。啼妆寒叶下，愁眉塞月生。只余马上曲，犹作别时声。

诗作称“只余马上曲，犹作别时声”，也就是一切都在变，只有《昭君怨》为离别之曲不变。

其他之作，如刘宋庾徽之《昭君辞》，诗云：

> 联雪隐天山，崩风荡河澳。朔障裂寒笳，冰原嘶代驲。

这首诗未入乐府系统，全是描摹北地风光，为《文选·赭白马赋序》李善注引，可能是残篇。

《洛阳伽蓝记》卷三载，高阳王雍有“美人徐月华，善弹箜篌，能为《明妃出塞》之歌，闻者莫不动容”，不知此《明妃出塞》之歌为何物。

各种“昭君辞”有着种种不同情感抒发。石崇《王昭君》，抒发离乡的悲伤，于是改变了身份，而塞外的一切又那么生疏，风光不同，风俗亦不同。后人的继作都由此出发，但又有所变化，或大笔墨增写塞外景物；或写在塞外景物下，王昭君的容颜改变；或从王昭君的容颜出发，把王昭君的命运归结为“蛾眉误杀人”，进而感叹女性一生难以料定；或从塞外风俗不同写“变入胡笳声”，抵制之中又有接受胡俗，等等。

《焦氏易林》中《萃之临》[①]：

> 昭君死国，诸夏蒙德。异类既同，宗我王室。

---

① 尚秉和：《焦氏易林注》下册，光明日报出版社2006年版，第447页。

《萃之益》：

长城既立，四夷宾服。交和结好，昭君是福。[1]

这里对王昭君是另一方面的叙说。

七　其他的公主出嫁之作

王肃本南齐人，其父王奂及兄弟并为齐武帝所杀。王肃自南入北，《北史·王肃传》载："诏（王）肃尚陈留长公主，本刘昶子妇彭城公主也，赐钱二十万，帛三千匹。"正因为尚公主，才有下面的佳话。《洛阳伽蓝记》卷三载，王肃"在江南之日，聘谢氏女为妻"，此谢氏女即著名诗人谢庄之女，"及至京师，复尚公主，其后谢氏入道为尼，亦来奔肃。见肃尚主，谢作五言诗以赠之"。王肃收到诗后，公主代王肃作答诗。王肃看了"甚有愧谢之色"。谢氏诗为：

本为箔上蚕，今作机上丝；得路逐胜去，颇忆缠绵时。

陈留长公主代作为：

针是贯线物，自中恒任丝；得帛缝新去，何能纳故时？

都是以咏物暗喻的形式出之。谢庄之女作诗以咏物暗喻双关出之并不奇怪，而北朝的公主能这样写诗就值得赞叹了。

《北齐书·祖珽传》："时神武（高欢）送魏兰陵公主出塞嫁蠕蠕，魏收赋《出塞》及《公主远嫁诗》二首，珽皆和之，大为时人传咏。"此赋、

① 尚秉和：《焦氏易林注》下册，第450页。

此诗与祖珽和作，今皆不存。

千金公主，北周赵王宇文招女，北周大象元年（579 年），嫁突厥可汉，至隋，赐姓杨氏，改封大义公主。有诗《书屏风》，诗云：

> 盛衰等朝露，世道若浮萍。荣华实难守，池台终自平。富贵今何在？空事写丹青。杯酒恒无乐，弦歌讵有声。余本皇家子，漂流入虏庭。一朝睹成败，怀抱忽纵横。古来共如此，非我独申名。唯有《明君曲》，偏伤远嫁情。

《隋书·突厥传》载此诗背景："平陈之后，上以陈叔宝屏风赐大义公主，主心恒不平，因书屏风为诗，叙陈亡自寄。"大义公主本宇文宗氏，"自伤宗祀绝灭，每怀复隋之志"，突厥与隋常有冲突亦有她的挑拨因素，隋改封其为大义公主，亦有劝她以和亲大义为重之意。但诗中她仍耿耿于怀，以陈亡为比，说自己宗祀绝灭没有依靠，所以"偏伤远嫁情"。如此的"偏伤远嫁情"，与王昭君是不大一样的。

第十二章

闺怨篇

一　从军而生“闺怨”

战争，就朝廷而言就是出征、作战、凯旋，或者失败、亡国，有战争就有从军上前线；而就军队将士及其家人而言，出征、作战就是离别，离别后就有不尽的相思与牵挂，或者出征的离别就是永诀，当然也会有团聚。出征、作战与离别、相思、团聚是战争的两个方面，此二者彼此对应，在中古诗作中都有叙写。

《文选》收有旧题《李少卿与苏武诗》三首，其一云：

> 良时不再至，离别在须臾。屏营衢路侧，执手野踟蹰。仰视浮云驰，奄忽互相逾。风波一失所，各在天一隅。长当从此别，且复立斯须。欲因晨风发，送子以贱躯。

此当为夫妻相别，叙写的相送全景。

《文选》收有旧题《苏武诗》四首，其三云：

> 结发为夫妻，恩爱两不疑。欢娱在今夕，燕婉及良时。征夫怀归

路，起视夜何其。参辰皆已没，去去从此辞。行役在战场，相见未有期。握手一长叹，泪为生别滋。努力爱春华，莫忘欢乐时。生当复来归，死当长相思。

丈夫从军，这对新婚夫妇即将离别，诗作先写最后一次良辰，再写离别及离别时的嘱托，嘱托中又以刚刚逝去的良辰为话由。总之，诗作反复叙写的是相会良辰与离别瞬间。

前人考证苏李诗当为汉末无名氏代苏李立言，这该是较早的有“闺怨”意味的诗作。所谓“闺怨”题材，应该是写丈夫出征而闺中妇人的哀怨。江淹《杂体诗三十首》的《李都尉陵从军》把离别而使闺中妇人哀怨的缘由定位在“从军”，诗云：

樽酒送征人，踟蹰在亲宴。日暮浮云滋，握手泪如霰。悠悠清川水，嘉鲂得所荐。而我在万里，结友不相见。袖中有短书，愿寄双飞燕。

诗作的题目与内容把从军与离别、相思等“闺怨”结合在一起。《乐府诗集》载《燕歌行》系列，《乐府解题》曰：“晋乐奏魏文帝‘秋风’、‘别日’二曲，言时序迁换，行役不归，妇人怨旷无所诉也。”因“行役不归”而“妇人怨旷”，就是“闺怨”。

二 曹丕《燕歌行》与“闺怨”传统

曹丕《燕歌行》其一云：

秋风萧瑟天气凉，草木摇落露为霜，群燕辞归鹄南翔。念君客游多思肠，慊慊思归恋故乡，君何淹留寄他方。贱妾茕茕守空房，忧来思君不敢忘，不觉泪下沾衣裳。援琴鸣弦发清商，短歌微吟不能长，明月皎皎照我床。星汉西流夜未央，牵牛织女遥相望，尔独何辜限河梁？

诗作是写女子在秋夜思念远方的丈夫，全诗十五句，可分为五个层次，每层次三句。“秋风”三句写秋景，一幅秋景图。“秋”的时间意味是一年将尽，也是各种飞禽辞归回乡之时；而“秋”的情感基调就是悲，宋玉《九辩》中所谓“悲哉秋之为气也，萧瑟兮草木摇落而变衰”。“秋”的时间意味与情感基调构成女子思念的背景。“念君”三句写丈夫，你在外地也思恋家乡，那么为什么还要淹留他方不即刻回家呢？从对方着眼写自己的哀怨。“贱妾”三句直写女子自己的哀伤情形，泪水涟涟落实到“忧来思君不敢忘”。“援琴”三句写女子欲以弹琴解忧而不得，说的是忧伤之深。末三句以牛郎织女的神话故事作比来表达自己的情感，有质问，又有疑惑。如此五部分相互配合，清代王夫之《古诗评选》称之为“倾情、倾度、倾色、倾声”。全诗情致委婉、缠绵含蓄，完全是女子心理的刻画，可称得上为思念交响曲。

曹丕《燕歌行》其二云：

别日何易会日难，山川悠远路漫漫，郁陶思君未敢言。寄书浮云往不还，涕零雨面毁形颜，谁能怀忧独不叹。耿耿伏枕不能眠，披衣出户步东西，展诗清歌聊自宽。乐往哀来摧心肝，悲风清厉秋气寒，罗帷徐动经秦轩。仰戴星月观云间，飞鸟晨鸣声可怜，留连顾怀不自存。

此作的意思与上一首基本相同，反复叙写女子的思念，虽说也是五个层次，但不及上一首来得丰富曲折、跌宕起伏；其光辉完全被上一首所遮蔽，有了“秋风萧瑟天气凉”这一首，谁还回来再来关注这“别日何易会日难”呢！

冯班《钝吟杂录》曰：“魏文帝作《燕歌行》，以七字断句，七言歌行之滥觞也。沿至于梁元帝，有《燕歌行集》，其书不传，今可见者，犹有三数篇。于时南北诗集，卢思道有《从军行》，江总持有《杂曲文》，皆纯七言，似唐人歌行之体矣。"[①] 曹丕《燕歌行》二首成为闺怨之祖，《相和歌辞·平调曲》有《燕歌行》系列，其题解曰："《乐府解题》曰：'晋乐奏魏文帝"秋风"、"别日"二曲，言时序迁换，行役不归，妇人怨旷无所诉也。'《广题》曰：'燕，地名也，言良人从役于燕，而为此曲。'"朱乾《乐府正义》曰："《燕歌行》与《齐讴行》、《吴趋行》、《会吟行》俱以各地声音为主。后世声音失传，于是但赋土风。而燕自汉末魏初辽东西为慕容所居，地远势偏，征戍不绝，故为此者往往作离别之辞，与《齐讴行》有自不同，庾信所谓'燕歌远别，悲不自胜'者也。"《燕歌行》"言良人从役于燕而为此曲"、"往往作离别之辞"，重在描摹女子"怨旷无所诉"心理，"闺怨"传统得以确立。晋宋《燕歌行》系列，模拟多创新少，都继承曹丕而来。

魏明帝曹叡《燕歌行》为思妇之词，重在体会游子漂泊，诗云：

> 白日晼晼忽西倾，霜露惨凄涂阶庭。秋草卷叶摧枝茎，翩翩飞蓬常独征，有似游子不安宁。

此作的新颖之处，一是在时间意味上，把背景设置在一年将尽又一日将尽，思妇在日头西下的特定时间思念丈夫，直接以"霜露惨凄"叙述当前季节，一语双关，"惨凄"之状，既是景物的，又是人心的；二是以"秋草卷叶摧枝茎"铺垫，引出"飞蓬常独征"这一秋季特有的景象来比拟游子漂泊"不安宁"。思妇在一年将尽又一日将尽之时，为"游子"那种"飞蓬常独征"的漂泊而感到痛苦，这是从对面着笔写思念，显示出自己思念的无私性。

晋宋又有陆机、谢灵运、谢惠连之作，写景抒情如出一辙。陆机《燕歌行》云：

① 丁福保辑录：《清诗话》，上海古籍出版社 1963 年版，第 41 页。

四时代序逝不追，寒风习习落叶飞，蟋蟀在堂露盈墀。念君远游恒苦悲，君何缅然久不归，贱妾悠悠心无违。白日既没明灯辉，夜禽赴林匹鸟栖，双鸣关关宿河湄。忧来感物泪不晞，非君之念思为谁？别日何早会何迟！

宋谢灵运《燕歌行》，诗云：

孟冬初寒节气成，悲风入闺霜依庭，秋蝉噪柳燕栖楹。念君行役怨边城，君何崎岖久徂征，岂无膏沐感鹳鸣。对酒不乐泪沾缨，辟窗开幌弄秦筝，调弦促柱多哀声。遥夜明月鉴帷屏，谁知河汉浅且清，展转思服悲明星。

谢惠连《燕歌行》：

四时推迁迅不停，三秋萧瑟叶解轻，飞霜被野雁南征。念君客游羁思盈，何为淹留无归声，爱而不见伤心情。朝日潜辉华灯明，林鹊同栖渚鸿并，接翮偶羽依蓬瀛。仇依旅类相和鸣，余独何为志无成，忧缘物感泪沾缨。

此三首诗的抒情模式与曹丕相比，有同有变。前三句都写秋日气候，时序变迁引得心绪不宁；次三句都写丈夫，你在外地也思恋家乡，那么为什么还要淹留他方不即刻回家呢？以上两个层次是模拟曹丕而来，第三层次有所变化，陆机、谢惠连之作以林禽的双飞双宿来比照自己当前的孤独；谢灵运之作则仍是模拟曹丕的欲以弹琴解忧而不得。第四层次又都强调女子的悲伤。比起曹丕之作，此三首少了末一层次的三句，可能是以神话故事作比来表达自己的情感不太容易实现。

此三首《燕歌行》都学习曹丕，其结构、层次、情感抒发都一模一样，只是意象在同一大类型中不一样，如引出“念君”之情的秋日动物，只不过有蟋蟀、秋蝉、野雁的不同；又如末三句都是写哀伤，谢灵运之作多出“河汉浅且清”意象。陆机的乐府诗，本来就多模拟前人，这首作品模拟曹丕的气息也很重，没有新意；谢灵运、谢惠连之作亦是模拟，更是亦步亦趋模拟陆机。但是作乐府诗模拟前人是不被批评的，这是规矩；但如此的相似相同，表明曹丕《燕歌行》已构成程式化。当然自出新意也是会得到后人赞赏的，但自出新意的时机还未到。

三 《燕歌行》从“秋风萧瑟”到“初春丽日”

梁时，朝廷与诸王文学集团经常组织一些集体文学创作活动，其中，萧绎组织的一次集体文学创作活动，其间文学家们唱和《燕歌行》。这次活动，由王褒首倡，众人和之，《周书·王褒传》载：“（王）褒曾作《燕歌行》，妙尽关塞寒苦之状，（梁）元帝及诸文士并和之，而竞为凄切之词。”唱和诸文士中应还有萧子显，不闻他有否在萧绎府中任职的经历，但从诗作的语气口吻，应该也是此次相和之作。此数人的《燕歌行》，虽说抒情指向仍是刻画描摹思妇心理，也合乎原作的基本意向，但其创作模式，已与曹丕系列的作品有明显的不同，表面上看，就是把思妇“怨旷”的背景从“秋风萧瑟”改变成为“初春丽日”，把内地的旖旎风光与边塞凄寒对立起来；实际上则有尽情摹写旖旎风光中美妙女子的渴望。梁代如此翻唱《燕歌行》，显示出宫体盛行时的格调。

我们先来看王褒《燕歌行》，诗云：

初春丽日莺欲娇，桃花流水没河桥。蔷薇花开百重叶，杨柳拂地散千条。陇西将军号都护，楼兰校尉称嫖姚。自从昔别春燕分，经年一去不相闻。无复汉地长安月，唯有漠北蓟城云。淮南桂中明月影，流黄机上织成文。充国行军屡筑营，阳史讨虏陷平城。城下风多能却阵，沙中雪浅讵停兵。属国少妇犹年少，羽林轻骑数征行。遥闻陌头采桑曲，犹胜边地胡笳声。胡笳向暮使人泣，还使闺中空伫立。桃花

> 落地杏花舒，桐生井底寒叶疏。试为来看上林雁，必有遥寄陇头书。

诗人把思妇安排在初春季节里思念，这是思妇的活动场所，于是诗作一开始就描摹春意盎然的景物，这是前四句，完全是宫体格调。“陇西将军”以下八句，写丈夫在春天里出征，那么，思妇当下的活动场所又有另外一番意味，而诗作又突出思妇所在“汉地长安月”与丈夫所在“漠北蓟城云”的对比，既写出战地边塞景物，又称要把家乡景物织入彩锦寄给丈夫，此处是借用前秦窦滔妻素氏织锦为璇玑图之事。“充国”以下十句，想象丈夫在边塞的生活，既有丈夫风雪中的奋战，又有丈夫倾听边郡采桑曲而思念家中亲人，能够猜测到丈夫也在思念家中亲人，这是“属国少妇犹年少”的思妇的最大欣慰。末四句回应起首，写已是季春落花时节，思妇在幻想是否能得到丈夫的一点点信息，此处用苏武在匈奴之事。全诗极尽能事刻画思妇的心理，春日赏景引起思念，织送彩锦寄托思念，设想丈夫的边塞战争生活与闲暇生活以想象丈夫对家乡的思念，最后幻想得到丈夫消息。总观全诗，王褒《燕歌行》的特点是重在景物衬托中的思妇心理刻画。

我们再来看梁元帝萧绎《燕歌行》，诗云：

> 燕赵佳人本自多，辽东少妇学春歌。黄龙戍北花如锦，玄菟城前月似蛾。如何此时别夫婿，金羁翠眊往交河。还闻入汉去燕营，怨妾愁心百恨生。漫漫悠悠天未晓，遥遥夜夜听寒更。自从异县同心别，偏恨同时成异节。横波满脸万行啼，翠眉暂敛千重结。并海连天合不开，那堪春日上春台。唯见远舟如落叶，复看遥舸似行杯。沙汀夜鹤啸羁雌，妾心无趣坐伤离。翻嗟汉使音尘断，空伤贱妾燕南垂。

梁时萧绎翻唱《燕歌行》，颇有新意。其诗分四个层次，前六句第一层次，诗作把离别时光安排在明媚灿烂的春光之下，内地与边塞都是繁花似锦的春天，诗人要以明媚灿烂来反比思妇的痛苦哀愁，而曹丕之作是以秋色衬托离情的。“还闻”以下八句第二层次，极写思念带来的痛苦，写“怨”写“愁”又写“恨”，又写因思念而觉夜长，而且夜夜如此，又写在各种节日时思念尤其痛彻肺腑，于是整日泡在苦水中。但描摹女性时用“横波满脸”、“翠眉暂敛”云云，已是宫体格调。“并海”四句写思念之极而登台遥望，所望所见无不令人心酸，完全是用动作写心情。末四句翻进一层，不说难见丈夫之面，而说连使节之面也难以见到，于是更加伤心。全诗是叙写景物反衬下的思妇痛苦。

萧子显《燕歌行》则突出三个场景中的思妇活动，诗云：

> 风光迟舞出青蘋，兰条翠鸟鸣发春。洛阳梨花落如雪，河边细草细如茵。桐生井底叶交枝，今看无端双燕离。五重飞楼入河汉，九华阁道暗清池。遥看白马津上吏，传道黄龙征戍儿。明月金光徒照妾，浮云玉叶君不知。思君昔去柳依依，至今八月避暑归。明珠蚕茧勉登机，郁金香花特香衣。洛阳城头鸡欲曙，丞相府中乌未飞，夜梦征人缝狐貉，私怜织妇裁锦绯。吴刀郑绵络，寒闺夜被薄。芳年海上水中凫，日暮寒夜空城雀。

萧子显《燕歌行》与王褒、萧绎之作意象运用颇为相似，前四句写明媚的春景，春光中百无聊赖，“桐生井底叶交枝，今看无端双燕离”，凸显出分离之意；于是飞楼迷蒙、阁道暗然。“遥看”以下六句写春日里思妇的思念，一开始直叙丈夫出征之地，接着写自己的思念，而丈夫却始终未归。“明珠”以下十句，写思念不已，却先描摹一下美女，所谓“明珠蚕茧勉登机，郁金香花特香衣”；接着写寒夜里思妇只有织锦以寄托相思。全诗围绕思妇展开，写了三个场景中思妇的活动。

从道理上讲，此次唱和诸文士中应还有庾信，他也有在萧绎府中任职的经历，今存也有《燕歌行》之作；但庾信之作在诗歌里展开辽阔天地，大笔纵横，感到似乎不是同时同地所作。诗云：

代北云气昼昏昏，千里飞蓬无复根。寒雁丁丁渡辽水，桑叶纷纷落蓟门。晋阳山头无箭竹，疏勒城中乏水源。属国征戍久离居，阳关音信绝能疏。愿得鲁连飞一箭，持寄思归燕将书。渡辽本自有将军，寒风萧萧生水纹。妾惊甘泉足烽火，君讶渔阳少阵云。自从将军出细柳，荡子空床难独守。盘龙明镜饷秦嘉，辟恶生香寄韩寿。春分燕来能几日，二月蚕眠不复久。洛阳游丝百丈连，黄河春冰千片穿。桃花颜色好如马，榆荚新开巧似钱。蒲桃一杯千日醉，无事九转学神仙。定取金丹作几服，能令华表得千年。

首先，诗作与前三首意象运用有较大不同，诗的首十句写边塞景物与事件，辽阔万里，苍茫凄凉，末一句点出将士“思归”情怀，承上启下。“渡辽”以下十句写思妇的思念，用秦嘉、韩寿得到女性关怀的典故写思妇的愿望。“洛阳”以下八句写内地春日艳阳，似乎是写思妇，又似乎是宫体诗的写妖艳之女，也许是概括写当前城市生活，使诗作甩脱具体事物、具体情感的束缚，进入到某个更广阔的天地。但是庾信不知道这个更广阔的天地是什么，白白辜负了其矫健的笔力，进入学仙的虚无缥缈之中。

从上述作品可知，《燕歌行》系列可分为两大发展阶段，一是模拟曹丕的陆机、谢灵运、谢惠连之作，亦步亦趋，似乎是模拟、学习的功课，只是改变一下意象而已。另一就是以宫体诗翻新吟唱的《燕歌行》作品，非常重视对女性行为活动的叙写，对女性心理的揣摩与描摹也更深入化了，且诗作都用浓彩重笔描摹人物、景物，或者说，用华艳的笔调写华艳的女性。概括来说，就是这些诗作的叙写模式，以地理区域的跨度所展示出的景物特色来刻画思妇心理，又喜写美景，以笔下明媚景物、绚烂画面、华艳色泽来衬托思妇，让人们对这些妇女的艳丽华美更感兴趣，这些都是宫体诗的典型特征。以宫体诗翻新吟唱《燕歌行》，古老的《燕歌行》有了新意，这是梁时宫体诗兴起对《燕歌行》影响所致。庾信《燕歌行》，虽然颇有概括写人生、写社会之意，有感慨之意，但也是在以华丽的笔调叙写艳丽的女性。这说明，“闺怨”专利的《燕歌行》，已经在不知不觉中改变了发展方向，“怨”的意味渐渐减少，女性的妖艳已经占了诗歌的主体部分。庾信说：“燕歌远别，悲不自胜。”这是讲《燕歌行》的传统。陈祚明《采菽堂古诗选》卷五称历代《燕歌行》：

> 后人仿此体多不能佳，往往以粗直语杂于其间，失靡靡之态也。

这是讲曹丕以后的《燕歌行》，是在继承却不能创新，反而不及前人。

《燕歌行》，曹丕之作与战争无关，谢灵运到梁元帝之作，提到征戍，没有写战场状况。王褒之作，“充国行军屡筑营，阳史讨虏陷平城。城下风多能却阵，沙中雪浅讵停兵”。庾信之作，“晋阳山头无箭竹，疏勒城中乏水源”，直接写到战场苦况。

四 “反闺怨”倾向

《汉书·扬雄传》称，扬雄“往往摭《离骚》文而反之，自岷山投诸江以吊屈原，名曰《反离骚》”，明人胡应麟《诗薮》称“扬子云《反离骚》，似反（屈）原而实爱（屈）原”。《孔子家语》载，孔子入后稷之庙见金人，“三缄其口而铭其背曰：古之慎言人也”；魏王粲有《反金人赞》，晋孙楚有《反金人铭》，称“一言之赐，过乎玙璧”，称“夫唯立言，乃可长久”。陆机有《逸民赋》，何道彦有《反逸民赋》。晋时众人写《招隐诗》，王康琚有《反招隐诗》。上述作品，都是从反面做文章。南北朝后期的诗作，也有了“反闺怨”倾向。

由出征产生离别、相思的情感，是因战争抒发情感的一方面；而另一方面，则是战争胜利、凯旋而产生建功立业的自豪及与亲人团聚的欢乐。后者就是“反闺怨”倾向的现实基础，简单点说，就是焦延寿《焦氏易林》中《贲之蛊》的释卦：

班马还师，以息劳罢（疲）。役夫嘉喜，入户见妻。

班师驱马回乡，自然是“役夫嘉喜”，而更令“役夫嘉喜”的，则是“入户见妻”。整个来说，所谓诗歌中的“反闺怨”，都是围绕《贲之蛊》的释卦来进行的，以下我们来看具体叙写。

曹景宗《华光殿侍宴赋“竞病”韵》：

去时儿女悲，归来笳鼓竞。借问行路人，何如霍去病？

前一句是“闺怨”，后三句则是写战胜归来的兴高采烈与自矜自夸，那么我们就知道，“去时儿女悲”的“闺怨”，是作为后三句那种兴奋、自豪的对比出现的。这种对比就是“反闺怨”，只是诗中这种“反闺怨”倾向隐含着没有直露。

我们再来看梁简文帝有《从军行》二首，其一云：

贰师惜善马，楼兰贪汉财。前年出右地，今岁谢轮台。鱼云望旗聚，龙沙随阵开。冰城朝浴铁，地道夜衔枚。将军号令密，天子玺书催。何时反旧里，遥见下机来。

诗作先是反思战争应该不应该进行之意，所谓“贰师惜善马，楼兰贪汉财”，称战争是为财而起。以下便铺叙战场场面，运用的也是对仗手法，有“前年”与“今岁”、“鱼云”与“龙沙”之对，所谓“冰城朝浴铁，地道夜衔枚”，是以对仗具体描摹战斗情况，接着是“将军”与“天子”的行为描写。篇末却荡开一笔，说“何时反旧里，遥见下机来”，含蓄叙写战争造成离别相思，写将士在战场上对家乡亲人的思念，隐隐有“苦哉”之意，却是对战争结束回返故里时美人下机相迎的那团聚时刻的幸福憧憬，已经有了英雄主义乐观化的点缀。

梁简文帝《从军行》其二，诗云：

云中亭障羽檄惊，甘泉烽火通夜明。贰师将军新筑营，嫖姚校尉初出征。复有山西将，绝世爱雄名。三门应遁甲，五垒学神兵。白云随阵色，苍山答鼓声。迤逦观鹅翼，参差睹雁行。先平小月阵，却灭大宛城。善马还长乐，黄金付水衡。小妇赵人能鼓瑟，侍婢初笄解郑声。庭前桃花飞已合，必应红妆来起迎。

这里先写出征，其中含有战争将要胜利的意味，“三门应遁甲，五垒学神兵”二句已点出写“山西将”的本领。诗的后半部分先写到“先平小月阵，却灭大宛城”的战争胜利；又说“善马还长乐”。“善马”，良马，《汉书·张骞传》：“（天子）使壮士车令等持千金及金马，以请宛王贰师城善马”，即大宛汗血马。《汉书·武帝纪》载，太初元年（前104年），“遣贰师将军李广利发天下谪民西征大宛”，太初四年（前101年）春，“贰师将军广利斩大宛王首，获汗血马来。作《西极天马之歌》”。“善马还长乐”指缴获的战利品送往汉朝宫殿。又说“黄金付水衡”，“水衡”，汉代官名，即水衡都尉、水衡丞，掌皇家上林苑，兼管税收、铸钱；“黄金付水衡”，把赏赐的黄金还给朝廷、交给铸钱官。那么这位立功的“山西将”要干什么？他要回家去与亲人团聚。“小妇赵人能鼓瑟，侍婢初笄解郑声”，他想到家中的妇女在欢天喜地地等待他归来；“庭前桃花飞已合，必应红妆来起迎”，他想象回到家中时的情形。梁简文帝此诗已经将情感抒发确立在“闺怨”的对面，完全是胜利归来团聚的欣喜，这种欣喜是肯定能实现的。

五　武则天所称的“闺怨”之宗

唐武则天《织锦回文记》曰：“而锦字回文，盛见传写，是近代闺怨之宗，旨属文士，咸龟镜焉。”（《全唐文》卷九十七）此“织锦回文”即东晋列国女子苏蕙字若兰所作，名为《璇玑图诗》，诗作的发现者是武则天，并为之作叙（序）。叙中讲述了《璇玑图诗》的由来，苏蕙伤心于夫妻关系的被破坏，“因织锦为回文”，在“纵广八寸”的彩锦上，“纵横反复，皆为文章”，织成“才情之妙，超今迈古”的《璇玑图诗》，其中“题诗二百余首，计八百余言”，使得窦滔回心转意，又“具车从礼迎苏氏”。

这“八百余言”的“诗二百余首”的读法，武则天有“再叙”说明，文长不录。此录武则天解读后的重组之一，其名为《经纬》（始于“玑苏诗始”四字）。诗曰：

玑明别改知识深，峨嵯峻严幽岑钦。所感想忘荒淫心，堂空惟思咏和音。诗兴感远殊浮沈，华英医曜潜阳林。罗网经涯重渊深，峨嵯峻严幽岑钦。苏作兴感昭恨神，辜罪天离间旧新。霜冰齐洁志清纯，望谁思想怀所亲。

前八句讲诗思之深，后四句写深情呼唤。

六 《盘中诗》及其他

《玉台新咏》卷九录有苏伯玉妻《盘中诗》，从其列于傅玄诗与张协诗之间，苏伯玉妻当为晋人，且早于苏若兰。《盘中诗》云：

山树高，鸟鸣悲。泉水深，鲤鱼肥。空仓雀，常苦饥。吏人妇，会夫稀。出门望，见白衣。谓当是，而更非。还入门，中心悲。北上堂，西入阶。急机绞，杼声催。长叹息，当语谁。君有行，妾念之。出有日，还无期。结中带，长相思。君忘妾，天知之。妾忘君，罪当治。妾有行，宜知之。黄者金，白者玉。高者山，下者谷。姓为苏，字伯玉，作人才多智谋足。家居长安身在蜀，何惜马蹄归不数。羊肉千斤酒百斛，令君马肥麦与粟。今时人，智不足。与其书，不能读。当从中央周四角。

前六句用比喻，引出“吏人妇，会夫稀”，这是“闺怨”的根本。“出门望”至“当语谁”，写思夫在恍惚中认错了人，这种悲伤可与谁说。“君有行”至“下者谷”，写思夫中又有疑虑。“姓为苏”至“令君马肥麦与粟”是对丈夫的呼唤。“今时人”以下数句，是指明如何读诗。诗写在盘中，又说“当从中央周四角”，应该是从中央到四角作盘旋式回转展开，古今都有人作复原，但都没有十分把握。从诗作内容看，此“闺怨”是因为丈夫不在家所致，但丈夫不在家是否因为“从军”，却看不出。

还有一些署名“闺怨”的诗作，如南朝梁何逊有《闺怨诗》二首。诗云：

> 竹叶响南窗。月光照东壁。谁知夜独觉。枕前双泪滴。
>
> 闺阁行人断。房栊月影斜。谁能北窗下。独对后园花。

何逊又有《和萧谘议岑离闺怨诗》，诗云：

> 晓河没高栋，斜月半空庭。窗中度落叶，帘外隔飞萤。含悲下翠帐，掩泣闭金屏。昔期今未返，春草寒复青。思君无转易，何异北辰星。

三首诗都是单写“闺怨”，未涉及对方究竟是做什么去了。

吴均写边塞写战争时引入闺怨，诗中不仅写出征边塞的将士，而且还引出另外的主人公，其直接题名为《闺怨》的作品，诗云：

> 胡笳屡凄断，征蓬未肯还。妾坐江之介，君戍小长安。相去三千里，参商书信难。四时无人见，谁复重罗纨。

这是从客观的角度来写边塞将士与闺中少妇的相离相思之情，如此以边塞将士与闺中少妇的相离相思之情作为写边塞写战争的主体，在鲍照的写边塞写战争诗作中是看不到的。

又有江淹《征怨》：

> 荡子从征久，凤楼箫管闲。独枕凋云鬓，孤灯损玉颜。何日边尘净，庭前征马还。

这是从女性的角度来写，前四句写从征人的妻子独守空房的神伤，以“独枕”、“孤灯”之类的行为与景象写其离别后的孤独，显示其精神上悲伤是以“凋云鬓”、“损玉颜”之类的容颜描摹来实现的，这已看出此时的诗作对女性容貌的注重。

吴均、江淹之作奠定了南朝“闺怨”诗作与从军的联系，又有一些诗作，虽未标明“闺怨”，但却是抒发“闺怨”，且这“闺怨”是与从军有关的。如梁武帝萧衍《边戍诗》：

> 秋月出中天，远近无偏异。共照一光辉，各怀离别思。

作品在题目中说到与战争军事有关的边戍，在诗中说到离别相思。严格地说，这还不算完整的与战争军事有关的闺怨作品，但此诗已奠定“十五的月亮，照在家乡照在边关”的写法。

吴均又有《和萧子显古意六首》，前五首是写女了的思念，其六云：

> 匈奴数欲尽，仆在玉门关。莲花穿剑锷，秋月掩刀环。春机思窈窕，夏鸟鸣绵蛮。中人坐相望，狂夫终未还。

从首句“仆在玉门关”以及“莲花穿剑锷，秋月掩刀环”等对刀、剑的叙写，这是男性主人公的自白，而“春机思窈窕，夏鸟鸣绵蛮”则转入对女主人公的叙写。“中人坐相望”是从对方着笔抒发情感。男性主人公不说自己对家人的思念，而是说“中人坐相望”，设想家人对自己的思念，或许这样男性主人公在痛苦的思念中才觉得有一种幸福感，有一个真切关心自己的人儿在思念自己啊！这种写法缘自《诗经·周南·卷耳》，诗作先称“采采卷耳，不盈顷筐；嗟我怀人，置彼周行”，这是妇人的思念。接着诗作称“我马虺隤，我姑酌彼金罍，维以不永怀”，称“我马玄黄，我姑酌彼兕觥，维以不永伤”，称“我马瘏矣，我仆痡矣，云何吁矣”，都是设想丈夫在外思念自己的情形。

梁时宫体诗兴盛，有的宫体诗有闺怨色彩。下面这首诗作的闺怨有新的意味，在家妇人的闺怨除了思念在外征戍的丈夫，还有哀怨丈夫立功受奖而忘却自己的哀怨。这就是丘迟《答徐侍中为人赠妇诗》，诗云：

丈夫吐然诺，受命本遗家。糟糠且弃置，蓬首乱如麻。侧闻洛阳客，金盖翼高车。谒帝时来下，光景不可奢。幽房一洞启，二八尽芳华。罗裙有长短，翠鬓无低斜。长眉横玉脸，皓腕卷轻纱。俱看依井蝶，共取落檐花。何言征戍苦，抱膝空咨嗟。

这首宫体诗载《玉台新咏》卷五，讲丈夫“征戍”立功后享受到的功名，于是另寻新欢，诗中叙写了丈夫与新宠爱的女子在一起的生活；这样，“蓬首乱如麻”的“糟糠”的感慨与痛苦有了更深沉的意味，于是她“抱膝空咨嗟”而直话反说：“何言征戍苦!”

又有英雄豪气与闺怨并存之作，如梁时武将曹景宗有《华光殿侍宴赋竞病韵诗》。《南史·曹景宗传》载：“景宗振旅凯入，帝于华光殿宴饮连句，令左仆射沈约赋韵。景宗不得韵，意色不平，启求赋诗。帝曰：‘卿伎能甚多，人才英拔，何必止在一诗。’景宗已醉，求作不已。诏令约赋韵。时韵已尽，惟余‘竞、病’二字。景宗便操笔，斯须而成……帝叹不已，约及朝贤惊嗟竟日，诏令上左史。”诗云：

去时儿女悲，归来笳鼓竞。借问行路人，何如霍去病？

《南史·曹景宗传》还载，曹景宗曾多次与北魏作战，累立军功，天监六年他大败北魏军，“虏五万余人，收其军粮器械山积，牛马驴骡不可称计”，此诗就是梁武帝为他庆功设宴时所作。诗作首二句以“去时儿女悲”的闺怨起始概括了出征离别、凯旋而归的整个过程，后二句将胜利者的骄傲与报国热情、英雄气概抒发得淋漓尽致。

何逊《见征人分别》，诗云：

> 凄凄日暮时，亲宾俱伫立。征人拔剑起，儿女牵衣泣。候骑出萧关，追兵赴马邑。且当横行去，谁论裹尸入。

这是叙写征人出发时高扬驰骋疆场的雄心。前四句以闺怨为衬托，后四句抒发英雄豪气，所谓“且当横行去，谁论裹尸入”，征人定当杀敌扬威，将来一定凯旋而归，“裹尸”而返这种情形是不可能的。

印象中的出征都是面向北方、面向西北，但陈时亦有南征闺怨。陈时诗人阴铿《南征闺怨》，诗云：

> 湘水旧言深，征客理难寻。独愁无处道，长悲不自禁。逢人憎解佩，从来懒听音。唯当有夜鹊，南飞似妾心。

这是女子口吻的作品，写女子“难寻”征人足迹，有“独愁无处道”，于是无论什么事情都毫无兴趣，一心只想如同“夜鹊”一心“南飞”。首句“湘水旧言深”是依张衡《四愁诗》“我所思兮在桂林，欲往从之湘水深”，称与相思之人远隔，因是“南征”，故景物描摹也不一样。

陈人苏子卿有《南征诗》，诗云：

> 一朝游桂水，万里别长安。故乡梦中近，边愁酒上宽。剑锋但须利，戎衣不畏单。南中地气暖，少妇莫愁寒。

这是男性口吻的诗作，首二句以“游桂水”叙说地域距离与心理距离；次二句称消解哀愁唯有梦中还乡与饮酒。后四句宽解家中少妇，不必为我担心，不必为我做寒衣。“南中地气暖，少妇莫愁寒”，这里有浓郁的“南征”意味。

总的来说，中古诗歌写“闺怨”比起唐代来还未成大气候，作品较少，题材也不集中，其叙写的涉及面也不广。虽然说南朝宫体诗写女性容貌及女性生活，但其笔触多从欣赏方面展开，因此“闺怨”之“怨”较少，“闺怨”诗歌还未独立。

第十三章

从军篇

不管是统一天下或变换朝廷的战争，还是保卫边塞或开拓疆土的战争，对将士来说，都是从军出征。不管是具体真实地叙写战争实景，还是虚拟化地渲染歌吟战斗场面，都要涉及从军出征。不管是叙写何时何地的战争，还是叙写与战争紧密相关的事件、事物，都离不开将士们的从军出征。因此《从军行》作品，只因为其标榜的是“从军”，于是就应该是军事战争诗作内容概括性、综合性的表现，涉及的是战争的整个流程，每位诗人所叙写的尽管有所不同，其不同只不过表现在战争的整个流程中的着重点的有所差异。

一 以颂美起步的王粲《从军行》

《诗经》中就有“从军”之作，此即《秦风·无衣》，诗云：

岂曰无衣？与子同袍。王于兴师，修我戈矛。与子同仇！
岂曰无衣？与子同泽。王于兴师，修我矛戟。与子偕作！
岂曰无衣？与子同裳。王于兴师，修我甲兵。与子偕行！

《诗序》曰："《无衣》，刺用兵也。秦人刺其君好攻战，亟用兵，而不与民同欲焉。"此说法不确。陈子展《诗经直解》曰："三章一意，总谓国中勇士，慷慨从军，同心协力，杀敌致果耳。此盖秦人善战之军歌。"这首诗似乎是从军将士的整队合唱，唱着慷慨之歌出征走上战场。这样的从军慷慨之歌是否形成了传统？

王粲有《从军诗》五首，《文选》诗载录为王粲《从军行》，入军戎类。王粲《从军行》共五首，《三国志·魏书·武帝纪》裴松之注称其中有王粲叙写随曹操西征张鲁时所作，《文选》李善注称其中有王粲叙写随曹操征孙权时的所见所闻。《魏志》、《六臣注文选》又并称是"以美其事"。据诗义看，"以美其事"是确实的，但"五首非一时一地之作"[①]。第一首，诗云：

> 从军有苦乐，但闻所从谁。所从神且武，焉得久劳师。相公征关右，赫怒震天威。一举灭獯虏，再举服羌夷。西收边城地，忽若俯拾遗。陈赏越丘山，酒肉逾川坻。军中多沃饶，人马皆溢肥。徒行兼乘还，空出有余资。拓地三千里，往返速若飞。歌舞入邺城，所愿获无违。昼日处大朝，日暮薄言归。外参时明政，内不废家私。禽兽惮为牺，良苗实已挥。窃慕负鼎翁，愿厉朽钝姿。不能效沮溺，相随把锄犁。熟览夫子诗，信知所言非。

诗作总括式地写出战争的胜利局势，也点出"从军"有"劳师"之苦。诗写"相公征关右"，"灭獯虏"、"服羌夷"、"西收边城地"，最后"歌舞入邺城"；又称"窃慕负鼎翁，愿厉朽钝姿。不能效沮溺，相随把锄犁"，表达追随"相公征关右"以建功立业的雄心。当然也尽情歌颂了战争的领导者。

第二首云：

---

① 逯钦立语，见《先秦汉魏晋南北朝诗》，第361页。

凉风厉秋节，司典告详刑。我君顺时发，桓桓东南征。泛舟盖长川，陈卒被隰坰。征夫怀亲戚，谁能无恋情。拊衿倚舟樯，眷眷思邺城。哀彼东山人，喟然感鹳鸣。日月不安处，人谁获恒宁。昔人从公旦，一徂辄三龄。今我神武师，暂往必速平。弃余亲睦恩，输力竭忠贞。惧无一夫用，报我素餐诚。夙夜自恲性，思逝若抽萦。将秉先登羽，岂敢听金声。

此篇叙说思乡之情，以勇立战功可及早返乡来解决出征思乡的问题。

第三首云：

从军征遐路，讨彼东南夷。方舟顺广川，薄暮未安坻。白日半西山，桑梓有余晖。蟋蟀夹岸鸣，孤鸟翩翩飞。征夫心多怀，恻怆令吾悲。下船登高防，草露沾我衣。回身赴床寝，此愁当告谁？身服干戈事，岂得念所私。即戎有授命，兹理不可违。

全篇以路途景物与人物在景物中的感受述出“征夫心多怀，恻怆令吾悲”，但最后又说“岂得念所私”，尽管有悲，仍表示“即戎有授命，兹理不可违”。

第四首云：

朝发邺都桥，暮济白马津。逍遥河堤上，左右望我军。连舫逾万艘，带甲千万人。率彼东南路，将定一举勋。筹策运帷幄，一由我圣君。恨我无时谋，譬诸具官臣。鞠躬中坚内，微画无所陈。许历为完士。一言犹败秦。我有素餐责，诚愧伐檀人。虽无铅刀用，庶几奋薄身。

全篇写“我军”的雄壮气象，有宣示国威军威之义，于是诗人表示自己的效力之心。

第五首（见《苦难篇》），全篇先述“悠悠涉荒路”时所见所闻，于是

“客子多悲伤，泪下不可收”，回应起首的“靡靡我心忧”。再述“朝入谯郡界”的所见所闻，曹操根据地里一派和平美好的景象，这是诗人对曹操以战争平定北方的赞美。王粲末二句说“诗人信乐土，虽客犹愿留”，王粲原有《登楼赋》，叙写滞留荆州时的思乡之情，所谓“虽信美而非吾土兮，曾何足以少留”，而在此诗中，不再有这样的想法，他要一心一意为曹操贡献自己的力量了。

总括而言，王粲《从军行》有这么几方面的内容：一是宣示国威军威；二是叙写战争的胜利局势；三是建功立业的渴望；四是出征之苦与征夫怀乡恋情。前三者有时会和后者发生矛盾，但诗人认为，只要前三者能够实现，那么出征之苦与征夫怀乡恋情就不算什么了，这就是“从军有苦乐，但问所从谁”的所谓“从军”之乐。而前三者中，国威军威与战争胜利则是与建功立业紧密联系在一起的，也就是说，个人命运是与国威军威、战争胜利紧密联系在一起的。

左延年《从军行》有两首，一是从乐观心情叙说英雄主义：

> 从军何等乐，一驱乘双驳。鞍马照人目，龙骧自动作。

似乎是残篇，诗中只写到从军时服饰装备的光耀照人以及威风，这种英雄主义似乎太注重于外在的荣耀。另一是写边地人民从军离家之苦，诗云：

> 苦哉边地人，一岁三从军。三子到敦煌，二子诣陇西。五子远斗去，五妇皆怀身。

只写从军的“苦”与“乐”。从上述二诗看，从军之事，有乐有苦，勇士驰驱为乐，家人分离是苦。以后的“从军”诗作，遵循这一传统。

二 《从军行》系列的几种叙写模式

《乐府诗集》有《从军行》系列，属《相和歌辞》，在王粲《从军行》

前有解题，曰："《古今乐录》曰：'《从军行》，王僧虔云，荀录所载左延年《苦哉》一篇今不传。'《乐府解题》曰：'《从军行》皆军旅苦辛之辞。'《广题》曰：'左延年辞云："苦哉边地人，一岁三从军。三子到敦煌，二子诣陇西。五子远斗去，五妇皆怀身。"陈伏知道又有《从军五更转》。'"从中可以知道，《古今乐录》、《乐府解题》、《（乐府）广题》等前人著作是把左延年《从军行》当做其系列的源头之作；而王粲《从军行》，有人是不把它当做乐府诗来看待的。

以下依次阐述乐府《从军行》系列的作品有几大叙写模式。

其一，先点后染的叙写模式。以下这些诗作的叙写模式。起笔先点出对待"从军"的情感态度，为"从军"这一现实做出性质上的定位。在王粲诗作中是"从军有苦乐，但问所从谁"的从军之乐；但后世不再有歌吟从军之乐的作品，而往往是强调"苦"，这种"苦"是群体性的，而不是别人"乐"自己"苦"。这类诗作的写法，即在点出"苦"后，紧接着就以铺叙的形式一五一十地叙写从军之苦，春夏秋冬都经历，天南地北皆征战，敌我双方面对面，秦汉以来一一叙。诗作就是要以铺叙的形式落实与证明诗前的所点之题。

叙写"苦哉远征人"之陆机《从军行》：

> 苦哉远征人，飘飘穷四遐。南陟五岭巅，北戍长城阿。溪谷深无底，崇山郁嵯峨。奋臂攀乔木，振迹涉流沙。隆暑固已惨，凉风严且苛。夏条焦鲜藻，寒冰结冲波。胡马如云屯，越旗亦星罗。飞锋无绝影，鸣镝自相和。朝餐不免胄，夕息常负戈。苦哉远征人，拊心悲如何！

晋人陆机之作概括叙写镇守南北两地边防的艰辛，对艰辛的叙写主要是以地理形势、恶劣气候的铺叙来展开的，对敌方军事行为的叙写与己方的参战也都写到了，但很简单、概括。突出的是"苦哉远征人，拊心悲如何"，先是从自然环境的艰苦说起，然后叙说战争环境的艰苦，于是情感抒发一一落实到首句首字的“苦”与篇末回应的“悲”上。

叙写“惜哉私自怜”之颜延之《从军行》:

苦哉远征人，毕力干时艰。秦初略扬越，汉世争阴山。地广旁无界，岩阿上亏天。峤雾下高鸟，冰沙固流川。秋飙冬未至，春液夏不涓。闽烽指荆吴，胡埃属幽燕。横海咸飞骊，绝漠皆控弦。驰檄发章表，军书交塞边。接镝赴阵首，卷甲起行前。羽驿驰无绝，旌旗昼夜悬。卧伺金柝响，起候亭燧烟。逖矣远征人，惜哉私自怜!

颜延之更把从军之“苦”的叙写强化了。首先是把自然环境艰苦的地域落实了，此即“闽烽指荆吴，胡埃属幽燕。横海咸飞骊，绝漠皆控弦”；又把战争环境的艰苦具体化了，此即交代了边塞传警、受命出发、行军途中等。此诗首四句最有特点，“苦哉远征人，毕力干时艰”二句点出“从军”之“苦”的性质是因为时代有所艰难；“秦初略扬越，汉世争阴山”二句以史实来证明，于是，又把“从军”之“苦”历史化了。

叙写“鲲海”“交河”之沈约《从军行》:

惜哉征夫子，忧恨良独多。浮天出鲲海，束马渡交河。云萦九折嶝，风卷万里波。维舟无夕岛，秣骥乏平莎。凌涛富惊沫，援木阙垂萝。红飔鸣叠屿，流云照层阿。玄埃晦朔马，白日照吴戈。寝兴流征怨，寤寐起还歌。晨装岂辍警，夕垒讵淹和。苦哉远征人，悲矣将如何!

梁沈约之作的笔调是“苦哉远征人，悲矣将如何”，先是点明“征夫子”的“忧恨良独多”，进而其叙写的基点是“远征”时所遇到的景物，对这些景物进行极致化、特殊化、惊心骇目的叙写。比如“鲲海”、“交河”是极远，“九折”、“万里”是极曲极长等。又比如“无夕岛”、“乏平莎”，谁到过这些地方?又比如“凌涛富惊沫，援木阙垂萝”，谁遇到过这样的境地？然后写“征夫子”的“寝兴”与“寤寐”、“晨装”与“夕垒”，这就是他们的战斗经历。

此类汉赋式的铺叙，应该说是陆机发扬光大的，其实也是陆机整个诗作的显著特点，《诗品》称其为“才高词赡，举体华美”、“咀嚼英华，厌饫膏泽”，就是此意。而就陆机这首诗而言，将士们的战争生活，“朝餐不免胄，夕息常负戈”，面对的敌人，既是“胡马如云屯”，又是“越旗亦星罗”；将士们“南陟”“北戍”，下“溪谷”登“崇山”，忽而“深无底”，忽而“郁嵯峨”，既经“隆暑”又历“凉风”，于是起笔所点出的“苦哉”是当然的。又如颜延之《从军行》，写“秦初”写“汉世”，既“略扬越”又“争阴山”；气候是“秋飙冬未至，春液夏不涓”；战场是“闽烽”、“荆吴”、“胡埃”、“幽燕”、“横海”、“绝漠”。如此怎么能不是“苦哉远征人”呢？

其二，先染后点的叙写模式。在这种先染后点的叙写模式中，我们可以明显感到，诗中人物形象突出了，而且是个体的人物形象，篇末之“点”，往往是个体的人物形象的亮相之举，或者是个体的人物情感的某种升华。

叙写“必应红妆来起迎”之梁简文帝《从军行》二首其二：

> 云中亭障羽檄惊，甘泉烽火通夜明。贰师将军新筑营，嫖姚校尉初出征。复有山西将，绝世爱雄名。三门应遁甲，五垒学神兵。白云随阵色，苍山答鼓声。迤逦观鹅翼，参差睹雁行。先平小月阵，却灭大宛城。善马还长乐，黄金付水衡。小妇赵人能鼓瑟，侍婢初笄解郑声。庭前桃花飞已合，必应红妆来起迎。

梁简文帝萧纲之作前半部分以华丽的笔法概括化地写战争，有种种对仗铺叙，其中有诸位将军的排比，有神秘兵法、阵法的点缀，有历经的战争场面等；后半部分写得胜归来，家中妇人起而相迎，这里有点宫体诗的时代特色。

“临戎赋雅篇”之梁元帝萧绎《和王僧辩从军诗》：

> 宝剑饰龙渊，长虹画彩旃。山虚和铙管，水净写楼船。连鸡随火度，燧象带烽然。洞庭晚风急，潇湘夜月圆。苟令多文藻，临戎赋雅篇。

待萧绎派王僧辩出师时，胜利的天平已经不在侯景一边，于是，诗作雍容优雅，突出描写战场景色，前半部分的铺叙是带有审美化的战场景物描摹，武器的铺叙、山水的相对、战法的连用、景色的不同，末二句点出人物在战场上的雅事，也是带有审美化的战场景物，但却有诗人个人的形象，属画龙点睛之笔。

多有历史典故之梁戴暠《从军行》：

> 长安夜刺闺，胡骑白铜鞮。诏书发陇右，召募取关西。剑悬三尺鞘，铠累七重犀。督军鸣战鼓，巡夜数更鞞。侵星出柳塞，际晚入榆溪。秦泾含药鸩，晋火逐飞鸡。通泉开地道，望敌竖云梯。阴山日不暮，长城风自凄。弓寒折锦鞬，马冻滑斜蹄。燕旗竿上晚，羌笛管中嘶。登山试下赵，凭轼且平齐。当今函谷上，唯见一丸泥。

戴暠之作写边塞战争，与沈约之作相似，更追求面面俱到，基本上一句说一事，每一事都求其典型、特殊或蕴涵历史故事，而每两句又相对相应，读来令人眼花缭乱。篇末二句落实到建立战功与胜利欢呼，所谓“一丸泥”者，《东观汉记·隗嚣载记》：“（王）元请以一丸泥为大王东封函谷关，此万世一时也。”称函谷关地势险要，易于防守，后用以比喻用很少的力量防守地势险要的关隘。《晋书·四夷传·吐谷浑》：“以一丸泥封东关，封燕赵之路，迎天子于西京，以尽遐藩之节。”

弘扬“立功在北边”之吴均《从军行》：

> 男儿亦可怜，立功在北边。阵头横却月，马腹带连钱。怀戈发陇坻，乘冻至辽边。微诚君不爱，终自直如弦。

梁吴均之作起首写从军的“亦可怜”，接着铺写男儿在战场上的经历，重点落脚在末二句“微诚君不爱，终自直如弦”，凸显转折，以叙写将士的品格回应首句的“男儿亦可怜”。

刻画“轻薄良家恶少年”之萧子显《从军行》：

> 左角明王侵汉边；轻薄良家恶少年。纵横向沮泽，凌厉取山田。黄尘不见景，飞蓬恒满天。邀功封浞野，窃宠劫祁连。春风春月将进酒，妖姬舞女乱君前。

梁萧子显之作把边塞立功的主人公定位为“轻薄良家恶少年”，然后描摹战场景物，铺叙其战场经历，最后写其立功后“春风春月将进酒，妖姬舞女乱君前”，既符合其战争胜利者与“轻薄良家恶少年”的双重身份，又有宫体诗时代的特色。

鼓吹“燕然自可勒”之张正见《从军行》二首：

> 胡兵屯蓟北，汉将起山西。故人轻百战，聊欲定三齐。风前喷画角，云上舞飞梯。雁塞秋声远，龙沙云路迷。燕然自可勒，函谷讵须泥？
>
> 将军定朔边，刁斗出祁连。高柳横长塞，榆关接远天。井泉含阵竭，风火映山然。欲知客心断，旄旌万里悬。

陈张正见之作，都是典故式写法，以前人事迹述自我之情。前一首篇末述“燕然自可勒，函谷讵须泥”，是写战争胜利的自信；后一首篇末述“欲知客心断，旄旌万里悬”，是写军人对战斗的向往，以战场为生命、为归宿。

重在“男儿重意气”之王褒《从军行》二首其一：

兵书久闲习，征战数曾经。讲戎平乐观，学戏羽林亭。西征度疏勒，东驱出井陉。牧马滨长渭，营军毒上泾。平云如阵色，半月类城形。羽书封信玺，诏使动流星。对岸流沙白，缘河柳色青。将幕恒临斗，旌门常背刑。勋封瀚海石，功勒燕然铭。兵势因麾下，军图送掖庭。谁怜下玉箸，向暮掩金屏。

黄河流水急，骢马送征人。谷望河阳县，桥度小平津。年少多游侠，结客好轻身。代风愁枥马，胡霜宜角筋。羽书劳警急，边鞍倦苦辛。康居因汉使，卢龙称魏臣。荒戍唯看柳，边城不识春。男儿重意气，无为羞贱贫。

北周王褒这两首诗都是写将士的从军经历，前一首写演习兵事、数度出征、战场对峙、立功授勋，而末二句笔锋一转写起将士的孤独、哀伤之情，有点题之意。后一首亦是写出征、行军、边塞景物，但末二句“男儿重意气，无为羞贱贫”，则以慷慨写愤激。这两首诗都是写出了将士们军旅生活的另一面，都是用先铺叙后点明的笔法。

追问“将军何处觅功名”之卢思道《从军行》：

朔方烽火照甘泉，长安飞将出祁连。犀渠玉剑良家子，白马金羁侠少年。平明偃月屯右地，薄暮鱼丽逐左贤。谷中石虎经衔箭，山上金人曾祭天。天涯一去无穷已，蓟门迢递三千里。朝见马岭黄沙合，夕望龙城阵云起。庭中奇树已堪攀，塞外征人殊未还。白云初下天山外，浮云直向五原间。关山万里不可越，谁能坐对芳菲月。流水本自断人肠，坚冰旧来伤马骨。边庭节物与华异，冬霰秋霜春不歇。长风萧萧渡水来，归雁连连映天没。从军行，军行万里出龙庭。单于渭桥今已拜，将军何处觅功名？

隋卢思道之作甚得后人称赏。起首至“夕望龙城阵云起”为第一部分，写将士出征的经历，既有艰苦，又有胜利。自“庭中奇树已堪攀”以下为第二部分，从思妇的角度来写，反复咏叹，落笔在“单于渭桥今已拜，将军何处觅功名”，表达出诗人对战争的反思，到底为什么而战？是否为“功名”而战？也表达出诗人对战功的向往与对自身武功的自信。

以上这几首作品采用先染后点的叙写方法，起笔即渲染铺叙战争场面，最后画龙点睛，点出一个典型事件，点出一个与前面铺叙有所不同、有所转折的情感抒发，让人们眼前一亮，既是意料之外，又该是以上渲染铺叙的事件发展的必然结果。如萧纲之作写尽战场风光，第一首以战场上的思念点破主题，告诉人们还应该关注将士的情感生活；第二首接以胜利归来美人红妆相迎，这虽然也是战争进程中的最后一幕，却是诗人重笔所在，与美人相拥过和平的生活成为整个战争的目的。又如梁元帝《从军行》，也可以理解为全是铺叙战场场面，但末二句更是点题之语，这首诗本身不就是称赏自己的“临戎赋雅篇”吗？又如卢思道之作，全场铺叙出征的种种经历，但篇末则说对手降服了，我们将军还干什么呢？以幽默的口吻说出威震天下、战胜敌人的自信与自豪。

其三，截取战争生活的某个侧面。以下这几首诗的叙写模式，诗歌全力描摹的是战争生活的某个侧面、片断而不是战争生活的全过程；而且这个铺叙的意向也是比较明确的，因此诗作的篇末点题是顺乎自然的，没有太大的转折与出乎意料，所谓全力搏虎。

叙写“樽酒送征人”之江淹《从军行》二首：

樽酒送征人，踟蹰在亲宴。日暮浮云滋，握手泪如霰。悠悠清水川，嘉鲂得所荐。而我在万里，结友不相见。袖中有短书，愿寄双飞燕。

从军出陇北，长望阴山云。泾渭各异流，恩情于此分。故人赠宝剑，镂以瑶华文。一言凤独立，再说鸾无群。何得晨风起，悠哉凌翠氛。黄鹄去千里，垂涕为报君。

梁江淹之作写从军离别之情，有相传苏李诗的意味，如“樽酒送征人”句拟“我有一樽酒，欲以赠远人”；“踟蹰在亲宴”句拟“屏营衢路侧，执手野踟蹰”；“黄鹄去千里，垂涕为报君”拟“愿为双黄鹄，送子俱远飞”等。这首诗全写送别场面，是对战争全过程中某一画面的截取。

回答“何谓从军乐”之刘孝仪《从军行》：

> 冠军亲挟射，长平自合围。木落彫弓燥，气秋征马肥。贤王皆屈膝，幕府复申威。何谓从军乐，往返速如飞。

梁刘孝仪之作叙写以往的战争，是运用典故，落笔“何谓从军乐，往返速如飞”，这是真正战士的快乐。诗人讲“何谓从军乐”，是截取了战争生活中的“往返速如飞”的飞驰杀敌这一片断来表现的。

突出“关塞榆荚”之赵王《从军行》：

> 辽东烽火照甘泉，蓟北亭障接燕然。水冻菖蒲未生节，关寒榆荚不成钱。

北周赵王，或作周赵王，或作周赵王招，即北周赵王宇文招。赵王之作，前二句写边境自古有战争，在诗中的作用是铺垫；后二句写边塞景物，突出“冻”、“寒”，似乎这一片断就可以代表整个“从军”的叙事抒情了。

“英王于此战”之庾信《从军行》：

> 《河图》论阵气，金匮辨星文。地中鸣鼓角，天上下将军。函犀恒七属，浴铁本千群。飞梯聊度绛，合弩暂凌汾。寇阵先中断，妖营即两分。连烽对岭度，嘶马隔河闻。箭飞如疾雨，城崩似坏云。英王于此战，何用武安君。

北周庾信之作，《庾子山集》作《同卢记室从军》。《隋书·卢恺传》载，卢恺字长仁，北周齐王宪引为记室，从其伐北齐。齐王伐北齐在天和六年

(571 年)。既然诗题为“同卢记室从军”，“知伐齐之役，子山同卢恺并从齐王军行也”(见倪璠《庾子山集注》卷三)，那么，此诗该是纪实之作。庾信作诗以典故运用见长，起首四句以诸葛亮《八阵图》、太公《金匮》、周亚夫等古人称赏齐王宪，“天上下将军”是汉平定吴、楚七国之乱时人称周亚夫之语。五六两句写武器装备，再以下就直述战争进行。末二句把齐王宪与秦时白起作比，突出称赏之意。这首诗截取战争最激烈的某个片断来描摹，如此凸显对“英王于此战”的歌吟。

“剑花寒不落”之明馀庆《从军行》：

> 三边烽乱惊，十万且横行。风卷常山阵，笳喧细柳营。剑花寒不落，弓月晓逾明。会取淮南地，持作朔方城。

隋明馀庆之作以战场景物表达将士豪气，这战场景物集中在对行军征途的描写，要直达前线去“会取淮南地，持作朔方城”。末二句很有意思，我们历来见到的是在北方筑城镇敌，而北人讲要“会取淮南地，持作朔方城”，要在靠近南方的边界筑城镇敌，这是北人特有的自豪与自信。

从上述之作我们可以看出，诸人的《从军行》都在叙写战争，都在叙写从军，但除此之外，又各有其点睛之处或重点所在。陆机写“悲”，颜延之写“苦”，梁简文帝以“何时反旧里，遥见下机来”引出女色，所谓“必应红妆来起迎”。梁元帝写战场文人雅事，雍和从容，诗末称“荀令多文藻，临戎赋雅篇”，但诗中写的是“洞庭晚风急，潇湘夜月圆”的水战。沈约写战地自然景物，其诗中有“惜哉”、“苦哉”、“悲矣”等，足见其情感色彩的指向。戴暠一句写一事，写战功赫赫，但诗中又写“弓寒折锦鞬，马冻滑斜蹄”云云，有凄切之感。吴均写将士品格，称“男儿亦可怜”。江淹一称“握手泪如蔽”，又称“垂泪为报君”，写离别之情。萧子显写“轻薄良家恶少年”与“妖姬舞女乱君前”，引入女色。刘孝仪落笔“何谓从军乐，往返速如飞”。张正见称“欲知客心断，旌旗万里悬”，写战士心愿。赵王之作突出“冻”、“寒”，庾信写现实战争，王褒写战士内心。卢思道之作写北地风光，其真切当然不在话下，且气象宏大，写对战争的反思，对自己所处国家、所处时代以及在战场上地位的自信，跃然纸上。明馀庆写将士豪气，诗中称“会取淮南地，持作朔方城”，直接称说对南朝的战争胜利。这种情况表明，各位诗人写同一题目时突出个性的努力。

此类汉赋式的铺叙，是以西晋以来盛行的对仗形式来实现的，即刘勰《文心雕龙·丽辞》所谓“造化赋形，支体必双；神理为用，事不孤立”。或者说，铺叙是上述几种叙写模式的第一运用手段。

现在来探讨中古《从军行》的定位、抒情与发展趋势。

《从军行》系列的“从军”，都是写从军边塞，显然，《从军行》系列是承继左延年的作品而来，并非完全接受王粲的影响，王粲的作品只是泛泛而称“一举灭獯虏，再举服羌夷”，实际上作品中写的是曹操扫平割据军阀、平定北方的战争；或许王粲作品表面上的“一举灭獯虏，再举服羌夷”构成了传统，《从军行》系列的“从军”定位于边塞战争。

总体上看，中古《从军行》是叙写从军之艰苦情状，抒发从军之悲苦情怀，这样写来目的很明确，即以从军之艰苦情状与悲苦情怀可以更好地表现战争胜利的来之不易，衬托在边塞建功立业的来之不易。《从军行》在南北朝后期往往要引入女色描写，表现从军行为对女性生活的影响。

北朝《从军行》发展趋势有一点值得注意，那时的诗作往往写得气魄宏大，尤其是卢思道之作，仍旧是概括化地叙写从军行为，但在描摹上更宏观，更全方位，在诗歌中有点鸿篇巨制的样子，从形式上看其篇幅也比较大。这从《从军行》系列中有写到“侠”的作品可以看出，如王褒之作的“年少多游侠，结客好轻身”及卢思道之作的“白马金羁侠少年”之类，游侠本是个人性的施展武艺，而从军是集体性的投入战斗，曹植《白马篇》把个人游侠与从军行为结合起来了，其从军行为还是个体化的，而王褒与卢思道之作，虽然其人物形象就直接来自曹植《白马篇》，但实际上说的是集体行为的游侠，他们诗作中把游侠精神直接融入从军的边塞战争；对曹植《白马篇》来说，在“侠”的叙写上，王褒与卢思道之作既有继承又有发展。

三　《从军五更转》：英雄主义与凄苦哀怨相交织

陈伏知道又有《从军五更转》五首，《乐府诗集》载录时解题曰："《乐苑》曰：'《五更转》，商调曲。'按伏知道已有《从军辞》，则《五更转》盖陈以前曲也。"诗云：

> 一更刁斗鸣，校尉逴连城。遥闻射雕骑，悬惮将军名。
> 二更愁未央，高城寒夜长。试将弓学月，聊持剑比霜。
> 三更夜警新，横吹独吟春。强听梅花落，误忆柳园人。
> 四更星汉低，落月与云齐。依稀北风里，胡笳杂马嘶。
> 五更催送筹，晓色映山头。城乌初起堞，更人悄下楼。

商调、商曲，乐曲五调之一，古代五音为宫、商、角、徵、羽，商音配秋，其音凄怆哀怨，如商歌就是指悲凉的歌，《淮南子·道应训》载："宁戚饭牛车下，望见桓公而悲，击牛角而疾商歌。"五更，旧时自黄昏拂晓一夜间，分为甲、乙、丙、丁、戊五段，谓之五更，又称五鼓、五夜。因此，从歌名及曲调，就确定了其凄苦哀怨的抒情主旨。诗作分五段，每段第一句的声、色描摹，就有悲苦之意；诗中的叙写，其"依稀北风里，胡笳杂马嘶"的景物，"强听梅花落，误忆柳园人"的人物行为动作与情感，无不围绕悲苦展开。但诗作亦不乏英雄主义的吟诵，"遥闻射雕骑，悬惮将军名"，以对方的情态突出英雄豪气；"高城寒夜长"、"落月与云齐"，寥廓霜天正显出豪迈胸怀；"试将弓学月，聊持剑比霜"，如此景物与如此行为相配，正是英雄本色。边塞将士在凄苦哀怨的衬映下，其英雄主义更显得凝重、厚实。

四　诗意化、浪漫化的从军生活叙写

在魏末，有一些诗作将军旅生活做了诗意化的描摹，这就是嵇康的

《四言赠兄秀才入军诗》十八章。《诗纪》注云："《集》曰：兄秀才公穆入军，赠诗。"嵇喜，字公穆，举秀才。此十八章多为设想秀才的"入军"生活，有时候还以秀才的口吻吟咏。

此组诗中完完全全描摹军旅生活的篇幅不多，有的只是以"嗟我征迈"（其三）、"嗟我独征"（其四）与"载我轻车"（其十）、"轻车迅迈"（其十二）提及军旅生活，就全篇来说描摹军旅生活的是其九：

> 良马既闲，丽服有晖。左揽繁弱，右接忘归。风驰电逝，蹑景追飞。凌厉中原，顾盼生姿。

"繁弱"，古之良弓；"忘归"，古之良箭。诗歌主人公跨矫捷的战马，披潇洒的战袍，弯弓搭箭，凌厉驰飞。这里所表现的，对诗歌主人公而言是沉浸在飒爽英姿的从军习武生活中，对阅读者而言是欣赏从军习武者的飒爽英姿；或者说，这是魏晋风度在从军者身上的体现，诗作要表现的是人物的风度，只不过这种风度特定在从军者身上。当然，如此诗意化、浪漫化的军旅生活，飒爽英姿的从军习武生活，只能产生于具有压倒性优势的军事力量的背景下，这是充满胜利的自信的表现；当然，如此诗意化、浪漫化的军旅生活，可能并未经过残酷、激烈的战争洗礼。

嵇康《四言赠兄秀才入军诗》十八章的诗意化、浪漫化的军旅生活叙写还不仅于此，其更多地表现在诗作在"从军"的名义下对从军者军事习武活动以外的生活的叙写上。从事件上来说，诗作叙写主人公的游历生活，如其一：

> 鸳鸯于飞，肃肃其羽。朝游高原，夕宿兰渚。邕邕和鸣，顾眄俦侣。俛仰慷慨，优游容与。

主人公更期望与俦侣一块投入这样的活动，此诗的"顾眄俦侣"，其二的"啸侣命俦"、其十的"携我好仇"都有如此意味。诗作把"入军"的野外活动写得如此“优游容与”，这当然是游历生活而不是征途生活了。组诗中这样的叙写真不少，时或有一些“独行”的苦闷，如其三：

> 泳彼长川，言息其浒。陟彼高冈，言刈其楚。嗟我征迈，独行踽踽。仰彼凯风，涕泣如雨。

从精神上来说，诗作叙写主人公的“怡志养神”，如其十七：

> 琴诗自乐，远游可珍。含道独往，弃智遗身。寂乎无累，何求于人。长寄灵岳，怡志养神。

这可视为“从军”者对精神境界的追求，这种追求与时代的玄学思潮兴起是一致的。

上述诗中描摹的人物所从事的事件活动与所具有的精神活动，单独来看都可以说与“入军”无关，但诗人既然把它们归于“入军”的题目之中，也就是说诗人是把它们与“入军”联系起来的，是把它们视为“入军”生活的一部分。又有同时叙写事件与精神两方面的，如其十四：

> 息徒兰圃，秣马华山。流磻平皋，垂纶长川。目送归鸿，手挥五弦。俯仰自得，游心太玄。嘉彼钓叟，得鱼忘筌。郢人逝矣，谁与尽言。

飒爽英姿的从军习武生活与“从军”的名义下从军者非军事习武活动的生活，此二者的相结合就构成嵇康《四言赠兄秀才入军诗》十八章对军旅生活诗意化、浪漫化的叙写。

五　对现实战争及从军的看法

魏末，还有一类反思战争生活的诗作，这种反思，既不同于建安时期憧憬于战争之中建功立业，也不同于对从军生活做诗意化的描摹，而是直接触及将士的行为是否合乎本职工作的要求；且由于时代的不同，有的诗作则重新审视从军生活对个人的意义。北朝时，亦有叙写现实战争的从军生活的诗作，以下一并述之。

应璩《百一诗》讨论将士的两类作为。应璩，字休琏，建安七子之一应玚之弟，主要活动在魏文帝、明帝、齐王年间，其作品最为人所推重的即是《百一诗》。《百一诗》多有亡佚，现一般把应璩的作品中提名为“百一”、“应璩新诗”、“杂诗”、“诗”者，都录于《百一诗》名下。《百一诗》的宗旨，前人之说虽多，但所归大致有二：一是风规治道补阙时政，如“补于时政”（《文选》吕向注），“庶几百分有一补于（曹）爽也”（《韵语阳秋》卷四），《三国志·魏书·应璩传》裴松之注引《文章叙录》：“曹爽秉政，多违法度，璩为诗以讽焉。其言虽颇谐和，多切时要，世共传之。”《文选》李善注引孙盛《晋阳秋》：“应璩作五言诗百三十篇，言时事颇有补益，世多传之。”又有《文选》李善注引李充《翰林论》：“应休琏五言诗百数十篇，以风规治道，盖有诗人之旨焉。”二是品鉴士行、箴规人心，如人称《百一诗》的得名即“士有百行，始终如一”（《乐府广题》），“箴规人心”（《肘后百一方序》）。在风规治道、补阙时政与品鉴士行、箴规人心中，亦有涉及战争、战场者。如题名为“诗”的残篇：

放戈释甲胄，乘轩入紫微。从容侍帷幄，光辅日月辉。

这是说由武功得到高位，名实相符。又如：

郡国贪慕将，驰骋习弓戟。虽妙未更事，难用应卒迫。

这是说其武功名不副实，如此武功是上不得战场的。

又有阮籍，其《咏怀》八十二首，并非诗人一时所作，而是诗人平生诗作的总题。诗人阮籍生活在魏晋易代之际，统治集团内部斗争尖锐复杂，于是诗人纵酒谈玄、不问世事以避祸。诗人尽管在行动上佯狂放诞，但内心却十分痛苦，《晋书》本传载，阮籍“时率意独驾，不由径路，车迹所穷，辄恸哭而返”，他把内心这种无由发泄的痛苦与愤懑都以隐约曲折的形式在诗歌中表达出来，这就是《咏怀》八十二首，这是一个丰富而又复杂的总体，真实地表现了诗人一生复杂的思想感情，也真实地表现了社会生活的各个方面，此中就有关于军事、战争、战场诸方面的。其《咏怀》三十九抒发效命战场垂声后世：

壮士何慷慨，志欲威八荒。驱车远行役，受命念自忘。良弓挟乌号，明甲有精光。临难不顾生，身死魂飞扬。岂为全躯士，效命争战场。忠为百世荣，义使令名彰。垂声谢后世，气节故有常。

这是颂扬壮士效命战场以赴国难，赢得忠义令名垂声后世。战争爆发意味着国家危急时刻到来，战场成为壮士以效命表现忠义气节的场所。

《咏怀》六十一抒发走上疆场令人悔恨。但是，如果壮士以效命表现忠义气节的愿望不能实现的话，习武与走上疆场便会成为一件令人悔恨的事，诗云：

少年学击刺，妙伎过曲城。英风截云霓，超世发奇声。挥剑临沙漠，饮马九野坰。旗帜何翩翩，但闻金鼓鸣。军旅令人悲，烈烈有哀情。念我平常时，悔恨从此生。

这是一位有高超武艺的少年，他也曾效命战场，但诗作的情感抒发最后落脚到“军旅令人悲，烈烈有哀情”，于是“悔恨从此生”。原因是什么？诗作没有说，如果根据《咏怀》其三十九“壮士何慷慨”来看，其原因应该是这位武艺高超的少年既未能立功，又未能立名吧！

张协《杂诗十首》有关于从军征战的内容。其七云：

此乡非吾地，此郭非吾城。羁旅无定心，翩翩如悬旌。出睹军马阵，入闻鞞鼓声。常惧羽檄飞，神武一朝征。长铗鸣鞘中，烽火列边亭。舍我衡门衣，更被缦胡缨。畴昔怀微志，帷幕窃所经。何必操干戈，堂上有奇兵。折冲樽俎间，制胜在两楹。巧迟不足称，拙速乃垂名。

前四句写从军来到边城；“出睹”以下八句写军中生活，有些不情愿的样子，已不是嵇康所咏那么浪漫。末八句，诗人崇尚运筹于帷幕之中，看来不称赏决胜于战场之上。

六 乐府系列与五言系列的各自特点

王粲之“从军”，是乐府还是五言本不确定，其“以美其事”的写法后世继承的也不多。之后，左延年以后的乐府《从军行》系列与阮籍、嵇康的五言“从军”之作，其题材、内容、抒情方式各有不同，现简单叙述如下。

所谓乐府，其文体特点就是叙事与虚拟性，《从军行》系列，或以从军为鹄的展开对边塞战争的叙写，或以边塞风物展开对边塞战争的叙写，都以悲哀艰苦作为抒情基调，而以《从军五更转》为甚；又都在某种程度上张扬英雄豪气与立功报国气概，其英雄主义是以悲哀艰苦为基础表现出来的。在主要内容与精神一致的前提下，乐府系列的作品或呈现各自的特点以及时代特点，如引入女性生活的叙写就是宫体诗盛行时的写法。

所谓文人的五言之作，与乐府作品相比，其特点为抒情与强调自我，阮籍、嵇康以及应璩之作，是对当时文人从军生活的真实描摹，故反映的生活面比较广，是对当前现实的看法，故其抒情指向是各种各样的，不像乐府系列在主要内容与精神上一味地继承传统。应该说，文人的五言之作写“从军”，更具尖锐性。

七 《度关山》系列：对征途的叙写

“度关山”，即出征而行进在边塞地区，时或叙写边塞战争。《相和歌辞》有《度关山》系列，属相和曲，其题解曰：“《乐府解题》曰：‘魏乐奏武帝辞，言人君当自勤苦，省方黜陟，省刑薄赋也。若梁戴暠云“昔听陇头吟，平居已流涕”，但叙征人行役之思焉。’”魏武帝之作与边地无涉，不录，此处分析梁简文帝以下的作品。

“非是炫功名”之梁简文帝《度关山》：

关山远可度，远度复难思。直指遮归道，都护总前期。力农争地利，转战逐天时。材官蹶张皆命中，弘农越骑尽搴旗。搴旗远不息，驱虏何穷极。狼居一封难再睹，阏氏永去无容色。锐气且横行，朱旗乱日精。先屠光禄塞，却破夫人城。凯还归旧里，非是炫功名。

诗作写“度关山”奔赴边塞战场驱除敌虏。末二句“凯还归旧里，非是衒功名”非常有意味，一来是呼应，首句是“关山远可度”，此处仅仅是“归”而“非是炫功名”；二来是说为保卫国家而“度关山”，并非为功名而“度关山”。

边地军中生活之戴暠《度关山》：

昔听陇头吟，平居已流涕。今上关山望，长安树如荠。千里非乡邑，百姓为兄弟。军中大体自相褒，其间得意各分曹。博陵轻侠皆无位，幽州重气本多豪。马衔苜蓿叶，剑宝鹏鹈膏。初征心未习，复值雁飞入。山头看月近，草上知风急。笛喝曲难成，笳繁响还涩。武帝初承平，东伐复西征。蓟门海作堑，榆塞冰为城。催令四校出，倚望三边平。箭服潮来动，刀环临阵鸣。将军一百战，都护五千兵。且决雄雌眼前利，谁道功名身后事。丈夫意气本自然，来时辞第已闻天。

但令此身与命在，不持烽火照甘泉。

首二句“昔听陇头吟，平居已流涕”是前人《度关山》的情感基调，所谓“叙征人行役之思”，但不是此诗的情感基调，以下诗人便款款述来。“千里非乡邑”以下八句点明写的是边地并述其地军中风气。“初征心未习”以下十六句叙写逐渐熟悉的边地军中生活以及“东伐复西征”。末六句七言，抒发“丈夫意气”就是“但令此身与命在，不持烽火照甘泉”，既然我“度关山”来到边地，就不能让报警烽火再次传向京城，那么，“眼前利”“功名事”都是无关紧要的。

“当知结绶去”之刘遵《度关山》：

陇树寒色落，塞云朝欲开。谷深鞞易响，路狭幰难回。当知结绶去，非是弃繻来。行人思顾返，道别且徘徊。愿度关山鹤，劳歌立可哀。

前四句写边地景色，突出战鼓战旗的嘈杂拥挤，末四句写出征边地人们的思乡悲哀，而中间“当知结绶去，非是弃繻来”二句挽连前后，是说奔波边地与思乡悲哀皆因功名而起，所谓“天下熙熙，皆为利来；天下壤壤，皆为利往”，冷峻峭刻，有讥讽意味。

重战斗经历之王训《度关山》：

边庭多警急，羽檄未曾闲。从军出陇坂，驱马度关山。关山恒晻霭，高峰白云外。遥望秦川水，千里长如带。好勇自秦中，意气本豪雄。少年便习战，十四已从戎。昔年经上郡，今岁出云中。辽水深难渡，榆关断未通。折冲凌绝域。流蓬惊未息。胡风朝夜起，平沙不相识。兵法贵先声，军中自有程。逗遛皆赎罪，先登尽一城。都护疲诏吏，将军擅发兵。平卢疑纵火，飞鸱畏犯营，辎重一为卤，金刀何用盟。谁知出塞外，独有汉飞名。

前八句写“从军出陇阪”的原因及“驱马度关山”之所见。“好勇”以下十二句写将士“意气”历来战斗所经历各种边地景物。“兵法”以下十句写战斗的经过。末二句“谁知出塞外，独有汉飞名”，说“度关山”“出塞”而不经意间获得飞将军称号，自豪至极。

“倡家女”自述之柳恽《度关山》：

> 少长倡家女，出入燕南垂。惟持德自美，本以容见知。旧闻关山远，何事总金羁。妾心日已乱，秋风鸣细枝。

此是“倡家女”自述，其“德”“容”兼美，但闻知“关山远”之情况，也是“妾心日已乱”。是说“度关山”在妇人心中的印象。这是《度关山》的一个例外。

“呜咽”“断肠”之张正见《度关山》：

> 关山度晓月，剑客远从征。云中出迥阵，天外落奇兵。轮摧偃去节，树倒碍悬旌。沙扬折坂暗，云积榆溪明。马倦时衔草，人疲屡看城。寒陇胡笳涩，空林汉鼓鸣。还听呜咽水，并切断肠声。

全诗前四句写战斗，次四句写景物，边地色彩浓郁。“马倦”以下写“度关山”到边地的情感，以“呜咽水”比“断肠声”。

从上述诸诗，可见《度关山》的情感抒发主线，都是写以征战为主的边地生活以及边地景物，其情感抒发各自诗作有所侧重，总合起来就该是全面反映了征战边地的方方面面；但一条主线是清晰的，即征战边地与功名的关系，或称征战边地定可获取功名，或称征战边地能否获取功名并不重要，关键是有没有豪气，是不是实现报国愿望。而柳恽、张正见之作是别出心裁的例外。

第十四章

诗人篇

中古时期卓越的叙写军事战争的诗人：鲍照、吴均、庾信。

南朝叙写边塞战争军事行为的诗作的发展主要依个人乐府系统的传统而进行，在虚拟性的大旗下展开对边塞奇异瑰丽的描摹，在虚拟性的战争中展开诗人对人生与社会的情感抒发。在诗中，诗人对献身战争的种种看法，并不局限于战争本身，而可以扩大到是针对整个社会现象的，或可以浓缩为个体对身世经历的慨叹愤激。于是，这些叙写边塞战争军事行为的诗作的外延虽未见得扩大，但其内涵却有了相当大的扩展与深化。这样，一方面，诗人在描摹外在场景与事物的同时，使诗歌内心化的程度进一步提高了；另一方面，诗人在虚拟性的作品中也展示出诗人自身个体化的力量。而北朝叙写边塞战争军事行为的诗作则以庾信的作品最多，突出的全为北方特点。

一 鲍照：扩大了边塞战争军事诗作的内涵

真正使写边塞写战争的诗作具有上述力量的诗人是刘宋时的鲍照，他既是尝试者又是成功者。陆时雍《诗镜总论》称扬鲍照的诗说：

> 骏马轻貂，雕弓短剑，秋风落日，驰骋平冈，可以想此君意气所在。

他还真想把鲍照识作一位边塞战争的英雄呢。

其一，直指将士的待遇与对从军的意义，是鲍照军事战争诗作的重要主题。刘宋时期，人们开始从个体方面对从军行为进行种种反思，鲍照诗作是其代表，其《代东武吟》突出老军人一生征战、老来被弃的遭遇，诗云：

> 主人且勿喧，贱子歌一言：仆本寒乡士，出身蒙汉恩。始随张校尉，占募到河源。后逐李轻车，追虏穷塞垣。密途亘万里，宁岁犹七奔。肌力尽鞍甲，心思历凉温。将军既下世，部曲亦罕存。时事一朝异，孤绩谁复论？少壮辞家去，穷老还入门。腰镰刈葵藿，倚杖牧鸡豚。昔如鞲上鹰，今似槛中猿。徒结千载恨，空负百年怨。弃席思君幄，疲马恋君轩。愿垂晋主惠，不愧田子魂。

诗作用自述方式，分上下两部分，上部分写立功边塞，下部分写有功未得到应有的赏赐，穷老贫困，却有不甘心之意；诗末以比拟与典故来讽谏。刘履《选诗补注》说："明远此篇殆亦有所为而拟作欤？观其首言主人勿喧而后歌者，欲其听之审而感之速也。故下文历叙征役远塞之劳，穷老还家之苦。至篇末复怀恋主之情，而犹有望于垂惠。然不知其为谁而发也。"其实，鲍照就是为自己而发，朱熹云："'腰镰刈葵藿，倚杖牧鸡豚'，分明说出个倔强不肯甘心之意。"[①] 这是充分表现个性的歌咏。

又有对从军意义的思考，我们来看鲍照《拟古八首》其二：

> 十五讽诗书，篇翰靡不通。弱冠参多士，飞步游秦宫。侧睹君子

① 转引自钱仲联《鲍参军集注》，上海古籍出版社1980年版，第163页。

论，预见古人风。两说穷舌端，五车摧笔锋。羞当白璧贶，耻受聊城功。晚节从世务，乘障远和戎。解佩袭犀渠，卷帙奉卢弓。始愿力不及，安知今所终。

“十五”二句讲“学”，“弱冠”二句讲“问”，“侧睹”二句讲向往古人君子之风。“两说”以下四句是说舌端笔力都来得，只是耻而不为也。“晚节”以下六句是说学问不见于世，宁从世务，弃文就武，这是出于时势之不或已，非其所愿。吴淇《六朝选诗定论》云：“在于我者，文重而武轻；在于时者，武重而文轻。轻文者轻道也，所谓君子道消也。消之又消，伊于何底？故曰‘安知今所终’。”所谓“学问不见于世”，是说不能凭借“文”实现治国平天下的理想，退而就武，心中有无限的愤慨。古人有“三立”之说，所谓“太上有立德，其次有立功，其次有立言”，鲍照当然首先崇尚“立德”，觉得“立功”是退而求其次之事；不能以学问“立德”，鲍照始终耿耿于怀；这也是其寒士身份不得统治者所重视之必然，只能以具体的事功来表现自己。所以其《代陈思王白马篇》既有“知我独为雄”的豪气，但又说“丈夫设计误，怀恨逐边戎”，也是对从军的反思，对弃文从武的出塞深为愤慨。

鲍照《拟古八首》其三：

幽并重骑射，少年好驰逐。毡带佩双鞬，象弧插雕服。兽肥春草短，飞鞚越平陆。朝游雁门上，暮还楼烦宿。石梁有余劲，惊雀无全目。汉虏方未和，边城屡翻覆。留我一白羽，将以分虎竹。

首二句写少年的豪侠尚武；“毡带”以下八句少年英雄行为的描摹，点明其武艺高超与活动在边塞地区，其中“石梁有余劲，惊雀无全目”二句用典，以宋景公射箭余力尚能射入石堰与后羿射雀能使雀没有完全的双眼来称赏少年英雄的武艺；末四句叙写其精神境界，写少年英雄愿分符而为郡守，以白羽箭建功立业。

这是上篇的继续，假若“学问不见于世，宁从世务，弃文就武”，总是要有所作为，渴望为国立功，但能否“将以分虎竹”也不得而知。江淹《杂体诗三十首》中拟鲍照的那首《戎行》中称“竖儒守一经，未足识行藏”，以从军之士来鄙视“竖儒”之文，此中倒真实地反映出鲍照写边塞写战争的那种慷慨与牢骚。鲍照认为文人的正统出路在“文治”，但寒士出身的他又不能凭其“文”发挥才华。而当日寒士确又多有以武功而显赫者，况且，边塞的奇异风光勾发起诗人的浪漫情怀，战争的激烈悲壮引发着诗人的慷慨心胸，于是，他又渴望着边塞立功。但奔赴边塞并不等于走进世外桃源，那儿又确确实实有着种种艰苦与种种无奈，如此矛盾，使得鲍照既否定从军，又多写从军；既叙述从军的种种浪漫，又叙述从军的种种艰难；既憧憬从军边塞立功战场，又从心底盼望发挥“文”才；既慷慨激昂，又悲苦凄冷。一般说来，这首作品无所谓反思不反思，这是一首传统的吟咏从军边塞建功立业的作品。但之所以把它列入“反思”，是因为从鲍照来讲，他并不是全心全意就愿意这样从军边塞的，上述这首作品只是鲍照反思从军生活的一个参照物。

其《代陈思王白马篇》更把重文轻武还是重武轻文的愤慨抒发得淋漓尽致，朱止谿曰：“歌《白马》，用世之思也。陈思《自试表》以二方未克为念；《谏伐表》复虑雍、凉三分，较重于荆、扬之骚动。故知名都既乏远图，不如白马之可以应卒也。明远‘但令塞上儿，知我独为雄’，正接出言外感慨。”[①] 所谓“言外感慨”，就是从文不得重用只好愤而从武，鲍照的思想疙瘩就在于有志有才而不能施展，他就是因为出身寒族而极力批判门阀制度。

鲍照的代表作《拟行路难》也有叙写战争军事的，其十四写诗歌主人公的身世坎坷是以其一生从军来凸显的，诗云：

君不见少壮从军去，白首流离不得还。故乡窅窅日夜隔，音尘断

---

① 转引自钱仲联《鲍参军集注》，第174页。

> 绝阻何关。朔风萧条白云飞，胡笳哀极边气寒，听此愁人兮奈何，登山远望得留颜。将死胡马迹，能见妻子难。男儿生世轗轲欲何道？绵忧摧抑起长叹。

这也应该是愤激之词，“少壮从军”的原因就是“男儿生世轗轲”，倒过来讲，“男儿生世轗轲”于是就“少壮从军”。

其《代苦热行》叙写边塞奇异风光景物，结尾处称“生躯蹈死地，昌志登祸机。戈船荣既薄，伏波赏亦微。爵轻君尚惜，士重安可希”，也是愤慨之情的抒发。朱乾《乐府正义》曰：“宋文帝元嘉二十三年，遣交州刺史檀和之讨林邑。宗悫自请从军，和之遣悫为前锋，遂克林邑。阳迈父子挺身走，所获未名之宝，不可胜计。悫一无所取，还家之日，衣栉萧然。此刺功高赏薄。戈船、伏波，盖指和之及悫也。”鲍照最不满意自己“才秀人微”的处境，所以他对不公平的事情非常敏感，常常要奋起抨击。

其二，叙写在边塞战争中获取功名，这是鲍照在不能以“文”建功立业获取名声后的另一种选择。鲍照《建除诗》云：

> 建旗出敦煌，西讨属国羌。除去徒与骑，战车罗万箱。满山又填谷，投鞍合营墙。平原亘千里，旗鼓转相望。定舍后未休，候骑敕前装。执戈无暂顿，弯弧不解张。破灭西零国，生虏郅支王。危乱悉平荡，万里置关梁。成军入玉门，士女献壶浆。收功在一时，历世荷余光。开壤袭朱绂，左右佩金章。闭帷草《太玄》，兹事殆愚狂。

“建除”，古代术数家以为天文中的十二辰，分别象征人事上的建、除、满、平、定、执、破、危、成、收、开、闭十二种情况，“建除诗”即以这十二字为单句首字，后世称之“建除体”。鲍照以此吟咏边塞战争，诗作盛称在边塞战争中建功立业，当然要胜过“闭帷草《太玄》”的书生行为。

鲍照最不甘心的就是老死于读经作文，江淹最能把握住他的脉搏，其《杂体诗三十首》中拟鲍照的《鲍参军照戎行》这样写道：

> 豪士枉尺璧，宵人重恩光。徇义非为利，执羁轻去乡。孟冬郊祀月，杀气起严霜。戎马粟不暖，军士冰为浆。晨上城皋坂，碛砾皆羊肠。寒阴笼白日，太谷晦苍苍。息徒税征驾，倚剑临八荒。鹪鹏不能飞，玄武伏川梁。铩翮由时至，感物聊自伤。竖儒守一经，未足识行藏。

诗作称从军边塞，尽管有艰苦、有不平，但总有建功立业的机会，总有实现理想的机会，堂堂男子汉大丈夫，不能“守一经”以度过一生。所谓“行藏”语出《论语·述而》“用之则行，舍之则藏”，鲍照认为“用之”则立足朝廷治国平天下，“舍之”则立足边塞建功立业，而不能像俗儒书生读书研经，所以说“竖儒守一经，未足识行藏”。江淹识得鲍照作为一介寒士壮志不得施展而寄托于叙写边塞战争，以之表达自己的理想；江淹认为鲍照边塞战争诗作最能代表鲍照的特色，所以江淹以“戎行”来拟鲍照。

这样我们就可以更准确地理解其《代出自蓟北门行》了，诗中突出的是壮士在艰难时世中的“投躯报明主，身死为国殇”的决心。方东树《昭昧詹言》曰：“此从军出塞之作。蓟北多烈士，故托言之。”“收作归宿，为豪宕，不为凄凉。以解为悲，从屈子来，陈思、杜公皆同。”当鲍照不得施展才华，他觉得只有在边塞才有机会了，所以才称“时危见臣节，世乱识忠良”。

其三，综观鲍照有关战争军事的诗作，无不与其不甘心屈从于当时的门阀制度而争取政治地位联系在一起，其不得意在于此，其昂扬有所得意也在于此。

鲍照写边塞写战争的诗作有一个共同的基调，即描写景物以奇异凄怨凝重为主，抒发情感以愤慨悲壮为主，常常把“从军”放在“从文”不得的情况下来叙写，于是或诉老来悲惨，或诉身死结局，或诉设计之误，或诉赏赐之薄，或诉从军无奈，仅有《拟古》其三仿佛是个例外，诉说凭借高超武艺立功边塞的憧憬，但他的最高理想当不在此；这样的倾诉当然有传统的儒家重文轻武思想的影响，但最终的原因还在于门阀制度压抑下一个寒士渴望有所作为的呐喊。

因此，鲍照的边塞战争军事诗作，从其题材的虚拟性来看，他是为从军将士立言，且他本人也从未有过上战场的经历，也没有到过大漠风尘的北方边塞。但从其诗作的情感抒发来看，诗人抒发的是一介寒士对从军的看法，对建功立业与安身处世的看法，对社会不合理的人才使用制度的看法，对整个社会的看法。这些看法，可以是依附于边塞战争的，也可以是高临于边塞战争之上的；这些看法所针对的现象是真实地存在于现实生活之中的，而不是凭空虚拟的。正是在这个意义上我们说，比起前人来，鲍照扩大了边塞战争诗作的内涵。鲍照并未真实地生活在熊熊燃烧的战争烽火中，但战争烽火却熊熊燃烧在他的心中。

鲍照也有一般性写法的叙写边塞战争之作，其《扶风歌》曰：

> 昨辞金华殿，今次雁门县。寝卧握秦戈，栖息抱越箭。忍悲别亲知，行泣随征传。寒烟空徘徊，朝日乍舒卷。

刘琨有《扶风歌》九解，此是拟其一、四。

二　吴均：扩大了边塞战争军事诗作的外延

吴均，字叔庠，齐末梁初诗人，他是南朝叙写边塞战争军事诗作的另一位大家。吴均的创作在当日颇有名声，《梁书·吴均传》载：“（吴均）文体清拔有古气，好事者或教（学）之，谓为‘吴均体’。”王通《文中子·事君》称吴均的诗作“怪以怒”。曹道衡、沈玉成《南北朝文学史》说：“清拔，意即清峻脱俗而较少沾染当时的绮丽之风；怪以怒，则指诗文中富有一股齐、梁之际少见的牢骚不平之气。”[1] 这是对的。一方面其“清拔有古气”与“怪以怒”表现于叙写战争军事诗作中，就是叙写从军出征、立功边塞的强烈愿望；但从另一方面来看，这些诗作从未表现出有如何的立功业绩，这就是他的牢骚不平之所在。

其一，吴均写边塞写战争的诗作一般突出报恩建功，如其《战城南》：

> 蹀躞青骊马，往战城南畿。五历鱼丽阵，三入九重围。名慑武安将，血污秦王衣。为君意气重，无功终不归。

从“五历鱼丽阵，三入九重围”看，这是讲很长一段时间内的事，目标就是立功。

《古意二首》其一：

> 杂虏寇铜鞮，征役去三齐。扶山剪疏勒，傍海扫沈黎。剑光夜挥电，马汗昼成泥。何当见天子，画地取关西。

其《雉子班》就说：“幽并游侠子，直心亦如箭；生死报君恩，谁能孤恩眄。”此处把“游侠”与“报君恩”联系在一起，就奠定了以作战报恩建功。从中可见吴均把一腔忠诚之情而终无所成的不平与牢骚寄托在叙写边塞战争的诗作之中。虽然没有直接说报恩建功，但却是建功而“见天子”。

又有另一《战城南》（或作《胡无人行》）：

> 陌上何喧喧，匈奴围塞垣。黑云藏赵树，黄尘埋陇垠。天子羽书劳，将军在玉门。

诗作说这正是建功之时。又如《入关》：

---

① 曹道衡、沈玉成：《南北朝文学史》，第207页。

羽檄起边庭，烽火乱如萤。是时张博望，夜赴交河城。马头要落日，剑尾掣流星。君恩未得报，何论身命倾。

吴均又有《咏怀》，其一云：

仆本报恩人，走马救东秦。黄龙暗迢递，青泥寒苦辛。野战剑锋尽，攻城才智贫。唯余一死在，留持赠主人。

我们看到，这些诗作中表达出要以从军边塞来报恩建功只是一种愿望，是否实现了立功诗中并没有说。

其二，为了强化从军边塞以报恩建功的愿望，吴均在诗作又常常从直叙自己从小的“学剑不学文”好游侠写起。如其《答萧新浦诗》称自己为“仆本二陵徒，英豪多久要。角觗良家儿，期门恶年少”。其《赠别新林诗》说道：

仆本幽并儿，抱剑事边陲。风乱青丝络，雾染黄金羁。天子既无赏，公卿竟不知。去去归去来，还倾鹦鹉杯。气为故交绝，心为新知开。但令寸心是，何须铜雀台。

这里把自己少年的游侠与奔赴边塞联系在一起，又把少年游侠、奔赴边塞与自己难以实现理想、天下扬名联系在一起，为了强化并未实现立功理想。其《赠任黄门诗二首》其二亦是如此，先称自己游侠：“纷吾少驰骋，自来乏名德。白玉镂衢鞍，黄金玛瑙勒。射雕灵丘下，驱马雁门北”。后称一事无成：“殷勤尽日华，留连穷景黑。岁暮竟无成，忧来坐默默”。又如其《失题》（或作《战城南》）：

前有浊樽酒，忧思乱纷纷。小来重意气，学剑不学文。忽值胡关静，匈奴遂两分。天山已半出，龙城无片云。汉世平如此，何用李将军。

但诗中亦有“小来重意气，学剑不学文”与现实的“汉世平如此，何用李将军”的矛盾，立足点仍在难能立功上。

有时好游侠与报恩是联系在一起的，如其《结客少年场》称“报恩杀人竟，贤君赐锦衣。握兰登建礼，拖玉入含晖”，很为自己自豪。

《古意二首》其二也是写少年游侠时的无所事事，诗云：

西都盛冠盖，九逵尘雾塞。中有恶少年，伎能专自得。玉鞭莲花剑，金苣流星勒。聊为路傍人，写鞚长楸北。

但吴均确实是有点武艺的游侠之人，萧子云《赠吴均》即称：

欲知健少年，本来最轻黠。绿沈弓项纵，紫艾刀横拔。谁持命要宠，宁知敌可杀？有功终不言，明君自应察。

其三，表达一种豪气，吴均又有《边城将诗四首》，更彻底地表达了慷慨报恩建功的愿望，但对于是否有所建功则有点闪烁其词。其一云：

塞外何纷纷，胡骑欲成群。尔时始应募，来投霍冠军。刀含四尺影，剑抱七星文。袖间血洒地，车中旌拂云。轻躯如未殡，终当厚报君。

其二云：

仆本边城将，驰射灵关下。箭衔雁门石，气振武安瓦。勋轻赏废丘，名高拜横野。留书应凿楹，传功须勒社。徒倾七尺命，酬恩终自寡。

其三云：

闻君报一餐，远送出平野。玉标丹霞剑，金络艳光马。高旗入汉飞，长鞭历地写。曙星海中出，晓月山头下。岁晏坐论功，自有思臣者。

其四云：

临淄重蹴踘，曲城好击刺。不要身后名，专骋眼前智。君看班定远，立功不负义。掣拽二丈旗，踯躅双凫骑。但问相知否？死生无险易。

因此，吴均战争军事诗作，有时就是只向人们表达一种豪气，如《胡无人行》：

剑头利如芒，恒持照眼光。铁骑追骁虏，金羁讨黠羌。高秋八九月，胡地早风霜。男儿不惜死，破胆与君尝。

又如《渡易水》：

杂虏客来齐，时余在角抵。扬鞭渡易水，直至龙城西。日昏笳乱动，天曙马争嘶。不能通瀚海，无面见三齐。

这是说自己如不能跃马扬鞭“通瀚海”的话，那就无脸面见三齐之人。

又有《咏宝剑诗》，宝剑就是要表现自己的豪气。又如前述《战城南》诗末称“为君意气重，无功终不归”更是如此，但能否立功那就很难说了。

有时叙写报恩与建功之间并不是很和谐的，那么还是要立功在先的，这就是强调行为、行动的重要性，而由之表达的思想感情则是另一回事。比如《从军行》：

> 男儿亦可怜，立功在北边。阵头横却月，马腹带连钱。怀戈发陇坻，乘冻至辽川。微诚君不爱，终自直如弦。

这是说无论如何自己的品行是最重要的。

其四，写边塞写战争与文人日常生活，使吴均的边塞诗呈现着丰富多彩之姿。吴均虽然不曾真正到过边塞与参加战争，但他的几首述说当前生活的诗作却也说到了边塞，说到了战争，把写边塞写战争与文人的日常生活结合起来。如《答柳恽》：

> 清晨发陇西，日暮飞狐谷。秋月照层岭，寒风扫高木。雾露夜侵衣，关山晓催轴。君去欲何之？参差间原陆。一见终无缘，怀悲空满目。

梁天监初，柳恽任吴兴太守，召吴均补主簿，他俩经常在一起赋诗。先是柳恽有赠诗，其《赠吴均三首》其三称：

> 夕宿飞狐关，晨登碛砾坂。形为戎马倦，思逐征旗远。边城秋霰来，寒乡春风晚。始信陇雪轻，渐觉寒云卷。徭役命所当，念子加餐饭。

柳恽一生多任将军之职，武艺高强，何逊《哭吴兴柳恽诗》中就称其“百步均射叶”，此次不知是出征何地，但可以肯定，柳诗中与吴诗中的地名都是虚拟的，这是齐梁间人作诗的习气，此即何焯《义门读书记》所称“齐梁中诗笔，地理多不审”；但正是地名及因这些地名而显现出北方景物风光，使这些诗作显示出边塞战争诗的本色。这两首诗显然是以夸张式叙写出征北方边塞来叙说当前的出征，这表明边塞出征已成为出征的典型，已成为人们的一种憧憬与向往；而赠答的形式又表现出这种由憧憬与向往而产生的比拟式写法已较为普遍化。

吴均又有《赠任黄门二首》其二，任黄门即任昉，梁武帝时任黄门侍郎。此赠诗以纪实的口吻叙写了自己年少的一段边塞游侠的经历，即“白玉镂衢鞍，黄金玛瑙勒。射雕灵丘下，驱马雁门北”，但又称“岁暮竟无成，忧来坐默默”，突出自己“无成”的结局，自然有求援之意。

慷慨悲壮，亦有牢骚与惆怅。我们当然不能认为这些边塞战争经历即是吴均本人现实存在的，但诗中的情感——边塞战争产生的情感，却是吴均的现实存在。从中可以看出，吴均有意使边塞战场经历真实地存在于自己生活之中，所以他要以述说现实存在的“赠答”、“咏怀”诗体来述说之，而不是以虚拟的文体——乐府或拟古述说之。吴均如此有意把边塞战争当做现实生活实际存在，这无疑扩大了边塞诗的外延，边塞诗的叙写范围从边塞战争扩大到文人的日常生活的某些方面。

吴均的写边塞写战争的作品有的篇幅较短，这样的作品一般是压缩了对边塞景物风光作引人入胜的描摹，但边塞景物风光是边塞诗中最奇异瑰丽且又能体现边塞诗魅力的部分，吴均做了成功的转换，其诗中突出的是边塞战场的气氛，如《战城南》，写青骊战马，写“五历鱼丽阵，三入九重围”的杀入敌阵，写战血溅上征袍，战场肃杀的气氛写得淋漓尽致，弥补了边塞景物风光着墨不多的缺憾。

吴均写边塞写战争时引入闺怨，诗中不仅写出征边塞的将士，而且还引出另外的主人公。如《和萧子显古意六首》，其六即“闺怨”之作，又有直接题名为《闺怨》的作品，如此写边塞将士与闺中少妇的相离相思之情，在鲍照的写边塞写战争诗作中是看不到的。

吴均与鲍照一样，其写边塞写战争诗作中的边塞与战争，对诗人个体来说是虚拟的，但由此而抒发的情感却是真实的、现实存在的。诗人唯有以虚拟才能勾画出其个体现实生活中不曾有过的奇异的边塞生活与战争经历，而且诗人感到，唯有如此的生活表现，才能凸显诗人个体在现实生活所迸发出来的那种激烈与慷慨。

三　庾信：重在北方风物与战争氛围

庾信，字子山，其为文在南朝与徐陵齐名，是宫体诗的代表作家，风格绮艳华丽，影响了一代新的诗风。梁元帝承圣三年（554 年），庾信奉命由江陵出使西魏，来到长安，不久西魏攻陷江陵，庾信被迫留在北方。在北方，庾信以其文才得到当朝的尊敬与喜欢，他也创作出很多作品，但因为身世经历的转变与眼界的开阔，其诗风在原有的清新流丽之中又显出苍凉、雄劲的特点，有集大成气象。《四库全书总目提要》说："至（庾）信北迁以后，阅历既久，学问弥深，所作皆华实相扶，情文兼至，抽黄对白之中，灏气舒卷，变化自如。"其表现之一就是在描摹山水景物时突出北方风物与战争气氛，这对战争军事诗作在唐代的定型有很大影响，因为唐代边塞诗的主要标志就是战争军事与边塞风物的结合。

其一，军事要塞在庾信笔下也成为景物，如其《陪驾幸终南山和宇文内史》，诗云：

> 玉山乘四载，瑶池宴八龙。鼋桥浮少海，鹄盖上中峰。飞狐横塞路，白马当河冲。水奠三川石，山封五树松。长虹双瀑布，圆阙两芙蓉。戍楼鸣夕鼓，山寺响晨钟。新蒲节转促，短笋箨犹重。树宿含樱鸟，花留酿蜜蜂。迎风下列缺，洒酒召昌容。且欣陪北上，方欲待东封。

这是一首有游览情节的山水诗，其山水描摹虽有秀丽但更有壮阔，诗作把军事要塞以及军事设施如"飞狐"、"白马"、"戍楼"当做景物来描摹，而在南朝山水诗中是没有这种情况的。

其《和宇文内史春日游山》，诗云：

游客值春辉，金鞍上翠微。风逆花迎面，山深云湿衣。雁持一足倚，猿将两臂飞。戍楼侵岭路，山村落猎围。道士封君达，仙人丁令威，煮丹于此地，居然未肯归。

所谓“戍楼侵岭路，山村落猎围”，显然是带有军事特点与尚武精神的景物描摹。

其《同州还诗》，诗云：

赤岸绕新村，青城临绮门。范雎新入相，穰侯始出蕃。上林催猎响，河桥争渡喧。窜雉飞横涧，藏狐入断原。将军高宴晚，来过青竹园。

“上林”四句是明显的北方风物。

其《岁晚出横门诗》，诗云：

年华改岁阴，游客喜登临。据鞍垂玉帖，横腰带锦心。冰弱浮桥没，沙虚马迹深。倚弓依石岸，回床向柳阴。智琼来劝酒，文君过听琴。明朝云雨散，何处更相寻。

“冰弱浮桥没，沙虚马迹深”，这是只有在北方才能见到的景物。

其《寒园即目诗》，诗云：

寒园星散居，摇落小村墟。游仙半壁画，隐士一床书。子月泉心动，阳爻地气舒。雪花深数尺，冰床厚尺余。苍鹰斜望雉，白鹭下看鱼。更想东都外，群公别二疏。

“子月泉心动，阳爻地气舒。雪花深数尺，冰床厚尺余”是北方冬日景物，而“苍鹰斜望雉，白鹭下看鱼”又是对春日的企盼。诗的最后落脚于退休归乡。

其《郊行值雪诗》，诗云：

> 风雪俱惨惨，原野共茫茫。雪花开六出，冰珠映九光。还如驱玉马，暂似猎银獐。阵云全不动，寒山无物香。薛君一狐白，唐侯两骕骦。寒关日欲暮，披雪渡河梁。

这真是北国风光了。“还如驱玉马”可视作毛泽东《沁园春·雪》“原驰蜡象”的出处。“薛君”句，《史记·孟尝君列传》载，孟尝君入秦被秦昭王囚，后盗得狐白裘献秦昭王幸姬，得释。孟尝君立于薛，故可称薛君。此以狐白裘比拟雪。“唐侯”句，《左传》定公三年载，唐成公有两肃霜马。贾逵曰：“色如霜纨者也。”此以骕骦马比拟雪。

其二，对当时实际进行的战争的叙写，如庾信《奉报寄洛州》，诗云：

> 舟师会孟津，甲子阵东邻。雷辕惊战鼓，剑室动金神。幕府风云气，军门关塞人。长旌析鸟羽，合甲抱犀鳞。星芒一丈焰，月晕七重轮。黎阳水稍渌，官渡柳应春。无庸奉天睠，驱传牧南秦。繁辞劳简牍，杂俗蔽风尘。上洛逢都尉，商山见逸民。留滞终南下，惟当一史臣。

建德六年（577年），灭北齐，原属北齐的洛州归北周。北周委派庾信为洛州刺史，此诗即作于此时。诗的前半部分写灭北齐战役，首二句以周武王会孟津伐纣比拟伐灭北齐，“甲子”，周克纣在二月四日，为甲子之日。“东邻”指北齐，北周本西魏所禅，北齐本东魏所禅，故以西邻喻北周而以东邻喻北齐。《易·既济》：“九五，东邻杀牛，不如西邻之禴祭。”“雷辕”以下十句叙灭北齐，“星芒”“月晕”都是主兵的天象；“黎阳”“官渡”本北齐地，诗以“水稍渌，”“柳应春”称这些地方已属北周。诗的后半部分写自己为洛州刺史。庾信《谨赠司寇淮南公》前四句云：“危邦久乱德，天策始乘机。九河闻誓众，千里见连旗。”也是写灭北齐战役，接着二句“虢亡垂棘返，齐平宝鼎归”，写作为人质的淮南公元伟归来。

庾信《送卫王南征诗》，诗云：

> 望水初横阵，移营寇未降。风尘马足起，先暗广陵江。

卫王即文帝子卫剌王直，《周书·宇文直传》载：“天和（566—572）中，陈湘州刺史华皎举州来附，诏直督绥德公陆通、大将军田弘、权景宣、元定等兵赴援，与陈将淳于量、吴明彻等战于沌口。直军不利，元定遂投江南。直坐免官。”诗作题名“送卫王南征诗”，诗中只是对战争胜负的瞻望，但此次战争未能如愿取胜。“先暗广陵江”，言伐陈从广陵渡江。

《周书·赵王招传》云：“（赵王招）保定中（561—565），拜为柱国，出为益州总管。”北周庾信有《从驾观讲武》，末句言“还知奉会昌”，即说将发师至蜀，庾信有好几首诗写此次出师。如《奉报赵王出师在道赐诗》，诗云：

> 上将出东平，先定下江兵。弯弓伏石动，振鼓沸沙鸣。横海将军号，长风骏马名。雨歇残红断，云归一雁征。暗岩朝石湿，空山夜火明。低桥涧底渡，狭路花中行。锦车同建节，鱼轩异泊营。军中女子气，塞外夫人城。小人乖摄养，歧路阻逢迎。几月芝田熟？何年金灶成？哀笳关塞曲，嘶马别离声。王子身为宝，深思不倚衡。

首二句言出师入蜀。“弯弓”以下十句写山峡中行，庾信有《和赵王送峡中军》，见下。“锦车”四句言与赵国夫人纥豆陵氏同行。“小人”以下写自己与赵王的离别。

又如《和赵王送峡中军》，诗云：

> 楼船聊习战，白羽试撝军。山城对却月，岸阵抵平云。赤蛇悬弩

影，流星抱剑文。胡笳遥警夜，塞马暗嘶群。客行明月峡，猿声不可闻。

首句写曾作有船战准备，第二句写出师入蜀如武王指挥伐纣。三四句写峡中军，五六句写弓弩宝剑，七八句写战争气氛。九十句复写峡中行军。

又如《奉和赵王途中五韵》，诗云：

飘飘映车幕，出没望连旗。度云还翊阵，回风即送师。峡路沙如月，山峰石似眉。村桃拂红粉，岸柳被青丝。锦城遥可望，回鞍念此时。

诗作写行军途中情况。《艺文类聚》称此诗为王褒所作，《王司空集》亦载此诗，倪璠曰："王、庾经历交游均相类似，所作于《类聚》、《英华》诸书中又联结排列，故今集辑缀时往往混淆。"

庾信又有《侍从徐国公殿下军行诗》，从诗题看是纪实，诗云：

八风占阵气，六甲候兵韬。置府仍开幕，麾军即秉旄。长旗临广武，烽火对成皋。巡寒重挟纩，酌水胜单醪 。阵后云逾直，兵深星转高。电焰驱龙马，山精镂宝刀。塞迥翻榆叶，关寒落雁毛。既得从神武，何须念久劳。

徐国公，若干惠之子若干凤，保定二年（562 年）被封为徐国公。诗当是泛泛写来，兵气、阵营、出征、武器、景物一一叙出，唯"巡寒重挟纩，酌水胜单醪"二句与"既得从神武，何须念久劳"相应，说出惠对将士而将士不以苦为苦，以及追随神武定当不会长久辛劳。

庾信又有《同卢记室从军》，诗云：

《河图》论阵气，《金匮》辨星文。地中鸣鼓角，天上下将军。函

> 犀恒七属，络铁本千群。飞梯聊度绛，合弩暂凌汾。寇阵先中断，妖营即两分。连烽对岭度，嘶马隔河闻。箭飞如疾雨，城崩似坏云。英王于此战，安用武安君？

卢恺，字长仁，北周齐王（宇文）宪引为记室，曾从齐王宪伐北齐，诗写的就是此战。前四句写凛凛阵气，“函犀”四句写铠甲兵器以及战术运用。“寇阵”六句写战斗成果与胜利。末二句以战国时秦将白起比拟夸赞齐王宪。《北周书·齐王宪传》载，齐王宪伐北齐在天和年间（566—572 年），倪璠曰：“此云‘同卢记室从军’，知伐齐之役，子山同卢恺并从齐王军行也。”

其三，成熟地运用典故，如庾信《奉和赵王西京路春旦诗》有“汉猎熊攀槛，秦田雉失群”，咏“春旦”之作也要以畋猎之事为典故。庾信《拟咏怀》二十七首中一些写实际进行过的战争的作品，也运用典故，如其八，诗云：

> 白马向清波，乘冰始渡河。置兵须近水，移营喜灶多。长坂初垂翼，鸿沟遂倒戈。的卢于此去，虞兮奈若何。空营卫青冢，徒听田横歌。

首二句言梁元帝承制；“清波”，楚地，《史记·陈涉世家》：“黥布击秦左右校，破之清波，复以陈为楚。”“乘冰”，《后汉书·光武帝纪》：“帝至呼沱河，无船，适遇冰合，得过。”次二句言梁元帝承制，驰檄四方，王僧辩等讨平侯景，梁朝中兴。“置兵”句，用韩信背水列阵陷之死地而后生之事；“移营”句，反用孙膑减灶示弱称己方示强。五六句言梁元帝在魏军与萧詧会合下失败；“长坂”句用刘备败于长坂坡之事；“倒戈”，萧詧本梁宗室，故称。七八句述哀伤；“的卢”句，《相马经》称“（的颅），奴乘客死，主乘弃市，凶马也”，此伤梁元帝；“虞兮”句，用项羽虞姬之事以自伤。末二句言自己无能为力，既不能像卫青那样杀敌，又不能像田横五百壮士为主自杀。

又如其十一，诗云：

> 摇落秋为气，凄凉多怨情。啼枯湘水竹，哭坏杞梁城。天亡遭愤战，日蹙值愁兵。直虹朝映垒，长星夜落营。楚歌饶恨曲，南风多死声。眼前一杯酒，谁论身后名。

首四句奠定凄凉哀伤的抒情基调，其中用舜之二妃以涕挥竹竹尽斑与杞梁妻哭倒城墙的典故，典故的意味还在梁元帝江陵之败使君臣被戮、夫妻离别。五至十句写江陵败亡，“天亡”即“天之亡我”，出于项羽之口；“直虹”、“长星”用天象述江陵败亡不可避免，而这些天象本已显现在诸葛亮败亡上；“楚歌”用垓下之围事；“南风”用师旷以“南风不竞多死声”判断楚伐晋必无功之事。末二句以张季鹰的话称江陵君臣纵适一时而不作长远计虑，或称是作者对自己当前处境的感慨。

又如其十二，诗云：

> 周王逢郑忿，楚后值秦冤。梯冲已鹤列，冀马忽云屯。武安檐瓦振，昆阳猛兽奔。流星夕照镜，烽火夜烧原。古狱饶冤气，空亭多枉魂。天道或可问，微兮不忍言。

“周王逢郑忿”句，以《左传》所载春秋时周、郑交恶比拟梁元帝与岳阳王萧詧结衅。“楚后值秦冤”句，以战国时楚绝交齐、秦击楚而楚败之事述西魏伐梁。“梯冲”二句言魏军之盛。“武安”二句以秦攻赵之武安与王寻、王邑攻光武帝言攻城之急。“流星”二句言战场气氛。“古狱”二句言江陵之战杀伤者众，用东方朔对武帝言古狱冤魂与后汉王忳理空亭冤案事。末二句言天使梁亡，不可问也。

又如其十三，诗云：

> 横流遘屯慝，上墋结重氛。哭市闻妖兽，颓山起怪云。绿林多散卒，清波有败军。智士今安用？忠臣且未闻。惜无黄金产，东求沧海君。

首二句言不祥之气。屯，艰难；上墋，不澄不清之貌，混浊。“哭市”二句，以妖异表示江陵败亡有征兆。“绿林”、“清波”句以历史上的败军言梁元帝所用。“智士”二句言江陵败亡智士无所可用。“惜无”二句称不能像张良以材求贤者而报仇。

又如其十五，诗云：

> 六国始咆哮，纵横未定交。欲竞连城玉，翻征缩酒茅。析骸犹换子，登爨已悬巢。壮冰始开地，盲风正折胶。轻云飘马足，明月动弓弰。楚师正围巩，秦兵未下崤。始知千载内，无复有申包。

首四句以春秋战国时代言侯景之乱后南方与北方、南方各势力间复杂的军事形势；“欲竞连城玉”指秦欲以十五城易赵和氏璧，“翻征缩酒茅”谓：管仲谓楚王曰：“尔贡包茅不入，无以缩酒。”因而起战。“析骸”以下四句言江陵危急；所谓“易子而食，析骸以爨”；“壮冰”、“盲风”以气候喻形势危急。“轻云”二句言对方兵强。末四句写江陵虽被围而未亡之时却没有申包胥之类人物求得救兵。

又如其二十七，诗云：

> 被甲阳云台，重云久未开。《鸡鸣》楚地尽，鹤唳秦军来。罗梁犹下礌，扬排久飞灰。出门车轴折，君王不复回。

首二句言江陵之师处于阴霾之中，喻战局不利；“阳云台”，战国时楚王游览之台。“《鸡鸣》”，楚歌，楚歌声中“楚地尽”，以垓下之围喻江陵失陷；“秦军来”，言魏师至。“罗梁”二句，言魏军攻城之急，“下礌”，以器械掷石块御敌；“飞灰”，顺风鼓灰以迷敌眼。末二句，言梁元帝出降被害；“出门车轴折”，汉时临江王上车轴折，父老泣曰：“吾王去不还矣。”后果死于外，此用以喻梁元帝。

又如其十七，诗云：

> 日晚荒城上，苍茫余落晖。督护楼兰返，将军疏勒归。

或写到梁朝与叛将侯景的战争，或写到梁朝与北朝的战争，此中或许有北朝与其北方邻国的战争。庾信之诗号称“咏怀”，当然是指自己咏怀而不是如乐府般的代他人立言或第三人称，情感当然是纪实的；但是，庾信之诗中的写边塞写战争却是典故式的、虚拟式的。其实，这正是“拟古”、“古意”的写边塞写战争的传统；而且，这也是赠答诗作中（如吴均的几首诗作）写边塞写战争的传统，典故式的、虚拟式的。

上述这些作品的特点就在于以典故写现实的战争。

参考文献

1.《左传》，十三经注疏，中华书局影印本 1980 年版。

2.（汉）司马迁：《史记》，中华书局 1982 年版。

3.（汉）班固：《汉书》，中华书局 1962 年版。

4.（刘宋）范晔：《后汉书》，中华书局 1965 年版。

5.（晋）陈寿：《三国志》，中华书局 1982 年版。

6.（唐）房玄龄等：《晋书》，中华书局 1974 年版。

7.（梁）沈约：《宋书》，中华书局 1974 年版。

8.（梁）萧子显：《南齐书》，中华书局 1972 年版。

9.（唐）姚思廉：《梁书》，中华书局 1973 年版。

10.（唐）姚思廉：《陈书》，中华书局 1972 年版。

11.（北齐）魏收：《魏书》，中华书局 1974 年版。

12.（唐）李百药：《北齐书》，中华书局 1972 年版。

13.（唐）令狐德棻等：《周书》，中华书局 1971 年版。

14.（唐）魏征等：《隋书》，中华书局 1973 年版。

15.（唐）李延寿：《南史》，中华书局 1975 年版。

16.（唐）李延寿：《北史》，中华书局 1974 年版。

17.（宋）司马光：《资治通鉴》，中华书局 1956 年版。

18.（宋）郭茂倩：《乐府诗集》，中华书局整理本 1979 年版。

19. 严可均：《全上古三代秦汉三国六朝文》，中华书局影印本 1958 年版。

20. 逯钦立:《先秦汉魏晋南北朝诗》,中华书局 1983 年版。

21. 尚秉和:《焦氏易林注》,光明日报出版社 2006 年版。

22. (俄)普列汉诺夫:《论战争》,三联书店 1962 年版。

23. (俄)列宁:《论战争与和平》,世界知识出版社 1960 年版。

24. 王军、李晔:《边塞诗派选集》,首都师范大学出版社 1984 年版。

25. 陈恩林:《先秦军事制度研究》,吉林文史出版社 1991 年版。

26. 谢国良:《中国古代军事思想概论》,解放军出版社 1994 年版。

27. 巩衍杞:《中国古代军事散文精选(秦汉卷)》,解放军文艺出版社 2001 年版。

28. 高连升:《军事历史学》,解放军出版社 2004 年版。

29. 葛亮:《汉代的民族"和亲"并非民族间的政治联姻》,《河北学刊》2003 年第 6 期。

30. 董恩林:《以战求和:唐代边塞诗的主旋律》,《新疆师范大学学报》2005 年第 1 期。

31. 马晓丽:《汉宣帝时期的民族关系思想》,《烟台大学学报》2007 年第 2 期。

32. 阎福玲:《乐府横吹曲辞〈出塞〉〈入塞〉的创作范式》,《河北学刊》2007 年第 2 期。

后记　开拓军事战争诗歌研究新领域与本书的研究思路

对于中国古代军事战争诗歌的研究，学术界的注意力，或集中在研究《诗经》作品的战争叙写，这是《诗经》研究笼罩下的军事战争诗歌研究；或集中在唐代边塞诗派的研究上，这是唐代文学研究的热门之一，但也只是较多的关注边塞风光、边塞战争而不够全面；或集中在外族战争入侵时士大夫阶层的忧国情怀上，比如对北宋末及南宋时诗词的研究。而就整体而言，我们的古代文学研究对描摹古代军事战争活动的文学作品还集中在个别的、较为狭窄的方面，还不曾整体性的全景观照军事战争，其实，诸如境内战争与抵御外敌、围绕战争的外交活动及“和亲”、战备与纪功、从军与闺怨、边地景物与尚武精神、任侠与游猎等诸类文学作品，都应该是我们研究军事战争的观照对象，所有的这些，构成了军事战争的全景。本书的研究，从整体而言，就是想开拓中国古代军事战争诗歌的研究范围，探讨中国古代军事战争诗歌的研究模式。

本书研究的意义在于：一是以中古时期（汉魏六朝）为研究范围，整体性地观照这个时期的军事战争诗歌，关注这些军事战争诗歌涉及当时社会生活的哪些方面，关注这些军事战争诗歌的各个类别各有怎样的特点，对中古军事战争诗歌这一类型作一些原创性的研究。二是为中国古代军事诗歌研究提供一个全景式观照的范例或样本，为全景式地研究中国古代军事战争诗歌研究提供一个垫脚石，进而为深入中国古代文学史研究提供某一方面的尝试。三是以历史与逻辑相统一的方法，考察中古时期军事战争诗歌是如何显现出中国古代以战争求和平、以战争求统一的；以及这些诗作是如何以人为本的，总结这些诗作的表现形式与优秀传统。

本书研究的基本思路与方法，一是在于以军事战争的视野确定与其有关的所有诗歌，既能最大限度地扩大军事战争诗歌的研究范围，以求其全，又紧紧扣住军事战争这一核心；可以说，观照范围的扩大与全面，是本书研究的根本，本书研究就是强调对军事战争活动进行全方位的、整体性的观照。二是总结概括每一种与军事战争有关的诗歌类别的写作模式、写作特点，从而对其进行诗歌类型学的研究。本书研究的最高境界，就是揭示中古军事战争诗歌所蕴涵的思想，而初步研究的结论就是，从总体来说就是以战争求和平、以战争求统一进程；表面上轰轰烈烈的战争，却又是时刻以人为本的。

本书研究之所以选择中古时期（汉魏六朝）为研究范围，一是因为中古时期军事战争类型比较全，既有境内争夺朝廷政权追求统一的战争，又有面向境外侵略的防御与抵抗之类的战争或向外扩张的战争，还有各民族之间的战争演变为争夺朝廷政权的战争，还有各种矛盾交织在一起的战争等。二是因为中古时期战争发生的次数比较多，尤其是南北朝时期，短短三百多年时间，从刘宋王朝建立到陈朝灭亡，从北魏初建到隋统一北方，南方北方各自经历了多次政权更替，而北方又有对境外的战争。三是因为中古时期军事战争诗歌的类型比较多，既有尚武的民歌，又有文人吟咏，还有朝廷的纪功等，且又有汉代乐府诗歌中的战争军事诗作的研究经验可供借鉴。

本书研究把中古军事诗歌分为三大类又十四小类来展开。上卷“战争实录编”，探讨叙写实际进行过的军事战争活动的诗作，有统一篇、四境篇、观兵篇、纪功篇；中卷“尚武精神编”，论述与军事战争活动相关的几类诗歌中的尚武精神，有边地篇、民歌篇、任侠篇、游猎篇、文教篇；下卷“人文情怀编”，论述记叙军事战争活动诗歌中的人文情怀，有外交篇、和亲篇、闺怨篇、从军篇、诗人篇。

从上述基本内容，可以看到本书研究的重点，一是在于如何最详尽地收集材料，力图笼括所有与军事战争行为有关的诗歌；二是在于如何最合理划分类别，使所有与军事战争有关的诗歌有合适的类别。因此，本书的研究有三大难点。

第一个难点，怎样的诗作可以算作是有关军事战争的？比如说叙写任侠的诗作与叙写游猎的诗作，历来都是单独论述的，当然，单独论述时，把它们与军事战争联系在一起，确实不见得一定必要，但是，如果把军事战争作为一个大的系统，任侠的尚武确实又是一个优秀战士的基本品质；而把游猎作为军事行动的演练又是冷兵器时代人所共知的。本书的研究就是要做如此的挖掘，力求自己的研究涉及军事战争这个大系统中的各个方面，把有关诗作全都笼括在此而一网打尽，让我们的中古军事诗作研究显得更丰满、更全面。

第二个难点，怎样实事求是地揭示出每类作品的创作模式。诗歌类型学的研究，始自萧统《文选》，其《文选序》所谓“诗、赋体既不一，又以类分”；《文选》诗分二十三类，每类作品都有其创作模式，如“述祖德”，就是以祖先的品德与功绩比照诗人自己来抒发情感；又如“行旅类”的情感抒发有羁宦之情、忧世之感与游览之喜的区别，等等。而就军事诗作来说，比如人们论唐代《出塞》、《入塞》系列的创作模式，前者为“出征—征战—凯旋”，后者为“战胜—归来—封侯”。那么，我们所笼括的中古军事诗作，其各自类别的创作模式怎样才能概括得准确而贴切？

第三个难点，怎样实事求是地揭示出每类作品得以立类的理论依据，即这些类诗作主题的理论内涵是什么？怎样给我们的某些结论一个合理的“内证”解释？如果说实事求是地描述出各个类别诗作的创作模式只是作品的“外证”，是我们从作品鉴赏中获得的总结与概括；那么，就这一类诗作来说，其形成、发展的内动力是什么？比如“游猎类”诗作，我们更要探讨“游猎”作为一种文化现象的意义所在，这是“游猎类”诗作立类的根本。又比如“王昭君诗作”系列，我们要讨论“昭君出塞”的历史意义与其在诗作中的表现。此二者有无差异等。

一方面，本书研究属文学史研究，在于概括与阐述各类与军事战争有关的诗作的发生、发展、发达、转化的全过程。为了实现这一目标，本书在研究各类与军事战争有关的诗作时，非常注意诗作的时代排序，以展示这些诗作的文学史进程。

另一方面，本书研究属于类型学研究，在于概括与说明各类与军事战争有关的诗作的艺术规则，以及这些艺术规则是怎样形成又是怎样规定了军事诗作的结构、主题、抒情、说理方式与表现特征的。于是，本书研究论述了军事诗作各种的类型，以及各种类型中的各个小类。

本书的研究理路力求从微观到宏观，即从分析具体的一篇篇与军事战争有关的作品出发，经综合概括后得出结论。本书的研究在具体作品的分析上多下了些工夫，求细求实。所谓“求细”，即仔细琢磨各个诗作在表现军事战争时的特殊之处，分析其差异，于是看出了统而言之“军事战争诗作”在各类诗作上的不同；所谓“求实”，即切切实实对军事作品条分缕析，不偏重于直觉、顿悟和对感性体验的描述，而是从分析作品的结构、主题、文体特点、抒情方式、叙写重心、人物形象、风格等入手总结出军事战争诗的种种特点，这总结出的特点，绝非徒具空言而不能证诸实事，在各类诗作中都可得到落实。

归根结底，本书的研究是一种鉴赏式批评，既有别于考证式批评，也有别于义理式批评，也有别于作家生平研究，这是建立在鉴赏上的作品分析与作品批评。如此的鉴赏式批评，有利于更广泛的读者去接触古代文学作品，从鉴赏中理解古代文学的源流、发展。如此做来或许比考证式研究、义理式研究、作家研究等显得更综合、更全面，因为如此研究，要融合上述诸研究的成果，要把考证的成果融入到鉴赏作品中去，要把义理的成果也当做鉴赏的对象，要把作家研究的成果与作品鉴赏结合起来。但是，如此综合起来的鉴赏作品，又不能显出深奥性，读者不是为了掌握理论才来读我们的研究的，而是为了更好地鉴赏作品才接受某种理论的阐述。因为我始终认为，文学研究的基础是作品，脱离了对具体作品的阐释与鉴赏，也就失去了文学研究的基础。此处有意为鉴赏式批评张目，只是结合自己的学习心得略述一下本书的研究理路。

本书研究既注重诗作本身的分析与研究，又注意结合历史、宗教、民俗、文化、政治等方面的研究，有时会显得有点庞杂或零碎，我认为，能否客观地描述出诗作的种种情况，是进行下一步研究的难能可贵的基础；而注意结合各方面联系的研究，又是本书研究的宗旨。希望自己在注重诗作本身的分析与进行文化诸方面的分析上有所结合，这两方面的结合应该是走向成功的第一步。

本书的研究倘或有所成功之处，能够为人们开拓一条新路，做一块垫脚石，自然是很愉快的；倘或有所失误之处，则为人们提供一种借鉴，也是应该的。